Ursula W Ziegler
Jan-Christoph Ziegler

Kampf der Energien
Rückkehr der Alten Atlanter

Romanreihe ≈ Sprechende Steine

Buch 5

AF191642

Ursula W Ziegler
Jan-Christoph Ziegler

*„Wir glauben an die Unfehlbarkeit
der Liebe und an die Macht des
Geistes und daran, dass der Mensch
mit der Macht der Liebe seinen Geist
so konditionieren kann, dass die Erde
und das gesamte Weltall zu einem
Paradies werden."*

Ursula W und *Jan-Christoph Ziegler*, Geschichtenerzählerin,
Künstlerin und Autoren, leben und arbeiten gemeinsam als
Lebensberaterin, Heilerin sowie als LebensCoach.

*„Unser Schwerpunkt war und ist die Liebe zu allem was ist und
unsere Lebens-Philosophie ist für uns gelebte Wirklichkeit. In
diesem Sinne ‚lebenlieben' wir unsere Arbeit."*

Ursula W Ziegler
Jan-Christoph Ziegler

Kampf der Energien
Rückkehr der Alten Atlanter

Romanreihe ≈ Sprechende Steine

Buch 5

Bibliographische Information der Deutschen Nationalbibliothek:
Die Deutsche Nationalbibliothek verzeichnet diese Publikation in
der Deutschen Nationalbibliographie; detaillierte bibliographische
Daten sind im Internet unter http://dnb.dnb.de abrufbar.

Kampf der Energien
Rückkehr der Alten Atlanter
Romanreihe ≈ Sprechende Steine
Buch 5

Kontakt zu den Autoren
erhalten Sie über die Webseite
juZiegler.de

ISBN Paperback: 978-3-7693-0481-7
ISBN Hardcover: 978-3-7693-0462-6

Titelbild: „Kampf der Energien II",
© 2024 Ursula W Ziegler,
Signs der Kapitel: Aus der Reihe „Signs by Ursula W Ziegler",
© 2019 Ursula W Ziegler,
inspiriert durch bis heute unentschlüsselte
Zeichen auf einer Platte der Crespi-Sammlung.
Covergestaltung, Satz & Layout: Jan-Christoph Ziegler
Autorenbild: Stör Foto Rainer Hinz
Verlag: BoD · Books on Demand GmbH, In de Tarpen 42,
22848 Norderstedt
Druck: Libri Plureos GmbH, Friedensallee 273, 22763 Hamburg

Ist Wahrheit Fiktion,
oder Fiktion Wahrheit?
Ist das Leben Illusion,
oder Illusion reales Leben?
Wer vermag zu unterscheiden?

Verändere ich die Welt,
wenn ich schreibe?
Kann ich als einzelner Mensch die
Geschicke der Menschen beeinflussen?

Erzählen nicht nur Steine die
Geschichte der Menschheit, sondern
auch Mythen, Sagen und Legenden?
Existiert nur das, was ich mit den
Händen anfassen kann?

Was ist dann mit den Gefühlen,
die eine Wirklichkeit darstellen,
sich verändern lassen, ohne dass ich
sie in die Hand nehmen kann?

Kann nur das in sichtbare
Erscheinung treten, das in
irgendeiner Art bereits existierte,
gleich, ob in Wort oder Form?

Ursula W Ziegler

Hinführung

Steine sind für mich wunderbare Wesen, die mich faszinieren und fesseln. Findet mein Auge einen, der besonders hervorsticht, kann ich nicht anders und er wandert in meine Tasche. Zu Hause liegt er eine ganze Weile in meiner Nähe, wo er oft in meiner Hand ruht. Irgendwann kommt er in meine Steinsammlung. Manche bleiben sehr lange liegen, als würden sie trotzig darauf warten, dass ich mich intensiver mit ihnen beschäftige. Steine, die mir ihre Geschichte erzählt haben, gebe ich wieder in den Kreislauf der Natur zurück.

Immer wieder frage ich mich, ob dies wirklich möglich ist, dass sie mit mir sprechen. Doch sie tun es!
Selbst wenn die Geschichten sich haarsträubend anhören, die Steine geben nicht eher Ruhe, bis ich mich auf sie einstimme.

≈

Schon alte Überlieferungen aus Tibet besagen, dass Informationen in Kochen und Steinen am besten gespeichert werden. Es gilt, diese nur wiederzuentdecken, sich darauf einzustimmen. Nach alldem, was ich alles von meinen Steinen erfahren durfte, wenn ich diese in den Händen halte und mich auf sie einlasse, kann ich dem nur zustimmen. Obschon manche Geschichten Science-Fiction gleichen, gibt es stets einen besonderen Geist hinter allem, der führt und lenkt.

So auch dieses Mal.

Herzlichst,

Ursula W Ziegler

≈≈≈

Neuigkeiten über Neuigkeiten

Ihr prüfender Blick ging über den Tisch – alles da. Zufrieden stellte Urd fest, dass sie ausreichend Leckereien für eine fröhliche, lockere Gesprächsrunde bereitgestellt hatte. Ihre Enkeltöchter Amira Yasmina, die sich selbst den Namen Yamira gab und Maja Shalia, die sich Masha rufen ließ, hatten sich bei ihr für den Nachmittag angekündigt. Sie wollten die Zwillinge Sunja und Sarolf, Ginas und Phils Kinder mitbringen. Urd kam dies gelegen, da Rafael mit einer Gruppe Männer für einige Tage unterwegs war. In dieser Zeit erschien ihr das Haus etwas leer und das junge Volk würde Abwechselung bringen und guttun. So hatte sie spontan Ja gesagt und freute sich nun auf den gemeinsamen Nachmittag.

Sie hatte noch etwas Zeit, bis die Vier mehr Leben in ihren ruhigen Alltag bringen würden und wollte es sich gerade in ihrem Sessel gemütlich machen, als sie auch schon die hellen Stimmen der Mädchen hörte. Yamira und Masha zählten zu den Telepathen der Gemeinschaft, genau wie ihre Eltern. Tabea, Urds älteste Tochter und Yamiras Mutter, tat sich mit dem Einsetzen ihrer mentalen Fähigkeiten meist schwer. Im Gegenzug ging Mona, Urds jüngste, ganz locker und selbstverständlich damit um und kam mit den Fähigkeiten ihres Nesthäkchens ausgezeichnet zurecht. Hatte sie doch Aron, ihren ältesten Sohn, zum Üben gehabt. Urd lächelte, als sie an ihn dachte. Vor Jahren war er zusammen mit seinem Cousin Adrian die stabilisierende zwölfte und dreizehnte Person in der Gemeinschaft, um dem Einfluss der dunklen Kraft Einhalt zu gebieten, und dies, obwohl sie noch Kinder waren. Heute waren es gestandene junge Männer, die allmählich auf die Dreißig zugingen.

Zu ihrer Überraschung stellte Urd plötzlich fest, dass sie überhaupt nicht nachgefragt hatte, was die Vier zu ihr führte. Nun, sie würde es gleich erfahren.

Die Begrüßung fiel ausgesprochen herzlich aus. „Du wirst deiner Mutter immer ähnlicher, Sunja", stellte Urd fest, „und du", sie sah Sarolf eingehend an, „bist Phil wie aus dem Gesicht geschnitten. Kommt", fügte sie hinzu, „ich habe schon alles vorbereitet."

Die Vier folgten Urd in den Wintergarten, wo der hübsch gedeckte Tisch auf sie wartete.

„Was führt euch eigentlich zu mir?", wollte sie wissen, als alle versorgt waren.

„Wir haben in der Schule alle dasselbe auf", stöhnte Masha. „Wir sollen etwas über außerirdisches Leben schreiben."

„Da du Außerirdische kennengelernt und mit ihnen gelebt hast, dachten wir uns, dass wir mit dir jemanden hätten, der darüber bestens Bescheid weiß", ergänzte Yamira verschmitzt.

„Daher weht also der Wind", lachte Urd auf, legte sich ein Stück Kuchen auf den Teller und fragte weiter: „Was wollt ihr denn wissen?"

„Alles", entfuhr es Sarolf spontan, „alles, was du weißt."

„Ich kenne jedoch nur die Occulaner, mehr nicht", gab Urd zu bedenken. Yamira legte ihre Stirn in Falten, was sie immer tat, wenn sie nachdachte. Schließlich meinte sie nachdenklich:

„Du hast doch auch noch andere kennengelernt, wenn auch nur kurz."

Urd nickte. An diese Situationen ihrer Vergangenheit dachte sie nicht allzu gerne. Bei den Occulanern fand sie trotz ihres Gefangenenstatus Freunde. In Tapiwa Suluwa sogar ihren Retter. Er befreite sie aus einem Hinterhalt der Tongos und saß lange an ihrem Krankenbett auf Bolang.

Langsam und bedächtig legte sie ihre Kuchengabel zur Seite, sah von einem zum anderen und begann aus der Erinnerung heraus die einzelnen Typen zu beschreiben. Über den Arzt und seine Helferin, die sie nach ihrer Verletzung durch die Tongos auf Bolang pflegten, berichtete sie gerne. Erinnerte sie die beiden doch an die Statuen der Olmeken, die man in den Museen bewundern konnte. Auch von der katzenartigen Frau, die sie auf der Krankenstation traf und die von sich behauptete, sie käme von Gongo, erzählte sie gerne. Nur über die Tongos berichtete sie mit Unbehagen. Die Schussverletzung, die sie bei ihrer

≈

Flucht davongetragen hatte, sorgte immer noch für Probleme mit ihrem linken Arm.

Die Kinder hörten aufmerksam zu und notierten sich viele ihrer Schilderungen. Dass Urd den Togolesen als Versuchsobjekt hätte dienen sollen, faszinierte die Vier am meisten. Sie stellten diesbezüglich viele Fragen. Doch mehr als das, was sie von Tapiwa über die Tongos erfahren hatte, konnte Urd den Kindern nicht berichten.

Sarolf wirkte eine Zeit lang in sich gekehrt und Masha sprach ihn darauf an. „Ich glaube", er blickte Urd unsicher an, „dass die Erde von den Tongos schon vor langer Zeit Besuch hatten, nur war der nicht angenehm."

Diese bestätigte seine Vermutung. „Es gibt Bilder von Statuen, die in Gräbern gefunden wurden", erklärte sie ihm, „die in erschreckender Weise wie die Tongos aussehen. Wenn du willst, zeige ich dir Bilder davon am Laptop", ergänzte sie.

Nicht nur Sarolf wollte die Bilder sehen. Auch die Mädchen waren begierig darauf. Die Kinder waren fasziniert und interpretierten, was sie beim Anblick empfanden. Urd wurde hingegen ungefiltert, an ihr Erlebnis mit ihnen erinnert und ihr Arm begann augenblicklich zu schmerzen. Die Mädchen und Sarolf notierten, was für sie wichtig erschien und Urd beendete unverzüglich das Programm. Das Ansehen der Bilder wühlte sie sehr auf. Die Veränderung ihrer Großmutter waren Masha und Yamira nicht entgangen. Fürsorglich streichelten beide über Urds Arm, bis diese energisch abwehrte.

Zurück an der Kaffeetafel bedienten sich die Kinder erneut an den Leckereien. Sunja hatte indessen noch

Fragen zu Tapiwa, was Urd freute, denn dies lenkte ihre Gedanken ab. Obwohl der Abschied von ihm dramatisch verlief, war sie ihm immer noch zugetan. War er doch ihr Helfer und Bewacher in der Not. Gerne erzählte sie auch über Nihal Lep, Tampari und ihre Zeit im Baumhotel. Die Zeit verging dabei wie im Fluge und es wurde spät. Angefüllt mit sehr vielen Informationen wollten die vier Kinder schon aufbrechen, als Urd noch etwas einfiel, das ihr wichtig erschien.

„Eines müsst ihr noch wissen", begann sie eindringlich, „gleich was mir oder uns als Menschheit angetan wurde oder wird, die Außerirdischen sind Lebewesen wie ihr und ich. Wir alle stammen aus einer Hand, wir haben nur eine unterschiedliche Entwicklung gemacht. Und", sie betonte es ausdrücklich, „die Liebe ist die stärkste Macht im Universum und auf der Erde. So und nun Tschüss und grüßt mir eure Eltern", sagte sie lachend. Dann wurde es wieder still in ihrem Haus.

Sehr langsam räumte Urd den Tisch ab, packte Kuchenreste ein, verstaute das benutzte Geschirr im Spüler und machte sich, als alles wieder an seinem Platz war, einen Kaffee. So gut es ging, rückte sie sich einen Sessel im Wintergarten zurecht, zündete sich eine Kerze an und machte es sich bequem. Ihr linker Arm war im Moment kaum zu gebrauchen, was ihr mächtig zusetzte. Sie würde wohl noch einmal zu Doktor Ericson gehen müssen oder zu Dabir dem Urwaldschamanen aus dem Kongo.

Vergebens versuchte sie telepathischen Kontakt zu Rafael zu bekommen. Wenn dieser jedoch mit einer Gruppe arbeitete, hatte er für anderes kaum Platz. Sie schätzte ihren Liebsten dafür von ganzem Herzen, genau wie seine Teilnehmer.

Urds Gedanken kehrten zu Tapiwa zurück, zu Nihal und Tampari. Wie es ihnen wohl ging? Sie musste überlegen, wie lange sie schon wieder auf der Erde weilte. Dabei stellte sie erstaunt fest, dass es bereits über zwei Jahre waren. Durch die Fragen der Kinder traten ihre Erlebnisse wieder weit in den Vordergrund. Nachdem sie ihre Entführung durch Gadreel als Roman verarbeitet hatte, achtete sie sorgfältig darauf, nicht mehr über die Geschehnisse zu sprechen. Bis zu den Fragen der Kinder. Unwillkürlich stiegen Bilder von Apuraita in ihr auf und dem Baumhaus, das für einige Zeit ihr Aufenthaltsort auf Occula war. Auch Nihal tauchte vor ihrem geistigen Auge auf, der sich damals in den Kopf gesetzt hatte, sie, Urd, zur Frau nehmen zu müssen. Dabei waren er und ihre damalige Aufpasserin Tampari füreinander bestimmt, was er erst nach einer heftigen Auseinandersetzung und manchem körperlichen Schmerz einsah. Mehr und mehr vertiefte sich Urd in die Bilder, bis plötzlich Tamparis Stimme klar und deutlich in ihr ertönte. Kurz darauf sah sie sich der Occulanerin gegenüber. Erschrocken über die spontane Bilokation, dennoch freudig, begrüßte Urd Tampari, die genauso überrascht war wie sie selbst. Die Occulanerin war nicht allein. Sarai trat bei ihrem Erscheinen mit einem Bündel in den Armen rasch aus dem Hintergrund. Vorsichtig legte sie es Tampari in den Schoß.

„Sieh", sagte diese stolz, „sie ist vierzehn Tage alt und heißt Urd, wie du." Ein kleiner Occulanersäugling sah Urd mit großen Augen an. Die Haut war fast glatt, leicht geschuppt, in sanften grün und blau Tönen schimmernd und hätte Urd nicht schon kleine Occulanerkinder gesehen, wäre sie mächtig erschrocken. Jede Rasse hatte so seine Schönheitsideale. Für Erdbewohner hatten Occulanerbabys weder etwas Schönes noch etwas Niedliches an sich. Die kleinen Hände wie Krallen geformt, der große Leib und ein übergroßer Kopf, der dem eines Mastinos glich. Doch Urd freute sich so sehr, dass sie über all diese Dinge hinwegsehen konnte. Sarai ging unterdessen noch einmal nach hinten und kam mit einem größeren Bündel zurück.

„Das ist Tapiwas und mein Sohn", sagte sie sanft und nahm die Decke, in der das Kleine eingepackt war, etwas zur Seite. Eine Mischung aus Erdenmensch und Occulaner sah sich Urd gegenüber.

„Den kann Tapiwa nicht leugnen", stellte sie lachend fest.

„Er hat noch keinen Namen, obwohl er schon vier Wochen bei uns ist." Sarais Stimme klang traurig.

„Woran liegt es?", fragte Urd aufmerksam nach.

„Tapi kommt mit sich nicht zurecht und wir konnten uns bis jetzt nicht einigen." Lange sah Urd das kleine Wesen vor sich an, als ihr die Geschichte einfiel, an der sie gerade arbeitete.

„Dein Sohn ist wie du, ein Mokatascher", begann sie, „ein Mitglied der Ureinwohner. Gebt ihm daher einen alten Namen. Bei uns wäre das Rod oder Ragin. Rod bedeutet so viel wie Ruhm und Ragin hervorragender Ratgeber."

Sarais Augen begannen augenblicklich zu leuchten. Langsam wiederholte sie beide Namen. Da Sarai das R betonte, hörte es sich für Urd ein wenig slawisch an und sie war begeistert. Auch Tampari stimmte freudig zu.

„Wie geht es euch sonst?", wollte Urd nun wissen.

„Die Kaffeeplantage von Niag läuft hervorragend", begann Tampari zu berichten. „Nihal ist zurzeit dort und hilft ihnen bei der Ernte. Mitun geht es gut. Dank deines Einsatzes für sie und Lavidaria, konnten beide gut genesen." Etwas Trauriges schwang in ihrer Stimme mit, was Urd veranlasste nachzufragen. Sarai antwortete statt Tampari, da diese nicht in der Lage war.

„Sie hatte Zwillinge ausgetragen" berichtete sie der Erdenfrau. „Bei der Geburt starb jedoch der Junge. Ihr Schmerz ist noch enorm. Dazu kommt, dass wir Mokatascher alle umsiedeln müssen. Wir werden nicht mehr überall geduldet, gleich welchen Stand wir in der Gesellschaft haben." Ihre Stimme klang resigniert.

Auch Urd war durch die Worte betroffen. „Das tut mir sehr leid", sagte sie. „Und was ist mit Tapiwa Suluwa? Ist er mir immer noch gram?"

„Das auch!", lachte Sarai rau auf, „am meisten störte ihn jedoch, dass er weder Erdling noch Occulaner ist und nur dank seines Vaters eine gewisse Stellung innehat." Sie sah auf das Kind in ihren Armen.

„Wenn er seinen Sohn ansieht, erinnert ihn dies jedes Mal an diesen Umstand. Denn er ist zurzeit noch mehr Erdling als Occulaner. Vielleicht ändert es sich ja noch", ergänzte sie seufzend. Die drei ungleichen Frauen sahen sich schweigend an.

„Bei uns in den Gemeinschaften", begann Urd nach einer Weile, „wird man geliebt und geachtet, weil man ist, wie man ist und nicht, weil man etwas hat. Auch nicht einen bestimmten Stand. Achtung und Respekt bekommt man entgegengebracht, wenn man aus seinem Sein heraus lebt und handelt und nicht weil man Gewalt ausüben kann. Da kommt einem nur Angst, Hass, Heuchelei und wieder Gewalt entgegen."

„Du sprichst weise. In deinen Worten liegt auch für uns Wahrheit", sagte Tampari anerkennend.

Ganz unerwartet wurde Urds Energie auf Occula schwächer und sie musste sich unverzüglich verabschieden. Rasch wünschte sie den beiden alles Gute und hinterließ im Hinübergleiten noch Grüße an beide Männer.

Erbärmlich frierend fand sie sich in ihrem Sessel im Wintergarten wieder. Draußen war es dunkel. Die Kerze auf dem Tisch war erheblich heruntergebrannt und erleuchtete schwach den Innenraum. »Ich muss lange unterwegs gewesen sein«, stellte Urd überrascht fest, als sie die Kerze sah. »Zum Glück hatte ich eine dicke angezündet.«

Eilig lief sie zur Toilette, nahm unterwegs eine Jacke auf, die meist an der Garderobe deponiert war und zog sie sofort über. Ihr nächster Weg führte sie in die Küche und zum Brotkasten. Während sie sich zitternd einige Scheiben Brot belegte, wanderte immer wieder etwas davon in ihren Mund. Nach einer solchen energetischen Arbeit brauchte sie meistens umgehend etwas Essbares. Ihr Blick ging zwischendurch zur Uhr. Zu ihrer Überraschung stellte sie fest, dass es bereits drei Uhr in der Nacht war. Im Kopf rechnete sie nach, wann die Kinder gegangen waren und sie mit dem Aufräumen und Kaffee machen fertig war. Sie kam auf sieben Stunden, die sie mit einem Teil von sich auf Occula verbracht hatte.

„Na, wieder zurück?", hörte sie plötzlich Monas Stimme in sich fragen.

„Wieso?"

„Nun ja", erklärte Mona, „ich wollte von dir wissen, ob du mit uns essen willst und ohne Vorwarnung fand ich mich als Beobachter auf Occula wieder. Da warst du doch, oder? Schön sind die Kinder von denen aber nicht", stellte sie noch keck fest.

Urd bestätigte lachend. „Zum Essen komme ich jetzt nicht mehr. Vielleicht später zum Frühstück, nur nicht vor zehn Uhr." Mona war einverstanden, verabschiedete sich und wünschte ihrer Mutter noch eine gute Nacht.

Dass ihre Jüngste in mentalen Dingen immer besser wurde, freute Urd sehr. »Irgendwann«, dachte sich Urd, »wird sie mich überholt haben«, nahm einen Krug mit Wasser und ein Glas, um zurück in den Wintergarten zu gehen. Sie holte sich noch eine Decke und einen Fußschemel, dann machte sie es sich erneut gemütlich. Alles Licht, bis auf die Kerze, löschte sie aus. Diese besondere Stimmung, das entstandene Zwielicht, mochte sie in besonderem Maße. Ihre Gedanken konnten in einer solchen Zeit ungehindert auf Reisen gehen. Die Welt um sie herum schien dann viel weiter weg zu sein als sonst. Ähnlich empfand sie auch bei Nebel und teilte diese Vorliebe mit ihrer besten Freundin Britta und beiden Töchtern.

Gedankenverloren sah sie durch die Glasscheibe in den dunklen Garten. Dabei streifte sie gelegentlich ein feiner Lufthauch, der den Duft Rafaels mit sich trug. Dies geschah meistens, wenn beide getrennt waren oder jeder in seiner Arbeit versunken. Irgendwann erinnerte somit das dadurch entstandene zarte Gefühl, dass der andere gerade an einen dachte. Rafael schien jedoch tief und fest zu schlafen, und nur im Traum an sie zu denken.

≈

Ihre Brote waren bald aufgegessen und Urd hing ihren Gedanken nach. Erneut gingen diese nach einer Weile Richtung Occula, dem Planeten, der für eine lange Zeit ihr Gefängnis war und auf dem jetzt Freunde lebten. Ihre Gedanken kreisten um Tapiwa, der ihr immer noch grollte, da sie ihn nicht als Partner angenommen hatte und er ähnlich Schmerzhaftes wie Nihal erleben musste. Dennoch hatte er ihr zur Flucht verholfen und dafür war sie ihm immer noch dankbar. Dieses Mal spürte sie ganz klar, wie sich ein Teil von ihr löste und auf Reisen ging. Eine Fähigkeit, die auf Occula zum ersten Mal in Erscheinung trat. Nun zog sie es wiederholt dorthin. Ihre Energie schien jedoch nicht ganz so stabil zu sein wie das Mal davor, denn sie konnte Tapiwas Stimme nur wie aus großer Entfernung hören. Urd ließ sich Zeit, damit sich ihre Energie stabilisieren konnte. Dabei hörte sie, wie Tapiwa ganz aufgeregt rief:

„Sie ist hier, sie ist hier. Zeige dich, zeige dich, Urd!"

Dass sie die Sprache der Occulaner verstand und sprechen konnte, lang an der Energie außerhalb der Erde, die so manch anderes Talent noch erweckte. Als sie vor einiger Zeit für ein paar Tage auf dem Mars weilte, brach diese Fähigkeit plötzlich auf. Doch sie war die einzige von den neun Personen, die dort weilten, die diese Sprache beherrschte und so ist es geblieben. Die Bilokation gelang mittlerweile auch Rafael und Mona gelegentlich.

Nur allmählich wurde Urds Präsenz auf Occula kräftiger. Ganz wollte es nicht gelingen. Schon wollte sie sich komplett zurückziehen, als sie unvermittelt eine kurze Kräftigung ihrer Energie verspürte.

≈

„Da ist sie", rief Tapiwa freudig. „Schnell bringe ihn mir!"

Urd konnte über die Geschäftigkeit, die er an den Tag legte, nur lächeln. Sarai brachte ihm ein Bündel, das er vorsichtig öffnete und stolz Urd zeigte. „Mein Sohn", sagte er. „Er wird eines Tages einmal sehr berühmt werden. Wir nennen ihn Rod Ragin. Ein alter Mokatascher gab Sarai den Namen."

Sarai, die etwas hinter ihrem Partner stand, starrte Urd mit großen Augen an und schüttelte kaum merklich den Kopf. Sie verstand sofort. Den stolzen Vater beglückwünschte sie, auch für den treffenden Namen.

„Ich kann nur nicht lange bleiben, meine Energie ist zu schwach. Ich komme bestimmt bald wieder." Schon merkte sie, wie es sie wieder zurückzog. Zu ihrer großen Überraschung hörte sie dabei, wie ihr Tapiwa, „Ich will dich noch immer, Erdenfrau!", in ihrer Sprache hinterherrief.

Mit einem kräftigen Ruck war sie wieder in ihrem Körper. Erbärmlich frierend zog sie die Decke, die zu Boden gefallen war, hoch, legte sie dicht um sich und begann auf und ab zu laufen. Draußen graute es bereits. Ein Blick zur Uhr sagte ihr, dass es bereits sechs Uhr zwanzig war, noch genug Zeit bis zum Frühstück bei Mona. Was tun?

Nach einer erneuten Scheibe Brot entschied sich Urd, im Wintergarten zu bleiben. Sie wollte versuchen etwas zu schlafen, auch wenn sie im Moment nicht müde war.

»Ich will dich noch immer, Erdenfrau!« Tapiwas Satz sprang sie regelrecht an und an Schlaf war nicht zu denken. Auch den Stolz in seinem Blick hatte sie unwillkürlich wieder vor Augen. Sarai hatte offenbar

≈

zu einer weiblichen List gegriffen, um ihren Tapiwa versöhnlich zu stimmen. Es schien ihr gelungen zu sein. Nur der letzte Satz gefiel Urd so ganz und gar nicht.

Schlaf wollte sich auch nach einer Stunde nicht einstellen. Im gleichen Maße wie diese Art energetischer Arbeit den Körper auch anstrengte, regte sie ihn auch wieder an. Urd überließ sich ihren Tagträumen, lugte nur gelegentlich unter den halb geschlossenen Augen hervor, um zu sehen, wie hell es bereits war.

In einem solchen Augenblick huschte draußen etwas wie ein Schatten vorbei. Schlagartig saß sie aufrecht im Sessel, gespannt wartend, ob es sich wiederholen würde. »Vielleicht«, dachte sie bei sich, »habe ich mir das auch nur eingebildet«. Sie lehnte sich wieder zurück und wollte gerade die Augen schließen, als erneut ein Schatten vorbeihuschte. Urd war sofort hellwach. Aufrecht sitzend starrte sie in ihren Garten. Ein Tier, stellte sie nüchtern fest, war es nicht, obwohl es gebeugt lief, denn der Schatten hatte nur zwei Beine. Ob ihr eines der Kinder einen Streich spielte? Rasch öffnete sie ihren Geist, das war der Vorteil unter Telepathen, und versuchte Kontakt zu den Mädchen zu bekommen. Die waren jedoch mit ganz anderen Dingen beschäftigt, grüßten ihre Großmutter kurz und schickten sich an, zur Schule zu gehen. Ununterbrochen beobachtete Urd derweilen ihren Garten. Kaum ein Blatt bewegte sich. Alles lag ruhig in der Morgendämmerung da. Über die niedere Rosenhecke und die kleinen Blumenbeete konnte sie alles weit einsehen, doch alles lag friedlich da. Gewohnheitsmäßig dehnte sie ihren Geist aus, ließ ihn über das ganze Grundstück schweifen und erfasste gleich die

Nachbargrundstücke mit, dennoch konnte sie nichts ausmachen. Irritiert zog sie sich wieder zurück.

Mittlerweile war es acht Uhr. Urd zog es vor, bei Mona anzufragen, ob es ihr recht wäre, wenn sie schon früher käme. Sie konnte. Noch rasch etwas aufräumen, duschen, anziehen und auf dem Weg zu Mona bei Julia vorbeigehen, um frische Brötchen mitzunehmen. Mit einem Mal wollte Urd zügig das Haus verlassen.

Julia war die Gemeinschaftsbäckerin und versorgte zusätzlich das Bistro von Tabea und Alexander mit frischen Backwaren. Sie gehörte mit Janek, ihrem Mann, von Anfang an zum inneren Kern der Gemeinschaft und zu den Telepathen. Ein kurzer Plausch war bei ihr immer unterhaltsam und Neuigkeiten wurden bei Julia auch gerne ausgetauscht.

Bei Mona erwartete Urd eine kleine Überraschung. Ihre beste Freundin Britta saß bereits am Kaffeetisch und begrüßte sie aufs herzlichste. Norman sagte seiner Schwiegermutter und alten Freundin nur kurz Hallo und zog sich dann in sein Arbeitszimmer zurück.

„Du siehst übernächtigt aus", stellte Britta fest. Urd nahm diese Bemerkung zum Anlass und berichtete über ihren Besuch auf Occula, von dem letzten Satz Tapiwas und dass in ihrem Garten etwas herumstreifte, ohne dass sie erkennen konnte, wer oder was es war.

„Wobei wir schon beim Thema wären." Britta sah ihre Freundin eindringlich an. Diese wunderte sich über ihre bestimmende Aussage.

„Wir verbieten dir via Bilokation nochmals mit Occula in Verbindung zu treten." Brittas Stimme klang sehr ernst. Urd sah irritiert von Britt zu Mona. „Wir?", wiederholte sie ungläubig.

≈

22

„Ja, wir", Mona ergriff das Wort, goss zuerst allen Kaffee ein, ehe sie weiter erklärte: „Dass ich dich heute Nacht eine Weile auf Occula begleitete, weißt du. Was ich dabei feststellte, jedoch nicht. Ich suchte in der Nacht noch zu Britta den Kontakt und sie war zum Glück schnell wach. Sie begleitete dich dann bei deiner zweiten Exkursion dorthin. Sie bestätigte mir, was ich vermutete."

„Und was ist das?" Urd war zwar neugierig, aber auch verärgert, dass beide es so spannend machten.

„In allen Einzelheiten kann ich es dir nicht erklären", Britta griff nach einem Brötchen, „aber dieser Tapiwa wird bei deinem nächsten Besuch versuchen, deine Energie auf Occula zu binden. Damit könntest du nicht mehr ganz hier auf der Erde sein, sondern wärst in einer Zwischenwelt gefangen. Er hätte dich dann zwar auch nicht, aber Rafael ebenso wenig."

„Und wie kommt ihr darauf?" Erstaunt und sichtlich verärgert griff Urd nach ihrer Tasse.

„Alle technischen Zusammenhänge kann ich dir auch nicht erklären", klärte sie Mona auf. „Da ich jedoch länger als Britta mit dir vor Ort war, konnte ich mich genauer umsehen. Mein Energiefeld war nicht so stark wie deines, also wurde ich auch nicht bemerkt. Einige Störfrequenzen konnte ich jedoch ausmachen, die, als du dort weiltest, sich fast natürlich anfühlten. Dazu kam, dass ich eine merkwürdige Apparatur gesehen habe, die bei deinem ersten Besuch bedient wurde. Sarai und die andere wussten darüber anscheinend nichts."

Urd war sichtlich bestürzt. „Das würde erklären, warum meine Energie beim zweiten Mal nicht ganz so stabil werden konnte."

≈

„Ja", bestätigte Britta, „du hattest kurzfristig meine Energie zur Unterstützung."

„Das würde auch den Ton in Tapiwas Stimme erklären, den er bei seinem letzten Satz hatte", ergänzte Urd tief erschüttert. Sie schüttelte sich kräftig, als wolle sie etwas loswerden. „Und ich dachte, er hätte es überwunden und akzeptiert."

„Reinen mentalen Kontakt zu Tampari kannst du gerne haben", fügte Britta ernst hinzu, „aber sonst nichts."

„Sag einer von uns Bescheid, wenn du mit ihr Kontakt aufnimmst und lass dich nicht zu mehr hinreisen." Mona sah dabei eindringlich ihre Mutter an. Urd versprach es und wollte von sich aus vorerst keine Verbindung mehr mit Occula aufbauen.

„Haben dann die Schatten in meinem Garten auch etwas damit zu tun?", fragte sie betroffen. Darüber wussten Britta und Mona nichts, versprachen jedoch das gesamte Gelände eingehend zu inspizieren.

Nach und nach entspannten sich die Frauen, sodass es noch eine lockere, fröhliche Frühstücksrunde wurde. Das Gespräch kam auf den Umbau Uru Annas, der sich nicht so einfach gestaltete wie gedacht. Statt ursprünglich siebenundfünfzig Grundstücke, plus das innere Areal, sollten es 185 werden und der Kern um die Hälfte reduziert, ohne dass die Ordnung zerstört würde. Urd bekam unerwartet ganz glasige Augen und begann von Apuraita zu schwärmen. Ein lautes energisches „Stopp" ihrer Tochter, riss sie unsanft aus ihren Bildern und Gedanken.

„Du warst dabei, dich wieder zu teilen", stellte Mona aufgebracht fest.

Urd war verwirrt. Wie konnte das geschehen? Sie mochte doch die kleine Baumhaussiedlung sehr und konnte sich vorstellen, so eine Anlage in Uru Anna zu etablieren. Wieso ging es nun mit der Bilokation so schnell, dass sie es nicht einmal mehr bemerkte?

„Verschmähte Liebe", hörte sie ihre Freundin lapidar sagen, „da scheinen alle Lebewesen gleich zu ticken und auf die unmöglichsten Ideen zu kommen." Diese Worte passten so gar nicht zu ihren inneren Fragen, trafen jedoch zu.

„Er kennt dich gut, Mama", überlegte Mona laut, „er saß ja auch lange genug an deinem Bett und hatte dich für sich allein. Da konnte er dich ungeniert studieren. Und" sie legte eine kleine Denkpause ein, „er wusste zudem, dass Mensch und Occulaner kompatibel sind. Schließlich ist er der beste Beweis dafür."

„Oh mein Gott!" Urd schlug sich entsetzt die Hände auf den Mund. „Wozu ist dieses Wesen noch alles fähig?"

„Das werden wir bestimmt noch erfahren", stellte Britta nüchtern fest, schüttelte sich etwas als wolle sie wach werden, „denn Tapiwa hat dieses Gerät auf deine Energie eingestellt, sodass du von ihm immer geortet werden kannst, sobald du an Dinge denkst, die euch verbinden. Ich konnte ihn gerade an seinem Gerät sitzend wahrnehmen. Leider sind die Occulaner uns technisch überlegen", ergänzte sie seufzend.

Mona sah ihre Mutter intensiv an. „Du musst dir jeden Gedanken an Occula verwehren. Wenn Tampari mit dir in Kontakt treten will, dann nur, wenn du Britt oder mir Bescheid gesagt hast. Hörst du?"

Stumm und tief betroffen nickte Urd. Es sollte nicht lange dauern, dass genau ein solcher Fall eintrat.

Kaum war das Frühstück zu Ende, Britta und Urd standen bereits unter der Tür, um zu gehen, als Urd spontan Tampari mental wahrnahm. Überrascht und mit großen Augen sah sie ihre Freundin an. Diese begriff augenblicklich, rief Mona dazu und ging langsam mit Urd zurück an den Tisch.

„Du sagst zu der Occulanerin nichts", befahl Britta. Mona gesellte sich zu der mentalen Verbindung zwischen Tampari und Urd und fragte diese sogleich nach ihrem Begehren.

„Du musst ihr sagen, wer du bist", begehrte Urd auf. Sie konnte Tampari wahrnehmen, doch eine richtige Verbindung wollte nicht zustande kommen. Etwas blockierte sie.

Ohne Umschweife berichtete Mona der überraschten Occulanerin, was vor kurzer Zeit vorgefallen war. Immer wieder schüttelte diese dazwischen ungläubig ihren Kopf. Wieso Mona ihre Sprache sprechen könne, wollte sie noch wissen, doch diese war über diese Tatsache selbst erstaunt. Tampari beteuerte, dass sie sich um Tapiwa Suluwa kümmern würde, richtete Grüße und Genesungswünsche an Urd aus und dass sie vorerst keinen Kontakt zu ihr aufbauen würde. Dann brach die Verbindung nach Occula ab.

Eine ganze Weile saßen die drei Frauen in Monas Esszimmer stumm beisammen. Jede von ihnen hatte eine neue Erfahrung gemacht. Britta, dass sie die mentale Verbindung ihrer Freundin einseitig blockieren konnte; Urd, dass sie nur Zuschauerin war und Mona, dass sie Occulanisch sprechen konnte.

„Wenn mich nicht alles täuscht", begann Britta, nachdem dampfender Kaffee vor ihr gestanden hatte, „dann wurde Tampari benutzt. Ich konnte eine ähnliche Energie ausmachen wie vorhin."

≈

„Dann haben wir dem Knaben ja gezeigt", warf Mona lässig ein, „dass man mit uns so nicht umgehen kann." Fragend sah sie ihre Mutter an. „Wieso kann ich Occulanisch?"

Urd hob nur die Schultern. „Keine Ahnung", meinte sie überlegend. „Vielleicht, weil du dich in meine Energie eingeklinkt hast. Zudem warst du in der Vergangenheit einige Male in dieser Energie, als du auf der Zwischenebene mit mir in Kontakt standest. Frage Dabir danach oder Michael, wenn der wieder hier ist."

„Nur gut", bemerkte Mona noch, „dass Occula nicht um die Ecke liegt. Oder kennt Tapiwa den Weg hierher?" Sie wirkte plötzlich über ihre eigenen Gedanken sehr erschrocken.

„Nu ja", gab Urd zu bedenken, „wie es zum Mars geht, wusste er. Dann ist es zur Erde nicht mehr weit."

„Mist", entfuhr es Britta. „Wann kommt Rafael zurück?"

„Morgen um die Mittagszeit. Warum?"

„Wir sollten alle Telepathen davon unterrichten und auch den Großen Rat. Vielleicht kann auch Michael kommen." Britta war mit einem Mal sehr angespannt.

„Was ist, was siehst du oder nimmst du wahr?", fragte Mona skeptisch. Britta konnte keine konkreten Angaben machen. Die Tatsache, dass Tapiwa Suluwa es auf Urd abgesehen hatte und den Weg zur Erde kannte, erfüllte sie plötzlich mit großer Unruhe.

„Dann soll er kommen", hörten die Frauen Aron laut vom Flur her sagen. „Er wird schon sehen, was er davon hat. Hallo zusammen." Lachend trat der junge Mann ein und begrüßte alle herzlich. Hinter ihm trat eine junge Frau ein, die Urd vor einiger Zeit schon einmal gesehen hatte. Aufmerksam betrachtete sie die beiden und lächelte

„Habt ihr es endlich begriffen, dass ihr zusammengehört?"

Die jungen Leute sahen sich verschmitzt an. „Gut Ding will Weile haben, liebe Urd." Damit drückte ihr Aron einen Kuss auf die Wange. An seine Mutter gewandt fragte er, ob beide etwas zu essen bekämen, da Alsuna heute bei ihm einziehen würde und beide allerhand zu tun hätten. Bei dem Namen Alsuna zuckte Urd innerlich etwas zusammen. Ein seltener Name, der ihr etwa zwei Jahren zuvor das erste Mal auf Helgoland begegnete. Es war eine mystische Frau, die damals zusammen mit Oluf, ihrem Mann aus dem Nebel kam, und die jeder zu kennen schien und wieder im Nebel verschwand. Urd erzählte kurz über diese Begegnung und Alsuna lächelte wissend.

„Eine meiner Urmütter lebte an der Küste und hieß, ebenfalls Alsuna, genau wie ich. Wir sind aus einem alten atlantischen Geschlecht", erklärte die junge Frau, „genau wie du, Mona, Tabea, Aron und die Brüder Adrian und Marijan. Von dir, Britta", sie sah Britt offen an, „weiß ich es bislang nicht. Aber es wird sich mir noch eröffnen."

Freudig erstaunt und angefüllt mit viel liebevoller Freude, die das junge Paar mitbrachte und ausstrahlte, machten sich Urd und Britta bald danach auf den Heimweg. Mona war vorerst beschäftigt. Wie selbstverständlich ging Urd noch mit zu ihrer Freundin. Das war der Vorteil, wenn man sich zu den Telepathen zählte und zudem seit Jahren eng befreundet war. Die andere wusste Bescheid und musste nicht erst gefragt werden.

≈

Auf ihrem Weg blieb Urd immer wieder stehen, sah sich suchend um, lauschte und beobachtet ihre Umgebung, bis Britt sie fragte, ob sie etwas suchen würde.

„Ich habe das Gefühl, als würden wir verfolgt. Außerdem knackt es zu oft im Gebüsch und das ist seltsam. Hörst du das nicht?"

„Doch schon", erwiderte Britta schulterzuckend, „aber es knackt doch ständig irgendwo."

Gerade wollten sich die Freundinnen wieder in Bewegung setzen, als ganz deutlich der Name Marijan aus dem Gebüsch zu hören war. Erschrocken sahen sich die Freundinnen an. Vorsichtig näherten sie sich dem Gehölz. Beherzt bogen sie die Zweige auseinander und starrten in das Gesicht eines kleinen erschrockenen Wesens. Es war nicht viel größer als ein Kind von etwa acht Jahren, doch um ein Vielfaches älter. Gleich daneben erblickten beide ein zweites, eindeutig weibliches Wesen, das jedoch kaum größer war, als das Erste.

„Wer seid ihr?", stieß Britta als Erste hervor, „was wollt ihr hier?"

„Was wollt ihr von Marijan?", ergänzte Urd. Die kleinen Wesen sahen sich an.

„Seid ihr Zwerge?", hakte Britta überlegend nach, als beide Wesen vor ihr nicht antworteten. Vom Aussehen her, so dachte sie sich, könnten beide welche sein, auch wenn sie immer davon ausging, dass es Zwerge nur im Märchen geben würde.

Die kleine Frau sah sich vorsichtig um. Britta ahnte, dass sie einen Fluchtweg suchte und fasste sie beherzt am Arm. Sofort schrie die Zwergenfrau los. Das zweite Wesen ging auf Britt los, um sie zu schlagen, doch Urd packte es hinten am Kragen und hielt es fest.

„Wir tun euch nichts!", sagte sie laut und zog es aus dem Gebüsch auf den Weg, was auch ihre Freundin mit der kleinen Frau tat. Diese hatte sich wieder beruhigt und Britta kniete sich vor sie, damit sie mit ihr auf Augenhöhe war, immer noch den Arm fest im Griff. Was sie aus dieser Perspektive sehen konnte, waren tiefschwarze Augen, die uralt zu sein schienen, voller Weisheit, List und der Entschlossenheit sich zu wehren.

„Ich bin Britta", begann sie mit weicher Stimme „und dies ist meine Freundin", sie zeigte auf Urd, die das andere Wesen immer noch am Kragen festhielt.

„Wir leben hier und wüssten gerne, was ihr hier zu tun habt und wer ihr seid." Noch bevor die so Angesprochene antworten konnte, hörten alle aus einiger Entfernung die Stimme einer Frau rufen. Sofort stieß die kleine Frau einen spitzen, schrillen Schrei aus. Britta erschrak mächtig und lockerte ihren Griff um den Arm. Die kleine Frau nutze es aus und wollte losrennen, doch Britta packte erneut entschlossen zu und riss ihr dabei den Ärmel aus der Bluse. Erschrocken sahen sich beide ungleichen Frauen an. Die Haut, die Britta berührte, fühlte sich fest und warm an und etwas grober als die ihre.

„Mari, Neru", ertönte es in unmittelbarer Nähe und gleich darauf wurden die Büsche auseinandergebogen und eine junge Frau stand vor ihnen. Erstaunt sahen sich Urd und Britta an. „Vanadis?", kam es ungläubig von beiden. Die Szene, die sich der neu hinzugekommenen bot, bot einiges an Komik und so musste sie erst tief durchatmen, um nicht loszulachen.

„Ihr könnt die beiden loslassen", meinte sie belustigt zu den Freundinnen, „Marijan erwartet Mari und Neru schon."

„Erst, wenn wir eine Erklärung bekommen",
beharrte Britta. Vanadis, Marijans Freundin, lächelte
und sah mit ihren tiefgründigen Augen von einer zur
anderen. Langsam begann sie die Geschichte der
beiden Zwerge Mari und Neru zu erzählen. Ungläubig
hörten Urd und Britta, dass eine ganze Sippe von
Zwergen in Uru Anna lebt, dass jedoch einige schwer
erkrankt seien, darunter auch das Sippenoberhaupt.
Deshalb baten sie Marijan um Hilfe, da sie wussten,
dass er sich mit Pflanzen und deren Heilkraft aus-
kannte.

Britta lockerte unterdessen ihren Griff und Urd ließ
Neru, ein junger Zwerg, wie sie erfuhr, los. Britta
entschuldigte sich bei der Zwergin für die zerrissene
Bluse und bot an, sie zu reparieren oder eine neue zu
nähen. Das Angebot wurde angenommen und Britt
machte beides, reparierte die eine und fertigte eine
neue Bluse als Entschädigung.

Vanadis erklärte den Zwergen, welchen Weg sie zu
Marijans Gartenhaus gehen sollten und flink wie die
Wiesel verschwanden beide im Unterholz. Mit
gesenkter Stimme wand sich die junge Frau an Urd
und Britta.

„Es gibt da noch etwas, über das ich gerne sprechen
würde."

„Wir sind gleich zu Hause", unterbrach sie Britta,
„komm doch mit."

„Nein, nein", wehrte Vanadis ab, „Marijan wartet.
Es dauert auch nicht lange, was ich zu sagen habe. Uru
Anna darf nicht umgebaut werden, sonst vertreiben
wir fast zweihundert Zwerge. Vielleicht können wir in
einer Versammlung darüber reden. Marijan ist als
Fürsprecher von dem kleinen Volk eingesetzt worden."

≈

Erstaunt hörten die Freundinnen zu und nickten stumm.

„Und wo leben sie?", fragte Britta nach.

„Überall verstreut. Uru Anna ist ja recht groß. Aber ich muss gehen. Wir besprechen alles Weitere bei einem Treffen. Bis bald." Und schon war auch Vanadis in den Büschen verschwunden.

Sprachlos standen die Freundinnen da und sahen sich an. Das waren Neuigkeiten! Zwerge in Uru Anna und dann gleich so viele. Das musste erst verarbeitet werden. Ganz langsam setzten sie ihren Heimweg fort. Am Abend erfuhren beide von Marijan, dass die Zwerge von der Absicht Uru Anna umzugestalten gehört hatten und darüber sehr besorgt seien. Einige von ihnen, etwa die Hälfte, seien erst einige wenige Jahre hier, da ihre Heimat zerstört wurde.

„Die Jüngeren", meinte er nachdenklich, „wären sogar bereit zu kämpfen."

Florian, der die Unterhaltung mit angehört hatte, atmete plötzlich erleichtert auf. „Die Umgestaltung bereitete mir seit einiger Zeit Unbehagen", gestand er. „Vielleicht gibt es eine Möglichkeit, die Aktion zu stoppen. Uru Anna könnte auch erweitert werden, wir pflanzen Bäume und stellen alles unter Naturschutz. Dann könnte keiner etwas dagegen haben, wenn es größere Grünflächen oder Waldstücke gibt. Solche könnten wir entlang der Grundstücksgrenze Uru Annas anlegen." Urds Miene hellte sich augenblicklich auf.

„Das wäre eine Möglichkeit", pflichtete sie ihm bei. Es wurden alle Telepathen hinzugezogen und besprochen, wann der beste Zeitpunkt für eine

≈

Versammlung wäre. Der Termin wurde für in vier Wochen festgelegt.

≈≈≈

Früh am nächsten Morgen, Urd hatte es vorgezogen, im Bett zu schlafen, klingelte das Telefon. Einer der Telepathen konnte dies nicht sein, die wählten den direkten Weg. Ein Lehrer der freien Schule der Gemeinschaft war am Apparat und bat die überraschte Urd zu kommen. Sie einigten sich auf zehn Uhr, während der großen Pause. Was er von ihr wollte, erwähnte er nicht. Er wolle es lieber direkt mit ihr besprechen.

Kaum hatte Urd das Schulgelände betreten, als sie von Masha und Yamira bestürmt wurde. Ohne Begrüßung gaben die Mädchen ihr sofort die Antwort auf ihre Frage, warum sie in die Schule bestellt wurde. Ihr Klassenlehrer, Herr Moritz, berichteten die beiden aufgebracht, war mit der Ausführung über Außerirdische nicht einverstanden und bezweifelte vieles. Sie hatten erheblich protestiert, bis Moritz endlich einverstanden war, Urd dazu anzuhören. Als Sarolf und Sunja die Drei entdeckten, wiederholte sich das Geschehen. Die Kinder waren in heller Aufregung, dass man ihre Schilderung als ungenau und surreal abtat. Alle Vier begleiteten Urd zum Besprechungsraum. Ein etwas untersetzter Mann mittleren Alters in legerer Kleidung empfing die Fünf freundlich. Nach den üblichen Begrüßungsfloskeln wollte er die Kinder wieder nach draußen schicken, doch Urd wehrte ab.

„Wir sind Telepathen und die Kinder können alles mithören, also können sie auch gleich hier bleiben", gab sie dem Lehrer zu verstehen. Das passte diesem

≈

zwar nicht, aber er akzeptierte es. Angriffslustig nahm er das oberste Heft eines Stapels vom Tisch, und schlug es auf. Ernst blickte er auf das Geschriebene und dann zu Urd.

„Die Kinder sagten mir, dass das, was sie hier aufgeschrieben haben, der Wahrheit entspräche und die Schilderungen von Ihnen seien. Das kann niemals stimmen. Wie kommen sie dazu, den Kindern zu sagen, dass man mit Occulanern Freundschaft aufbauen kann? Oder dass es Wesen gibt, die den Olmeken ähnlich sehen. Noch haarsträubender ist die Beschreibung der Spezies, die sie Tongos nennen." Moritz redete sich in Rage und Urd hörte ruhig zu. Doch in ihr begann es zu brodeln, was nichts Gutes verhieß. Moritz sprach von Verantwortungslosigkeit den Kindern gegenüber und von Horrorgeschichten, die jeglicher Grundlage entbehren würden.

„Wie lange sind sie an dieser Schule?", unterbrach Urd Moritz Redefluss.

„Zwei Jahre, aber das hat hierfür keine Bedeutung", entgegnete ihr der Lehrer aggressiv.

„Vor etwa zwei Jahren kam ich nach fast zwei Jahren Gefangenschaft auf Occula wieder nach Hause", sagte Urd ruhig. „Was die Kinder schreiben, entspricht der Wahrheit."

„Machen sie sich doch nicht lächerlich" fuhr der Lehrer sie aufgebracht an. Urd betrachtete ihn sich endlich genauer. Eine fast schwarze Wolke schwebte über seinem Kopf und einige occulanische Besetzungen konnte sie auch ausmachen. »Wer hat den eingestellt?«, fragte sie stumm.

»Christine brachte ihn«, antwortete ihr Masha auf demselben Weg. »Die Christine, die sich an Rafael ran machte«, ergänzte Yamira.

„Ich kann die Arbeit so nicht gelten lassen", hörte Urd Moritz barsch sagen. „Entweder die Vier schreiben die Arbeit neu, oder es gibt eine Sechs dafür." Das war eine Spur zu viel für sie.

„Sie streiten mir mein Erleben ab und behaupten, es sei eine Lüge. Die, welche sie bezahlen, wissen, dass es keine ist." Ihre Stimme wurde bestimmend und hart. „Solche wie Sie brauchen wir hier nicht! Sie sind entlassen und können gehen, und zwar sofort!"

„Sie, sie", schrie Moritz sie nun mit hochroten Kopf an, „sie haben mir nichts zu sagen. Für wen halten sie sich?"

„Ich zahle ihr Gehalt."

Die Tür ging plötzlich auf und Phil trat ein. Er war nicht nur Schulleiter, sondern auch ein Freund von Urd und Telepath. Sofort stürzte Moritz auf ihn, um sich über Urd auszulassen. Doch Phil ließ ihn nicht zu Wort kommen. „So wie ich Schulleiter bin, bin ich auch Telepath. Urd hat recht. Packen sie ihre Sachen, sie sind mit sofortiger Wirkung suspendiert."

Fassungslos, mit offenem Mund stand Moritz da und sah von einem zum anderen. Die Glocke läutete und kündigte das Ende der Pause an. „Geht", sagte Phil an die Kinder gewandt, die sich das nicht zweimal sagen ließen. An der Tür stießen sie mit Gina zusammen, die in das Zimmer hinein wollte. In dem kurzen Moment, in dem die Aufmerksamkeit auf die Tür gelenkt war, zerriss Moritz kurzerhand das Heft, das er noch immer in der Hand hielt. Entsetzt sahen ihn alle an. In Urd stieg augenblicklich eine Energie hoch, die sie nur zur Genüge von Occula kannte. Seit sie wieder in Uru Anna weilte, hatte sich diese ein, zweimal gezeigt und sie verhieß nie etwas Gutes. Langsam ging ihr rechter Arm in die Höhe und ihr

Gegenüber erstarrte. Er sah in ein furchterregendes, altes Gesicht, das keine Gnade kannte.

„Nimm dich wieder zurück, liebste Urd", ertönte hinter ihr die weiche Stimme Mashas, „es war nur Papier. Er weiß nicht, was er tut. Lass ihn. Er hat niemandem geschadet." Die sanfte Stimme des Kindes bewog Urd ihren Arm allmählich wieder sinken zu lassen und die aufgestiegene Energie zurückzudrängen. Entsetzen lag in Moritz Gesicht. War das real, was er gerade gesehen hatte?

„Kommen sie, Herr Moritz", erklang Ginas Stimme von der Tür, „ich begleite sie zu ihrem Klassenzimmer, damit sie ihre Sachen holen können. Ich habe ihnen auch etwas mitgebracht." Sie nahm den verdatterten Lehrer am Arm und führte ihn hinaus. Dabei drückte sie ihm ein Buch in die Hand. Es wäre wohl als Roman verfasst, sei aber ein Tatsachenbericht, erklärte sie ihm. Phil blieb mit Urd zurück. Die Rücknahme ihrer Energie ging nur langsam vonstatten. Nach eine Weile begann sie jedoch erbärmlich zu frieren, was meist nach so einem großen Energieeinsatz geschah. Da Phil genau wie seine Frau Gina schon sehr lange mit Urd befreundet war, wusste er um diesen Zustand und dass er nicht sehr lange anhielt.

Als sie wieder ohne Zähneklappern sprechen konnte, entschuldigte sie sich sofort, dass sie seinen Lehrer hinausgeworfen hätte. „Ich weiß nicht, was in mich gefahren ist. Er wirkte so dunkel für mich."

Phil erklärte ihr, dass er vor zwei Jahren dringend einen Lehrer zur Vertretung gebraucht hätte, da ein anderer durch einen Sportunfall für längere Zeit ausgefallen war. Christine, die damals bei den Regenbogenzeremonien dabei war, hatte ihnen den

Moritz empfohlen. Er hätte zu diesem Zeitpunkt einen guten Eindruck hinterlassen, führte Phil aus, und wurde eingestellt. Mit der Zeit hätte es wohl einige Ungereimtheiten gegeben, denen sie jedoch keine große Bedeutung beigemessen hatten. „Wir dachten nie daran, dass Moritz ein faules Ei sein könnte", stellte er fest. „Als eure Unterhaltung begann, rief uns Sarolf mental und wir waren bestürzt. Gina hatte die Aufsätze der Zwillinge gelesen und befand sie als gut. Und dann so etwas."

Urd seufzte schwer. „Ich habe genug", stöhnte sie auf. „Immer wieder dieses kämpfen müssen. Vielleicht müssen wir alle sehr viel wachsamer werden, wenn etwas oder jemand von außen zu uns kommt." Sie sah ihren alten Freund für einen Moment stumm an.

„Weißt du", begann sie betrübt, „ich habe es leid, immer diejenige zu sein, die etwas sichtbar macht. Es gibt doch noch mehr wie mich."

Phil lachte auf. „Aber niemand ist so gründlich wie du." Er überlegte kurz, „vielleicht noch Britta und seit einiger Zeit entwickelt sich auch Mona in diese Richtung. Dann ist aber schon Schluss." Spontan nahm er sie in den Arm und hielt sie etwas. Just in diesem Augenblick betrat Gina den Raum.

„Oh, störe ich", sagte sie überrascht.

„Spinn' nicht herum und komm' zu uns", brummte Urd. Zu dritt hielten sie sich eine Weile.

„Ich glaube, ich muss Michael aufsuchen." Urd löste sich wieder. „Eventuell kann er mir noch etwas zu dieser Energie in mir sagen und mir etwas für meinen lädierten linken Arm geben. Er schmerzt in letzter Zeit häufig." Sie verabschiedete sich bald wieder und ging nachdenklich nach Hause.

≈

Am späten Nachmittag traf Rafael ein. Beide hatten sich einiges zu berichten, doch Britta platzte mitten in eine angeregte Schilderung Rafaels, mit der Ankündigung, dass sich alle Telepathen um 19 Uhr im Versammlungshaus treffen. Michael sei auch dabei. Verwundert sah Rafael seine Frau an. „Was ist los?"

Urd berichtete ihm von den Vorkommnissen bei Mona und dass Britta sehr unruhig wurde, als ihr bewusst wurde, dass Tapiwa den Weg zur Erde finden wird.

„Und warum sagst du das nicht gleich?" Aufgebracht stand er auf und lief im Zimmer hin und her. „Mich lässt du über den Workshop reden und dir will einer ans Leder." Er blieb vor seiner Frau stehen und sah sie eindringlich an. Was er jedoch wahrnahm, besänftigte ihn sofort. Urd war blass und hatte Tränen in den Augen. Die Heftigkeit seiner Worte hatte sie tief erschrocken. Sie war ohnehin sehr dünnhäutig, seit sie wieder in Uru Anna war und jede Emotion erreichte sie meist ungefiltert.

„Ich hatte es vergessen", entschuldigte sie sich, „es war so viel die letzten zwei Tage." Rafael sah sie groß an.

„Und was war noch?"

Urd begann nun langsam und allmählich von den Mädchen, ihrer Kaffeerunde und den Gesprächen über Außerirdische zu berichten und dem Rauswurf eines Lehrers. Auch, dass jetzt Aron und Alsuna zusammen-lebten und dass Marijan zum Zwergenbeauftragten wurde. Erstaunt über all die Neuigkeiten schüttelte er nur den Kopf.

„Kaum ist man weg, geht hier alles drunter und drüber." Rafael lachte und zog Urd zu sich hoch und küsste sie lange. Nach einem Blick auf die Uhr

≈

überlegte er laut, ob die Zeit noch für ein Abendessen reichen würde.

„Für eine schnelle Gemüsepfanne immer", bekam er zur Antwort. In der Küche half er ihr mit Handreichungen, damit es schneller ging. Ganz unvermittelt fragte er:

„Was empfindest du für diesen Tapiwa Suluwa?"

Wie vom Donner gerührt starrte Urd ihn an. „Wie meinst du das? Was soll ich für Tapiwa empfinden?"

„Na ja", meinte er, „es könnte doch sein, dass du ihn besonders magst."

Empört riss Urd ihre Augen weit auf. „Spinnst du? Das ist ein Occulaner und sonst nichts."

„Du hast ihn aber auch als Freund bezeichnet", warf Rafael mit einem merkwürdigen Unterton ein. Urd sah ihn argwöhnisch an.

„Worauf willst du hinaus?"

„Auf nichts", versuchte er sie zu beruhigen, „ich will nur verstehen."

„Hast du mir je zugehört, seit wir zusammen sind?" Urds Worte wurden kalt und die Hand um den Messergriff fester. „Dein Christinchen wartet bestimmt noch, oder?"

„Hört mit dem Scheiß auf", ertönte Monas Stimme überdeutlich. „Habt ihr sie noch alle?" An Rafael gewandt meinte sie: „Hast du schon mal was von verschmähter Liebe gehört und verletzter männlicher Eitelkeit und wozu die Herren in einem solchen Zustand alles fähig sind? Und du", sagte sie energisch zu ihrer Mutter, „legst das Messer besser in die Schublade." Danach war es still.

Auf dem Herd brutzelte es vor sich hin und erst als es unangenehm zu riechen begann, kamen die Eheleute aus ihrer Starre zurück. Rasch war die Pfanne von der

≈

Herdplatte gezogen und ausgeschaltet. Der entstandene Qualm erfüllte die ganze Küche, sodass beide kräftig zu husten begannen. Die Dunstabzugshaube auf volle Leistung gestellt und das geöffnete Fenster verschafften wieder frische Luft.

„Jetzt reicht es nur noch für ein Brot", meinte Urd lapidar.

Rafael sah aus dem Fenster hinaus in den Garten. Ein eiskalter Schauer lief ihm über den Rücken, als ihm Urds Worte noch einmal in den Sinn kamen und die fest geschlossene Hand um den Messergriff. Langsam drehte er sich wieder um und sah seine Frau an. Sie wirkte ernst und dennoch unsicher. Von Anfang an waren sie ein Herz und eine Seele gewesen, ein Bollwerk, wie mancher behauptete. Sie war seine große Liebe und er die ihre, daran gab es nichts zu rütteln. Vor Jahren versuchte es Zita von den Deros ihn zu bekommen und vor zwei Jahren Christine. Und bei seinem Workshop hörte er dieses Mal wieder einige Geschichten übers Fremdgehen, Dreiecksverhältnisse und Ähnliches.

„Es tut mir leid", stieß er hervor, „ich liebe dich unendlich. Vielleicht habe ich die letzten Tage zu viel schlechte Liebesgeschichten gehört und meine besonders schöne vergessen." Vorsichtig ging er auf Urd zu, nahm das Messer und legte es in die Schublade. Erst dann schloss er sie behutsam in den Arm. „Verzeih Liebling", sagte er leise, „ich glaube, ich habe auch Angst dich zu verlieren." Sanft küsste er sie auf die Wange.

„Im Workshop hörte ich so viel vom Fremdgehen, dass es mir manches Mal zu viel wurde. Da erscheint

≈

mir unsere Beziehung mitunter sehr exotisch, fremd und doch so vertraut und aufbauend. Es tut mir leid, Liebste."

Urd nickte stumm. Sie fühlte sich elend. Vor wenigen Augenblicken war sie zum Äußersten bereit. Das kannte sie von sich nicht. Dem wollte sie nachgehen.

Schließlich löste sie sich von ihrem Mann und sagte mit einem Blick zur Uhr: „Lass uns noch rasch ein Brot richten und mitnehmen. Die Küche kann warten."

Wenige Minuten später waren beide auf dem Weg zum Versammlungshaus. Wie so oft waren sie die Letzten, die kamen. Selbst Michael war schon anwesend. Er schien sich in all den Jahren, in denen sie sich kannten, nicht verändert zu haben. Keiner von den Telepathen wusste näheres über ihn. Er tauchte oft überraschend auf und besaß allem Anschein nach sehr viel Einfluss auf verschiedenen Ebenen. Zusammen mit seinem Volk hatte er als Gegengewicht zur weltlichen Politik ein geheimes Gremium geschaffen. Britta, Urd und ihre Männer gehörten über einige Jahre dazu. Die Telepathen wussten nur, dass er aus Argarith stammt. Wo das lag, wusste keiner.

Sein weiser Blick ruhte lange auf Urd und Rafael. Es erschien beiden, als würde er sie durchleuchten und etwas in ihnen suchen. Britta bemerkte dies zwar, ließ sich jedoch nicht davon abhalten, die Versammlung zu eröffnen. Sie begrüßte Michael direkt und sprach sogleich über ihre Besorgnis. Zum Schluss stellte sie die Frage, was getan werden könne, um nicht nur Urd zu schützen, sondern die gesamte Gemeinschaft. Sie glaubte, dass Gadreels Sohn nicht eher ruhen würde, bis er hatte, was er begehrte.

≈

Michael ließ sich Zeit mit einer Antwort und sah von einem zum anderen. Die Anzahl der Telepathen in Uru Anna hatte sich in den letzten Jahren von dreizehn auf zwanzig erhöht. Elf Erwachsene waren es vor Jahren und zwei Jungs, die heute Männer waren. Damals gab es noch vier Menschen, die nicht ganz so begabt, jedoch wie Marijan, in Zeiten, in denen Verstärkung gebraucht wurde, einfach da waren. Heute zählten noch die drei jungen Frauen, die seit einiger Zeit in der Gemeinschaft lebten, zu den Telepathen. Zufrieden stellte er fest, dass die Liebe, die Uru Anna stark machte, immer noch vorhanden war.

Endlich nickte er wohlwollend und meinte seufzend: „Eigentlich habe ich ein ganz anderes Anliegen, weshalb ich hier bin." Noch einmal ließ er seinen Blick über alle Anwesende gleiten, ehe er fortfuhr: „Die Occulaner sind zwar weitestgehend abgezogen, doch ihre Vasallen sind fast noch schlimmer als sie selbst. Könnt ihr eine Sitzung des Großen Rates organisieren? Am besten schon nächste Woche", platzte er heraus. „Ich weiß, dass ihr keine Mitglieder mehr seid, aber es ist eilig."

Die Freunde sahen sich überrascht an. „Die Gemeinschaft Atair wäre mit der Ausrichtung an der Reihe, aber Mittelamerika wird zurzeit auf fast allen Ebenen erschüttert, sodass es der Gemeinschaft unmöglich ist, Sicherheit für alle zu gewährleisten." Abermals seufzte Michael schwer. Er tat dergleichen eher selten, dann sprach er weiter. „Es eilt wirklich, deshalb bin ich hier."

Sechsundzwanzig Paare mussten untergebracht und verpflegt werden. In Gedanken überschlugen die Telepathen, was auf die Schnelle möglich war und was jeder dazu beitragen konnte. Schließlich war es Britta, die laut „Ja", sagte, „wir können das bewerkstelligen. Es wird wohl sportlich, doch es geht."

Michael lächelte dankbar. „Und nun zu eurem Anliegen." Er sah Urd aufmerksam an und ein Schmunzeln zog sich über sein Gesicht, als er feststellte: „Ich kann verstehen, dass du für andere Männer begehrenswert bist, selbst für solche, die einer anderen Spezies angehören. Du verkörperst immer mehr den Typ Weib, den sich ein Mann wünscht." Nacheinander besah er sich die anderen anwesenden Frauen.

„Auch ihr habt eine begehrlich wirkende Ausstrahlung", führt er aus, „ihr ruht nur bislang nicht so fest in euch wie Urd. Die war jedoch gezwungen, sich innerlich zu festigen, um zu überleben. Es könnte also gut sein, dass Tapiwa Suluwa hier erscheint." Michael legte eine kleine Pause ein, um seinen Geist kurz auf Reisen zu schicken.

„Ich werde sehen, was zu tun ist", sagte er schließlich. „Ich denke, er wird kommen. Dazu hat er zu viel Starrsinn von seinem Vater und dessen Gene und zu wenig menschliche Vernunft und Empathie."

„Hat er keine Augen im Kopf?", unterbrach ihn Urd heftig, „ich bin doch viel zu alt!"

Wieder schmunzelte Michael. „Das sieht er nicht, nein. Du siehst auch nicht so aus. Er weiß, dass er sich in deiner Gegenwart großartig fühlt", er überlegte kurz, „ja fast unbesiegbar", ergänzte er.

„Welche Sprache versteht er?", fragte Mona bissig, „Waffen? Gespräche? Oder was sonst?"

Michael ließ sich lange Zeit, ehe er antwortete: „Die Sprache der Gefühle und der Bilder."

„Na Prost Mahlzeit", platzte Rafael heraus, „keine große Auswahl, aber viele Möglichkeiten."

≈

Es wurde noch lange diskutiert, wie man einer Begegnung vorbeugen könne oder wie sich Urd und die Gemeinschaft im Falle einer Konfrontation verhalten sollen. Ein wirkliches Ergebnis kam dabei nicht zustande.

≈≈≈

Veränderungen kündigen sich an

Die anstehenden Vorbereitungen zur Ratsversammlung nahmen die Freunde ganz in Anspruch, sodass das Thema Tapiwa in den Hintergrund trat. Als fast alle Vorbereitungen erledigt waren, trafen sich Florian und Britta mit Rafael und Urd zum Tee. Florian hatte seinen Terminkalender dabei, um mit Rafael einen Tag für eine gemeinsame Radtour abzustimmen. Erstaunt blätterte er darin vor und zurück und stellte ganz überrascht fest, dass die Ratsversammlung eigentlich erst in vier Wochen sein sollte.

Verblüfft sahen sich die Freunde an. „Na, da wird es wohl etwas sehr Wichtiges geben", stellte Britta nüchtern fest. „Wir haben auch überhaupt nicht nachgefragt, wieso es so eilig ist."

Bereits am nächsten Tag trafen die ersten Ratsmitglieder ein und bezogen ihre Unterkünfte. Jedes Mal war eine andere Gemeinschaft an der Reihe, die Versammlung auszurichten. Dass die Gemeinschaft Atair, die im Grenzgebiet El Salvador, Honduras und Guatemala beheimatet war, ihre Aufgabe nicht erfüllen konnte, verhieß nichts Gutes. So waren alle gespannt, was sie erwarten würde.

Wer bei wem unterkam, entschied jedes Mal das Los. Für dieses Treffen ergab es sich, dass die Vertreter von Tau Canis aus der Republik Kongo, Dabir, Adia Shalia so wie Tahia und York bei Urd und Rafael logierten, während bei Britta und Florian die Vertreter aus Alnitak, Sibirien zu Gast waren.

Die Freude war groß, als sich alle im Versammlungshaus trafen. Auch viele fragende Gesichter waren zu sehen, denn allen war aufgefallen, dass die Sitzung viel zu früh anberaumt wurde. Dies zudem unter dem Aspekt ‚eilig‘. So wie die Freunde aus Uru Anna, so hatten auch die anderen nicht nach dem Grund gefragt. Alle vertrauten Michael blind. Genau dieser Umstand begann seit dem letzten Treffen mit ihm, in Urd sowie in Britta unangenehm zu wirken. Keiner aus dem Großen Rat wusste etwas über ihn, nur dass er mental sehr stark war, auf unterschiedlichen Ebenen agieren konnte, den Menschen im Rat sehr zugetan war und dass er mit den Seinen zum Teil in der Erde und zum Teil auf der Erde lebte. Was er indessen wirklich tat, wusste absolut niemand. Eine geheimnisvolle Aura umgab ihn stets und meist gab er sich unnahbar.

Rafael traf ihn vor Jahren zum ersten Mal im Wald, als er einen Weg zu Zita aus dem Volk der Deros suchte. Seither kam Michael immer wieder nach Uru

Anna oder tauchte überraschend bei den Ratsversammlungen auf.

Als Gastgeber eröffneten die vier Freunde die Sitzung, begrüßten alle und bedankten sich bei den vielen Helfern, die dazu beitrugen, dass alles gelang. Nur Michael fehlte noch.

Britta nutze die Gelegenheit, um ihrer Sorge Ausdruck zu verleihen, dass Occulanerschiffe wieder auftauchen könnten, da es einer auf Urd abgesehen hatte. Eine kurze Debatte entstand, die Dabir mit den Worten: „Ich werde dir einige Hilfsmittel an die Hand geben, damit du dich zur Wehr setzen kannst", beendete.

„Warum sind wir hier?", fragte schließlich Igasho aus der Geneinschaft Deneb. „Der, der uns rief, ist nicht zugegen. Ich sehe auch keinen aus der Gemeinschaft Atair. Was ist also los?" Ratlose Stille trat ein. Keiner der Anwesenden wusste etwas über den Grund ihrer Zusammenkunft.

„Wer mag Kaffee?" Florians Frage hatte etwas Erlösendes, denn augenblicklich begann eine lebhafte Unterhaltung. Viele griffen Florians Angebot auf, andere entschieden sich für Tee oder Wasser.

Kleine Grüppchen bildeten sich und Ernteüberschüsse wurden ausgetauscht, und die Vertreter Alamaks, Neuseeland, reichten Proben ihrer Wolle herum. Im Nu war ihr Kontingent erschöpft, und eine Warteliste musste angelegt werden. Der Handel unter den Gemeinschaften florierte hervorragend. Es wurde getauscht, was vorhanden war, ohne dass dabei das Gefühl der Benachteiligung entstand. Jeder brachte das ein, was er konnte oder zu viel hatte. War dann doch noch etwas übrig, wurde es verkauft oder in Hungergebiete gebracht.

Dabir nahm Urd etwas zur Seite. „Ich habe Sanura gleich mental gefragt, was sie zu Tapiwas Verhalten sagen konnte", flüsterte er ihr zu. „Sie macht große Fortschritte", bemerkte er freudig, „und wird sich bald bei uns melden."

„Wie gefällt deiner Tochter das Leben im kongolesischen Urwald?", fragte Urd neugierig zurück. „Wird sie wieder auf den Mars gehen?" Dort hatte sie Sanura kennengelernt und Aron sie als seine Freundin mit zur Erde genommen. Dass sie dann die Gemeinschaft an Gadreel auslieferte, war der entscheidende Punkt, dass Aron sich wieder von ihr trennte und sie freiwillig zu ihren Großeltern in den Urwald ging.

„Das glaube ich nicht", bemerkte Adia Shalia. „Sanura ist zwar nicht meine Tochter, doch liebe ich sie so wie eine und sie erwidert diese Liebe. Sie hat sich sehr verändert, seit sie im Busch bei Großmutter lebt."

„Ja", bestätigte Dabir, „sie liebt die warme Sonne, schläft oft unter freiem Himmel und mag es, einfach so herumzustreifen. Da kann ich mir nicht vorstellen, dass sie zurückgeht. Vielleicht", ergänzte er, „für einen Besuch, mehr aber auch nicht."

Allmählich wurde es wieder still im Raum und Urd sah sich suchend um. Sie erkannte Rafael, der mit einem gebeugt gehenden Mann am Arm den Raum betrat. Alle Augen richteten sich augenblicklich auf die beiden und folgten ihnen. Urd suchte nach Britta und erblickte dabei zwei fremde Wesen, die gerade durch die Tür traten. Sie kannte beide, das wusste sie sofort, nur nicht woher. Die Fremden schwebten mehr, als dass sie gingen, Richtung Rafael.

Das weibliche Wesen sah sich suchend um und

blieb bei Urds Blick hängen. „Wir kennen uns", erklang es in dieser.

Urd überlegte angestrengt, woher sie das Wesen kannte. Plötzlich fiel es ihr wieder ein. „Loris, Nelio?", fragte sie ungläubig. Beide nickten ihr lächelnd zu. Mittlerweile hatte Rafael mit dem Mann an seinem Arm am Tisch Platz genommen. Für die zwei unerwarteten Gäste wurden rasch noch Stühle hinzu gestellt. Danach wurde es sehr still im Raum. Erst jetzt besah sich Urd den unbekannten Mann genauer und erschrak bis ins Mark. Es war Michael!

Britta erkannte ihn ebenfalls und brachte ihm sogleich ein großes Glas Lavidaria, ihrer Wundermedizin, die sie immer und überall dabeihatte. Alle Anwesenden waren entsetzt, Michael in einem solchen Zustand zu sehen. In sich zusammengefallen kauerte er neben Rafael, wie ein uraltes Männlein, das keine Kraft zum Leben mehr hatte. Er nahm Brittas Medizin dankend an und trank gleich einen großen Schluck davon. Sie brachte ihm kurzzeitige Erholung, sodass er mit matter Stimme sprechen konnte. Er dankte allen für ihr Kommen und stellte Loris und Nelio als seine Verwandten vor, die nicht nur blutsverwandt seien, sondern auch im Geiste verwandt. Seine Stimme begann schon nach kurzem Sprechen schwächer zu werden. Ein weiterer Schluck Medizin stärkte ihn abermals. Betroffen hörten die Ratsmitglieder, dass Nelio und Loris für ihn sprechen werden, da er sich außerstande sah, weiterzureden.

Nelio erhob sich, sah in die Runde und begann sich und Loris kurz vorzustellen. Dabei erzählte er auch, dass sie vor Jahren Urd mit einem besonderen Vogel, einem Yagulla, getroffen hätten. Er vergaß nicht ihre Skepsis ihnen gegenüber zu erwähnen und alle lächelten wissend, selbst Michael.

„Bevor du weiter redest", unterbrach ihn Igasho, „was ist mit Michael geschehen und warum ist niemand aus Atair anwesend?"

„Beides wird gleich offengelegt", antworte ihm Loris. Ihre Stimme war sehr sanft, genau wie die von Nelio, der nun erläuterte, warum diese kurzfristige Ratsversammlung anberaumt wurde. Mit Entsetzen hörten die Mitglieder, dass die Gemeinschaft Atair zum Teil zerstört wurde.

„Es kommen hier auf der Erde Waffen zum Einsatz, die in der Hölle gemacht wurden", erklärte er. „Michael half mit, das Schlimmste zu verhindern, daher sind seine Vitalkräfte sehr erschöpft. Er wird sich wieder erholen", ergänzte er und sah Michael dabei an, „es wird nur etwas dauern." Dieser saß in sich versunken auf seinem Stuhl.

„Was sind das für Waffen?", erkundigte sich Dabir.

„Strahlenwaffen und Hochenergielaser, die punktgenau treffen, Metall zum Schmelzen bringen, punktuelle Brände auslösen, alles pulverisieren, was ihnen in den Weg kommt und noch einiges mehr." Nelio sah die Ratsmitglieder an.

„Wozu das alles?", ertönte die raue Stimme Zoras.

„Wie so oft", antwortete ihr Loris, „aus Machtstreben und Gier."

Nelio erläuterte weiter, dass alle Gemeinschaften ihren Schutz verstärken müssten, dies sofort und am besten alle gemeinsam und auch für Atair, das in einem sehr unruhigen Landstrich zwischen den drei Staaten lag, in dem es oft Probleme gab.

„Bevor wir das tun", warf Urd sehr betroffen ein, „woher stammen diese Waffen? Weißt du, wer der oder die Drahtzieher hinter allem sind? Ich habe das

≈

Resultat einer solchen Waffe schon gesehen", ergänzte sie.

„Dann weißt du auch, wer sie ursprünglich auf die Erde gebracht hat, Occulaner. Die, welche sie jetzt in Händen haben", Nelios Stimme klang für einige Augenblicke sehr belegt, „sind wie Kinder mit einem Spielzeug, das für Erwachsene gedacht ist."

„Die meisten, die damit hantieren", fügte Loris hinzu, „sind zudem Bioroboter, ohne Gefühl, ohne Empathie." Für kurze Zeit herrschte betretenes Schweigen. Danach begann unter Nelios Anleitung eine Marathonsitzung mit mentaler Arbeit. Es wurde spät bis in die Nacht hinein gewirkt.

Tabea brachte zusammen mit Alexander das Essen ins Versammlungshaus. Beide waren froh, als sie wieder gehen konnten. Die vorherrschende Energie war ihnen viel zu stark. Diese Energie endete jedoch nicht im großen Raum. So bekam jeder in Uru Anna mit, dass intensive energetische Arbeit geleistet wurde. Zwischendurch verabschiedete sich Michael. Er versprach jedoch, am nächsten oder übernächsten Tag noch einmal vorbeizukommen. Rafael brachte ihn zum unterirdischen Bahnhof, wo ein kleines Fluggerät wartete. Bevor Michael einstieg, sah er Rafael aufmerksam an.

„Passe auf deine Gefühle und Gedanken auf", sagte er ihm mit matter Stimme, „du bist zu oft in fremder Umgebung und dadurch leichter zu beeinflussen. Vielleicht kannst du deine Tätigkeit verlagern oder gar verändern." Überrascht nickte Rafael stumm. Er hatte selbst schon überlegt, etwas zu verändern.

„Deine Urd wird bald deine ganze Präsenz brauchen", verabschiedete Michael sich und stieg ein.

≈

Kurz danach erhob sich das Gefährt fast lautlos, ein Umstand, den Rafael erstaunt zur Kenntnis nahm und dem er nachgehen würde, um zu erfahren, welchen Antrieb dieses Gefährt hatte.

Gleich am nächsten Morgen berichtete Dabir beim gemeinsamen Frühstück, dass Sanura sich bei ihm gemeldet hatte. Als seine jüngere Halbschwester kannte sie Tapiwa am besten. Sie beschrieb ihn als impulsiv, mit zu viel Geltungsbedürfnis. Zum einen, so berichtete Dabir, würde Tapi sich treiben lassen und zum anderen, könne er sehr zielstrebig sein, wenn er sich etwas in den Kopf gesetzt hätte.

„Und wenn er dich will, Urd, dann wird er alles daran setzen, dich zu bekommen", endete Dabir.

„Keine rosigen Aussichten", stellte Rafael bestürzt fest. »Das wird wohl der Zeitpunkt sein«, dachte er sich, »von dem Michael sprach.«

Am frühen Nachmittag trafen sich die Ratsmitglieder zu einer erneuten Sitzung. Wieder wurde unter Nelios Anleitung der energetische Schutz aller Gemeinschaften verstärkt. In einer Pause suchte Britta Urds Nähe. Zusammen schlürften sie an ihrem heißen Tee. Britta beobachtete dabei aufmerksam Loris und Nelio, wie sie sich mit den anderen unterhielten.

„Was weißt du über die beiden?", fragte sie Urd spontan.

Diese, sichtlich erschrocken, musste erst nachdenken, da sie gerade bei Dabirs Ausführungen über Tapiwa weilte. „Sie tun, nach ihren Aussagen, das gleiche wie die Occulaner, nur mit anderen Mitteln und für einen anderen Zweck", erklärte sie schließlich.

„Dann sollten wir diesen smarten Wesen einmal auf

den Zahn fühlen", bemerkte Britta. Urd sah ihre Freundin fragend an.

„Sie sind mir zu glatt", entfuhr es dieser. „Komm, lass uns zurückgehen."

Imre aus der Gemeinschaft Alnitak, Sibirien, kam Britt zuvor. Unumwunden fragte er Nelio, was dessen Intension auf der Erde sei. Für einen Moment musste dieser überlegen, ehe er antworten konnte. „Wir geben Impulse und führen die Menschen in das lichte Sein."

Burhan, aus Gie-Nah, Syrien, hakte sofort nach und wollte wissen, was er sich darunter vorstellen muss. Loris sah Burhan erst einige Zeit durchdringend an, ehe sie erklärte: „Die Gemeinschaft der Lichtwesen ist bestrebt, alle Lichtwesen nach Hause zu holen. Da die meisten Menschen der Erde dazu gehörten, sind wir hier, um sie anzuleiten."

„Das bedeutet", folgerte Lata aus Nath, Indien, „ihr wollt ein Lichtkollektiv auf- und ausbauen." Loris nickte bestätigend.

„Dann seid ihr hier fehl am Platz", stellte Rafael spontan fest. „Wir sind Individualisten und fördern die Individualität jedes Menschen in allen Gemein-schaften." Imre fasst noch einmal nach, indem er fragte, ob Michael auch zu dem Lichtkollektiv gehöre.

Dieser stünde für ein sowohl als auch, führte Nelio aus und ein Raunen ging durch die Ratsversammlung. „Er fördert weder das eine noch das andere, was uns nicht immer gefällt", erklärte er weiter „wir aber akzeptieren."

„Können wir uns darauf einigen", schlug Rafael vor, „dass ihr eure Einflussnahme bei uns einstellt und nur die mentale Arbeit durchführt?"

„Das ist zwar ein schönes Ansinnen, lieber Rafael",

warf Dabir ein, „aber denkst du nicht, dass wir das nicht alleine können. Schließlich haben wir große und mächtige Geister unter uns und bei dem, was wir bislang taten, war für uns noch nichts Neues dabei."

Nach einer kurzen Debatte und einer Abstimmung, kam die Ratsversammlung einstimmig überein, die mentale Arbeit alleine weiter auszuführen. Die Vertreter der jeweiligen Gemeinschaft, dessen Schutz verstärkt werden sollte, würde darin die Führung übernehmen. Widerwillig und verstimmt, zogen sich Nelio und Loris zurück.

Es wurden noch drei intensive Arbeitstage, in denen der Schutz jeder Gemeinschaft maximiert wurde, was einiges an Zeit beanspruchte. Kaum einer hatte nach solch einem Arbeitspensum noch Ambitionen für ein privates Gespräch. Selbst Dabir nicht, der sonst wirkte, als besäße er unerschöpfliche Energie. Als letzte Gemeinschaft, deren Schutz verstärkt wurde, kam Uru Anna an die Reihe. Kurz bevor Britta und Florian begannen, die benötigte Energie aufzubauen, klopfte es an der Tür. Sie öffnete sich sogleich und ein gut gelaunter Michael kam herein. Die Freude war groß, ihn in fast alter Frische zu sehen. Viele Fragen stürmten auf ihn ein, die er lächelnd abtat. Erst solle der Schutz verstärkt werden, dann würde er reden, sagte er in die Runde.

Nach getaner Arbeit und einer kurzen Pause eröffnete Michael mit den Worten: „Der Kampf der Energien ist im vollen Gange", die Gesprächsrunde. Über zwei Stunden beantwortete er Fragen und gab Hintergrundwissen über eine geophysikalische Kriegsführung preis, die überall auf dem Globus tobte.

Urd verlor schon nach wenigen Minuten das Interesse an Michaels Ausführungen. Sie ließ ihren

Geist frei umherschweifen und stellte dabei mit Genugtuung fest, wie stark der Schutz um Uru Anna geworden ist, sagte Gina mental Hallo und auch Mona, die in eine Debatte mit ihrem Nesthäkchen eingebunden war. Plötzlich sah sie in die Augen von Mari aus dem kleinen Volk. Eindringlich sagte diese, dass Urd unbedingt mit Mabu reden müsse.

„Und wo finde ich den?", wollte Urd neugierig wissen.

„Der ist hier", ertönte eine volle, tiefe Stimme neben Mari. Ein wenig erinnerte Urd seine Stimme an die, von Mutter Erde. Erwartungsvoll sah sie den Zwergenältesten an. Dieser ließ sich Zeit, schaute sie eine ganze Weile stumm an und schien sie zu durchleuchten. „Du musst dringend deine Signatur verändern", sagte er unvermittelt und Urd erschrak. „Und wieso?"

„Der Occulaner kennt deine alte und jetzige Signatur. Mit einer neuen kann er dich nicht orten", klärte Mabu sie auf. „Du schützt uns alle damit, nicht nur dich", ergänzte er.

„Und wie schaffe ich das?", wollte Urd fragen, doch Mabu und Mari waren nicht mehr zu sehen. Stattdessen fand sie sich in der Nähe von Gie-Nah wieder. Wie bereits vor vielen Jahren stand sie auf einem Berg und sah über zerstörtes Land. Damals weilte sie jedoch physisch dort.

„Meinst du nicht", hörte sie eine vertraute Stimme sagen, „dass es besser wäre, die Mehrheit zu vernichten. Sie haben nichts gelernt." Erstaunt sah Urd in das Gesicht von Nakajo Ashira. „Nein!", schrie sie laut auf und unterbrach damit Michaels Redefluss. Alle Augen richteten sich augenblicklich auf sie, doch sie brauchte einige Momente, um wieder ganz bei sich anzukommen. Unterdessen verbanden sich nicht nur Rafael und Michael mit ihrem Geist, sondern alle anwesende Telepathen.

„Wo ist Ashira jetzt?", platzte Britta heraus.

„Nicht auf diesem Planeten", antwortete Michael nachdenklich. In knappen Worten bekamen die wenigen, Nicht-Telepathen erklärt, was Urd erlebt hatte.

„Kampf der Energien um Energie", stellte Burhan trocken fest. „Gibt es denn keine Lichtwesen, die uns helfen können?" Seine Frage klang resigniert.

„Die habt ihr vor ein paar Tagen hinaus-komplimentiert", entgegnete ihm Michael.

„Das Lichtkollektiv!", protestierten einige gleichzeitig.

„Von einer Domestizierung in die andere", stellte Britta laut fest, „nein Danke!"

„Nicht ganz", schmunzelte Michael. „Es gibt immer eine dritte Komponente."

„Und die wäre?", fragte Rafael spitz.

„Der Mensch befreit sich selbst", Michaels Stimme hatte einen kecken Unterton. „Die Macht und die Kraft hat jeder dazu, nur nicht den Mut sich selbst zu stellen. Ihr wisst selbst, dass nicht viele bereit sind, Selbst-verantwortung zu übernehmen, um so zu leben wie ihr. Die Mehrheit der Menschen fühlt sich im Kollektiv erst einmal aufgehoben."

Urd saß teilnahmslos dabei und verfolgte ohne Regung die entstandene Debatte. Sie war geschockt und aufgewühlt. Nach so vielen Jahren tauchte aus dem Nichts und ohne Vorankündigung, Nakajo Ashira auf. Ganz plötzlich fühlte sie sich schwach, fast krank. Was bedeutete das erneute Erscheinen Ashiras? Er wollte sie, genau wie vor einiger Zeit Gadreel, für seine Seite gewinnen. – Für die dunkle Seite der Macht. Und nun?, fragte sich Urd. Wird jetzt die Erde von zwei Dunkelmächten heimgesucht? Wie lange soll dieses Hin und Her noch gehen?

In ihr entstand ein Kampf. Die einstige Auseinandersetzung mit Ashira, der die Erdbevölkerung auslöschen wollte, genau wie Gadreel, wurde in ihr unvermittelt sehr lebendig. Ihre Gefühle fuhren Achterbahn. Außen redete Michael von Selbstverantwortung, der Macht des Individuums und in ihrem Innern rief eine Stimme nach Frieden, Freude und Harmonie ohne Vormundschaft, ohne Gewalt, ohne Kampf. Langsam, fast mechanisch stand sie auf und wand sich dem Ausgang zu. Sie musste hier raus und an die frische Luft. Alles wurde ihr schlagartig zu eng. Zudem fühlte sie die Energie in sich aufsteigen, die sie bis jetzt nicht beherrschen konnte. Sogleich verstummte die Debatte und alle Augen hafteten auf Urd.

„Willst du uns verlassen?" Michaels Frage war eigentlich harmlos, doch seine Stimme brachte ihre innere Energie unkontrolliert zum Explodieren.

Uralte Augen starrten Michael aus einem Gesicht an, das nicht von dieser Welt schien. Mit einer Stimme, die jedem Anwesenden einen Schauer über den Rücken jagte, hob sich ihr Arm von ganz alleine. „Es reicht", sagte sie bestimmend. Urd zeigte auf Michael. „Es reicht", wiederholte sie, „lasst uns endlich in Ruhe! Jeder manipuliert uns nach seinem Gutdünken. Es reicht!"

Michael zuckte unter ihrer Erscheinung und ihren Worten unbemerkt zusammen. Der Energie, die Urd ausschickte, konnte er gerade noch ausweichen. Sie traf die Wand hinter ihm und hinterließ versengtes

Holz, mit dem die Wand verkleidet war.

Eine feine Stimme, die sanft auf sie einredete und immer wieder ihren Namen wiederholte, brachte sie schließlich dazu, innezuhalten und ihren Arm zu senken.

„Ich habe einen Kaffee für dich und frisch gebackenen Streuselkuchen. Kommst du?", hörte Urd Monas Stimme endlich klar und deutlich sagen.

Im Versammlungsraum herrschte derweil angespannte Ruhe. Rafael war bei den ersten Worten seiner Frau aufgesprungen, doch die Energie, die sie umgab, hielt ihn davon ab, näherzutreten. Was nach solch einer Attacke geschehen würde, wusste er und suchte schon nach einer Decke, um seine Liebste darin einzupacken. Doch nichts dergleichen geschah.

Adia Shalia und Dabir lächelten. „Mit dieser Energie kannst du Welten erschaffen, wenn du sie richtig lenkst." Adia Shalia stand auf und ging auf Urd zu. „Tochter der großen Mutter", die sanfte Energie Adias holte Urd nun ganz zu sich zurück, „du bist auf dem besten Wege, die Macht, die einst dem Menschen zu eigen war, auferstehen zu lassen." Liebevoll umarmte sie Urd und küsste sie auf die Stirn.

„Wenn du es kannst, dann können es bald noch mehr." Urd war berührt und abwesend gleichzeitig.

Michael hielt sich still im Hintergrund. Bislang hatte er nur von den Fähigkeiten Urds gehört, die er nun am eigenen Leib verspüren konnte. Adia Shalia hatte recht. Wenn Urd es kann, dann könne es bald noch einige von denen, die heute zugegen waren. Die Wandlung der Menschen hatte begonnen. Ob er sie richtig lenken konnte? Er wollte die Versammlung beenden, doch Britta hielt ihn davon ab. Zu sehr waren

≈

die Worte ihrer Freundin in sie eingedrungen, zu sehr trafen sie dort auf fruchtbaren Boden. Also hatte Urd recht mit ihrer Forderung, und darüber musste gesprochen werden. Burhan, dem es ähnlich erging, unterstützte sie darin.

Urd jedoch verabschiedete sich. Rafael wollte sie begleiten, doch sie wehrte ab. „Es ist wichtig, dass du hier bleibst", sagte sie ihm, „außerdem holt mich Aron oder Mona ab. Ich bin dann eine Weile bei ihr." Mit gemischten Gefühlen ließ er seine Liebste gehen, die wie ein scheues Reh wirkte.

Vor der Tür wartete Aron bereits auf sie. „Du wirst immer besser", begrüßte er seine Großmutter. „Die Versammlung hast du ganz schön aufgemischt. Ich denke, dass jetzt sehr viel ins Laufen kommt."

Erstaunt sah Urd ihren Enkelsohn an. „Wie meinst du das?"

„Na ja", resümierte er, „wenn ich meinen Geist zur Versammlung schicke, dann höre ich, dass Michael gehörig unter Druck kommt. Britt und Burhan wollen es jetzt ganz genau wissen und Dabir mischt auch kräftig mit. Du hast ein Pulverfass geöffnet, liebe Groma und das war gut so."

Urd wurde noch stiller, als sie es ohnehin schon war. Das Auftauchen von Nakajo Ashira hatte einiges in ihr angestimmt, ohne dass sie es hätte benennen können. Ganz offensichtlich ging es um versteckte Manipulation, die auch Britta und Burhan erahnten.

Verführerischer Duft von frisch gebackenem Kuchen, untermalt mit einer feinen Kaffeenuance empfing beide. Zu Urds Überraschung war auch Tabea mit ihrer Jüngsten da, was nur sporadisch vorkam. Verschmitzt sah Mona ihre Mutter an.

„Bevor du alle verärgerst, dachte ich mir, dass Kaffee und Kuchen eine gute Alternative dazu wäre." Urd lächelte nur schief und ließ sich bereitwillig bewirten. Arons Gedanken ließen sie noch nachdenklicher werden. Sie begann zu bedauern, die Sitzung verlassen zu haben. Der frische Streuselkuchen lenkte nur kurzzeitig ab.

„Gehe ruhig wieder", Monas Worte kamen überraschend schnell. Betroffen lächelte Urd und sah ihre Tochter an.

„Ich habe mich bisher nicht ganz an deine Fähigkeiten gewöhnt. Aber danke! Dein Kuchen ist köstlich. Ich nehme mir noch ein Stück für unterwegs mit." Sie war schon vor der Tür, als Tabea angelaufen kam.

„Halt", rief sie ihrer Mutter hinterher. „Ich habe doch noch eine Einladung für euch."

Erstaunen lag auf Urds Gesicht. Eine Einladung ihrer Ältesten bedeutete stets, dass etwas Neues anstand. So war es auch dieses Mal. Tabea und Alexander luden zu einem Wildkräuterabendessen ein. Erfreut sagte Urd zu.

Im Versammlungsraum herrschte eine explosive Stimmung. Aron, der Urd wieder zurückgefahren hatte, stellte ein großes mitgebrachtes Paket auf eine Anrichte an der Seite. Es war ihr nicht aufgefallen, dass ihr Enkel etwas einpackte, als sie von Mona wegging. Umso überraschter war sie, als Aron das Paket öffnete und Kuchenduft sich verströmte. Britta kam sogleich herangeeilt, drückte Urd kurz und meinte erleichtert, dass dies eine prima Idee sei. „Das wird etwas Entspannung bringen."

Urd schüttelte den Kopf. „Das war Monas Idee,

nicht meine." Unterdessen rief Aron mit lauter Stimme. „Kaffeezeit", sah von einem zum anderen und fügte keck hinzu: „Lasst aber zuerst die Spannung raus, sonst gibt es Bauchkrämpfe."

Michael sah den jungen Mann direkt an und Aron wich seinem Blick nicht aus. Beide taxierten sich eingehend. Rafael beobachtete die Szene interessiert. »Da läuft gerade ein Abgleich«, dachte er sich. Womit er zu hundert Prozent recht hatte. Aron konnte in Michael lesen und umgekehrt. Was Aron sah, bestätigte seine Vermutung, dass Michael einen Großteil seiner Kraft eingebüßt hatte. Was bei dem jungen Mann hängen blieb, war der Begriff, Machtverlust. Michael wusste, dass Aron ihn genau erfasst hatte. Ein zukünftiger weiser Führer stand vor ihm und er war beruhigt. Da er ebenfalls wusste, dass Adrian in die gleiche Richtung tendierte, wusste er auch, dass er sich bald zurückziehen konnte. Wenn die Erde so mächtige Menschen beherbergte, würde er und sein Volk bald nicht mehr gebraucht. Wann dies sein würde, war zu diesem Zeitpunkt noch offen. Urd musste zuerst noch lernen, ihre Energie zu beherrschen und mancher Politiker ausgetauscht werden.

Rafael lächelte zufrieden. Er konnte die Energie wahrnehmen, die zwischen den beiden ungleichen Männern herrschte und zum Teil auch deren Gedanken hören. In diesem Moment war er sehr stolz auf Aron, auch wenn er nicht sein eigener Nachkomme war. Urds Enkelsöhne waren auch die seinen.

Kamata unterbrach die Szene, indem sie Michael eine Tasse Tee und ein Stück Kuchen hinstellte. Dieser bedankte sich überrascht bei ihr. Aron nutzte die Unterbrechung, um sich an Rafael zu wenden und ihm eine Mitteilung von Marijan aus dem Gewächshaus zu

≈

überbringen. Einige Pflanzen zeigten starken Pilzbefall und Rafael solle sich das Ganze baldmöglichst ansehen.

Die weitere Versammlung lief um einiges entspannter, bis Zuban, aus der Gemeinschaft Maja, Südafrika, nach Urds Fähigkeiten fragte. Er erkundigte sich direkt bei ihr, wie sie auf den Gedanken kam, dass Michael manipulativ wirken würde. Zu einer Antwort kam sie nicht. Michael räusperte sich kurz und meinte, er würde gerne zuerst sprechen. Was er sagte, verblüffte alle, selbst Urd.

„Urd hatte richtig gelegen. Auch wir sind bemüht, euch in unserem Sinne zu beeinflussen. Ihr seid in eurem eigentlichen Menschsein zu mächtig und uns zum Teil überlegen." Lange und ausführlich berichtete er über vergangene Zeiten, in denen der Mensch um seine Macht wusste und sie schöpferisch aufbauend einsetzte. Alles ging so lange gut, wie die Menschen den Einflüssen fremder Besucher widerstehen konnten.

„Als sie dann begannen, ihre Macht zerstörerisch einzusetzen, griffen wir ein", bekannte Michael offen, „die neuen Herren der Erde übernahmen den Rest der Manipulation bis heute. Wir lieben es", sagte er verlegen, „wenn man uns verehrt. In ferner Vergangenheit habt ihr Menschen der Erde die gewalttätigen Besatzer verehrt und heute nutzen sie euch aus. So weit wollten wir es niemals kommen lassen. Unsere Mittel, die wir einsetzten, waren sanft und nicht negativ geprägt." Er sah Urd direkt an.

„Durch deinen Aufenthalt auf Occula haben sich bei dir, Urd, die verborgenen Fähigkeiten des Menschen begonnen, wieder zu entfalten. Diese Energie", er sah jeden Einzelnen an, „wohnt in jedem von euch. Damit könnt ihr ganze Galaxien zerstören, was in der

Vergangenheit auch geschehen ist. Ihr könnt jedoch damit auch ganz neue, einzigartige und wundervolle Welten entstehen lassen. Du Urd", er sah sie dabei wieder direkt an, „musst lernen, diese Energie zu lenken, ehe es zu einem Unglück kommt."

Betroffenes Schweigen im ganzen Raum. Aron, der die ganze Zeit über zugehört hatte, verließ auf leisen Sohlen die Versammlung. Alles lief perfekt für ihn.

Urd ignorierte Michael. Stattdessen fasste sie das Gehörte zusammen. Ihre Stimme bekam dabei einen leicht aggressiven Unterton. „Das heißt, wir wurden von euch und den Occulanern und wie sie alle heißen, als Energielieferanten gehalten, wie Hühner oder Rinder." Die Spannung im Raum stieg augenblicklich wieder an.

„Nicht ganz", entgegnete ihr Michael aufrichtig. „Wir waren darauf bedacht, euch allmählich wieder zurück zu eurer Macht zu führen."

„Das heißt", unterbrach ihn Burhan, „wir Menschen werden so lange hingehalten, wie ihr es für richtig erachtet. Unsere Entwicklung wird zudem von euch gesteuert. Gadreel ist abgezogen, weil er uns nicht absolut beherrschen konnte und ihr macht einfach weiter wie bisher." Empört sah er Michael an. „Ich stimme Urd zu, lasst uns endlich in Ruhe, gleich von welcher Fraktion ihr seid. Wenn wir Hilfe brauchen, haben wir einen Mund und können es kundtun."

„Ganz so einfach geht das nicht", kam es verhalten über Michaels Lippen. „Es gibt noch einige andere Wesen, aus höheren Dimensionen, die mitentscheiden müssen. Ich werde es jedoch dem Rat vortragen. Dem Galaktischen Rat wird das ohnehin nicht gefallen, dass eure Fähigkeiten zurückkehren."

„Halt, Stopp!", rief Ambar, Vertreter der

Gemeinschaft Nath aus Kambodscha. „Es ist richtig, dass Urd es kann. Ob ich es kann, weiß ich bis jetzt nicht. Meine Frau Lata kann es nicht, genauso wenig, wie Kala oder Madhukar. Da kannst du nicht von euch reden. Und wer oder was ist der Galaktische Rat?"

Michael fühlte sich immer mehr bedrängt. Er hatte bereits mehr erzählt als er sollte. Langsam sah er von einem zum anderen. Vor vielen Jahren hatte er in Zusammenarbeit mit den Ältesten seines Volkes und dem kleinen Volk, den Großen Rat der Erde gegründet. Dreizehn Frauen mit jeweils einer Vertreterin wurden nach strengen Richtlinien ausgewählt, im Verborgenen zu wirken, um den Menschen Hilfe zuteilwerden zu lassen, wo immer es ging und die Politik die Menschen im Stich ließen. Rasch entwickelte sich der Große Rat zu einer Art grauer Eminenz, die auch in den Bereichen Persönlichkeitsentwicklung, alternativer Landwirtschaft, Spiritualität und einigem mehr aktiv wurden. Diesem Umstand war es letztendlich zu verdanken, dass die Occulaner abziehen mussten. Das Volk der Erde, in viele Gruppen aufgeteilt, sprach damals ein gemeinsames Nein! Waren die Menschen seither reifer geworden?

»Teilweise«, dachte sich Michael. Immer noch gab es mehr als genug, die dem alten System von Herr und Sklave treu ergeben waren, wild um sich schlugen, wenn sie bemerkten, dass ihnen ihre Felle davon schwammen.

Vor ein paar Jahren wurden aus dreizehn Frauen, dreizehn Frauen und dreizehn Männer mit je einem Vertreter. Die heilige Zahl der Erde, zweiundfünfzig. Und nun? Michaels Blick blieb bei Urd hängen. Genau diese Person aus dem Großen Rat hat in sich die Energie erweckt, vor der das halbe Universum Angst hat. Diese Energie wird nicht nur Gadreel, sein Sohn oder Nakajo Ashira für sich gewinnen wollen. Also hieß es, mit offenen Karten zu spielen. Er atmete schwer. „Gut", sagte er schließlich, „eins nach dem anderen!

Der Galaktische Rat ist eine Gemeinschaft, ähnlich der eurigen. Diandra ist das weibliche Wesen, das mit mir für die Erde spricht, auch wenn wir keine wirklichen Erdlinge sind. Bislang kann noch kein Mensch so reisen, wie es für die Zusammenkünfte des Galaktischen Rates notwendig ist." Er sah von Rafael zu Urd und lächelte, denn er wusste mehr, als er sagte.

„Die Mitglieder des Rates stammen aus unterschiedlichen Galaxien, sind zum Teil wie die Erdenmenschen, sind Dracos oder wie Echsen. Auch welche, die euch an Ziegen erinnern würden, sind dabei oder insektenähnliche Wesen." Er musste erst etwas trinken, ehe er weiter sprechen konnte. Noch immer war er nicht im Vollbesitz seiner Kraft. Der letzte Einsatz in Alnitak ging weit über seine Grenzen hinaus und erholt hatte er sich bislang nicht wirklich davon. Mit matter Stimme sprach Michael weiter.

„Es ist im Moment wirklich nur ein Mensch, durch den diese Energie wirkt. Doch so, wie zurzeit einige Occulanisch sprechen und verstehen, obwohl sie es nie gelernt haben, so greift auch diese Energie automatisch auf andere über. Wie schnell weiß ich nicht zu sagen."

Er begann ausführlich über diese Energieform zu sprechen, mit der man Felsen bewegen konnte wie einen Bogen Papier oder Welten zerstören ohne Technik. Außerordentlich viel Wert legte Michael bei seinen Ausführungen darauf, dass die Anwesenden verstanden, dass die dunklen Mächte und die im Graubereich tätigen, sehr an dieser Fähigkeit

≈

interessiert sind.

„Indem wir die Menschen sehr langsam an ihr eigentliches Können heranführten, schützten wir uns bisher vor euch." Er sah Urd und Rafael eindringlich an. „Ich weiß", sagt er mit belegter Stimme zu ihnen, „dass du Urd damit keinen Unfug anstellen willst. Doch wiederhole ich mich. Du musst lernen, konstruktiv damit umzugehen. Je schneller du dies erreichst, umso schneller etabliert sich die positive Ausprägung dieser menschlichen Fähigkeit."

Wieder sah er von einem zum anderen. Mit einem müden Lächeln bat er um Verständnis, dass er gehen wolle, da er noch zu schwach für eine weitere Diskussion sei. Rafael begleitete ihn auch dieses Mal zur unterirdischen Flughalle. Zum Abschied bedankte sich Michael sehr emotional bei Rafael. Bevor er jedoch in seinen Gleiter einstieg, sah er Rafael noch einmal mild lächelnd an.

„Eure Liebe war bislang euer größter Schutz", sagte er mit weicher Stimme, „achtet darauf, dass dies so bleibt. Dann hat keine Macht des Universums Zugriff auf euch oder die Gemeinschaft Uru Anna."

≈≈≈

Nachdem Michael die Versammlung verlassen hatte, herrschte für eine geraume Weile betroffene Stille. Die Welt war nicht mehr dieselbe wie zu Beginn der Sitzung. Selbst Michael, das konnte jeder sehen, wirkte stark angeschlagen. Was nun? Das Wörtchen Kaffeepause löste einmal mehr die aufkommende Spannung.

Rafael kam gerade noch rechtzeitig, um ein letztes Stück Kuchen zu bekommen. In stiller Übereinkunft

≈

mit Florian übernahm er nach der Pause das Wort, bedankte sich bei allen und wiederholte Michaels Abschiedsworte.

„In den anstehenden Zeiten wird es wichtiger als je zuvor, dass wir die Liebe untereinander und zueinander aufrecht halten", führte Florian dann weiter aus. „Vielleicht", so überlegte er laut, lassen sich Veranstaltungen kreieren, die das Thema Liebe zum Inhalt haben und überall abgehalten werden können. Er fand sofort allgemeine Zustimmung. Die Vertreter der Gemeinschaften Alkyone, Schottland und Antares USA, baten darum, doch regelmäßig den Schutz der Gemeinschaften zusammen zu verstärken. Auch dies fand einhellige Zustimmung. Ein Tag in der Woche wurde festgelegt, an dem alle Ratsmitglieder, auch die, die nicht mehr aktiv dabei waren, gemeinsam mental arbeiteten würden.

Danach löste sich die Versammlung rasch auf. Jeder wollte so bald als möglich nach Hause. Alle verspürten in sich die enorme Anstrengung der Arbeit, die hinter ihnen lag. Das Gehörte und Erlebte tat das seine dazu, dass alle froh waren, wieder in ihren normalen Alltag zu kommen. Herzlich wurde sich untereinander verabschiedet. Viele eilten direkt danach zur unterirdischen Abflughalle.

Florian, Rafael, Britta und Urd blieben noch gemeinsam im Versammlungsraum. Tische wurden so platziert, dass man bequem den Fußboden wischen konnte und die Stühle kamen oben auf. Einen Schal und eine Strickjacke fanden sich, die bei der nächsten Sitzung wieder zu ihren Eigentümern gehen würden. Ziemlich geschafft sahen sich die Freunde an. Und nun?

Tabea unterbrach den Moment der Ratlosigkeit,

indem sie sich mental bei ihrer Mutter meldete. „Möchtet ihr vier zum Essen vorbeikommen? Ich habe etwas Neues ausprobiert, das euch schmecken dürfte." Britta, wie auch Florian nickten zustimmend und Urd bestätigte, dass sie alsbald kommen würden. Dort wurden die überraschten Freunde von Adrian und Marijan aufs herzlichste begrüßt.

„Heckt ihr beiden wieder etwas aus?", fragte Urd sofort skeptisch.

„Nein, nein", lachte Marijan, „aber wenn Mama das Gewächshaus plündert und die Wiesen abgrast, dann möchte ich sehen und schmecken, was sie daraus macht."

An diesem Abend hatte Tabea sich selbst übertroffen. Zusammen mit Vanadis, Marijans Partnerin und Marada, Adrians Liebste, zauberte sie ein köstliches Wildkräutermenü. Den Auftakt machte eine Brennnesselsuppe mit Schnittlauchblüten. Danach folgten ein bunter Salat mit vielen verschiedenen Kräutern, untermalt mit jungen Spinatblättern und selbst gebackenem Kräuterwürzbrot. Der Hauptgang bestand aus einem pikanten Blütenquark auf einer bunten Wildgemüsepfanne mit kleinen Kartoffeln. Den Abschluss bildete ein köstliches Beereneis, garniert mit den exotischen Früchten aus Marijans Gewächshaus. Tabea wurde mit Lob überhäuft, was ihr sichtlich guttat. Alexander, ihr Mann, verkündete stolz, dass ein solches Gericht immer wieder auf der Speisekarte stehen würde. Es wurde ein gemütlicher Abend, an dem viel gelacht und gescherzt wurde.

Immer wieder sah Urd ihre älteste Tochter an. Wie sehr diese sich doch verändert hatte, seit Alexander an ihrer Seite war. Den glühenden Eifer, den sie an den Tag legte, wenn es um Wildkräuter ging, schien die

≈

Richtung anzuzeigen, in welche Tabea die nächste Zeit wohl gehen würde.

Urd sah in Marijans Gesicht dieselbe Zufriedenheit wie bei ihrer Ältesten. »Da haben zwei das gefunden, was sie vereint«, dachte sie sich. Und Adrian, der jüngste Sohn Tabeas? Er ähnelte so sehr seinem Vetter Aron, dass man meinen konnte, sie seien Brüder. Mit Marada, seiner Partnerin, hatte er wohl genau wie Aron einen Menschen an seiner Seite, der ihn ergänzt und stützt. Aber auch Marijan ging es mit seiner Vanadis so. Gesucht, gefunden!

»Alles könnte so schön sein«, dachte sie wehmütig, »doch die Spuren der Ratsversammlung werden auch noch eine Weile auf mir lasten.« Eine kleine Beere, die noch vom Nachtisch unberührt auf dem Teller lag, zog plötzlich Urds Blick in ihren Bann. Erkennend füllten sich ihre Augen mit Tränen. Den Samen zu dieser Strauchfrucht brachte sie von Occula mit.

„Nein, du unterlässt das sofort!", fuhr Adrian sie jäh an. Alle erschraken. Die sich aufbauende Verbindung zwischen Occula und Urd fiel in sich zusammen. Betroffen entschuldigte sie sich. Das war die Gelegenheit, auf die Marijan gewartet hatte.

„Mabu würde mit dir arbeiten und dich anleiten, wie du mit der neuen Energie umgehen kannst, wenn du willst", sagte er behutsam. „Er kann dir auch zeigen, wie du deine Signatur änderst."

Urd bekam große Augen. Sie hatte ganz vergessen, dass Marijan der Sprecher des kleinen Volkes war. „Gib mir etwas Zeit", antwortete sie ihm verstört. „Ich melde mich, wenn ich dazu bereit bin."

≈≈≈

≈

Die nächsten Tage verliefen ohne nennenswerte Vorkommnisse. Jeder ging seiner Tätigkeit nach und genoss sein Leben. Alle Telepathen der Gemeinschaft waren mental bei der Ratsversammlung dabei und mussten nicht separat unterwiesen werden. Ein gemeinsamer Termin für einen allgemeinen Austausch war bald gefunden. Es sollte ein zwangloses Treffen werden, an dem auch über die immer noch ausstehenden Planung zum Umbau Uru Annas gesprochen werden sollte.

Rafael tüftelte an einem Plan, wie er seine Workshops umgestalten konnte, um wieder vermehrt in der Energie Uru Annas zu sein, da diese für alle Teilnehmer und speziell für ihn aufbauend und inspirierend wirkte. Dazu tauschte er sich immer wieder mit seiner Liebsten aus, die ihn anregte, mit Alexander und Tabea darüber zu sprechen. Die beiden hatten in ihrem Bistro und Gästehaus ideale Rahmenbedingungen, um dort aktiv zu sein.

„Vielleicht", meinte Urd einmal spaßig, „lässt dich Marijan in seinem Gewächshaus arbeiten." Gedankenverloren sah Rafael sie an. Plötzlich sprang er auf.

„Das ist es", rief er erfreut. „Jedoch nur, wenn du mit von der Partie bist. Quasi als Co Leiterin." Urd war einverstanden und mit Alexander und Tabea bald geeignete Termine gefunden.

Das Treffen der Telepathen wurde geprägt durch heitere Gelassenheit. Norman, der Architekt und Janek der Landschaftsarchitekt, stellten ein Konzept vor, um Uru Anna zu erweitern, das sofort allgemeine Zustimmung erfuhr. Auch Marijan und Vanadis, denen das kleine Volk sehr am Herzen lag, waren einverstanden. Ein Höhepunkt des Treffens war Janeks Ankündigung, dass er mit der Landesregierung in

Verhandlung stünde, um ein angrenzendes Stück Wald zu erwerben. Als dann Norman seine Pläne für autarke Baumhäuser vorstellte, war die Freude übergroß und Urd bekam feuchte Augen. Ein ermahnendes „Urd", von Seiten Monas, veranlasste diese, ihre Energie sofort umzulenken.

Im Gegensatz zur ursprünglichen Idee, Uru Anna flächenmäßig zu belassen und die Parzellen zu verkleinern, um somit mehr Menschen Wohnraum zu verschaffen, was nicht jedem gefiel, fand diese Variation allgemeine Zustimmung. Die Telepathen kamen zudem überein, die Anbaufläche für Gemüse zu verkleinern, sodass fast nur noch für den Eigenbedarf produziert würde. Eine kleinere Fläche am Rand wollte man einer Gruppe Selbstversorger aus dem Nachbardorf zur Verfügung stellen. Die angrenzende Schule von Phil und Gina würde davon profitieren, da vor Ort praktischer Unterricht stattfinden konnte. Zum Abschluss wurde noch eine große Versammlung mit allen Bewohnern Uru Annas vereinbart, um die Neuerungen noch einmal in einem größeren Rahmen durchzusprechen.

Bevor sich die Freunde trennten, verabredeten sich Britt und Urd für den nächsten Tag, um Julias kleinem Café einen Besuch abzustatten. Bislang fanden beide dazu noch keine gemeinsame Zeit. Julia hatte lange Zeit nur für Backwaren in der Gemeinschaft gesorgt. Doch vor einer Weile entschied sie sich, ein Tagescafé zu eröffnen. Alex und Tabea taten ihren Teil dazu und bestärkten Julia darin. Im Innenraum ordnete sie acht Tische an und im Freien dreizehn. Alles war dezent und edel gestaltet, sodass sich dort jeder sofort wohlfühlte. So auch Urd und Britta, die das

Frühstücksangebot ausprobieren wollten. Sie suchten sich einen Platz im noch freien Außenbereich.

Nachdem sie mit allem versorgt waren und auch die eine oder andere Leckerei gekostet hatten, fragte Britta unumwunden. „Wie geht es dir wirklich?"

„Es geht", gab Urd überrascht zur Antwort. „Warum fragst du?"

Britta sah ihre Freundin an, nahm dann einen Schluck Tee und lehnte sich entspannt zurück. „Mona hat mir von dem Vorfall in deiner Küche vor ein paar Wochen erzählt", begann sie. „Außerdem ist zurzeit dein Geist nicht besonders offen." Sie wartete ab, wie Urd reagieren würde.

Diese schüttelte sich kurz und meinte betroffen, dass sie überhaupt nicht daran denken mochte. „Ich will nichts beschönigen", sagte sie leise, „ich weiß jedoch nicht, wieso es so weit kam. Rafael hatte einen eigenartigen Unterton in der Stimme, dann ging alles recht schnell. Wenn Mona nicht gewesen wäre –." Sie stockte und ihre Augen füllten sich mit Tränen. „Britt, ich habe Angst. Wenn dieser Tapiwa mich wirklich sucht und nicht findet, wird er großen Schaden anrichten und Unschuldige müssen darunter leiden, bis ich freiwillig auftauche. Und dann?" Für eine Weile sah sie gedankenverloren in den Garten. „Dann", begann sie stockend, „soll ich diese bescheuerte Energie beherrschen lernen, vor der alle Welt Angst hat. Ich frage dich, wie?"

Britta schmunzelte und bestrich sich zuerst ein Brötchen, ehe sie antwortete: „Erinnerst du dich an unseren Aufenthalt im Kongo und den Flug zum Mars?" Urd nickte schwach. Worauf wollte ihre Freundin hinaus?

Doch Britt ließ sie noch etwas warten, biss zuerst in

ihr Brötchen, kaute genüsslich, um dann schelmisch weiterzufragen: „Du warst doch auf Patma Patir? Selbst wenn du dich kaum erinnerst, hast du mitgeholfen, eine neue Welt zu erschaffen." Britta genoss einen weiteren Bissen, ehe sie fortfuhr: „Dort haben wir die Energie genutzt, die du hier auf der Erde etablieren darfst und lernen, sie einzusetzen. Wie damals auf Patma Patir."

Urd kaute verdrossen auf einem Bissen Brötchen. An das, was damals geschah, hatte sie kaum eine Erinnerung. Es war wohl etwas dabei, das sie nicht wahrhaben wollte und somit gut verdrängte. „Du weißt, dass ich damit meine Probleme habe", maulte sie. „Ich wollte Michael darauf ansprechen, aber so wie der zurzeit angeschlagen ist, habe ich keine Lust dazu. Zudem schmerzt mein Arm und ich will nicht mehr. Hört es denn nie auf?" Resigniert schlürfte sie an ihrem Tee.

„Seit jenem Vorfall", begann sie zögerlich, „sind Rafael und ich im Umgang miteinander sehr diszipliniert. Kaum spontanes miteinander scherzen und dergleichen."

„Dann wird es Zeit, miteinander zu sprechen", unterbrach Britta sie ernst. „Du hast deinen Geist verschlossen, damit dieser Occulaner dich nicht erreicht. Dabei hast du alle, die dich lieben, auch ausgesperrt, dich inklusive. Sprich doch mal mit Vanadis und Marijan", bemerkte sie noch. „Die beiden sind ein unschlagbares Gespann, wenn es um gute Ideen geht."

„Du erinnerst mich damit an etwas", brach es aus Urd hervor. „Marijan sagte kürzlich, dass Mabu vom kleinen Volk mir helfen könnte." Erleichterung machte sich augenblicklich in ihr breit. Da gab es unter

Umständen Hilfe. Mabu war in Uru Anna zu finden, nach menschlichen Maßstäben zwar uralt, aber sie musste ihr Zuhause nicht verlassen. Mit Rafael sprechen ging Zuhause auch am besten, so sah die Welt gleich wieder besser aus. Nun schmeckte auch der Blütenquark, der dem von Tabea zum Verwechseln ähnlich schmeckte, hervorragend.

„Du weißt", unterbrach Britta das genüssliche Schweigen zwischen beiden, „dass die Liebe zwischen dir und Rafael sehr zum Schutz von Uru Anna beiträgt."

„Damit gibst du uns ganz schön viel Verantwortung für alles", begehrte Urd auf.

„Die habt ihr", konterte Britta trocken, „genau wie Florian, ich und all die anderen des inneren Kerns. Wenn ein Paar wegfällt, gibt es Löcher oder Risse im Schutz. Also lass dir nicht zu viel Zeit mit dem Reden."

„Ist ja gut", schmollte Urd gespielt. Sie wusste, dass ihre Freundin recht hatte. Jeder einzelne innerhalb der Gemeinschaft war wichtig und im Besonderen, dass die Liebe zwischen allen stimmte und frei fließen konnte.

Fürsorglich legte Britta eine Hand auf Urds Arm. „Ich beneide dich nicht, keiner von uns, auch die aus dem Rat nicht. Wir stehen jedoch alle hinter dir oder dir zur Seite, wie du willst."

Urd lächelte schwach. Auch dies war ihr bewusst, doch tat es gut zu hören. „Ich habe dennoch Angst", sagte sie leise.

Allmählich füllten sich die Tische um die Freundinnen und ihr Gespräch nahm einen anderen Verlauf.

Als Rafael am Abend vom Feld nach Hause kam, war er von dem Anblick, der sich ihm bot, komplett überrascht. Seine Urd hatte sich besonders zurechtgemacht, der Tisch im Wintergarten war romantisch gedeckt und im ganzen Haus duftete es aromatisch. Schnell war er geduscht und umgezogen. Einen solchen Empfang hatte er schon lange nicht mehr erlebt. Er wurde neugierig auf den Abend. Eine dampfende Lasagne stand bereits auf dem Tisch, als er wieder im Wintergarten eintraf.

„Habe ich einen wichtigen Tag vergessen?", fragte er sogleich.

„Nein", antwortete ihm seine Liebste gelassen, „wir müssen reden. Ich dachte mir, dass dies bei einem gemütlichen Essen am besten geht. Zudem", sie sah ihn offen an, „muss ich dich noch um Verzeihung bitten."

Rafael legte seine Stirn in Falten und sah Urd fragend an. Bei diesem Anblick musste sie herzlich lachen. „Na", meinte sie, „unsere Küche riecht noch immer etwas angebrannt."

Das war ein Thema, dem er seit jenem Tag gerne aus dem Weg ging. Nun sollte darüber gesprochen werden, was vielleicht unangenehm und dennoch gut werden würde.

Es wurde ein langer Abend an dem über Ängste und Lösungen gesprochen wurde, über anstehende Veränderungen und dem Umgang mit der Gefahr Tapiwa Suluwa und Nakajo Ashira. Eine Lösung bestand darin, gleich am nächsten Tag mit Marijan zu reden. Eine andere, zu warten, was bei der Unterweisung durch Mabu herauskam. Spät in der Nacht gingen beide noch einmal Arm in Arm durch ihren Garten. Da die Nacht verhältnismäßig mild war, ließen sich beide auf einer Bank nahe der Rosen nieder. Gemeinsam beobachteten sie den klaren Himmel. Dabei entdeckten sie gelegentlich eine Sternschnuppe.

≈

„Wir müssen darauf achten", begann Rafael nach einer Weile leise, „dass unsere Liebe nicht zerstört wird. Ich glaube, dass Ashira dies bisweilen versuchen wird. Er weiß, dass du um dich die machtvolle Dreizehn versammelt hast. Dann weiß er bestimmt auch, dass die Liebe unter uns Dreizehn das Element ist, das uns zusammenschweißt und unsere Macht ist."

Urd nickte zustimmend. „Britt sagte Ähnliches. Sie meinte, dass wir beide, wie jeder andere der Dreizehn, eine wichtige Rolle innehaben, wenn es um den Schutz Uru Annas geht."

Rafael zeigte nach oben. „Morgen dürfte der Himmel wieder milchig trüb sein", stellte er resigniert fest, „er wird wieder ordentlich zugesprüht." Mehrere Flugzeuge zogen ihre Bahn und hinterließen helle, wie Kondensstreifen aussehende Spuren, die sich rasch ausbreiteten und zu einer Art Teppich am Himmel vereinten.

„Und dem Menschen wird die alleinige Schuld an dem Klimawandel gegeben", resümierte Urd.

„Stimmt sogar", stellte Rafael fest, „nur dass es einige sehr wenige sind, die sich dafür verantwortlich zeichnen. Lass uns sehen, was wir mental unternehmen können."

Sie stimmten sich auf das Ausgesprühte ein und versuchten mental so viel als möglich zu neutralisieren. Hernach pflanzten sie die Schwingung der Liebe in das künstliche Wolkengebilde ein. Trotz der Anstrengung in der Nacht fanden beide am Morgen den Himmel milchig trüb. Ein Grund mehr für Urd, sich intensiver mit diesem Thema zu beschäftigen. Was sie darüber fand, diente nicht dazu, sie zu beruhigen. Was da Tag für Tag über den Himmel gesprüht wurde, war für Mensch, Tier und Pflanze hochgiftig und sollte, so die offizielle Meinung, die schädlichen Strahlen aus dem All abpuffern und den Treibhauseffekt verringern. Genau das Gegenteil wurde damit erzielt, mit Absicht, wie es in unterschiedlichen Quellen hieß.

Wer hatte etwas davon, war Urds Frage, der sie nachging. Während ihrer Recherchen stieg in ihr immer häufiger das Bild von Nakajo Ashira auf. Seine Spezies brauchte nicht eine so hohe Sauerstoffkonzentration in der Luft wie die Menschen. Auch Occulaner bevorzugten ein Luftgemisch mit weniger Sauerstoffanteil. Ohnmächtiger Zorn stieg in ihr auf.

„Lass das!", hörte Urd plötzlich die Stimme Adrians mental sagen. „So löst du keine Probleme. Du schadest dir nur."

Überrascht hörte Urd zu. „Und was wäre die Lösung?", fragte sie nach.

„Du machst aus dem, was du heute Nacht mit Rafael getan hast, einen Kurs und bringst es vielen bei."

„Gar keine schlechte Idee", schaltete sich Britta ein, „wann wollen wir beginnen?"

Urd lachte. „Lass mich erst zu Mabu gehen, dann sehen wir weiter. Oder du fängst schon mal ohne mich an." Britta war einverstanden und leitete sofort alles in die Wege, um noch am selben Abend damit zu starten. Adrian half ihr dabei.

Urd suchte indessen Marijan im Gewächshaus auf. Manches Mal, wenn sie dort weilte, um Rafael zu besuchen, konnte sie weder ihn noch Marijan entdecken, so sehr waren beide mit ihrer Arbeit im Einklang, dass sie wie Pflanzen wirkten. Dieses Mal nahm sie sich nicht die Zeit, um ihren ältesten Enkelsohn zu suchen, sondern rief laut nach ihm. Um

≈

so erschrockener fuhr sie zusammen, als er sich zwei, drei Schritte vor ihr erhob.

„Du sagtest, dass mir Mabu helfen könnte", begann sie nach einer kurzen Begrüßung. „Kannst du den Kontakt herstellen?"

Marijan strahlte über das ganze Gesicht. „Warte einen Moment", sagte er und verschwand. Als er wieder kam, hatte er einen kleinen Tiegel in der Hand. „Hier" erklärte er, „mit der Hilfe von Mabu eigens für deinen Arm hergestellt. Zweimal täglich großzügig einreiben."

Vorsichtig schnupperte Urd an dem Gefäß. „Nach Rosen duftet es gerade nicht", stellte sie naserümpfend fest.

„Es soll ja heilen und nicht gut riechen", lachte Marijan sie an. „Mabu kommt die nächsten Tage bei dir vorbei", fuhr er fort und da er Urds Frage erahnte, ergänzte er vorsorglich: „Solltest du nicht zu Hause sein, kommt er noch mal oder wartet auf dich auf der Terrasse."

Verblüfft sah sie ihren Enkel an. Dieser lachte noch immer über das ganze Gesicht. „Ich habe einen guten Draht zu Mabu." Schelmisch drückt er der überraschten Urd einen Kuss auf die Wange und sagte: „Über Vanadis gehört Mabu fast zu unserer Familie." Ausführlich erklärte er seiner staunenden Großmutter, dass Vanadis eine Ur, Ur, Urenkelin Mabus ist. Sie würde aus einer unrühmlichen Verbindung zwischen Mensch und Zwerg stammen, so Marijan. „Außerdem", eröffnete er der kopfschüttelnden Urd, „werden Vanadis und ich bald Eltern und du Urgroßmutter. Das heißt, dass Vani und ich demnächst heiraten werden. Ich bin so glücklich!" Er packte die sprachlose Urd und wirbelte sie um sich.

≈

„Halt, halt", rief sie, „der Tiegel." Gerade noch rechtzeitig konnte Marijan den Topf auffangen.

„Sage bitte den anderen noch nichts. Ja? Du bist die Erste, die es erfährt. Wir wollen es erst heute Abend Mama berichten, einen Termin festlegen und dann alle informieren."

Tränen der Freude rollten Urd über die Wangen. „Ich freue mich so für dich, Marijan", sagte sie berührt. „Ich wünsche dir alles Glück der Erde." Um einiges langsamer umarmten sich Enkelsohn und Großmutter. Nach einer Weile löste sich Marijan mit den Worten: „Ich muss wieder an die Arbeit", und Urd verabschiedete sich. Langsam und bedächtig trat sie den Heimweg an. Welch eine Neuigkeit und welch eine Veränderung Marijan durchlebt hatte. Sie war mächtig stolz auf ihren ältesten Enkelsohn.

Die Creme aus dem Zwergentiegel wirkte wahre Wunder. Binnen weniger Tage konnte Urd ihren Arm wieder ohne Schmerzen und Beeinträchtigung nutzen. Nur eine dicke Pustel bildete sich bereits am zweiten Tag am Unterarm, aus der über einige Tage ein gelblich grünes Sekret austrat. Tabea, die neben ihrem Bistro auch noch eine Naturheilpraxis betrieb, besah sich die Stelle eingehend und meinte dazu nur, dass dies wohl zum Heilungsprozess gehören würde, zumal das austretende Sekret übel roch. Marijan, den Urd auch danach fragte, bestätigte Tabeas Annahme und meinte, dass somit das restliche Gift aus ihrem Körper abfließen würde. Sie sollte die Creme vollkommen aufbrauchen und einen zweiten Tiegel hinterher. Mabu würde ihn bereits herstellen. Urd stimmte gerne zu.

Für einige Tage kehrte freudvolle Ruhe in Uru Anna

≈

ein. Marijan sprach mit seiner Mutter und legte einen Termin für die Hochzeit fest. Zur Überraschung aller, sollte es eine Dreierhochzeit werden, denn Aron und Adrian hatten das Gleiche vor, auch wenn sie noch keine Eltern wurden. Ganz Uru Anna sollte eingeladen werden und etwa noch einmal so viele Freunde aus den anderen Gemeinschaften inklusive der Familien der Bräute.

Die Entscheidung, so manches Feld nicht zu bestellen und stattdessen Bäume zu pflanzen, tat der ganzen Gemeinschaft gut. So hatte auch Urd mehr Zeit, um den eigenen Garten zu genießen. Dass Mabu sie aufsuchen wollte, war schon kurzen Zeit später aus ihrem Kopf verschwunden. Um so überraschter war sie, als der Zwergenälteste eines Vormittags unvermittelt vor ihr auf der Terrasse stand.

„Wie ich sehe", begrüßte er die erstaunte Urd, „hat dir meine Salbe geholfen."

Urd sah auf ihren Arm und nickte bestätigend. Selbst die Pustel war spurlos verheilt. Sie besah sich Mabu ausführlich. In ihrer Erinnerung war er wesentlich größer. Vor ihr stehend glich er einem Kind von etwa zehn, elf Jahren. Seine dunkle, sonnengebräunte Haut wirkte frisch und sein silberweißes Haar, so wie sein langer weißer Bart, passten nicht so recht dazu. Die Augen, die sie aufmerksam beobachteten, erschienen ihr uralt und jugendlich neugierig zugleich. Für einen Moment fühlte sie sich unbeholfen.

„Wollen wir im Haus miteinander sprechen?", fragte sie schließlich, „oder lieber hier draußen?" Mabu entschied sich für den Garten. Rasch stellte Urd einen Schemel vor den Sessel, damit sich der Zwerg leichter hinsetzen konnte. Kaum hatte sie eine Karaffe mit Wasser auf den Terrassentisch gestellt, als sich Rafael einfand.

„Du kannst Urd helfen?", fragte er Mabu direkt.

Zu einer Antwort kam es nicht, denn ein lauter Knall, einer Explosion gleich, zerriss die Stille. Selbst die Luft, um die Drei erzitterte. Rafael war vor Schreck aufgesprungen, sah sich um und lauschte. Außer einem leisen entferntem Flirren war nichts zu hören. Fragend sah er erst Urd und dann den Zwergenältesten an. Dieser hatte sich, so machte es für ihn den Eindruck, in sich zurückgezogen. Da ertönte ein zweiter und gleich darauf ein dritter Knall, sodass sich alle Drei spontan die Ohren zuhielten.

„Ihr müsst den Schutz um Uru Anna sofort neu aufbauen", schrie Mabu plötzlich, „sofort! Wir helfen euch." Mental drangen Fragen von überall her auf Rafael und Urd ein, bis Rafael energisch ein „Stopp" forderte und Anweisung gab, den Schutz um Uru Anna augenblicklich zu verstärken, gleich was jeder gerade tat.

„Du kommst mit!", ordnete Mabu an und sah auf Urd. Rafael wollte abwehren, doch der Zwerg legte eine Hand auf seinen Arm und sagte fürsorglich: „Sie kommt bald gesund wieder." Er ergriff Urds Hand, als ihm noch etwas einfiel. Spitzbübisch wand er sich Rafael zu.

„Umgebt Uru Anna in der obersten und mittleren Schicht, mit vielen Spiralen, die meisten davon, sollen sich nach außen drehen. Das kennen die Herrschaften nicht." Kichernd fasste er Urds Hand fester und lief einige Schritte von der Terrasse weg. Rafael gab Mabus Anweisung mental weiter, drehte sich zu ihm um, um

≈

ihm etwas hinterherzurufen. Doch der Zwerg war mit seiner Liebsten verschwunden.

Benommen fand sich Urd plötzlich in einer Höhle wieder. Erstaunt sah sie sich um und erblickte viele Zwerge, die mental zu arbeiten schienen. Mabu deutete ihr an, still zu sein und ihm zu folgen. Zu ihrer Überraschung konnte sie aufrecht gehen, so groß war die Höhle, die durch einen Gang mit einer zweiten verbunden war. Diese kleinere Höhle wurde mit Kristallen beleuchtet. Sie bekam große Augen und wollte wissen, was das sei.

„Dazu ist jetzt keine Zeit", bekam sie barsch zur Antwort. Sie sah sich weiter um und erkannte Mari mit einer zweiten Zwergin, die genauso weißes Haar trug wie Mabu.

„Können wir arbeiten, Anna?", fragte er sogleich in ihre Richtung. Die so Angesprochene schüttelte den Kopf. Aufgebracht lief Mabu hin und her. Fast hätte Urd laut aufgelacht. Es sah sehr witzig aus, wie er mit seinen kurzen Beinen den Raum abschritt.

Plötzlich blieb er stehen, blickte Anna und Mari an und beide nickten ihm zu, dann wand er sich an Urd. „Wir helfen euch, den Schutz der Gemeinschaft aufrecht zu halten, so gut es geht. Sag allen Gemeinschaften, dass sie die Spirale einbauen sollen, das verwirrt alle Angreifer erst einmal. Und nun zu dir." Er sah Urd eindringlich an. „Unterricht kannst du jetzt nicht mehr bekommen", sagte er angespannt, „nur eine Kurzanweisung, wie du deine Signatur ändern kannst. Du musst dazu mit deiner Umgebung verschmelzen, damit eine Einheit bilden, wie du es bei Marijan schon erlebt hast oder bei deinem Rafael." In kurzen, etwas hektisch anmutenden Sätzen erklärte er ihr, wie sie vorgehen solle.

„Wie du deine neu gewonnene Energie lenkst, zeige ich dir jetzt nicht. Es könnte dein und unser Vorteil sein, wenn du es weiterhin nicht kannst." Er ergriff Urds Hand.

„Du wirst bei dir gebraucht, wir gehen wieder."

„Halt", rief Anna, die alte Zwergin. Missmutig starrte Mabu sie an.

„Vertraue dir, Kind der Erde und sprich, sobald es geht, mit der Mutter" sprach die alte Zwergin eindringlich.

Mit der ganzen Situation vollkommen überfordert nickte Urd nur und stolperte hinter dem Zwergenältesten her, der sie kräftig zog, um sich gleich darauf in ihrem Garten wiederzufinden. Mabu wollte sich schon wieder zum Gehen abwenden, als Urd ihn blitzschnell an seinem Arm, festhielt.

„Was ist hier los?", schrie sie ihn an, „was soll das alles?"

„Du wirst gesucht", war seine knappe Antwort, „und die Deros helfen dabei." Dann war er weg.

Mit offenem Mund stand Urd einfach nur da und starrte lange auf die Stelle im Blumenbeet, wo gerade ein Zwerg verschwand. Wie aus weiter Ferne vernahm sie mit der Zeit eine Stimme, die sehr leise ihren Namen sagte. Als sie sich endlich von der Stelle lösen konnte, erblickte sie Rafael in ihrer Nähe. Sofort fiel sie ihm in die Arme und weinte heftig. Sie fühlte sich ausgelaugt und erschöpft. Langsam führte er sie zurück ins Haus. Mit jedem Schritt, den beide gingen, löste sich bei Urd ein Stück Anspannung. Im Haus angekommen sahen ihr viele fragende Augen entgegen. Mona kam mit einer Decke und Britta mit ihrer Wundermedizin, die sie wie einen Talisman stets bei sich trug. Ein großer Schluck Lavidaria brachte Urd wieder zu Kräften.

„Alles gut", sagte sie matt lächelnd, „alles gut." Sie sah sich um. Alle Telepathen Uru Annas waren versammelt. Ihr Wohnzimmer war voll. „Wie lange war ich weg?", fragte sie an Rafael gewandt.

„Nicht ganz eine Stunde", stellte er fest. „Das ging ziemlich schnell."

Nach und nach berichtete Urd, was sie mit und bei Mabu erlebt hatte. Britta unterbrach sie nur kurz, als es darum ging, die anderen Gemeinschaften zu informieren. Sie erklärte, dass Florian und Rafael den Großen Rat sofort informierten, als sie die Wirkung der Spiralen festgestellt hatten. „Sie werden ab sofort in jeder Gemeinschaft eingesetzt", endete sie.

Was das bedeuten würde, dass ihr Mabu nicht zeigen konnte, wie sie ihre Energie lenken kann, wollte Marijan wissen. Doch darauf hatte Urd keine wirkliche Antwort. Adrian kam ihr mit einer Erklärung zu Hilfe. Er führte aus, dass Urd damit schon so manchen Occulaner in die Flucht geschlagen hatte und auch Michael nur um Haaresbreite verfehlt wurde.

„Sollte es zu einer Auseinandersetzung kommen, dann ist dies eine gefährliche Waffe, die man weder sehen noch einschätzen kann", stellte er zufrieden fest. Alle stimmten ihm zu. Nur Urd war es damit etwas mulmig zumute.

„Wisst ihr schon, was der Knall war?", wollte sie nach einer kurzen Pause wissen.

Alle schüttelten den Kopf. „Ich habe bei Dabir nachgefragt", meldete sich Florian zu Wort, „er wollte sich bei uns melden, wenn er etwas herausfinden konnte."

≈

Plötzlich klopfte es an der Terrassentür. Erschrocken sahen alle hin und direkt zu Michael. Da Aron der Tür am nächsten war, ließ er ihn eintreten. Jeder konnte sehen, dass er seine ganze Kraft bislang nicht erlangt hatte. Dennoch hatte Michael, wie so oft, ein verschmitztes Lächeln auf den Lippen. Es wich jedoch, nachdem er jeden begrüßt hatte.

„Eine neue Waffe wurde in der Stratosphäre und Ionosphäre gezündet", begann er ernst. „Wir reparieren, so gut es geht. Doch wie sich das Ganze noch auswirken wird, wissen wir nicht."

„Warum?", platzte Urd heraus.

„Um Macht und Stärke zu demonstrieren."

„Occulaner?", fragte sie knapp zurück.

„Nicht nur", antwortete ihr Michael, „es sind auch Deros und Menschen daran beteiligt."

„In welcher Schicht der Ionosphäre wurde diese Waffe gezündet?", wollten nun Florian und Aron wissen, „und welche Waffe war das?" Doch Michael konnte keine genauen Angaben dazu machen. Er bat jedoch die Gemeinschaft eindringlich in Liebe zusammenzubleiben, eventuell die Regenbogen-zeremonie wieder aufleben zu lassen und den neuen Kurs zur Umwandlung der Chemie, die den Himmel überzog, zu forcieren.

Urd zog sich bereits nach wenigen Worten zurück. Britta bemerkte es und schlug mental vor, mit nach draußen zu kommen. Urd drückte kurz Rafaels Hand, die sie die ganze Zeit über hielt, hauchte ihm einen Kuss auf die Wange und ging mit Britt in den Garten. Sie wollte ihren Augen nicht trauen, als sie sah, dass bereits alle Frauen und Mädchen versammelt waren und auf sie zu warten schienen. Ganz automatisch begann sie zu zählen und kam mit sich auf dreizehn.

≈

Urd war berührt.

Wie selbstverständlich liefen alle zur Vogeltränke, einem größeren ovalen Sandstein. „Lasst uns einen Kreis bilden", schlug Sophia vor, „und sehen, was uns einfällt." Lächelnd standen dreizehn weibliche Wesen im Kreis und schauten einander an. Eine Woge der Liebe durchströmte die Gruppe, sodass manche Träne sich einen Weg suchte. Alsuna begann nach einer Weile zu tönen. Nach und nach stimmten alle mit ein. Zuerst klang es recht chaotisch, doch allmählich fanden dreizehn Stimmen denselben Ton und eine enorm mächtige Energie entstand, die alle ergriff. Verwundert und doch voller Freude sahen sie sich gegenseitig an. Alsuna wechselte den Ton und zwölf Stimmen folgte ihr. Mit geschlossenen Augen gaben sich Jung und Alt dem Geschehen hin. Als Alsuna erneut den Ton wechselte, gesellten sich tiefe, volle Männerstimmen in einem weiteren Kreis hinzu. Um dreizehn weibliche Wesen standen, wie zufällig, dreizehn männliche. Die Kraft und Macht, die von beiden Kreisen ausging, steigerte sich um ein Vielfaches. Keiner konnte sich der Mächtigkeit dieser Energie entziehen, wurde von ihr durchströmt und auf wundersame Weise emporgetragen.

Lange standen alle beisammen und genossen die Gemeinschaft, die Liebe, die untereinander zu spüren war und die Kraft, die durch dieses einfache Tun in jedem entstand. Nur langsam lösten sich die Kreise wieder auf. Lennart, Sophias und Amids zweiter Sohn, der nur selten in Uru Anna weilte, wurde danach aufs herzlichste begrüßt. Kam sein Besuch doch genau zur passenden Zeit, um die Macht der Dreizehn zu vervollkommnen.

Urd unterhielt sich eine Weile mit Alsuna über die

≈

Kraft und Macht des Tönens, als unvermittelt Michael zu ihnen trat. Er wirkte wesentlich frischer als bei seiner Ankunft. „Eine glänzende Idee", freudig schüttelte er dabei beiden Frauen die Hand. „Das brachte mir sehr viel Kraft zurück." Danach sah er Urd lange an.

„Mabu hat recht", sagte er schließlich, „wenn er sagt, dass deine Energieausbrüche auch euer Vorteil sein kann. Wenn ich dir dennoch einen Rat geben darf", er sah Urd fragend an, bis diese nickte, „versuche gelegentlich diese aufsteigende Energie konstruktiv zu benutzen, selbst wenn es nicht leicht sein wird." Er verabschiedete sich bald, da er sich um die Auswirkung der Explosion kümmern wollte.

Nach und nach verabschiedeten sich auch alle Telepathen und Urd blieb mit Rafael allein im Garten. Er besorgte für beide eine große Tasse Tee und für Urd eine dünne Jacke. Eine Rosenhecke aus verschiedenen Duftrosen war ihre Lieblingsecke im Garten, dorthin zogen sich beide zurück. Die Rosen waren in einem Halbkreis um eine Sitzgruppe angepflanzt und boten somit ein wenig Schutz und ein Dufterlebnis noch dazu. Kaum saßen beide, als Urd Rafaels Hand ergriff.

„Ich habe Angst", begann sie zitternd. „Ich soll zudem bald mit Mutter Erde sprechen und hätte dich gerne mit dabei. Vielleicht auch Britt oder Mona. Das weiß ich bislang nicht. Mona wird immer besser, was für mich fantastisch ist. Es wurde jedoch auch Zeit, dass sie die Kurve bekommt." Sie lächelte schief bei den letzten Worten.

Dann verlor sich ihr Blick in der Ferne. Völlig ohne Zusammenhang meinte sie plötzlich: „Wir könnten einen Teil unserer Terrasse überdachen, dann wäre es möglich, auch bei Nieselregen draußen zu sitzen."

Rafael, über den spontanen Themenwechsel irritiert, stimmte zu und wollte es bald in Angriff nehmen. Er fragte nach, wo sie mit Gaia sprechen wolle. Nun reagierte Urd verwirrt und musste sich erst sammeln. „In Zeiten großer innerer Not, wird banales wichtig." Sie überlegte und ergänzte, „entweder hier bei uns, was mir das Liebste wäre, oder im Wäldchen und da ziemlich in der Mitte. Wenn es so weit ist, werde ich wissen, was das Beste ist."

≈≈≈

Mittlerweile war es Spätnachmittag, Hunger stellte sich ein und der Weg zu Tabeas und Alexanders Bistro war nicht weit. Von unterwegs bestellten sie zwei Portionen Pasta, die Beilage ließen sie offen. Tabea sollte etwas Schmackhaftes dazu zaubern. Urds älteste Tochter hatte einen kulinarischen Genuss aus Linguine mit einem Pesto aus frischen Wildkräutern und kross gebratenem Räuchertofu zubereitet. Beim Essen traten für einige Zeit alle Sorgen und Ängste in den Hintergrund, was einfach nur guttat. Yamira setzte sich zu beiden an den Tisch und gab einige Geschichten aus der Schule zum Besten. Plötzlich, ganz ohne Zusammenhang, fragte das Mädchen

„Darf ich bei deinem Gespräch mit der Erde dabei sein? Masha käme auch gerne mit." Urd sah ihre Enkelin ungläubig an. Woher wusste sie davon? Dann schmunzelte sie. Obwohl sie unter Telepathen lebte, vergaß sie immer wieder, dass die Kinder des neuen Jahrtausends diese Fähigkeit schneller erlangten, als sie selbst. Sie nickte schließlich. „Mona und Rafael werden auch dabei sein."

„Wunderbar", erklang Mashas Stimme mental. „Wir

sollten es in zwei Tagen stattfinden lassen, da ist Vollmond", ergänzte sie. „Am besten gegen Abend."

„Was ihr alles plant. Ich soll reden und ihr gebt vor", lachte Urd herzlich.

„Wir sind doch eine Familie", kam es schlagfertig von Masha zurück, „da ist das so!"

Urd war einverstanden, wollte jedoch zuerst noch mit Mona sprechen. Doch Masha eröffnete ihr, dass ihre Mutter schon zugestimmt hatte.

„Nun gut", meinte Urd gespielt resigniert, „ich gebe mich geschlagen. Der Treffpunkt ist -."

„Bei euch im Garten wie heute Mittag", unterbrach Yamira sie. Irritiert sah Urd das Mädchen an. Sie wollte eigentlich eher in den Wald. Wenn sie jetzt so darüber nachdachte, hätte sie sich zudem noch Zeit gelassen, das Gespräch mit Gaia zu suchen. Irgendetwas lief im Hintergrund, das sie nicht fassen konnte. Spontan fragte sie: „Was wisst ihr, das ich nicht weiß?"

„Dass du dich gerne drückst oder etwas hinausziehst", antwortete ihr Tabea, die unbemerkt an den Tisch getreten war.

„Und dass die Erde gelegentlich das Gespräch mit dir braucht, liebe Schwiegermama", lachte Alexander sie an. Er hatte Zeit und gesellte sich mit einem Tee zu seiner Familie an den Tisch. „Außerdem ist euer Garten besser geeignet als jeder andere Fleck in Uru Anna. In ihm ist schließlich eure Energie verankert. Besser geht es nicht, oder?"

„Ihr seid mir noch eine Bande", lachte Urd und alle lachten mit. Ehe Urd und Rafael ihren Heimweg antraten, vergingen einige Stunden. Das Bistro von Alexander und Tabea hatte sich im Laufe der Zeit zu einer Art Geheimtipp entwickelt und wurde nicht nur von den Bewohnern Uru Annas gerne besucht. Einige der Gemeinschaft trafen nach und nach ein und ganz automatisch entwickelte sich ein Gespräch über aktuelles Tagesgeschehen, den Knall und die offiziellen Nachrichten darüber. Dabei erfuhren Urd und Rafael auch, dass Britta und Florian eine außerordentliche Versammlung für den Sonntag anberaumt hatten, an der alle aus Uru Anna teilnehmen sollten. Selbst das kleine Volk, sagte der eine und andere erstaunt, würde dabei sein.

≈ ≈ ≈

Was ist Realität?

Pünktlich zur vereinbarten Zeit, trafen zwei Tage später Mona mit den beiden Mädchen und Britta bei Urd ein. Kurz entschlossen hatte Urd ihre beste Freundin gebeten, dabei zu sein. Mit ihr konnte sie Dinge unternehmen, von denen Mona nichts wusste und die sie Britta nicht erklären brauchte. Britt stellte sich auf die Situation ein und war da. So weit war Mona bislang nicht.

Bereits einige Stunden zuvor hatten Rafael und Urd Vorbereitungen getroffen, bei der Rosenhecke eine Decke ausgebreitet, Sitzkissen dazu gelegt und genügend Wasserflaschen bereitgestellt. In der Küche warteten zwei Platten mit belegten Broten auf hungrige Mäuler. Der Anblick im Garten erinnerte ein wenig an ein Picknick. Ganz selbstverständlich wählte jeder seinen Platz aus. Rafael setzte sich Urd gegenüber, Mona und Britta saßen Yamira und Masha vis-à-vis. Die beiden Mädchen waren somit flankiert von je einem Erwachsenen. Ohne Absprache hatte jeder einen Kristall dabei und platzierte ihn vor sich, mit der Spitze zur Mitte hin. Dort stand eine Pyramide aus stabilem Messingdraht, in deren Inneren ein Kristall frei schwingend hing.

Allmählich breitete sich eine feierliche Stimmung aus. Sporadisch verteilte der Wind den vollen Duft der Rosen und schien damit seine Zustimmung zu der Zeremonie zu geben. Doch sonst tat sich nichts. Immer wieder rief Urd Mutter Erde, ohne dass sich die vertraute Stimme meldete.

Plötzlich begannen Masha und Yamira zu kichern. „Mütterchen Erde möchte, dass Rafael die Führung übernimmt." Auffordernd sahen ihn die Mädchen an. Erstaunt über diese Tatsache begann nun er, Gaia zu rufen. Kurz bevor die Mädchen zu kichern begannen, hatte er den Impuls verspürt, die Anrufung zu übernehmen und war dennoch überrascht, als beide es aussprachen.

„Mein Sohn", ertönte unvermittelt die tiefe Stimme Gaias. „Was ist dein Begehren?"

Rafael sah Urd fragend an. Die zuckte nur mit den Schultern. Schließlich besann er sich und sagt: „Meine Liebste Urd sollte mit dir sprechen. Mahu gab ihr diesen Rat. Nun ist sie hier, ruft dich und du reagierst nicht." Nach einer kurzen Überlegung ergänzte er: „Sie ist darüber nicht erfreut. War sie es doch all die Zeit gewohnt, mit dir direkt zu sprechen."

„Mein Sohn", begann Gaia aufs Neue. „Sie wird immer mit mir direkt sprechen können. Nur nicht heute. Du bist jetzt wichtig. Hilf mir, mich neu zu gestalten. Baue mich neu auf, du und meine anderen Söhne. Zeige ihnen, dass ihr mehr seid als das, was

≈

sichtbar ist. Du hast vor Zeiten deine Liebste zurückgebracht. Nun kannst du mir auf die gleiche Weise helfen, dass ich mich verändern kann. Die Zeit meiner erwachten Söhne ist gekommen. Wirkt!"

Während Gaia sprach, waren ganz leise Aron, Marijan, Norman und Florian erschienen und setzten sich zu ihren Schwestern und Frauen. Alle vier folgten einem Impuls und freuten sich sehr über die gerade gehörten Worte. Das vorherrschende Energieniveau erhört sich mit ihrem Erscheinen enorm.

„Du Tochter", sagte Gaia nach einer kleinen Pause, „kannst deiner Bestimmung nicht ausweichen. Deine Macht und Stärke liegen in dir. Nutze beides mit bedacht." Bevor Urd fragen konnte, was denn ihre Bestimmung sei, fuhr Gaia mit tiefer Stimme fort: „Du wirst den Drachen reiten und lernen müssen, ihn zu lenken. Vor Urzeiten wurde meine ungelenkte Kraft gezähmt. So wurde ich für meine Kinder fruchtbar und ihr konntet auf mir bleiben. Doch nicht alle Energie hat man zähmen können." Ein tiefes, unheimliches Grollen entstand, das sich anhörte, als würden Steine im Inneren der Erde fallen. Erschrocken sahen sich alle an und Aron und Marijan rückten näher zu ihren Schwestern.

Ein leichtes Zittern lief unter den Freunden durch und jeder wusste sofort, was mit der gezähmten Energie gemeint war, die Vulkane und Erdbeben.

„Ein Teil meiner Kraft", ertönte plötzlich die Stimme wieder, „erwacht nun in meinen Kindern, wie zurzeit in dir, Tochter. Lenke diese Kraft mit großer Umsicht."

Urd saß still dabei, lauschte und versuchte, das Gehörte einzuordnen. Es wollte ihr jedoch kaum gelingen. Da fiel ihr ein, dass sie Grüße von Occula ausrichten solle, was sie die ganze Zeit über vergessen hatte und jetzt tat. Gaias Worte versetzten sie in Erstaunen.

„Einst", so sprach Mutter Erde, „war meine Schwester so wie ich, wild, ungestüm, zuerst furchtbar für Menschen und dann fruchtbar für alles, was es auf ihr gab. Sie hat sich leider ganz zähmen lassen. Durch dein dort sein, Tochter, konnte sie wieder erwachen, was nicht allen ihren Kindern gefällt." Stille trat ein und schon dachten alle, dass das Gespräch zu Ende sei, als ganz plötzlich ein hoher vibrierender Ton aus der Pyramide in der Mitte ertönte.

„Hütet euch vor Occulas Kindern, sie kennen noch keine Liebe", hörte die kleine Gruppe. Als der Ton verebbt war, erklang Mashas klare, feste Stimme. „Was ist unser Tun, Mutter Erde?" Augenblicklich fühlte es sich an, als würde die Erde lächeln. Die Rosen dufteten besonders stark und ein sanfter Wind trug den Duft von einem zum anderen.

„Wenn die Söhne mein Haus neu erbaut haben, dann dürfen meine Töchter, auch die kleinen, helfen, mich zu schmücken, damit es für euch und mich zur Freude gereicht." Ein seltsames Donnergrollen schreckte alle hoch und ließ sie zum Himmel sehen. Dicke, dunkle Wolken waren unvermittelt aufgezogen und verhießen nichts Gutes.

Doch Britta hatte noch ein Anliegen. „Können wir den zerstörerischen Wahnsinn, der gerade hier auf dir stattfindet, noch stoppen?" Ein lang gezogenes, tiefes „Jaaa", ertönte. Gleichzeitig huschten gewaltige Blitze über den Himmel und das hohl klingende Donnern wollte kein Ende nehmen. Dann ging alles rasant schnell. Ein kurzes Danke gerufen, alle Sachen zusammengerafft und ab ins Haus. Die Terrassentür war noch nicht geschlossen, als ein wolkenbruch-artiger Regen niederging. Fassungslos starrte Britta zur Tür hinaus. „Ich dachte bisher, so etwas gäbe es nur im Film."

Nachdem alles wieder an seinem Platz war, wurden die vorbereiteten Brote verspeist und neue belegt. Kaffee und Tee fanden bei Groß und Klein gleichermaßen Anklang.

„Kann es sein", fragte Mona mit halb vollem Mund, „dass in den Wolken ein Raumschiff versteckt war?" Erstaunt sah Aron sie an.

„Dass ich da nicht selbst drauf gekommen bin." Verständnislos sahen die anderen Mutter und Sohn an. Mona erklärte daher, dass es nur ein ganz kurzer Moment gewesen sei, in dem sie etwas gesehen hatte, das einem Raumschiff der Occulaner glich.

„Das waren keine Occulaner", schalteten sich Amid und Adrian mental dazu. „Es sah viel mehr aus, wie das Schiff Nakajo Ashiras", führte Amid aus. Urd wurde augenblicklich blass. Schon wieder Ashira. Was wollte er hier? Sie war davon ausgegangen, dass er mit seinen Leuten abgezogen sei. Dem schien nicht so zu sein. Oder war er zurückgekehrt? Ohne Übergang hatte sie Zitas höhnisch grinsendes Gesicht vor Augen. „Ich werde gesucht", sagte Urd mit tonloser Stimme, „und Zitas Leute helfen dabei. Ich muss Uru Anna verlassen, ehe mehr geschieht."

„Bleib auf dem Teppich" wurde Urd von Britta zurechtgewiesen. „Wir hatten ein Gewitter mit Starkregen und weiter? Zudem sucht er das gefährliche Dutzend mit der dreizehnten Kraft."

Urds Augen verengten sich. „Sprich nicht mehr so mit mir." Ihre Stimme jagte Britta einen Schauer über den Rücken. Was war so plötzlich mit ihrer Freundin

≈

geschehen? Erstaunt hatten auch die anderen Urds Veränderung verfolgt.

„Lass gut sein, Urd." Aron trat auf sie zu und legte beruhigend eine Hand auf ihre Schulter. Er hatte in diesem Moment eine Ausstrahlung, wie Michael, was Rafael wohlwollend registrierte und Urd sofort ruhig werden ließ. Sie sah ihn erstaunt und fragend an. „Wir brauchen eine Lösung, die für uns alle akzeptabel ist, nicht nur für dich", erklärte er. „Wenn sie dich haben, dann ist es nur eine Frage der Zeit, bis Ashira und Gadreel die Herrschaft über die Erde ganz übernehmen." Auch Mona sah ihren Ältesten überrascht an. Er hatte eine Stimmlage, wie ein alter, weiser Mann.

Britta zog sich derweil innerlich zurück. Hatte sie ihre Freundin verloren?

„Nein", antwortete ihr Yamira mental. „Urd hat zurzeit nur zu viel Angst, um uns alle und der Aufenthalt auf Occula wirkt bei ihr immer noch nach." Still lächelte Britta dem Mädchen zu. Yamira hatte recht, sie hatte nicht so weit gedacht. Unterdessen brachte Rafael seiner Urd einen Becher Lavidaria. Seltsamerweise wirkte diese Medizin zum ersten Mal nicht. Britta wirkte ratlos und Marijan lächelte wissend.

„Urd hatte Zwergenmedizin bekommen, da braucht es etwas, bis deine Medizin wirkt", führte er aus. Eine erneute Runde Kaffee brachte Lockerung. Urd nahm die Gelegenheit wahr, um auf die Terrasse zu gehen. Masha folgte ihr unbemerkt. Der Regen hatte nachgelassen und die meisten Wolken waren abgezogen. Einige Äste lagen verstreut im Garten und Blumen waren abgerissen oder umgeknickt. Es sah wüst aus.

≈

Da schob sich eine kleine weiche Hand in die von Urd. Überrascht sah sie das Mädchen an.

„Es ist nicht gut, wenn du so viel alleine unternimmst", sagte Masha leise. „Wir lieben dich alle und keiner möchte, dass Uru Anna oder irgendeine andere Gemeinschaft zerstört wird." Sie drückte Urds Hand ein wenig und sah dabei unentwegt in den Garten. „Ich weiß, dass wir, dass du, einen Weg findest, der für alle gut ist."

„Maja Shalia", sagte Urd kopfschüttelnd, „du machst deinem Namen alle Ehre."

„Du auch", unterbrach sie das Mädchen, „schau, dort liegt etwas." Abrupt löste sich Masha von Urd, rannte in den Garten, zu der Stelle, wo sie alle noch vor kurzer Zeit mit Mutter Erde gesprochen hatten, hob etwas auf und eilte zurück.

„Was hast du gefunden?" Neugierig sah Urd auf Mashas Hand. „Sieht aus wie ein Kristall", stellte sie fest. „Den hat vielleicht vorhin einer vergessen, aufzunehmen." Eine kurze Frage im Wohnzimmer hatte zum Ergebnis, dass niemand seinen Kristall vermisste. Jeder fand den seinen nach kurzem Suchen wieder. Masha sollte den neuen Stein behalten, schließlich hatte sie ihn entdeckt. Diese zog sich jedoch mit Yamira in die Küche zurück, um den Stein genauer unter die Lupe zu nehmen. Nach einiger Zeit riefen sie Aron und Marijan mental dazu.

Feierlich traten die Mädchen mit dem Stein in der Hand nach einer Weile vor Urd.

„Dieser Stein ist nicht von der Erde", begann Masha, „und da er bei euch im Garten lag, soll er auch bei euch bleiben. Es hat wohl seinen Grund, dass es so ist." Damit legte sie Urd den Kristall in die Hände. Jetzt wollte auf einmal jeder den Stein sehen und anfassen.

„Er scheint keinen Fluch an sich zu haben, wie damals der von Gina und Phil", stellte Norman prüfend fest. Für einige Zeit nahm die Untersuchung des fremdartigen Steins alle Spannungen, die sich nach Monas Feststellung und Amids Aussage aufgebaut hatte. Yamira und Masha beobachteten jedoch ihre Großmutter sehr genau. Sie bemerkten, dass Urd mit ihren Gedanken, trotz der intensiven Unterhaltung, immer mehr abschweifte. Von ihr unbemerkt folgten beide ihr mental.

Urds Gedanken gingen Richtung Nakajo Ashira, der nun bereits zum zweiten Mal auftauchte. Was wollte der hier? Gerade war sie im Begriff, ihre Gedanken Richtung Gadreel zu schicken, als das Telefon läutete und sie heftig erschrak. Auch die anderen schreckten kurz hoch. Wenige Augenblicke später reichte ihr Rafael den Hörer. Am anderen Ende meldete sich ihr Verleger Christian von Jelloh. Ohne Umschweife eröffnete er ihr, dass ein renommierter Fernsehsender ein Interview mit ihr zum Thema außerirdische Flugobjekte, die zurzeit überall zu sehen seien, machen möchte. Das war ein Zeichen, auf das Urd gehofft hatte. Sie musste nicht lange nachdenken und sagte sofort zu. Sie hatte jedoch ihre Bedingungen, die sie zuvor mit ihm besprechen wollte, und das Interview sollte im Verlag stattfinden.

Christians Strahlen konnte sie augenblicklich wahrnehmen. Er würde alles veranlassen und sich wieder melden. Mit heiterer Miene beendete Urd das Telefonat.

„Wir haben zwar das eine oder andere mitbekommen, aber vielleicht klärst du uns ganz auf?" Rafael sah seine Frau neugierig an. Die Antwort war schnell gegeben. Viel zu sagen gab es nicht.

„Was hast du vor?", fragte Rafael skeptisch.

„Ein offenes, ehrliches Gespräch, von dem kein Wort gestrichen oder weggeschnitten werden darf", antwortet Urd verschmitzt.

„Wir zeichnen es mit auf", warf Aron gleich ein.

Gedankenverloren sah ihn Urd eine ganze Weile an.

„Abgemacht", sagte sie schließlich. „Dann begleiten mich Rafael, du und ich denke, Adrian wird auch dabei sein."

„Sowieso", hörten die Telepathen mental und lachten. Nach und nach verabschiedete sich jeder. Marijan bat Urd dabei doch bald einmal ins Gewächshaus zu kommen. „Am besten", meinte er, „du kommst gleich mit!"

„Und ich?" Rafael tat beleidigt.

„Wenn es sein muss, auch du", tat Marijan genervt.

„Was gibt es denn so Wichtiges?", hakte Urd nach.

„Lass dich überraschen", bekam sie zur Antwort. Nur wenig später trafen die drei beim Gewächshaus ein und Marijan führte sie dort in einen abgelegenen Teil, in dem er Urds Samen aus Occula hegte und pflegte. Vorsichtig öffnete er die Tür, ließ Urd und Rafael Schutzhüllen über die Schuhe ziehen und eintreten. Wie bereits einige Male zuvor blieb Urd berührt stehen und besah sich die vielen Pflanzen. Unzählige Blüten leuchteten um die Wette und verströmten einen betörenden Duft, der sie augenblicklich in Sarais Garten versetzte. Ohne Vorankündigung sah sie sich dieser gegenüber. Verblüfft anstarrten sich beide an.

„Urd, Weib von Gaia?", hörte Urd eine männliche Stimme von der Seite her sagen. Gadama trat verwundert auf sie zu. „Wie kommst du hier her?"

„Eure Blumen blühen bei uns zurzeit in voller Pracht. Ihr Anblick ließ mich unverzüglich hier sein. Wie geht es euch?"

Urd hatte beim Anblick von Gadama jede Vorsicht vergessen. Sie freute sich so sehr Gadama und Sarai zu sehen, dass sie nicht an Monas und Brittas Ermahnung dachte. Betrübt berichtete Gadama, dass Sarai mit Rod Ragin und Santim Naya wieder bei ihm lebe. Sie hatte Tapiwa verlassen, da er zu oft zu grob zu ihr gewesen war. Urd wollte noch fragen, wie es dazu kam, doch ihre Energie wurde zunehmend schwächer. Mit aller Macht wurde sie zurück in das Gewächshaus gezogen. Was Sarai ihr noch nachrief, verstand sie nicht mehr, doch behielt sie ein Gefühl zurück, das sie noch lange begleitete und von Schuld sprach.

Verdutzt sah sich Urd um. Marijan wollte sich entschuldigen, doch Urd wehrte sofort ab. „Dass der Übergang so schnell geht, ist auch für mich neu."

„Wir dachten, wir machen dir damit eine Freude", schaltete sich Vanadis ein, die unbemerkt hinzukam.

„Das habt ihr", bestätigte Urd, „das habt ihr."

„Ich werde die Pflanzen alle vernichten, wenn du -."

„Nein! Unterstehe dich nicht!", fiel Urd Marijan energisch ins Wort. „Vielleicht ist hier nur mehr Energie von Occula und draußen verteilt sie sich mehr oder ich war zu überrascht und von der Fülle überwältigt. Bitte", ihre Stimme klang flehentlich und sie sah von Rafael zu Marijan, „bitte vernichte sie nicht. Sie sind ein Teil meines Lebens."

„Dann kommt mal mit", lenkte Marijan ein und führte Urd und Rafael durch einen seitlich gelegenen kurzen Flur ins Freie. Erwartungsvoll blieb er an der Seite stehen.

≈

„Nein!", rief Urd aus, als sie an ihm vorbei war, „das ist unglaublich." Eine kleine Baumplantage lag vor ihr, mit Bäumchen aus Apuraita.

„Wie hast du das geschafft?" Bewundernd trat Rafael ins Freie und blickte beeindruckt über die Pflanzen.

„Darauf sind wir beide auch mächtig stolz", erklärte Vanadis. „Das meiste vollbringen die Pflanzen jedoch selbst, seit Urd das erste Mal hier im Gewächshaus war."

„Die meisten Bäumchen werden wir in Kürze auspflanzen, damit sie sich besser an unser Klima gewöhnen und gut anwachsen können, denn sie müssen ihren ersten Winter im Freien überstehen."

≈≈≈

Die folgenden Tage waren für Urd mit Vorbereitungen für das Interview angefüllt. Sie hatte dabei immer einmal Zeit, im Garten zu sein. War Rafael in ihrer Nähe, beobachtete er sie stets sehr aufmerksam. Es gab Momente, in denen er den Eindruck bekam, dass seine Frau nicht ganz anwesend war. Vorsichtig sprach er sie darauf an. Zuerst reagierte sie irritiert, doch nach einigem Überlegen, bestätigte Urd seine Vermutung. Allerdings konnte sie nicht erklären, wo sie genau weilte.

Rafael war um seine Liebste besorgt. Wenn es seine Zeit erlaubte, zog er sich in die Gartenanlage der Gemeinschaft zurück und wählte meist den Platz, an den Marijan die Bäume von Occula ausgepflanzt hatte. Auf seltsame Weise fühlte er sich dort jedes Mal sehr wohl und konnte eine enge Verbindung zu den Pflanzen aufbauen. Sie schienen ihm sehr zugeneigt zu

≈

sein und auf seine Anwesenheit zu warten. Manches Mal neigten sie sich ihm entgegen, ein anderes Mal bewegten sich ihre Blätter, als wollten sie ihm zuwinken.

Einige Tage hintereinander war Urd mental nicht anwesend, was Rafael sehr beunruhigte. So zog er sich einmal mehr in die Miniplantage zurück, um seinen Gedanken freien Lauf zu lassen und eventuell auf eine Antwort oder Lösung zu stoßen. Es saß schon eine ganze Weile, als ihm die Worte Gaias in den Sinn kamen, dass er ihr helfen solle zu erwachen, damit sie sich mit seiner Hilfe neu gestalten könne. Als Urd auf Occula festgehalten wurde, erhielt er von der Erdmutter den Hinweis, Brücken im Nichts zu bauen. Danach arbeitete er mental, indem er sich Urds glückliche Heimkehr visualisierte. An die eine oder andere Einzelheit erinnerte er sich nicht mehr, doch inmitten der jungen Bäume gelang es ihm eine Vision einer neuen Erde aufzubauen, die dem Miteinander in den Gemeinschaften wie Uru Anna gleichkam. Erst als er das innere Bild nicht mehr aufrecht halten konnte, erinnerte er sich, dass er dies anderen Männern beibringen sollte. Da hatte er einiges zu tun. Eine Antwort auf seine Frage, wie mit Urds mentaler Abwesenheit umzugehen sei, fand er indessen nicht.

Gerade wollte Rafael sich erheben, als zwischen den Bäumchen das Gesicht eines überraschten Occulaners auftauchte. Mit großen gelben Augen sah dieser Rafael an, ehe sich die Erscheinung wieder auflöste. Perplex starrte Rafael auf die Stelle zwischen den Reihen, an der gerade noch das Gesicht zu sehen war. »Ob das Tapiwa war?«, fragte er sich und bekam sogleich Angst. Sollte er es gewesen sein, dann wusste dieser nun, wie er an Urd und Uru Anna kommen konnte.

Was jetzt? Langsam, mit bedächtigen Schritten, verließ er die Plantage. Urd konnte er an diesem Tag nicht mehr erreichen, denn diese weilte mit Aron und Adrian bei ihrem Verleger für die TV-Aufnahmen. So rief er in Gedanken Britta und Mona und berichtete ihnen, was er gerade erlebt hatte. Kurzentschlossen bat Mona ihn zu bleiben, sie würde dazu kommen. „Vielleicht", meinte sie, „lässt sich das Ganze wiederholen, nur dieses Mal ganz bewusst." Britta hatte nicht sofort Zeit, wollte jedoch später dazukommen.

Beim Eintreffen fand Mona Rafael nicht vor, daher rief sie ihn mental. Überrascht sagte er ihr, dass er nur wenige Schritte von ihr entfernt zwischen den Bäumchen sitzen würde. Doch Mona konnte ihn nicht entdecken. Erst als er sich erhob und auf sie zukam, sah sie ihn. „Donnerwetter warst du mit deiner Umgebung verschmolzen", stellte sie verblüfft und anerkennend fest.

Während sich beide auf die Pflanzen einstimmten, erzählte Rafael der erstaunten Mona, was vor ein paar Tagen vorgefallen war. Von ihrer Mentalarbeit auf der Zwischenstation kannte sie einige Bewohner Occulas, besonders diejenigen, mit denen ihre Mutter enger zusammen gewesen war. Neugierig ließ sie sich auf das Geschehen ein. Jetzt, zwischen den Bäumen, hieß es zuerst einmal warten, bis sich ein neugieriger Occulaner zeigen würde. Es sollte nicht lange dauern.

„Gadama?", fragte Mona vorsichtig.

„Woher?" Mit großen Augen sah er sie an. „Woher kennst du meinen Namen?"

Rasch erklärte Mona, wer sie war und dass wohl die Pflanzen es erleichtern würden, eine Verbindung zwischen beiden Welten herzustellen.

≈

„Sag ihm, dass Tapiwa Suluwa nichts davon wissen darf", flüsterte Britta Mona zu. Sie kam gerade noch rechtzeitig, um das Gespräch mitzuverfolgen. Mona tat dies und sah überrascht, wie Gadama sein Gesicht verzog.

„Wo der ist", sagte er hart, „weiß zurzeit keiner und das ist gut so. Ich werde dennoch deinen Wunsch berücksichtigen. Grüße mir die Erdenfrau Urd." Er wollte noch etwas sagen, doch die Verbindung wurde zunehmend schwächer, bis sie schließlich ganz abbrach. Für eine ganze Weile saßen die Drei stumm beisammen.

„Warum habe ich den Eindruck, dass an der Sache etwas faul ist?", fragte Britta schließlich.

„Du meinst –." Weiter sprach Rafael nicht. Die Angst, ein Tor für Tapiwa geöffnet zu haben, packte ihn erneut.

„Vielleicht", begann Mona laut nachzudenken, „ist das gar nicht so abwegig." Sie sah Rafael direkt an. „Wir wissen alle, dass eine Lösung gebraucht wird. Wenn dieser Occulaner wirklich hierherkommt, dann ist es besser ihn zu erwarten, als von ihm überrascht zu werden. Wir sollten uns unbedingt eine Vorgehensweise überlegen, ehe er erscheint", ergänzte sie nach einer kurzen Denkpause.

„Wir könnten uns heute Abend bei uns treffen und darüber beraten. Und du", sagte Britta ernst zu Rafael, „hältst dich von dieser Plantage fern."

Schweren Herzens trat Rafael den Rückweg an.

≈≈≈

In der Zwischenzeit war bei Urd im Verlagshaus alles bereit für die Aufzeichnung des Interviews.

≈

Unbemerkt hatten Aron und Adrian ihre Kamera positioniert und Urd ein winziges Mikrofon angesteckt. Woher die beiden solche Dinge immer hatten, wollte sie lieber nicht wissen. Von dem Fernsehteam erhielt Sie noch das passende Make-up und der Kameramann gab seine letzten Anweisungen mit dem Hinweis, dass am Schluss ohnehin einiges herausgeschnitten würde.

„Wenn das geschieht, ist ihr Sender pleite und sie arbeitslos", antwortete Urd darauf lächelnd. Der Aufnahmeleiter gab das Zeichen und der Moderator begrüßte das Publikum. Er selbst stellte sich als Sahit Dranidra vor, begrüßte Urd und stellte sie als Mensch vor, der mit außerirdischen Lebewesen Kontakt hatte. Sahit Dranidra nahm Bezug auf ihr letztes Buch und erkundigte sich sogleich, was davon Realität sei und was erfunden.

„Das kommt darauf an, was sie glauben wollen", gab Urd verschmitzt zur Antwort. Damit konnte ihr Gegenüber jedoch nichts anfangen und Sahit hakte nach.

„Das kommt darauf an, was sie bereit sind, als Realität zu akzeptieren. Manche sprechen mir mein Erlebtes ab und sehen es lieber als Roman, eine erfundene Geschichte. Andere wissen, dass es die Wahrheit ist und ich über eine Realität berichte, die zu gerne verschwiegen wird."

Auf die Frage, was sie auszeichnet, dass ausgerechnet sie mit der Monddelegation den Occulanern gegenüberstand und ihre Sprache sprechen und verstehen konnte, musste Urd erst überlegen. Über ihre Antwort war sie selbst überrascht.

„Darüber habe ich selbst lange nachgedacht", sagte sie schließlich. „Als ich mit Freunden meinen Mann und zwei verunglückte Freunde auf dem Mars abgeholt habe, trafen wir das erste Mal auf Occulaner."

„Aber das ist jetzt ein Witz!", wurde sie unterbrochen.

„In keinem Fall", entgegnete ihm Urd ernst, „ich mache keine Witze. Es gibt sehr vieles, was den Menschen verschwiegen wird. Zudem ist der Flug zum Mars technisch schon lange in recht kurzer Zeit möglich. Die Frequenz, die als Sperre um die Erde liegt, ist außerhalb des Globus unwirksam. Für meine Freunde und mich taten sich damals ganz neue Fähigkeiten auf. Meine war eben, dass ich die Sprache der Occulaner verstehen und sprechen konnte. Zudem gehöre ich, wie noch einige andere aus unserer Gemeinschaft zu den 144 Avataren, die hier auf der Erde sind, um den Aufstieg der Menschen zu begleiten." Sahit Diandra brauchte eine kurze Pause.

Aron und Adrian strahlten ihre Großmutter an. „Du hast es endlich erfasst", stellte Adrian lächelnd und mental fest. „Weißt du auch, wer die anderen sind?"

„Ich denke", sagte sie gedehnt, „dass mir zwei gegenübersitzen, dann noch Rafael und eventuell Britta."

„So ist es!", bestätigte Aron. „Mama gehört auch dazu, so wie Masha und Yamira. Die beiden müssen jedoch erst noch erwachsen werden."

Urd kamen plötzlich Tränen, so bewegt war sie. Dass Mona, ihre Jüngste auch dazu gehören sollte, freute sie am meisten. Gerade wollte sie nach Brittas neuem Aufgabengebiet fragen, als ihre mentale Unterhaltung mit den Worten: „Machen wir weiter", unterbrochen wurde.

Sahit stellte detaillierte Fragen zu der Marsreise und Urd beantwortete diese, so gut sie konnte. Über ihr

≈

eigenes Fluggerät wollte sie keine Angaben machen, erklärte jedoch viele Einzelheiten über den Raumgleiter, der die Delegation zum Mond brachte. Darüber wollte der Moderator einiges wissen, und Urd berichtete wahrheitsgetreu über alles, was damals ablief. Auch davon, dass Mitglieder der Delegation unbedingt einen Krieg mit den Occulanern wollten und sogar deren Sprache beherrschten.

„Wir, beziehungsweise ich, stehen unter einem besonderen Schutz, sonst wären wir nur als Sklaven oder tot von Mond oder Mars weggekommen", führte Urd zum Ende hin aus. Sahit wollte schon abmoderieren, als ihn Urd unterbrach.

„Ich muss noch etwas ergänzen", begann sie. „Für viele Menschen ist es schwer zu ertragen, dass unsere politischen Führer hochgradig korrupt und manipulierbar sind. Doch es ist eine unumstößliche Tatsache."

Die Kamera schwenkte um, sodass Urd nun in der Totalen zu sehen war. Ihre Augen glänzten, als sie sprach, was den Kameramann sehr faszinierte und beim Publikum bestimmt hervorragend ankommen würde.

„Selbst wenn manches in dem Interview nicht professionell war, es war echt und real. Nichts ist geschnitten oder weggelassen, da sonst dem Sender eine sehr, sehr hohe Strafe droht. Jeder muss selbst entscheiden, was für ihn Realität ist und die Verantwortung dafür tragen. Auch dann, wenn es die allgemeinen Medien nicht bringen."

Dem überraschte Sahit fiel dazu nichts mehr ein und er verabschiedete sich zügig vom Publikum. Erst als der Kameramann abgeschaltet hatte, ging er auf Urds letzten Kommentar ein. Erstaunt hörte er, worauf sich sein Sender eingelassen hatte. Eine hitzige Debatte über Sinn und Unsinn der Politik und über fremde Raumgleiter, die seit einiger Zeit immer wieder zusehen waren, entstand im Anschluss. Arons und Adrians Geräte zeichneten alles auf. Die Verabschiedung vom Fernsehteam verlief hingegen äußerst kühl.

≈≈≈

Im Büro ihres Verlegers entdeckte Urd später einige wissenschaftliche Zeitschriften, die ihr Interesse weckten. Christian gab ihr zu verstehen, dass sie alle haben könne. Gerne steckte sie die Magazine ein. Allmählich bemerkte sie, wie angespannt sie die ganze Zeit gewesen war und wie diese Anspannung sich langsam auflöste. Adrian und Aron unterhielten sich noch eine Weile mit Christian über die Filmaufnahmen, die sie ihm zur Verfügung stellen wollten. Er konnte so die Fernsehaufnahmen mit den ihren vergleichen. Sollte der Sender etwas herausschneiden, hätte er Beweismaterial und könnte dagegen vorgehen. Urd ging derweilen mental auf Reisen und suchte Rafael. Sie fand ihn verwirrt und aufgelöst auf der Terrasse sitzend. Er freute sich sehr über ihre Anwesenheit, antwortete ihr jedoch nicht auf die Frage nach seinem Befinden und was ihn bewegte. Er teilte ihr nur mit, dass sie sich am Abend mit Mona bei Britta treffen würden. Urd war viel zu müde, um nachzufragen, worum es ginge. Sie wollte plötzlich nur noch nach Hause, was sie auch laut kund tat. Aron packte rasch die restlichen Sachen zusammen und Adrian unterstützte ihn dabei. Christian verabschiedete sich herzlich von seiner Starautorin und

≈

fragte scherzhaft nach einem neuen Werk. Urd musste passen, sie hatte zurzeit nichts Neues, versprach aber, sich etwas einfallen zu lassen.

≈≈≈

Noch einmal
auf den Mars

Bei Britta und Florian wartete ein üppig gedeckter Tisch mit einem Abendbrot für sechs Personen. Mona brachte von Julia noch frisch gebackenes Brot mit und Rafael hatte einige Beeren für den Nachtisch zu einem köstlichen Mus verarbeitet. Auf dem Weg zu den Freunden informierte Rafael seine Liebste, worum es bei dem Treffen gehen sollte. Urd war skeptisch, ob sich überhaupt eine Lösung finden würde. Zu ihrer großen Überraschung hatte Mona gleich nach der Ankunft einen Auftrag für ihre Mutter.

„Du musst", begann sie energisch, „deine Energie so verändern, dass du für andere unsichtbar wirst, so wie Rafael heute." Mit wenigen Worten erklärte sie der staunenden Urd, dass dieser, nur wenige Schritte von ihr entfernt, so mit seiner Umgebung verschmolzen war, dass sie ihn nicht sehen konnte.

„Wofür soll das gut sein?", wollte Urd skeptisch wissen.

„Hast du nicht gesagt bekommen, dass du deine Signatur ändern sollst?" Britta sah ihre Freundin unumwunden an. Diese nickte langsam mit dem Kopf.

„Ah, ich verstehe", machte Florian erstaunt über seine Erkenntnis. „So kann dich kein Occulaner sehen, du ihn jedoch schon."

„Was bringt mir das?" Urd legte sich einige Oliven zu rasch auf ihren Teller, sodass Rafael und Mona auch welche abbekamen.

„Der Überraschungsmoment läge einwandfrei auf deiner Seite", kommentierte Norman und stibitzte sich Monas ungewollte Olive.

Urd überlegte. Vor einiger Zeit sagte ihr Mabu Ähnliches. Mit einem tiefen Seufzer erkundigte sie sich bei Rafael, wie er es anstellte, dass Mona ihn nicht sehen konnte. Leider wusste Rafael keine genaue Antwort. Nur, dass er sich ganz entspannt auf die Pflanzen um ihn herum eingestimmt hatte. Er würde dies auch oft im Gewächshaus praktizieren oder auf den Feldern, um Informationen von den Pflanzen zu erhalten. Urd verstand. Danach drehte sich das Tischgespräch um allerlei Variationen, wie Tapiwa zur Vernunft gebracht werden könnte. Urd hörte irgendwann nicht mehr zu. Ihre Gedanken gingen zu dem Interview, das erst wenige Stunden hinter ihr lag. Manche Frage tauchte in ihren Gedanken auf und dass sie darauf hätte anders antworten können. Erst als Norman von der Erweiterung Uru Annas berichtete, nahm sie wieder am Gespräch teil.

≈

Plötzlich, ganz ohne Zusammenhang zur Unterhaltung, fiel Urd wieder ihre Erkenntnis ein. „Britt, Rafael, Mona und die Mädchen sowie Aron und Adrian sind Avatare", sagte sie. Schweigen!

„Wie kommst du darauf?", wollte Britta genervt wissen.

„Es war Gegenstand des Interviews, das ich hatte und fiel mir gerade wieder ein. Ich dachte, ihr solltet es wissen."

Keck sah Florian seine Britta an und fragte, ob er sie nun anbeten müsse.

„Nein", lachte diese auf, „nur verehren." Es klang fast wie eine Befreiung von ihr.

Norman hingegen sah seine Liebste an und nickte stumm. „So etwas dachte ich mir schon", stellte er fest, „nur auf den Begriff bin ich nicht gekommen."

Es wurde noch viel gewitzelt, wie man mit Avataren umzugehen hätte, ob sie noch Freude an irdischen Genüssen wie Kaffee oder Sex haben dürften. Mona war nur halb dabei, wie Urd bemerkte. Ihre Tochter hatte ihre Herausforderung damit, ein Avatar zu sein, konnte es jedoch dabei belassen. Wenn ihre Jüngste mit ihrer Auseinandersetzung durch wäre, würde sie schon auf ihre Mutter zukommen.

Ohne wirkliche Lösung trennten sich die Freunde am späten Abend. Ausnahmsweise zeigte sich der Nachthimmel sternenklar, was beide Paare auf ihrem Heimweg freudig feststellten. Bisweilen huschte etwas über den Himmel, von dem man hätte glauben können, dass es eine Sternschnuppe sei. Ein feines, kaum hörbares Flirren in der Stille der Nacht, verriet jedoch, dass es Flugzeuge oder Raumschiffe waren.

„Ich würde gerne noch einmal zum Mars fliegen und mir alles in Ruhe ansehen", flüsterte Urd. „Ich gehe

≈

mit!", bekundete Mona spontan. Zusammen mit ihrer Mutter und Rafael liefen sie und Norman ein Stück Weg gemeinsam. Überrascht sah Rafael seine Frau an. Überlegend strich er sich einige Male mit der Hand übers Kinn.

„Das könnten wir einrichten", meinte er schließlich. „Da gingen bestimmt gerne noch einige mehr mit." Sofort rief er mental nach Amid, Britta und Florian und teilte ihnen Urds Wunsch mit. Florian bestätigte spontan, Britta und Amid hingegen wollten es sich noch überlegen. Adrian und Aron, die Rafael hierüber auch in Kenntnis setzte, waren sofort Feuer und Flamme und ebenfalls dabei. Gleich am nächsten Tag wollten sich beide daran setzen, um den besten Flugtermin herauszufinden. Überwältigt, dass sich ihr Wunsch so schnell verwirklichen lassen würde, drückte Urd ihrem Liebsten einen Kuss auf die Wange. Mona bekam Tränen in die Augen und drückte Norman Hand sehr fest.

In den darauffolgenden Tagen musste allerlei im Garten getan werden, was vom Plan, zum Mars zu reisen, ablenkte. Britta besuchte ihre Freundin nach einigen Tagen und sagte ihre Teilnahme ab. Sie hatte das unbestimmte Gefühl, auf der Erde bleiben zu müssen.

Die beiden Techniker vom ersten Flug gesellten sich ebenfalls spontan zu der Marsgruppe, sodass bald klar war, wer mitfliegen würde. Alle Plätze im Honus wurden belegt, denn auch Alsuna und Marada kamen mit ins All. Bis es jedoch so weit war, sollte es noch etwas dauern.

Urd wollte von Rafael noch einmal wissen, wie er es geschafft hatte, dass Mona ihn im Gewächshaus nicht sehen konnte. Aufmerksam hörte sie seinen

≈

ausführlichen Schilderungen zu. „Das bedeutet", begann sie nach einigem Nachdenken, „dass du dabei deine Schwingung verändert hast." Er nickte zustimmend. „Das heißt auch", stellte sie weiterhin fest, „dass sich dadurch deine Signatur veränderte und du mit deiner Umgebung verschmolzen bist." Erkennend, worauf seine Liebste hinaus wollte, stimmte Rafael abermals zu.

„Wenn du so mit deiner Umgebung verschmelzen kannst, dass du nicht wahrgenommen wirst, hast du selbstverständlich deine Signatur für eine gewisse Zeit verändert."

„Dann weiß ich, was ich die nächsten Tage zu tun habe", antwortete Urd verschmitzt. Von da an sah Rafael seine Urd immer wieder sehr langsam durch den Garten gehen. Wenn sie stehen blieb, erschien es ihm gelegentlich, als würde ihre Gestalt unscharf werden. Es kam auch vor, dass er sie bei den Rosen sah und sie gleich danach an einer ganz anderen Stelle stand. Meist schien sie darüber selbst überrascht zu sein. Im Haus vollzog sich dasselbe. Meditativ ging Urd durch die Räume, blieb mitunter stehen, vertiefte sich in einen Sessel oder Schrank und ihre Umrisse verschwammen. Rafael übte heimlich mit.

≈≈≈

Der Flug zum Mars wurde für den November angesetzt. Die Bewohner von Hokpeim hatten erst dann Zeit und in Uru Anna kehrte Winterruhe ein. Die Ernte würde dann bereits eingebracht und verarbeitet sein. Zudem war zum Jahresende hin der Mars nicht allzu weit von der Erde entfernt. Bei einer großen Versammlung aller Bewohner der Gemeinschaft wurde

≈

dem neuen Bebauungsplan freudig zugestimmt. Selbst das kleine Volk, durch Mabu und Mari vertreten, war einverstanden. Ihnen wurde ein großes Waldstück zugesprochen, das sie so gestalten durften, wie sie es wollten. Normans Pläne für die Baumhäuser fanden ebenfalls großen Zuspruch. Ein Stück Brachland mit angrenzendem Wald konnte die Gemeinschaft dem Land günstig abkaufen. Da keine Straßen mit all ihren Versorgungsleitungen benötigt wurden, fand der Bebauungsplan ganz offiziell Zustimmung. Schließlich sollten die Baumhäuser vollkommen autark, also weder von Strom noch von der Wasserzufuhr noch vom Abwasserablauf abhängig sein. Dadurch, dass Norman die Häuser vollkommen aus Holz geplant hatte, wurde kaum Heizung gebraucht. Das Notwendige konnte über eine Solaranlage oder einem kleinen Kaminofen gewährleistet werden.

Von Michael hörten die Freunde in all der Zeit nichts. Die nächste turnusgemäße Ratssitzung stand an und fand im warmen Kongo bei Dabir und Adia Shalia statt. Britta und Urd waren als Gäste dazu eingeladen, obwohl ihre aktive Zeit bereits hinter ihnen lag. Sie freuten sich sehr auf die Wärme Afrikas. Der zu Ende gehende Oktober gestaltete sich in Uru Anna kühl und nass, da war Tau Canis in Kongo genau das Richtige. Gleich zwölf neue Mitglieder stellten sich dort vor und für die Freunde sollte es das letzte Engagement im Großen Rat der Erde werden.

Die Tage in der warmen Sonne Afrikas vergingen viel zu rasch. Bis spät in die Nacht wurde getagt und die Vorkommnisse einiger Gemeinschaften be-sprochen, sowie deren Schutz verstärkt. Am letzten Abend kam überraschenderweise Michael dazu. Seit

≈

ihrem letzten Treffen hatte er sich nicht verändert. Er wirkte stark angeschlagen und sehr müde. Dennoch begrüßte er alle mit kraftvoller Stimme. Michael berichtete den Ratsmitgliedern von der Stratosphären-beeinflussung und dass er und sein Volk alles täten, damit die Erde nicht vernichtet würde.

„Viel fehlte jedoch beim Beschuss der Stratosphäre nicht", erklärte er den bestürzt zuhörenden Mitgliedern „und Gaia wäre auf dem besten Wege ein Wüstenplanet zu werden." Er forderte alle auf, die Bevölkerung zu sensibilisieren, damit genug Protestbewegungen entstehen, und die Machthaber ausgetauscht werden konnten. Auf den Einfluss außerirdischer Präsenzen in der Politik sollten die Ratsmitglieder ebenfalls aufmerksam machen.

„Ihr wollt zum Mars", sprach Michael zum Abschluss die Freunde an. Begeistert bestätigte Florian. „Ich will mit eigenen Augen sehen, wo ich wieder hergestellt wurde." Alle lachten.

„Passt gut auf euch auf", verabschiedete sich Michael. Bereits an der Tür drehte er sich noch einmal um. „Richtet Aron Grüße von mir aus und er möge nach eurer Reise zu mir kommen." Verwundert sahen sich die vier Freunde an. Was sollte das wohl bedeuten?

Kaum waren die Freunde aus dem Kongo zurück, als auch schon der Termin für die Abreise zum Mars final festgelegt wurde. Adrian hatte errechnet, dass die letzten Novembertage am besten geeignet seien. Florian, Rafael, und wenn er es einrichten konnte, auch Amid, trafen sich häufig mit Adrian und Aron, um ausführlich über Flug und Landung zu sprechen. So hatte Urd genügend Zeit, ihre neue Fähigkeit zu erproben. Zudem verbrachte sie viel Zeit mit ihrer besten Freundin Britta. Dabei erörterten beide immer wieder die Frage, warum ausgerechnet wieder zum Mars geflogen werden sollte. Urd hatte noch immer keine logische Erklärung, und Britta sprach stets von einer Ahnung, dass dort etwas Einschneidendes geschehen könnte. Auch ihr unbestimmtes Gefühl, dass sie auf der Erde bleiben sollte, kam dabei zur Sprache. Doch eine konkrete Antwort fand sich auch dazu nicht. So blieb der Grund, was die Reise betraf, im Nebel. Es war und blieb ein spontaner Wunsch, der sich erfüllte.

Beim Packen ihrer Sachen für den Flug, entdeckte Urd die Zeitschriften, die sie bei Christian von Jelloh mitgenommen hatte. Kurzerhand steckte sie alle ein. Auf dem Weg zum Mars wird sich bestimmt Zeit finden, um darin zu stöbern.

Der neunundzwanzigste November wurde endgültig als Abreisetag festgelegt. Die Freunde hatten beschlossen, etwa sieben Tage auf dem Mars zu bleiben, eventuell sogar länger, sollten sie die Erlaubnis dazu bekommen. Aron und Adrian entschieden außerdem, dass sie über ihre Reise einen Film drehen würden. Jeder, der mitflog, musste zustimmen. Nur ungern willigten Mona und Urd ein. Beide mochten es nicht, bei allem, was sie taten, beobachtet zu werden.

Je näher der Abflugtag rückte, umso nervöser wurden alle. Marijan hatte einige Pflanzen und Bäume aus der Anzucht der Samen Occulas eingepackt, damit sie auf dem Mars eine neue Heimat finden konnten. Er hatte sich sehr gefreut, als ihn Adrian darum bat, für die Gewächshäuser des Mars einiges einzupacken. Da

≈

fast alle Samen, die Urd von Occula mitbrachte, unter seine Obhut aufgegangen waren, hatte er mehr als genug von allem und gab gerne ab. Im Gegenzug sollte er Setzlinge vom Mars bekommen.

≈≈≈

Viele Freunde kamen, um Abschied zu nehmen. Tabea kämpfte mit ihren Tränen, als sie sich von Urd verabschiedete. „Kommt alle wieder", schniefte sie und drückte ihren Sohn Adrian fest.

Der lachte nur verschmitzt. „Wir sind auf alles vorbereitet."

Britta hielt Urd eine Weile im Arm. „Mir ist nicht ganz wohl bei dem Gedanken, dass ihr in die Höhle der Löwen fliegt. Die Occulaner sind bestimmt noch dort. Pass auf dich auf!" Auch sie wischte sich einige Tränen weg. „Und dich", sie drückte ihrem Florian erneut einen Kuss auf den Mund, „möchte ich nicht noch einmal aus einer Zwischenwelt holen müssen."

„Wenn du in der Zwischenzeit nicht nach Wales fährst, lässt sich das einrichten", konterte Flo vergnügt.

Dann war es endlich so weit. Alle Luken wurden geschlossen, die Besucher verließen den Hangar und der Honus setzte sich in Bewegung. Weit kamen sie jedoch nicht. Sie mussten warten. Der Raumgleiter sollte aus der Nordsee aufsteigen, doch dort befanden sich noch einige Schiffe bei einer Militärübung. Zeit für jene, die nicht gebraucht wurden, ihre Kabinen einzurichten. Im Mannschaftsraum fanden sich hernach die vier Frauen bei Kaffee und Tee ein und es entstand ein intensives Gespräch über die Reise. Das Knacken des Lautsprechers unterbrach die Vier und Adrians Stimme fragte, ob eine der Damen vier Kaffee

≈

und zwei Tee bringen könnte. Mona stand auf und machte sich ans Werk. Marada und Alsuna brachten das Gewünschte in den Kommandostand. Mona hatte einige Kekse auf das Tablett gelegt, was ein freudiges „Danke" über den Lautsprecher ertönen ließ. Kurz danach kamen Alsuna und Marada mit den Worten: „Wir starten gleich", zurück.

Ein leichter Ruck war zu verspüren, ein überraschtes „Oh", und Adrians kecke Stimme: „Da wird es morgen in den Nachrichten heißen, Monster aus der Tiefsee aufgetaucht." Fragend sahen sich die Frauen an. Über ihren telepathischen Zugang konnten Mona und Urd erkennen, was vorgefallen war. Ein einsamer Fischkutter war nur ein, zwei Seemeilen von dem Aufstiegsort des Honus entfernt, was eigentlich vermieden werden sollte. Marada und Alsuna hatte dasselbe Talent und informierten sich auf identische Weise. Einige Minuten später verkündete Aron, dass sie sich nun im Orbit befänden und kurz zur Sonne fliegen würden, um aufzutanken. Erneut sahen sich die Frauen verwundert an.

„Dort ist es doch viel zu heiß!" Mona wurde es mulmig zumute. Der Mars war, obschon sie noch nie dort war, eine vertraute Größe. Aber die Sonne?

„Wer das noch glaubt, lebt hinter dem Mond", meldete sich Aron über den Lautsprecher. „Es ist erwiesen, nur bislang nicht in den Medien bekannt gegeben, dass die Sonne kalt fusioniert. Unser Honus braucht gelegentlich etwas Plasmaenergie von dort."

„Das dauert nur etwa zehn Stunden länger und ist ein Erlebnis für sich", schaltete sich Florian dazu.

„Wir sind voll in eurer Hand", antwortete Urd leicht gereizt. Ihr war bei dem Gedanken, zur Sonne zu fliegen, genauso unwohl wie ihrer Tochter. „Wie oft habt ihr das schon getan?", fragte sie noch nach.

„Na, heute ist es das dritte Mal, also fast schon Routine." Beim letzten Wort trat Aron ein. „Beim Auftanken gibt es keine Schwierigkeiten", erklärte er nachdenklich, „die Probleme könnten von anderen Schiffen kommen, die sich zurzeit dort aufhalten."

Urd sah ihn fragend an.

„Na ja", fuhr er fort, „wir sind bislang nicht so bekannt bei der Sonne."

„Was heißt, nicht so bekannt bei der Sonne?", wollte Mona nun skeptisch geworden wissen. „Wie viele und wer trifft sich dort?"

„Bis jetzt haben wir außer Occulanern noch drei weitere Spezies getroffen", antwortete Aron wahrheitsgetreu. „Zwei sind recht freundlich und die Dritte ist mal so und mal so. Es kam uns jedes Mal zugute, dass Erdlinge, wie wir, einen Honus fliegen."

„Und was kann uns dort passieren?", hakte seine Mutter nach.

„Dass wir unsere Muskeln spielen lassen", antwortete er leichthin. „Die wissen nicht, dass wir bislang nicht herausgefunden haben, wie die Waffensysteme des Honus funktionieren." Mona sah bestürzt erst Urd und dann ihren Sohn an.

„Keine Angst", versuchte er sie zu beruhigen, „wir lassen es nicht so weit kommen." Aron nahm sich einen Becher Tee, drückte Alsuna einen Kuss auf die Wange und ging zurück. Er hinterließ eine nachdenkliche Stimmung bei den Frauen, die auch Marada und Alsuna erfasste.

Um sich abzulenken, legte Urd die mitgebrachten Zeitschriften auf den Tisch, griff sich selbst eine und

≈

bot die anderen zum Lesen an. Ohne wirkliches Interesse blätterte Mona langsam in einem der Hefte, las Überschriften, bis sie auf einige schockierende Fotos stieß. Verstört klappte sie die Zeitschrift zu, besah sich den Titel und öffnete sie erneut. „Woher hast du denn diese Dinger?", fragte sie angewidert.

Alsuna sah sie skeptisch an. Auch Urd schaute auf.

„Vom Verlag", antwortete sie, „warum?"

Mona zeigte ihrer Mutter die aufgeschlagene Seite, auf der aufreizend platziert kleine Mädchen zusehen waren, mit der Überschrift: »Zur Lust-Befriedigung vorbereitet«.

„In meinem Heft geht es ganz offen um Korruption, wie man Politiker und andere gefügig macht", schaltete sich Marada ein.

„Ich habe eines, in dem es um die Machenschaften einiger Konzerne im Bereich Landwirtschaft geht." Alsuna schlug ihr Heft zu und schob es von sich weg.

„In meinem", sagte Urd, „geht es um Menschenhandel, gewollter Genozid und noch mehr so illustre Themen." Sie schüttelte sich, wie um etwas loszuwerden. Angewidert schob sie die Zeitschrift weg. „Ich habe sie im Verlag gesehen und Christian sagte, ich könne sie alle haben."

„Wartet mal", warf nun Alsuna ein und schlug ihr Heft erneut auf. „Der Artikel, den ich angefangen hatte zu lesen, begann recht kritisch und stellte gleich zu Beginn einiges infrage. Vielleicht sind die Hefte doch nicht so schlecht wie gedacht." Jetzt besahen sich auch die anderen ihre Zeitschrift genauer. Wenige Augenblicke später hatte Mona Tränen in den Augen. „Diese Mädchen sind zwischen acht und zehn Jahre alt, wenn sie für Kunden hergerichtet werden, steht da", sagte sie leise. „Manche kennen ihre Eltern nicht,

≈

andere überleben den Sex nicht oder werden anderweitig geopfert. Mir wird übel! Wo leben wir?"

„Wir, liebe Mona", hörten die Frauen Florian über Lautsprecher sagen, „in Uru Anna. Einer perfekten, heilen Welt. Es wird Zeit, dass die Machenschaften der sogenannten Eliten aufgedeckt werden. Auch wenn es schockierend ist und schmerzt." Kurze Zeit später kam er persönlich in den Aufenthaltsraum und nahm die sichtlich verstörte Mona in den Arm. Für einige Momente ließ sie sich bereitwillig halten. Lieber hätte sie jetzt Norman neben sich gehabt, doch so war es ihr auch recht.

„Geht es wieder?", fragte Florian fürsorglich. Mona nickte und löste sich von ihm. „Setzt dich", forderte er sie auf. „Ich soll dir von deiner Schwester ausrichten, dass euer Vater gestorben ist."

„Was, Rafael ist tot?" Sie sprang erschrocken hoch und blickte Urd an. Die schüttelte nur den Kopf. „Nicht Rafael, dein Vater!"

Entgeistert starrte Mona ihre Mutter an. „Ach", machte sie erleichtert, „der! Der hat sich die letzten zwanzig Jahre nicht wirklich um mich bemüht. Da muss ich jetzt auch nicht dabei sein."

„Wäre auch etwas schwierig, meine Liebe." Urd war aufgestanden, nahm ihre Tochter in den Arm und führte sie an den Tisch zurück. Zügig schenkte sie für jeden einen kleinen Becher aus essbarer Waffel mit Lavidaria voll. Die Stärkung wurde gerne abgenommen. Für die anderen nahm Florian die Becher mit. Mona zog sich derweil zurück. Sie wollte etwas allein sein. Ihr Vater war verstorben, just zu der Zeit, als sie nicht mehr auf der Erde weilte. »Schon seltsam«, dachte sie sich. »Wo er jetzt wohl ist?«

Wie lange ihre Eltern getrennt lebten, wusste sie nicht zu sagen. Sie war noch sehr jung, damals. Rafael hatte im Laufe der Zeit den Posten des väterlichen Freundes und mehr als einmal, auch den Part des Vaters bei ihr und Tabea übernommen. Er war ihr näher als ihr Vater. Dennoch suchten sich einige Tränen des Bedauerns ihren Weg. Auch sie trennte sich nach einigen Jahren Ehe von Arons Vater. Ihr Sohn hatte ebenfalls ein innigeres Verhältnis zu Rafael und Norman aufgebaut, als zu seinem leiblichen Vater. Trauer stieg in ihr hoch. »Schade, dass er sich so wenig um mich und Tabea bemüht hatte«, dachte sie bei sich und wischte sich die Tränen weg. Ganz plötzlich hatte sie das Gefühl, als säße ihr Vater neben ihr. Sie begann zu frösteln.

„Na Mona Lieschen", ertönte seine Stimme in ihr. So hatte er sie als Kind immer geneckt, wenn sie aufsässig war. „Mir geht es gut. Ich habe endlich alles hinter mir und kann in Kürze neu anfangen", sagte er weiter.

„Hättest du nicht eher gehen können?", fragte seine Tochter bissig, „oder später, wenn ich wieder auf der Erde bin?"

„Nö", kam es von ihm zurück. „Es war der richtige Zeitpunkt für mich. Was ich dir jedoch noch sagen wollte ist, dass ich stolz auf dich bin." Seine Energie wurde ganz plötzlich schwächer und Mona hatte den Eindruck noch ein, „ich lieb dich" zuhören. Danach bahnten sich einige Tränen mehr ihren Weg.

Ein kurzer Ruck ließ sie nach einer Weile hochschrecken. Hatte die Umgebung gewackelt? Sie war offensichtlich eingeschlafen und brauchte einige Augenblicke, um sich zu orientieren und zu erkennen,

≈

wo sie sich befand. Erneut ging ein Ruck durch den ganzen Honus und Mona bekam Angst. Rasch erhob sie sich und suchte nach den anderen. Sie fand ihre Mutter mit Alsuna im Aufenthaltsraum.

„Ist etwas passiert?", fragte sie sogleich.

„Nein", beruhigte Urd sie, „wir tanken gerade bei Sonne. Alles gut mit dir?", wollte sie noch wissen. Mona bejahte und erzählte ihr Erlebnis mit ihrem Vater.

„Das ist doch schön für dich, dass du diesen Kontakt hattest", meinte Urd, „und gönne dir die Zeit der Trauer, die du brauchst." Doch Mona wollte lieber die Sonne sehen, wenn sie schon mal so nah dran waren. Schon stand Alsuna auf und schaltete den großen Monitor an der Wand ein. Ein grellgelbes Licht blitzte unter etwas Orangerotem hervor. Es sah aus, wie glühende Lava, die noch am Kochen war. Beeindruckt starrte Mona auf den Bildschirm.

„Wie geht das, dass ich das sehen kann?"

„Eine spezielle Schwarzfilmkamera, so nennt sie jedenfalls Aron, nimmt diese Bilder auf", erklärte Alsuna. Während die junge Frau sprach, sahen die anderen, wie sich ein Gleiter zwischen den Honus und die Sonne schob. Urd erschrak auf heftigste. Solche Fluggeräte hatte sie immer wieder auf Occula gesehen. War das eines von Gadreels Schiffen? Das laute Knacken des Lautsprechers erschreckte alle Drei. Urd wurde von Florian gebeten, in den Kommandostand zu kommen. Neugierig folgten ihr Mona und Alsuna.

≈≈≈

≈

Neue Welten

W ir haben hier Sprechkontakt", wurden die Frauen begrüßt, „und verstehen nichts." Rafael drückte einige Knöpfe und eine raue Stimme erklang. Urd schüttelte den Kopf. Diese Sprache verstand sie nicht.

„Versuche es doch auf occulanisch", forderte Aron sie auf. Urd nickte und er öffnete für sie ein Mikrofon. Ohne Umschweife fragte sie nach dem Anliegen des anderen Raumschiffs. Alle Anwesenden im Honus konnten die Überraschung der Gegenseite wahrnehmen. Urd erfuhr, dass das Schiff auf Erkundungstour durch den Raum sei und von Aines stammte. Sie fragte noch nach, wo Aines zu finden sein und erhielt allerlei Informationen, die sie an Adrian und Aron weitergab. Beide fanden bei ihrer Suche rasch eine kleine Sonne im Aldebaran System.

≈

Urd wurde gefragt, woher sie kommen und wohin die Reise gehen würden. Ihre Antwort in der Art der Occulaner war kurz und knapp „Mars." Damit war die Gegenseite zufrieden und verabschiedete sich mit den Worten: „Tiana ma nakam", „man sieht sich."

Ein Aufatmen ging durch den Honus, als sich das fremde Raumschiff danach schnell entfernte. „Danke!" Rafael drückte seiner Urd einen Kuss auf die Wange.

„Und wenn uns jemand etwas zu essen macht, fliegen wir auch gleich weiter Richtung Mars."

„Wie lange sind wir denn schon unterwegs?", wollte Mona im Weggehen wissen.

„Etwa zwölf Stunden", bekam sie zur Antwort.

„Und wieso kamen wir so schnell zur Sonne?" Verstört hakte sie sich bei ihrer Mutter ein.

„Wir haben eines der Sternentore genommen und wenn alles glattläuft, treffen wir bald wieder auf eines. Dann sind wir schneller an unserem Ziel." Alsuna erklärte der staunenden Mona, wie Adrian und Aron durch eine Bemerkung von Britta beim ersten Marsflug, diese Tore entdeckt hatten.

„So ist interstellares Reisen wesentlich schneller und leichter", ergänzte sie, ehe sie auf Marada stießen und beide jungen Frauen in die kleine Küche verschwanden.

„Wo werden wir denn auf dem Mars landen?", wollte Mona noch wissen.

„Dort, wo am wenigsten Wind vorherrscht." Im Aufenthaltsraum trafen die beiden auf Florian, der ihnen die Antwort gab. Der Vulkan Olympus mit seinen über zwanzig Kilometer Höhe sei wohl sehr imposant, Aron und Adrian würden jedoch lieber in einem Graben des Noctis Labyrinths landen.

„Sind die Stellen alle bewohnt?" Jetzt staunte Urd.

≈

„Nein", erklärte Flo, „dort befinden sich nur Eingänge. Im Labyrinth können wir uns mit dem Honus besser unsichtbar machen, also verstecken."

„Kann man von dem Weltraumsektor, in dem wir uns im Moment befinden, etwas sehen?" Mona wurde neugierig, wie es in den Weiten des Alls aussehen mag. Florian nickte und schaltete den großen Bildschirm an. Er zeigte Mona, wie sie die Kameras per Knopfdruck am besten wechselte, sodass sie das All zu jeder Seite einsehen konnte. Er nahm sich noch einen Tee und ging zurück zu seiner Arbeit. In stiller Eintracht saßen Mutter und Tochter beisammen und betrachteten das Bild, das sich ihnen bot. Zu fast jeder Seite hin zeigte sich den Frauen nur Dunkelheit, mit einem Hauch blau. Nach hinten konnten sie derweil beobachten, wie die Sonne immer kleiner wurde.

„Man kann sich darin verlieren", flüsterte Mona nach einer Weile.

„Vielleicht tust du das nach dem Essen", sagte ihr Aron mental. Kurz danach stand er mit Rafael, Marada und Alsuna im Aufenthaltsraum.

Der Tisch war rasch gedeckt und ein herzhaft duftender Eintopf auf den Tisch gestellt. Mit einem vollen Teller verabschiedeten sich Alsuna und Aron gleich wieder und Adrian und Florian kamen dazu.

„Hattet ihr schon einmal mit den Aines Kontakt?", begann Urd mit den beiden ein Gespräch. Die Zwei verneinten.

„Wir wurden auch noch niemals so direkt angesprochen", erläuterte Adrian. „Mein Gefühl sagt mir zudem, dass wir achtsam sein sollten. Ich denke, dass sie sehr weit von ihrer Heimat entfernt sind. Die sehen wir bestimmt noch einmal." Womit er recht behalten sollte.

≈

„Wisst ihr, was das für ein Sonnensystem ist, aus dem die Aines kommen?", fragte Mona nach.

„Bisher nicht, liebe Tante", lächelte Adrian vielsagend. „Wir haben Frinkahork kontaktiert, mal sehen, was die wissen." Wenig später zog er sich mit Marada zurück.

„Beide lösen in Kürze Aron und Alsuna ab", meinte Florian und streckte sich. „Ich möchte mich etwas ausruhen, gehe aber noch kurz bei Aron vorbei. Langsam werde ich nervös bei dem Gedanken, schon bald am Ort unseres Unfalls zu sein." Er sah Rafael an. „Adrian und Aron wollen mit mir zur Unglücksstelle fliegen."

„Nein", unterbrach ihn Urd spontan. „Ich denke, es ist besser, wenn wir das alle gemeinsam tun. Seit Adrian über sein unbestimmtes Gefühl sprach, denke ich, wir sollten es alle beachten. Der Mars ist zwar kleiner als die Erde, aber wir wissen nicht, wer und was sich dort zurzeit alles aufhält."

„Da hast du recht, mein Schatz", überlegte Rafael. „Bleiben wir also besser zusammen." Auch er zog sich zurück und wollte noch etwas schlafen. Urd blieb mit ihrer Tochter allein. Gerade als eine dampfend heiße Tasse Kaffee auf dem Tisch stand, kamen Jerry und Frank, die Techniker, und holten sich ihr Essen ab.

„Ist das der Mond?", erkundigte sich Mona in Richtung der beiden und zeigte auf den Bildschirm. Nach einem kurzen Blick darauf bejahte Jerry und war schon wieder weg. Monas Blick hing indessen wie gefesselt an dem Bild auf dem Monitor. „Wie im Kino", flüsterte sie andächtig. „So weit entfernt und doch kommen wir unserem Trabanten rasch näher. Was dort wohl los ist?"

Auch Urd verfolgte gebannt, was sich außerhalb des Honus abspielte. Mona wechselte immer wieder die Kameras, sodass sie den Raum aus einer anderen Perspektive sehen konnten. „Oh!" Urd klang erstaunt. „Dort hinten ist ja die neue ISS. Schon eigenartig, das Ding richtig zu sehen. Einfach toll, dass dieses Gebilde einfach so um die Erde kreist." Von der Ansicht der Erde war Mona überwältigt, doch ihr Favorit war der näher kommende Mond. Irgendwie hielt er sie in seinem Bann.

„Vielleicht können wir hier auch einmal landen", sagte sie versonnen. Urd horchte auf.

„Was verbindest du mit dem Mond?", fragte sie vorsichtig.

„Etwas Uraltes, schönes und kostbares." Plötzlich riss sie ihre Augen weit auf. „Dort leben Licht und Finsterwesen nebeneinander", stellte sie erschrocken fest. „Nelio und Loris sind auch dabei."

Urd wurde hellwach. „Hast du noch andere Eindrücke oder Informationen?"

Mona schüttelte den Kopf. „Loris gibt mir zu verstehen, dass ich mich zurückziehen soll." Abrupt endete die Verbindung zum Mond und sie ließ sich überwältigt in ihren Stuhl zurückfallen. „Was war das?"

Urd hatte bei den ersten Worten ihrer Tochter ihren Geist geöffnet und war ihr gefolgt. Was sie erkennen konnte, überwältigte auch sie. Dem Geschehen dort wollte sie, wenn sie wieder auf der Erde weilte, nachgehen. Total irritiert ließ sie das Gesehene dennoch Revue passieren. Glauben wollte sie nicht so recht, was sie wahrgenommen hatte. Mona bestätigte jedoch spontan ihre Eindrücke.

≈

„Es sah für mich aus", sagte diese sichtlich verstört, „als würden uns beide Seiten via Gedankenübertragung beeinflussen und sich einen Spaß daraus machen, wen sie für sich gewinnen können."

„Belassen wir es dabei", entgegnete ihr Urd nüchtern. „Wir kümmern uns darum, wenn wir wieder zu Hause sind."

„Wie lange sind wir noch unterwegs?" Mona wirkte abwesend.

„Keine Ahnung", antwortete ihre Mutter. „Lass uns einen unserer Piloten aufsuchen und fragen."

Florians Antwort war vage. Er wisse nicht es nicht genau, meinte er und Aron wagte auch keine konkreten Angaben. Urd wurde misstrauisch.

„Das kannst du wieder sein lassen", wurde sie von Florian aufgefordert. „Wir haben das Sternentor bis jetzt nicht erreicht. Es ist verschwunden oder liegt an einer anderen Stelle als das letzte Mal." Urd war mit der Antwort nicht ganz zufrieden. Deshalb hakte sie nach.

„Was heißt verschwunden?"

„Dass wir es zurzeit nicht finden." Aron kam zur Tür herein und beantwortete Urds Frage. „Zur Not müssen wir die Strecke normal fliegen, dauert nur etwas länger."

„Wolltest du nicht vorhin etwas schlafen?" Mona sah ihren Sohn aufmerksam an. Er wirkte überaus angespannt und müde.

„Solange wir das Tor nicht haben, kann ich das nicht!" Unwirsch wandte er sich ab.

Mit einem energischen „Stopp!", schaltete sich Urd ein. „So geht das nicht." Sie sah Aron eindringlich an. „Mit diesem Ton läuft hier überhaupt nichts. Wenn es so anfängt, ist es besser, umzudrehen. Dann verzichte ich auf den Mars. Streit brauchen wir nicht und einen herrischen Ton, schon gar nicht."

„Du hast", brauste Aron auf. Doch er beruhigte sich gleich wieder. „Es tut mir leid", entschuldigte er sich. „Ich bin wohl im Moment überfordert. Das Tor lässt sich nicht finden und Alsuna geht es miserabel. Dann hatte sie mir verschwiegen, dass –."

Mit zwei Schritten war Mona bei ihrem Sohn und nahm ihn in den Arm. Urd verschwand kurz und kam mit einem Stapel essbarer Waffeln wieder und einer Flasche Lavidaria. Ein großer Schluck für alle räumte sogleich mit den in Wallung geratenen Gefühlen auf.

„Ich werde Vater", brach es aus Aron schließlich hervor, „und du, er sah seine Mutter keck an, „wirst Großmutter." Das war eine Überraschung. „Alsuna wollte nicht zu Hause bleiben", erklärte er stockend, „deshalb sagte sie mir nichts davon." Ein paar Tränen der Erleichterung suchten sich bei dem jungen Mann ihren Weg.

„Dann werde ich ja Onkel, Glückwunsch!" Adrian klopfte seinem Cousin kräftig auf die Schultern.

Unbemerkt hatte Urd zwei Waffeln mit ihrer Medizin gefüllt und sich zu Alsunas Kabine begeben. Diese lag matt auf ihrem Bett. Marada saß dabei, strich ihr immer wieder mit der Hand über den Kopf und sprach beruhigende Worte zu ihr. Zwei Becherchen Lavidaria sorgten erneut für Erleichterung und Wohlbefinden. Urd besah sich Alsuna eingehend. Lächelnd erklärte sie ihr, dass das werdende Leben in ihr sehr stark sei und sie sich keine Sorgen machen müsste.

„Ich lasse dir Lavidaria hier", sagte sie fürsorglich, „nimm immer wieder einen Schluck oder gib etwas davon in dein Trinkwasser, das wird vorerst reichen."

≈

Ein scannender Blick zu Marada ließ Urd zuerst straucheln und dann kräftig lachen.

„Habt ihr euch abgesprochen? Teile dir mit Alsuna die Medizin. Du scheinst weltraumtauglicher zu sein als sie. Weiß Adrian davon?" Verlegen schüttelte Marada den Kopf.

„Dann wird es Zeit!" Urd verabschiedete sich schließlich und ging in ihre Kabine. Auf dem Weg dorthin kontaktierte sie Britta, die sofort zur Stelle war und berichtete ihr von den kleinen Geheimnissen der Besatzung. Auch Britta lachte.

„Die scheinen sich wirklich abgesprochen zu haben. Vanadis war die Erste, die schwanger wurde und nun die beiden."

Was hatte das zu bedeuten? Sie waren auf dem Weg zum Mars und hatten werdendes Leben an Bord. »Wird dies die neue Generation sein, die Erde und Weltall verbindet?«, fragte sie sich. Für die Gemeinschaft und ihre Familie hieß dies dreimal neues Leben auf einen Schlag. Eine stille Freude stellte sich bei Urd ein. Uru Anna wurde größer!

In ihrer Kabine traf sie Rafael an. Voller Freude berichtet sie ihm von den Offenbarungen der letzten Minuten. Auch er freute sich. „Wir wachsen in Uru Anna", stellte er beim Anziehen fest. Er hatte gleich Dienst.

„Aron ist mit der Situation überfordert", begann Urd nachdenklich. „Vielleicht kann er eine längere Pause machen. Ich glaube, er hat Angst um seine Alsuna."

Rafael sah seine Liebste überrascht an. „Da kennst du Aron aber schlecht. Ehe wir nicht vor Ort sind, wird er sich nicht zurückziehen."

≈

„Schlage es ihm dennoch vor", meinte Urd und küsste Rafael zum Abschied. Sie wollte sich ein wenig hinlegen und versuchen zu schlafen. Zuvor schaute sie jedoch noch einmal bei Alsuna vorbei. Diese hatte sich mittlerweile erholt und strahlte Urd an.

„Danke", sagte sie herzlich, „dass du sagtest, dass das Kind in mir stark sei. Das nahm mir ein großes Stück Angst." Es sollte offenbar so sein, dass bei ihrem letzten Satz Aron eintrat. Erleichtert nahm er zur Kenntnis, dass es seiner Liebsten gut ginge. Alsuna erzählte ihm sofort von Urds Wahrnehmung.

Ein Kuss auf Urds Wange sagte mehr als Worte. Sanft nahm Urd Marada, die immer noch bei Alsuna weilte, und führte sie aus der Kabine. „Die müssen jetzt allein sein", sagte sie leise zu ihr. Auf dem Flur sah Urd die junge Frau verschmitzt an. „Und nun gehst du beichten. Es muss sein!" Ungern betrat Marada den Kommandostand und bat Adrian heraus. Irritiert folgte er ihrer Bitte. „Nehmt euch Zeit", rief Urd den beiden hinterher.

„Darf ich eine Weile bei euch bleiben?", fragte Urd im Kommandostand an.

„Gerne. Wenn du uns noch zwei Tees besorgen könntest, wäre das super", antwortete Rafael.

Entspannt setzte sie sich eine Weile später mit ihrer Tasse neben Rafael und besah die vielen Knöpfe, Tasten und Schalter. An ihrem heißen Tee nippend, wollte sie wissen, was die einzelnen Symbole auf den Tasten bedeuten würden, als plötzlich eine davon besonders aufleuchtete.

„Ein Sternentor", stieß Rafael überrascht hervor, „endlich!" Schon wollte er nach Adrian und Aron rufen, doch Urd kam ihm zuvor und bat ihn, es noch sein zu lassen. Beide Paare würden Zeit benötigen, erklärte sie ihm. Jerry und Frank kannten die Symbole und den Ton, der beim Aufleuchten des Symbols entstand und wussten, was zu tun war. Kurze Zeit später tauchte der Mars vor ihnen auf und kam allmählich näher.

Wie auf ein geheimes Zeichen hin standen beide jungen Männer plötzlich im Kommandostand. „Ihr habt es gefunden!", riefen sie erfreut und begaben sich an ihre Computer.

„Wegen Überfüllung schließen wir in wenigen Minuten", stellte Urd trocken fest und verließ lächelnd den Raum. Auf dem Weg zu ihrer Kabine traf sie auf Mona. Diese betrachtete ihre Mutter eingehend. „Es wird Zeit, dass du dich schlafen legst." Der kritische Blick ihrer Tochter ließ Urd zuerst auflachen und dann zustimmen.

„Bei den vielen Überraschungen", verteidigte sie sich, „war bislang keine Ruhe dazu da. Kurz berichtete sie ihrer Tochter, was sich die letzten Stunden ereignet hatte. Nun lachte auch Mona und hakte sich bei ihr ein. Gemeinsam gingen sie zum Aufenthaltsraum, um ein Frühstück oder etwas in dieser Art zu richten. Doch Alsuna und Marada waren damit schon fast fertig. Zusammen gestalteten die Frauen den Rest und ließen die Männer wissen, dass es etwas zu essen gab. Einer nach dem anderen kam, packte sich etwas auf einen Teller und nahm sich Kaffee oder Tee.

Als Aron sah, dass seine Liebste nach der Kaffeetasse griff, wurde er energisch. „Für dich die nächsten Monate nicht mehr", sagte er bestimmend.

„Jungchen", blitzte ihn Mona an, „dir hat mein Kaffeekonsum auch nicht geschadet. Außerdem", sie blickte Alsuna an, „ist sie alt genug und kann selbst entscheiden oder ihr Körper."

Mit einem „ist ja gut" und einem schnellen Kuss für Mutter und Partnerin verabschiedete er sich.

„Unser Reiseziel kommt näher", meldete sich Florian über Lautsprecher. Sofort schaltete Mona den Bildschirm ein. Auf dem Monitor war eine große Kugel zu erkennen, die langsam näher kam.

Urd überkam plötzlich ein ungutes Gefühl. »Was«, schoss ihr durch den Kopf, »wenn Tapiwa hier ist oder gar Gadreel?«

„Dann zeigen wir dem Jungen, was wir drauf haben", antwortete ihr Mona mental. Ihre kecke, lässige Art, ließ Urd schmunzeln. Das eigenartige Gefühl blieb.

„Vielleicht ist es besser", gab Alsuna zu bedenken, „wenn wir vorerst keine mentale Unterhaltung führen."

„Ihr seid in Telepathie auch bewandert?", entfuhr es Mona überrascht. Beide jungen Frauen nickten stumm. Das war der Anlass, dass sich Urd endlich Zeit nahm, Marada und Alsuna genauer anzusehen. Was sie erkannte, freute sie über alle Maßen. Zwei strahlende Energiewesen saßen mit ihr am Tisch, die um sich wussten. Ihr wurde klar, dass sie die beiden nicht gut kannte. Also fragte sie unvermittelt, welche Ausbildung die Zwei genossen hätten.

„Ich habe Philosophie studiert", antwortete Marada, „und einige Kurse in energetischem Heilen absolviert."

„Ich habe fast dasselbe gemacht wie Marada, nur den einen oder anderen Kurs nicht."Alsuna wirkte sehr souverän, als sie sprach. „Dafür habe ich einen Pilotenschein gemacht und könnte Jumbos fliegen."

≈

„Aha", machte Mona verstehend. „Dieselbe Leidenschaft wie Aron." Sie wollte noch einiges über Philosophie wissen und wie sie Aron und Adrian kennengelernt haben. Bislang war es so selbstverständlich, dass die beiden da waren, dass manches nicht zur Sprache kam.

Der rote Planet erschien auf dem Monitor überhaupt nicht so rot. In seiner Farbe glich er vielmehr dem braun der Erde und nur je nach Lichteinfall, schimmerte er rötlich. Mona war ein wenig enttäuscht. „Da wird wohl allerhand retuschiert, damit der Mars rot aussieht", bemerkte sie.

„Wir können momentan nicht landen", ertönte es durch den Lautsprecher, „der Wind ist noch zu stark. Das kann also noch ein paar Stunden dauern."

„Wenn das so ist!" Urd stand auf, räumte ihr benutztes Geschirr zusammen, „dann will ich mich doch noch etwas hinlegen." Rasch war alles wieder verstaut und in die Maschine zum Spülen geräumt. Dann ging jede der Frauen in ihre Kabine, um sich noch ein wenig auszuruhen.

≈≈≈

Ein Kuss auf die Stirn holte Urd aus unruhigen Träumen. Rafael stand neben ihr und strahlte. „Wir sind da, Liebling, und können aussteigen."

„Oh so schnell!" Mit einem Ruck saß sie.

„Nun ja, du hast fast acht Stunden geschlafen" neckte er. „Wir werden erwartet."

Kaum war Urd aus dem Honus gestiegen, als sie ein seltsames Gefühl überkam. Eine erhöhte Wachsamkeit konnte sie bei allen wahrnehmen, die mit ihr

≈

gekommen waren. Sie erblickte eine kleine Gruppe Menschen, die auf sie warteten. Unter ihnen befand sich eine Person, von der sie glaubte, sie zu kennen. Albin, der sie vor Jahren schon einmal begrüßte. Genauso war es. Er stellte sich ihnen als ihr persönlicher Führer vor.

„Aufpasser wäre wohl besser", raunte Mona ihrer Mutter zu, die neben ihr stand.

„Wir haben nicht oft touristische Besucher", wandte sich Albin direkt an Mona. „Und seit eurem letzten Besuch hier, hat sich einiges geändert." Er erklärte den Gästen den Ablauf der nächsten Tage und was alles geplant sei.

„Ist es weit nach Frinkahork?", unterbrach Urd seinen Redefluss. Überrascht sah er sie an.

„Je nach Wind eine bis zwei Flugstunden oder mit der Untergrundbahn fünfundsiebzig Minuten. Du warst schon einmal dort?"

Urd nickte. „Mit Gadreel", antwortete sie und Albins Gesicht bekam einen wachsamen Ausdruck. Aus der Gruppe der Marsianer löste sich eine Frau, trat neben Albin und lächelte erkennend Rafael an. „Wieder ganz gesund?"

Erst jetzt erkannten er und auch Urd Cora, die einst zusammen mit Lysander Florian betreute, als er nach seinem Unfall im Koma lag. Erfreut begrüßten sie beide herzlich. Cora machte nun die anderen, die noch bei ihr standen, mit den Gästen der Erde bekannt. Rigmor, eine Frau mittleren Alters, kurzen hellen Haaren und durchtrainiertem Körper, hatte viel Katzenartiges an sich, was Urd augenblicklich an Lida, die Katzenfrau von Bolang erinnerte. Ihr wollte nicht gleich einfallen, woher diese stammte. Erst als Arsenie vorgestellt wurde, ein männliches Wesen mit einer Spur Echsenanteil, fiel es ihr wieder ein.

„Kommst du von Hyrese?", fragte sie an Rigmor gewandt.

„Du scheinst dich gut auszukennen", ertönte Albins Stimme von der Seite.

„Wenn man, so wie ich, lange auf Occula weilte, lernt man allerhand kennen."

„Na dann wirst du dich freuen, auf vielleicht alte Bekannte zu treffen. Es halten sich zurzeit einige Occulaner hier auf." Der Unterton in seiner Stimme ließ die Freunde aufhorchen.

„Nun aber Schluss mit der Vorstellung", übernahm Arsenie, „ihr wollt einiges besichtigen, was wir schon vorbereitet haben. Folgt uns." Extrem wachsam setzten sich die Gaianer mit den Marsianern in Bewegung.

„Woher kennst du Hyrese?", fragte Rigmor nach einigen Schritten. Urd sah sie kurz an, scannte ihren Geist und erzählte dann mit wenigen Worten ihre Begegnung mit Lida in der Krankenstation auf Bolang.

≈≈≈

Zuerst wurden die Gäste der Erde in die Gartenabteilung geführt, ein Wunsch Rafaels. Dort begrüßte sie Meander, ein Mann mit eindeutigem occulanischem Einschlag. Bei seinem Anblick zuckte Urd zusammen. Er erinnerte sie spontan an Tapiwa. Sollte dies ein Zeichen sein, dass dieser auch hier weilte? Sie hörte nicht mehr auf die gesprochenen Worte, sondern ließ ihren Geist frei umherschweifen. Dabei streifte ihr Blick über üppige Beete, in denen Pflanzen wuchsen, deren Herkunft Occula sein konnte und welche, die eindeutig von der Erde waren.

≈

Dazwischen gab es Sträucher, die für sie nirgendwo einzuordnen waren. Es interessierte sie auch nicht.

Mona sammelte indessen versteckt immer wieder Samenkapseln, die sie Marijan mitbringen wollte. Urd beobachtete die Personen, die in den Gewächshäusern tätig waren. Nicht alle hatten für sie eindeutig menschlich irdisches Aussehen. Sie rätselte noch, woher der eine oder andere stammen könnte, als Alsuna sich zu ihr gesellte.

„Vanadis hätte hier ihre helle Freude", sagte sie halblaut und zeigte über die Pflanzungen. Zu einer Antwort kam es nicht, denn die Führung neigte sich bereits ihrem Ende zu. Alle wurden aufgefordert in den Restaurantbereich zu gehen und Albin zu folgen, der sie resolut durch einige hell erleuchtete Gänge führte. Viel Zeit, um sich dabei die Umgebung anzusehen, blieb den Freunden nicht. Dennoch erkannten sie, dass die Wände teilweise wie verglaste Steine aussahen. Marada sprach Albin beim Gehen darauf an, doch sie bekam nur eine flüchtige, ausweichende Antwort. Mona, die diese Unterhaltung verfolgt hatte, wurde hellhörig. »Stimmt etwas mit diesem Typen nicht?«, fragte sie sich und lief langsamer, damit ihre Mutter, die als letzte ging, sie einholen konnte. Dort hakte sie sich sogleich ein.

„Sind die immer so?", raunte sie Urd zu. Erneut kam ihre Mutter nicht dazu, etwas zu antworten. Auch ihr erschien manches eigenartig.

Albin lud alle zu einem Umtrunk ein und stellte Rigmor noch einmal vor. Sie würde die Gruppe der Gaianer weiterhin begleiten, er selbst hätte noch anderes zu erledigen.

≈

„Wer ist denn eigentlich der neue Basiskommandant?", wollte Adrian gleich von ihr wissen.

Ihre Antwort versetzte alle in Entsetzen. „Gadreels Sohn, Tapiwa Suluwa." Rigmor lächelte verstehend.

„Wieso ist denn schon wieder ein Occulaner hierfür zuständig?", schaltete sich Aron ein. „Hätte nicht ein Gaianer oder einer aus dem Algorab System der Aines übernehmen sollen?"

„Ich bin hier nur für die Betreuung der Gäste zuständig", wich Rigmor seiner Frage aus. „Besprecht es mit ihm selbst, er ist in Frinkahork."

Der kleine Umtrunk war schnell beendet und die Freunde zogen sich in ihren Honus zurück. Arsenie würde in zwölf Stunden zu ihnen kommen und sie nach Frinkahork begleiten, eröffnete ihnen Rigmor noch zum Abschied. Aron und Adrian protestierten, doch ihre Begleiterin konnte nicht umgestimmt werden. „Anweisung vom Kommandanten", sagte sie nur. Betretenes Schweigen.

Kaum waren die Freunde allein in ihrem Honus, als Florian aufbrausend rief: „Wir kehren morgen früh um und fliegen zurück. Das hat uns gerade noch gefehlt, Occulaner als Aufpasser." Urd hatte sich in sich zurückgezogen. Das war also das Gefühl, das sie beim Aussteigen überkam und die Zeichen im Gewächshaus. Sie wusste nicht, ob sie lachen, weinen oder schreien sollte. Auch Rafael war sehr still. Er hatte plötzlich Angst. Insgeheim wusste er, dass eine Konfrontation eines Tages stattfinden würde. Es wäre hier auf dem Mars besser als auf der Erde. Aber jetzt schon? Automatisch griff er nach Urds Hand. Der Duft von frischem Kaffee holte beide wieder zu sich zurück. Allmählich drang auch die Diskussion zwischen

Florian, Mona und Aron zu ihnen durch. Die Drei erörterten das Thema vorzeitiger Rückkehr oder bleiben.

„Wir bleiben und stellen uns der Anforderung", unterbrach Urd die Streithähne. „Wenn ihr das nicht wollt, dann lasst mich hier und kehrt allein zurück." Sie sah ihre Freunde und Liebsten offen an. „Ich will nicht mehr Versteck spielen, ich hatte genügend Angst."

Bestürzt sah Rafael seine Liebste an. Ihre Entschlossenheit ließ ihn ins Bodenlose fallen. Was war sein Part dabei?

Mona stimmte ihrer Mutter zu. „Wir müssen uns nur bewusst machen, dass wir nicht die kleinen Lichter sind, als die wir immer hingestellt werden. Und du Rafael", provozierend sah sie ihren Stiefvater an, „bekamst vor einiger Zeit gesagt, dass du auf deine Gefühle achten sollst. Die Liebe ist unser aller Schutz, achte darauf, dass es so bleibt. Keine Macht der Welt oder des Universums hat dann Zugriff auf einen von uns, auch nicht auf deine Urd, meine Mutter. Und gib deiner Angst nicht so viel Raum."

Betroffen sah er Mona an. „Du hast ja recht", stöhnte er auf, „verzeih, ich habe mich gehen lassen."

„Dann wäre das auch geklärt", faste Aron lächelnd zusammen. „Vielleicht denkst du auch daran, dass ihr vom Galaktischen Großen Rat eine Einlandung habt", ergänzte er an Rafael gewandt, „könnte nützlich sein."

Die Tür zum Aufenthaltsraum öffnete sich und eine Duftwolke frisch gebackener Brezeln durchströmte den Raum. Marada und Alsuna traten bepackt mit Brotkorb, Teller und verschiedenen Aufstriche ein. Sofort veränderte sich die Energie im Raum und Entspannung breitete sich aus. Eine willkommene Ablenkung. Jeder griff begeistert zu und im Nu war

≈

alles andere in den Hintergrund getreten. Frank und Jerry gesellten sich dazu und es wurde besprochen, wie sie die nächsten Tage gestalten wollten. Cora erkundigte sich, ob sie mit nach Frinkahork fliegen könne. Florian freute sich auf diesen Ort am meisten.

Der Schlaf gestaltete sich für die meisten Freunde unruhig. Die Männer wechselten sich ab und übernahmen für je drei Stunden Wache. Obwohl kein Unbefugter von außen in den Honus gelangen konnte, wollten sie ihr Gefährt dennoch nicht ohne Aufsicht lassen.

Zum vereinbarten Zeitpunkt stand Arsenie mit Cora vor dem Honus. Adrian holte beide ab und kurz danach setzte sich der Gleiter in Bewegung. Cora gesellte sich zu Mutter und Tochter in den Mannschaftsraum. Augenblicklich wurde sie von beiden gescannt. Urd stutzte.

„Geht es dir nicht gut?", fragte sie besorgt.

Cora überlegte, ob sie antworten sollte. Sie entschied sich über ihre Angelegenheit zu sprechen. Urd schien die Occulaner zu kennen, schließlich weilte diese ja auf Occula. Verhalten begann sie über den neuen Kommandanten zu reden. Sie sei dort vorgeladen, erklärte sie, da sie sich kritisch über Tapiwas Führungsstil geäußert hatte. Urd horchte auf und fühlte sogleich eine Anspannung in sich aufsteigen.

„Shahun, eine Freundin, hat er vor einigen Wochen nach Hulatul verfrachten lassen, keine Ahnung, wo das ist", meinte Cora nachdenklich, „es soll nicht besonders gut dort sein."

„Das ist doch der Eisplanet", platzte Mona heraus. Cora erschrak.

≈

„Shahun war auch kritisch gegenüber Suluwa. Oje, wenn ich da auch hin muss!" Verängstigt sah sie Mutter und Tochter an. Urd war bei der Schilderung der Marsianerin blass geworden und Zorn stieg in ihr hoch.

„Der Besuch kann ja heiter werden", stellte Mona trocken fest.

„Ich gehe mit dir zum Kommandanten!" Entsetzt sah Mona ihre Mutter an. „Kommt nicht infrage", rief sie energisch. „Wir gehen zu dritt."

„Das geht nicht", warf Cora ängstlich ein. „Ich muss allein kommen, das war sein Befehl."

„Du wirst sehen, was alles geht." Urd legte ihr beruhigend eine Hand auf den Arm. „Ich kenne Tapiwa Suluwa recht gut." Sie stand auf und verließ den Raum. Bis zu ihrer Ankunft in Frinkahork hatte sie noch ein paar Minuten Zeit und die wollte sie in ihrer Kabine allein sein. Kaum war sie dort, öffnete sie ihren Geist und suchte Kontakt zu ihrer Freundin Britta. Kurz schilderte sie, was sich ereignet hatte und was sie plante. Sie bat Britta, bei ihr zu bleiben, solange es machbar wäre. Danach suchte sie den Kontakt zu Tampari. Der gelang zwar nicht, aber sie bekam eine Verbindung zu Nihal Lep. Nihal freute sich umso mehr, Urd zu hören und auch zu sehen. Sie fragte nach Sarai, erläuterte dem überraschten Nihal, wo sie war und was sie vorhatte.

„Sarai ist in deiner Nähe", erklärte er ihr. „Obwohl sie nicht gut auf ihren Gatten zu sprechen ist, ist sie in seiner Nähe. Vielleicht kann ich etwas für dich tun." So unerwartet wie die Verbindung zustande kam, brach sie auch wieder ab. Kurze Zeit später hieß es, bereit machen zum Aussteigen.

≈

Rafael sah seine Urd überrascht an. In ihrer schwarzen Hose, mit ebensolchem Blazer und einer roten Bluse, sah sie fast festlich aus. „Mir war danach", lautete ihre knappe Antwort auf seine ungestellte Frage.

Die Halle, die die Erdbewohner aufnahm, kannten sie von ihrem letzten Besuch. Zielsicher führte sie Arsenie zu einer kleinen Bahn, welche die Freunde zu einem Gleiter brachte. Mit ihm sollte es weiter zum Bergwerk gehen.

Unterwegs eröffnete Aron der Gruppe, dass er und Alsuna zurück zum Gleiter wollten, da es seiner Liebsten nicht so gut ginge. Marada schloss sich den beiden spontan an. Urd wurde hellhörig, konnte jedoch nichts Ungewöhnliches ausmachen. Als es Zeit zum Aussteigen war, blieben Mona und ihre Mutter sitzen. Sie wollten gemeinsam mit Cora gehen und sich einiges mit ihr ansehen. Ein flüchtiger Kuss zwischen Rafael und Urd und die Bahn fuhr ohne die drei Frauen weiter. Nun gingen sie doch getrennte Wege.

Nach wenigen Schritten bestiegen die Frauen einen Lift. Auch Mona hatte sich besonders schick gemacht. Zu einer knallroten engen Hose, trug sie eine eng anliegende weiße Bluse und eine rot-weiß gemusterte Blusenjacke. Den Männern war dies nicht aufgefallen. Zu sehr waren sie mit sich und dem anstehenden Besuch im Bergwerk beschäftigt. So mussten auch keine Ausreden gebraucht werden, weshalb sie sich so herausgeputzt hatten.

Die Lifttür surrte auf und die drei Frauen betraten einen tristen Korridor. Rechts und links davon gab es reichlich Türen. Hinter welcher wohl Tapiwa zu finden war? Urds Hände wurden feucht vor Nervosität. Gleich würde sie vor ihm stehen, dem, der sie gerettet hatte,

≈

um sie für sich zu behalten und den sie am Ende in die Knie gezwungen hatte.

„Und jetzt?", fragte Mona leise.

„Ich werde abgeholt." Cora sah auf ihre Uhr. „Jetzt."

Kaum hatte sie zu Ende gesprochen, als sich rechts eine Tür öffnete. Ein Occulaner streckte seinen breiten Kopf heraus und rief nach Cora. Alle drei Frauen setzten sich in Bewegung.

„Nur eine", herrschte sie der Kopf an. Cora trat vor, die Tür wurde etwas weiter geöffnet und ein Schwall abgestandener Luft schlug den Frauen entgegen. Diesen Duft kannte Urd nur zu gut. Ein Occulaner in Erregung. Deshalb sollte Cora also allein kommen, dachte sich Urd. Erinnerungen waren blitzschnell wach und Zorn stieg erneut in ihr hoch.

„Nicht so aggressiv", ertönte Aron Stimme plötzlich in ihr. „Lass es langsam angehen." Schon wollte sich die Tür wieder schließen, als Urd noch rechtzeitig einen Fuß dazwischenschob und sie wieder aufstieß.

„Li lem da matum", hörten sie den verdutzten Türsteher sagen, „da sind noch zwei."

„Tem nem ra ma nam", antworte diesem eine Stimme, die vom Ende des Raumes zu kommen schien. „Ich nehme sie alle!"

„Was ist das für ein Gestank?", fragte Mona mental.

„Der Herr ist paarungsbereit", antwortete Urd auf demselben Weg. „Oh Gott", entfuhr es Mona eine Spur zu laut.

„Der hilft dir jetzt auch nicht mehr", herrschte Tapiwa Cora, die vorausgegangen war, an. „Ausziehen, und zwar alles!" Noch hatte er die beiden anderen Frauen im Hintergrund nicht gesehen. Gerade schickte er sich an, seine Hose auszuziehen, als Urd mit einem beherzten Schritt nach vorn trat.

≈

„Wenn du das tust, singst du morgen im Mädchenchor", herrschte sie ihn an. Und Cora befahl sie ihre Kleider anzubehalten. Diese zog sich sofort zurück.

Mit aufgerissenem Mund starrte Tapiwa Urd an. „Wie, wo", stammelte er, „du bist nicht echt", schrie er plötzlich auf und griff nach Urds Arm. So schnell wie er zufasste, ließ er wieder los. „Du bist real hier?" Er konnte es nicht fassen, dass Urd leibhaftig vor ihm stand. Immer wieder schüttelte er seinen Kopf. „Du bist hier", sagte er ein ums andere Mal, während er auf und ab schritt, seine Hose festhaltend. Unvermittelt drehte er sich zu ihr um und starrte sie an.

„Ausziehen", sagte er barsch und zischte etwas in den hinteren Teil des Raumes. Sofort erschienen zwei weitere Occulaner und wollten Urd packen. Da trat Mona aus ihrer Deckung hervor, stellte sich neben ihre Mutter und flüsterte „wirke!"

Ganz von allein hob sich Urds Arm und zeigte auf Tapiwa. Sie ließ die Energie, die in ihr aufstieg, einfach fließen. Mona tat ihr gleich und richtete ihren Arm abwechselnd auf die beiden anderen Occulaner, die zuerst erstaunt und dann entsetzt in die Knie gingen. Tapiwa begann vor Schmerzen zu stöhnen.

„Wo ist Shahun?"

Tapiwa stöhnte grinsend auf. „Hulatul, da ist sie sicher."

Urds Hand wanderte tiefer und traf sein Geschlecht. „Hole sie sofort zurück und mit ihr alle, die du noch dorthin gebracht hast", befahl sie. Um dem Occulaner Gelegenheit zu geben, diesen Befehl auszuführen, verringerte sie die Intensität ihrer Energie. Überrascht, dass sie dies konnte, beobachtete sie, wie sich der

Occulaner zu einem Sprechfunkgerät schleppte und etwas hinein zischte.

„Mit mir nicht!" Mit einem beherzten Schritt war Urd bei ihm. „Schew kem an ta raina him unagapa Gadreel? Gib den richtigen Befehl oder dein Vater erfährt, warum du wirklich so zugerichtet warst." Ihren ausgestreckten Arm legte sie dabei auf seine Schulter. Tapiwa stöhnte erneut vor Schmerzen auf.

„Ha" machte Tapiwa verächtlich, „ihr kommt hier nie wieder weg!"

Urds Hand wanderte automatisch tiefer, Richtung Geschlechtsteil und Tapiwa brüllte vor Schmerz wie ein Tier.

„Lass es gut sein, Urd", ertönte plötzlich eine rauchige fremde Stimme neben ihr. Verwundert drehte sich Urd um. Diese Stimme kannte sie. Langsam nahm sie ihre Hand von Tapiwa weg und bemühte sich, ihre Energie zu beruhigen. Sarai sah ihr beeindruckt und gelassen zu. Der große Occulanermann sackte indessen in sich zusammen und begann zu wimmern. Cora wollte zu ihm gehen und nach ihm sehen, was ihre Pflicht war, doch Urd gebot ihr Einhalt.

„Lass ihn noch etwas", sagte sie tonlos zu ihr. „Hätte er mit dir Sex gehabt, gäbe es dich jetzt nicht mehr."

Lange sahen sich Sarai und Urd an. Die Occulanerin hatte sich verändert. Sie wirkte wesentlich älter als sie war und reifer.

„Wie oft hat er dich missbraucht?", fragte Urd auf occulanisch.

Sarai verzog ihren Mund. „Sprechen wir nicht darüber. Schön, dich zu sehen, auch wenn der Anlass nicht der beste ist."

≈

„Warum hast du mich dann gestoppt? Ich hätte ihn nicht getötet. Er wäre nur nie wieder einem weiblichen Wesen zu nahe gekommen." Mit einer Antwort ließ sich Sarai Zeit. Sie wollte es sich lange Zeit selbst nicht eingestehen, aber mit Tapiwa verband sie etwas, das sie immer wieder sonderbar berührte, trotz all der Demütigungen, die sie ertragen musste. Ihre Freundin Tampari half ihr vor einiger Zeit dieses Gefühl zu benennen, vor dem sie sich fürchtete. Sie liebte Tapiwa und wusste, dass sie zusammengehörten, genauso wie Tampari und Nihal. Langsam sprach sie ihre Gedanken aus und nicht nur Urd staunte.

„Aber er hat dich wie eine Rutax behandelt, eine Hure und nicht wie ein liebendes Weib", warf Urd ein.

„Ich weiß", entgegnete ihr die Occulanerin. „Dennoch ist es so. Zurzeit lebe ich mit meinen Kindern bei meinen Eltern und gehe bei Tampari in die Lehre." Für kurze Zeit verstummte sie und blickte zu Tapiwa der versuchte sich zu erheben. Ein kurzer Befehl aus Urds Mund und zwei Occulaner kamen. Sie halfen, den verletzten Kommandanten auf die Krankenstation zu bringen. Cora ging langsam und sehr nachdenklich hinter den Dreien her.

„Wie viele Kinder hast du denn?", hakte Urd nach, als der kleine Tross außer Hörweite war. „Ich weiß nur von Rod Ragin."

Versonnen sah Sarai Urd an. „Als ich dir Rod zeigte, trug ich bereits erneut ein Kind in mir. Das wusste ich zu dieser Zeit nicht und Tapiwa weiß bis heute nicht, dass er eine Tochter hat. Santim Naya sieht ihrem Vater sehr ähnlich und seltsamerweise bemüht sich Gadreel sehr um meine beiden Kinder. Ich wollte keine Urd, wie Tapi, dafür saß der Schmerz zu tief. Ich nenne sie nur Naya." Urd nickte verstehend.

≈

„Erwähne bitte bei Gadreel nichts von diesem Vorfall." Sarai sah Urd bittend an.

Diese nickte abermals. „Kannst du uns zeigen, wie wir zu unserem Gleiter kommen?" Erst jetzt gewahrte Sarai Mona, die sich die ganze Zeit über im Hintergrund gehalten hatte. Freudig und stolz stellte Urd ihre Tochter vor. Intensiv blickten sich beide ungleichen Frauen an. Ein Lächeln huschte über beider Gesicht. „Wir kennen uns aus einer anderen Zeit", stellte Mona fest und Sarai bestätigte.

Urd sah verwundert von einer zur anderen. In all der Aufregung um Tapiwa hatte sie dies überhaupt nicht wahrgenommen. „Du brauchst uns nichts zu zeigen, Aron holt uns gleich ab", meinte sie beiläufig.

„Sehen wir uns noch einmal?", fragte Mona zum Abschied.

„Wir werden sehen", bekam sie von Sarai zur Antwort und ihre Mutter zuckte nur mit den Schultern.

„Ich werde später nach Tapiwa sehen", seufzte Urd. Plötzlich fiel ihr etwas ein. In ihrer Jackentasche hatte sie eine kleine Flasche Lavidaria. Diese drückte sie Sarai in die Hand. „Für Tapi", sagte sie nur und ging.

≈≈≈

Neue Welten eröffnen sich

Wenige Minuten später stand Aron mit einer kleinen Bahn vor ihnen. Wortlos folgten die beiden Frauen dem jungen Mann, der sich wie selbstverständlich in der Station bewegte. Urd bemerkte es erst, als er fragte, ob beide einen Blick nach draußen werfen wollten.

„Warst du schon oft hier?", fragte Mona überrascht. Aron verneinte, hielt an einem gläsernen Lift an und forderte seine Mutter und Großmutter auf, einzutreten. Gemeinsam ging es einige Etagen nach oben, ehe der Lift wieder stoppte. Beim Aussteigen überfiel Urd das Gefühl, schon einmal hier gewesen zu sein. Der Blick durch ein Fenster sagte jedoch etwas anderes. Flache Gebäude drängten sich an eine Felswand und alte Fässer lagen oder standen davor und dazwischen, zum Teil mit sehr viel Sand bedeckt. Weiter hinten entdeckte sie ein turmartiges Gebäude und es überlief sie ein Schauer nach dem anderen. Dort wurde sie von Gadreel zusammen mit Britta vor Jahren, als sie die verunglückten Männer abholten, hingebracht. Abrupt drehte sie sich wieder um. „Ich möchte gerne zurück zum Honus." Aron sah sie eingehend an, nickte und machte sich auf den Weg zum Lift.

„Sieht man von hier aus auch das Bergwerk?", wollte Mona noch wissen. Aron verneinte. Er wirkte ganz plötzlich unruhig und in sich gekehrt. Seine Mutter hakte sich bei ihm ein. „Alles neu und aufregend", meinte sie lapidar.

Die weitere Fahrt mit der kleinen Bahn verlief ohne weitere Worte. Im Stillen reflektierte Urd die zurück-liegenden Ereignisse. Dass ihr die neue Energie so einfach zur Verfügung stand, erstaunte sie und doch wieder nicht. Wenn sie außerhalb der Erde weilte, gestalteten sich alle ihre Fähigkeiten intensiver. Das war jedes Mal überraschend für sie und doch so vertraut. Aus einem unbekannten Grund schien etwas in ihr zu erwachen, das sie bereits beherrschte. Ihre Gedanken schweiften zu Sarai und Tapiwa und wie selbstbewusst die junge Occulanerin gewirkt hatte. Sie nahm sich vor, Tapiwa später im Krankentrakt zu besuchen. Was Urd urplötzlich auffiel, war Arons Veränderung. Mit kritisch fragendem Blick begegnete sie dem ihres Enkelsohnes. Dieser schüttelte nur den Kopf. „Später", sagte er leise.

Das Innere des Honus wirkte seltsam heimelig. Ein Duft von frischem Kaffee und frisch gebackenem Gebäck empfing sie und hieß sie willkommen.

„Die anderen kommen auch gleich", begrüßte Alsuna sie und stellte einen duftenden Kuchen auf den

Tisch. Mona half beim Richten der Teller und Tassen. „Wie zu Hause", bemerkte sie verträumt.

„Vielleicht", setzte Aron an, als sich die Tür zum Aufenthaltsraum öffnete und die Männer von ihrer Tour zurückkamen. Ohne Vorwarnung stürmte Rafael auf Urd zu, packte sie an den Schultern und schüttelte sie kräftig.

„Tu das nie wieder", schrie er sie an, „verstehst du? Kannst du dir vorstellen, was ich durchgemacht habe?"

Urd sah ihren Mann entgeistert an. Es dauerte einen Moment, ehe sie reagieren konnte. Eine schallende Ohrfeige ließ Rafael einige Meter weit in eine Ecke fliegen. Ruhig drehte sie sich um, zog die Tür hinter sich zu, holte aus ihrer Kabine eine Jacke und verließ den Honus.

Im Aufenthaltsraum herrschte erst Totenstille, dann hektisches Treiben, um Rafael zu helfen und ihn zu versorgen. Mona verabreichte ihm reichlich Lavidaria, was ihm half, bald wieder oben auf zu sein. „Was war das?", fragte er sichtlich verstört.

„Deine Frau unter Hochspannung", kam es trocken von Mona.

„Wo ist sie?"

„Keine Ahnung", antwortete ihm Adrian. „Wird wohl in ihrer Kabine sein."

Das Nein, das von Aron kam, erreichte keinen.

„Ich hatte solche Angst um sie", fing Rafael zu sprechen an. „Warum hat sie das getan? Sie hätte doch etwas sagen können!"

„Du scheinst deine Frau noch immer nicht zu kennen", stellte Mona fest. „Ihr seid wohl eine gewaltige Einheit, in die keiner so schnell dazwischenkommt, aber du solltest wissen, dass sie immer das tut, was sie tun muss. Besonders, seit sie von Occula zurück ist."

Betroffen setzten sich alle an den Tisch. Nur ganz langsam löste sich bei der kleinen Gruppe der Schock über das Geschehene. Kaffee und Kuchen halfen bei Adrian am schnellsten, die Zunge zu lösen, und er begann von dem Minenbesuch zu schwärmen. Mona versuchte unterdessen vergebens, ihre Mutter mental zu erreichen. Gerade wollte sie sich erheben, um nach ihr zu sehen, als Aron eine Hand auf ihren Arm legte.

„Sie ist nicht im Honus", sagte er ihr mental. Mona erschrak und wollte nachfragen, wo sie sei. Doch Aron kam ihr zuvor und gab ihr zu verstehen, dass Urd allein sein wolle. Unruhig geworden nippte sie an ihrem Kaffee. Nach einer kurzen Pause teilte Aron seiner Mutter mit, dass er Urd suchen würde.

„Es treffen bald fremde Schiffe ein", stellte er besorgt fest, „da sollte alles Unklare beseitigt sein." Mona verstand seine Worte nicht, hakte jedoch auch nicht nach, sondern vertraute ihrem Sohn.

Urd irrte indessen in den Gängen der Marsstation umher. In unterschiedlichen Farben waren die Gänge gehalten und bald hatte sie herausgefunden, dass die Farben jeweils auf die Einrichtungen abgestimmt waren, die sich dort befanden. Auf einem großen Platz, von dem die Gänge sternenförmig abgingen, führte eine breite geschwungene Treppe nach oben. Trotz ihrer inneren Leere folgte sie dieser neugierig. Oben angelangt bot sich ihr ein Panoramablick der besonderen Art und einige Sitze luden zum Verweilen ein. Für wenige Augenblicke war sie von der Aussicht, die sich ihr bot, fasziniert. Eine weit gestreckte Ebene, die an zwei Seiten von bizarren Felsen begrenzt wurde, wirkten beeindruckend. Am Horizont konnte sie große Fahrzeuge erkennen und in der Luft Raumgleiter, die zu kommen schienen. Ganz plötzlich fiel sie in sich zusammen und fing bitterlich an zu weinen. Dass jemand kam und sich neben sie setzte, bemerkte sie erst, als sich eine Hand in die ihre legte.

„Er hatte nur schreckliche Angst um dich", sagte Aron leise und legte einen Arm um sie. Urd schluchzte auf.

„Das gibt ihm kein Recht, so zu handeln."

„Ich hätte gerne, dass wir alle zusammen sind", sprach er vorsichtig weiter. „Es kommen viele fremde Schiffe hier an und ich weiß, dass auch alte Bekannte darunter sind."

Urd sah auf, löste sich aus seinem Arm, schnäuzte sich und deutete zu den Fenstern. „Ich habe welche kommen sehen. Geh nur, was mit mir geschieht, ist mir gerade so ziemlich egal."

Aron blieb ruhig. In seiner Großmutter konnte er lesen wie in einem Buch, obwohl er diese Gabe bisher nicht lange beherrschte. Telepathisch war er seit seiner Kindheit veranlagt. Vor einiger Zeit eröffnete sich ihm jedoch eine neue Dimension in diesem Bereich. Alles ging einfach und er fühlte tief in sich eine Gewissheit, die er zuvor nicht kannte. Auch jetzt wusste er, dass Urd mit zurückmusste. Als wenn er ein Kind an die Hand nehmen würde, ergriff er Urd und führte sie zu einem Lift. Widerstandslos folgte sie ihm. Ein Stück ging es mit dem Fahrstuhl außerhalb der Station nach unten. Es öffnete sich eine Klappe, dann surrte er weiter im Inneren nach unten. Eine kleine, allgegenwärtige Bahn brachte beide zum Honus. Bevor sie die wenigen Stufen nach oben gingen, hielt Aron seine Großmutter fest. Er sah sie eindringlich an.

„Urd Gläser", begann er mild, „was du getan hast, war absolut richtig. Rafael hat überreagiert, verzeih es ihm. Er hatte Panik, dich zu verlieren oder verletzt zu wissen. Zurzeit sitzt er bei einem Occulaner am Krankenbett."

Urd sah ihn prüfend an. „Was ist mit dir geschehen? Du scheinst viel mehr zu sehen und zu wissen als früher." Aron bestätigte ihre Vermutung.

„Michael deutete etwas in der Art vor einiger Zeit an."

„Will er dich deshalb nach unserer Rückkehr sprechen?", unterbrach sie ihn.

„Kommt ihr endlich? Sonst ist euer Kaffee kalt", ertönte Adrians Stimme von der Honustür.

„Wir kommen", rief Aron ihm zu und zu Urd flüsterte er leise: „Ich denke schon. Er plant, mich in das Reisen ohne Raumschiff einzuweihen und darin zu unterrichten."

Urd bekam große Augen und begann zu strahlen. „Ich wusste, dass so etwas für dich anstand, nur benennen konnte ich es nicht. Ich freue mich sehr für dich, Junge." Sie lachte auf. „Verzeih, manches Mal vergesse ich, dass du bald Vater wirst und schon lange kein Junge mehr."

„Lass das Ganze noch etwas unser Geheimnis sein", lächelte er zurück. „Was Michael mit mir vorhat, ist mir fast eine Nummer zu groß. Es beinhaltet sehr viel Verantwortung. – Mal sehen." Mehr sagte er nicht mehr dazu.

Im Innenraum empfing die beiden, ganz untypisch für ein Raumschiff, Kaffeeduft und im Aufenthaltsraum herrschte heitere Gelassenheit. Mona sah ihre Mutter dennoch kritisch an und gab ihr ein kleines Glas mit einer dunklen Flüssigkeit. Dankbar nahm sie es an und trank es in einem Zug leer. Dann wurde sie von ihrer Tochter in den Arm genommen und herzlich gedrückt.

„Marada, Alsuna und ich wollen das auch können", lachte Mona, „falls unsere Partner einmal aufmüpfig werden sollten."

Verwundert sah Urd ihre Tochter an. „Was wollt ihr auch können?"

„Na, mit einer Ohrfeige den Mann in eine Ecke katapultieren, die vier Meter entfernt ist."

„Das soll ich getan haben?" Ungläubig blickte Urd in die Runde.

„Sag nur, du weißt das nicht mehr?" Jetzt war Mona überrascht.

„Ich weiß nur noch, dass Rafael mich anschrie und schüttelte und dass ich ihm dann, –." Urd stockte, „eine Ohrfeige gab. Und die hat ihn von den Füßen geholt?"

„Von den Füßen geholt ist gar kein Ausdruck", mischte sich Florian ein. „Dein Mann lag dahinten an der Wand und war ziemlich ramponiert. Ich glaube jedoch, es war mehr im Innen wie im Außen."

„Er wird gleich hier sein", ergänzte Aron „und ich möchte, dass ihr beide euch zurückzieht und alles aussprecht. Ihre werdet als Einheit gebraucht, sonst –." Weiter sprach er nicht. Die Tür öffnete sich und Rafael trat ein. An seiner Stirn prangte ein großes Pflaster und seine linke Hand zierte ein dicker Verband.

„So", ergriff Aron sofort die Initiative, „du nimmst jetzt Urd und ihr geht in eure Kabine und sprecht euch aus. Eine Stunde sollte euch genügen, dann werdet ihr hier als Einheit gebraucht."

Alle im Raum waren über Arons Ansage überrascht, Rafael und Urd am meisten. Ohne einen Einwand traten beide den Weg zu ihrer Kabine an. Etwas in Arons Worten klang in Urd nach. Es wollte

≈

ihr nur nicht bewusst werden, was dies war. Erst als ihre Kabinentür aufsurrte, fiel es ihr ein. Abrupt blieb sie unter der Tür stehen, sodass Rafael mit ihr zusammenstieß.

„Warum will Aron unbedingt, dass wir eine Einheit sind, wenn die fremden Schiffe ankommen. Da stimmt etwas nicht." Schon wollte sie umdrehen und Aron direkt fragen, als seine Stimme in ihr erklang. „Tu einmal das, was man, also ich, dir sage. Eine Stunde wirst du Rafael wohl noch ertragen." Das wirkte.

Stumm saßen sich die Eheleute gegenüber. Rafael wusste nicht, wie anzufangen und Urd genoss dies einerseits und andererseits tat es ihr Leid, dass es so weit gekommen war. Schließlich hielt er es nicht mehr aus.

„Es tut mir leid", platzte er heraus. „Ich hatte solche Angst um dich, dass ich nicht mehr Herr meiner Sinne war." Er rutschte von seinem Sessel, kniete vor seiner Urd nieder und küsste ihre Hände. Da sie nichts sagte, redete er weiter.

„Ich war bei Tapiwa", sagte er. „Es geht ihm miserabel. Sarai, sein Weib, habe ich auch getroffen. Sie berichtete mir, dass Gadreel demnächst hier erscheinen wird. Dass du den Vater ihrer Kinder so zugerichtet hast, verzeiht sie dir." Rafael sah seiner großen Liebe in die Augen. Die hatten sich mittlerweile mit Tränen gefüllt.

„Ich wollte dich nicht verletzen." Zärtlich strich sie über seine Stirn und seine Hand. „Dass ich mich Tapiwa stellen musste, war uns beiden bewusst. Dass es hier und heute geschehen musste, wurde mir klar, als Cora erzählte, dass sie allein zu ihm sollte. Ich wusste, was ich tat. Zudem war Mona dabei. Du wolltest in die Mine und ich dich nicht davon abbringen. Du wärst nicht gegangen, wenn du gewusst hättest, was ich vorhabe."

Stumm sahen sich beide eine Weile an. „Verzeih mir bitte", bat Urd.

„Ich muss wohl lernen, mehr Vertrauen in dich zu haben und dich zu lassen", stellte Rafael schweren Herzens fest. „Seit Occula hast du dich sehr verändert und deine neue Fähigkeit beunruhigt mich sehr."

„Ich glaube", unterbrach ihn Urd, „wir können dies in absehbarer Zeit alle. Vielleicht bin ich so etwas wie eine Pionierin in dieser Sache. Genau wie mit der Bilokation. Das konnten du und Mona doch auch ganz plötzlich."

Rafael nickte verstehend und schloss ihren Mund mit einem langen Kuss. Sie hielten sich eine Weile innig und bekräftigten gegenseitig ihre Verbundenheit und Liebe.

„Lass uns zu den anderen gehen", meinte Urd und löste sich aus Rafaels Armen, „und zukünftig achtsamer und vertrauensvoller miteinander umgehen. Mein Gefühl sagt mir zudem, dass wir gebraucht werden."

„Bislang nicht", bekamen sie zur Antwort, als sie den Aufenthaltsraum betraten, „aber es gibt gleich was zu futtern. Es ist ziemlich scharf", ergänzte Adrian spitzbübisch, „aber lecker!"

„Oh!", rief Rafael beim Anblick der Töpfe und Schüsseln aus. „Igashos Rezept von Choclo con queso und Papa ala huan caina. Kartoffeln, Maiskolben und scharfe Käsesoße. Wer hatte diese hervorragende Idee?"

Marada strahlte, als Adrian ihren Namen sagte. „Ich dachte", meinte sie, „wir könnten alle etwas Kräftiges vertragen."

Während des gemeinsamen Mahls fiel Urd auf, dass Aron außergewöhnlich schweigsam war. Kurzerhand sprach sie ihn darauf an. Er schreckte aus seinen Gedanken hoch, als er gefragt wurde, was ihn bewegte.

„Es sind zwei mächtige Kriegsführer gelandet, die nicht grün miteinander sind und die du beide kennst." Bestürzt sah ihn Urd an.

„Gadreel und Nakajo Ashira." Aron nickte zustimmend.

„Der Erste besucht gerade seinen Sohn." Jetzt wurde Rafael blass und Urd ließ ihren Teller, Teller sein und begann im Raum auf und ab zu laufen. Plötzlich blieb sie stehen und erklärte, dass sie so schnell wie möglich in die Krankenstation wolle.

„Sollte Gadreel aggressiv werden, dann soll er sich bei mir austoben", sagte sie energisch. „Kommst du mit?", fragte sie Rafael.

„Ich wünsche, dass sich die anderen zum Abflug bereit machen. Sollte etwas schiefgehen, fliegt nach Hause. Ihr werdet dort gebraucht. Mona protestierte sogleich, doch Urd wehrte bestimmend ab.

„Rafael und ich gehen allein, Punkt! Und ich wünsche, dass ihr euch danach richtet."

Aron stimmte dem Ganzen zu. „Dann geht sofort", forderte er beide auf, „es kommen noch mehr Schiffe, die ich nicht kenne."

Wenige Minuten später standen Rafael und Urd vor der Tür zur Krankenstation. Unbehagen beschlich beide. Gleich würden sie Gadreel nach langer Zeit gegenüberstehen. Wie er wohl reagieren würde? Der

≈

Occulaner war kein angenehmer Zeitgenosse, sehr von sich überzeugt, schnell gereizt und aggressiv.

Die Tür zu Tapiwas Zimmer surrte auf und ein geballter Schwall Occulanerduft schlug ihnen entgegen und nahm ihnen für einen Moment die Luft. Drei große Köpfe blickten sie überrascht an. Sarai lächelte sofort, Gadreel benötigte etwas, bis er seine Überraschung überwunden hatte. Die Menschen gaben ihm immer wieder Rätsel auf.

„Kichnem ta qua?", begrüßte er Urd. „Gibst du niemals auf?" Er sah Rafael genauestens an. „Dich hat sie auch zu Boden geworfen, so wie du aussiehst. Ein feines Weib hast du", stellte er fest.

Urd dagegen sah er scharf an. „Warum bist du hier? Reicht es dir nicht, ihn zweimal am Boden zu wissen?" Sarai legte ihm beruhigend eine Hand auf seinen Arm. „Lass es gut sein, Gad."

Urd bemerkte es und speicherte es für sich ab. „Genau deshalb bin ich hier", antwortete sie sicher und sah Sarai dabei an. Ich hatte dir zwar versprochen, Gadreel gegenüber nichts zu erwähnen, aber ich stehe auch für Offenheit und Klarheit, wie du noch wissen dürftest. Und die Wahrheit ist", sie blickte den Occulaner direkt an, „dass Tapiwa mir sehr geholfen hat, aus Orichron und aus den Händen der Tongas zu entkommen. Die Wahrheit ist auch, dass er auf Bolang sehr lange an meinem Bett saß und mich ermutigte, nicht aufzugeben." Jetzt erst suchte sie den Blick Tapiwas, der seinen Kopf sofort abwendete.

„Tatsache ist jedoch auch, dass er mich als sein Weib wollte und dieses Vorhaben auch nach unserem ersten Zusammenstoß nicht aufgegeben hatte. Im Gegenteil. Er benutzte Sarai, er benutzte Nihal und Tampari, um an mich zu kommen und dabei verlor er sich und gelangte in eine Art Wahn." Urd ließ sich einen Moment Zeit und sah von einem zum anderen.

„Du wärst bestimmt der bessere Partner für Sarai", sagte sie an Gadreel gewandt. Große Augen sahen sie an. Selbst Tapiwas Kopf ging in ihre Richtung. „Aber", fuhr sie fort, „ihre Liebe würde immer Tapiwa gehören." Langsam ging sie zu Tapiwas Krankenlager und blieb davor stehen.

„Bestrafe ihn nicht", sagte sie fürsorglich, „er hat seine Strafe schon erhalten. Sollte er bis jetzt nicht gelernt haben, dass ich für mich stehe und selbst entscheide, dann wird er es das nächste Mal fühlen. Nur, wie er dies überstehen wird, kann ich nicht sagen. Lavidaria wird ihm dieses Mal noch helfen. Schade", sagte Urd und ging wieder zu Rafael, der sofort einen Arm um sie legte, „ich dachte, wir könnten Freunde werden."

„Erdlinge!", stöhnte Gadreel auf, „euch soll einer verstehen! Ich will euch später noch einmal sehen", rief er beiden hinterher, als sie bereits an der Tür zum Ausgang waren. Sie kümmerten sich nicht darum und gingen.

Entspannung trat bei ihnen erst ein, als sie den Honus sahen. Beim Verlassen der kleinen Bahn, die sie brachte, bemerkte Rafael, dass etwas in der Luft liegen würde. „Es wirkt mit einem Mal so unruhig, fast hektisch", stellte er laut fest.

Im Honus selbst herrschte dagegen eine entspannte, heitere Stimmung. Von Aron wurden die Ankömmlinge eingehend gemustert, bis er schließlich zufrieden nickte. „Auf zur nächsten Runde", meinte er scherzhaft. Fragende Augen richteten sich auf ihn.

„Wir haben eine Einlandung zu einem Meeting in zwölf Stunden bekommen", begann er langsam. „Wir, das sind Rafael, Urd und ich." Er sah seine Alsuna an, die ihm lächelnd zunickte.

„Dich, Mama, möchte ich in dieser Zeit bitten, gut auf meine Frau und das neue Leben, das in ihr heranwächst, aufzupassen." Sichtlich bewegt, musste er eine kurze Pause einlegen. Alles ein wenig viel für eine kurze Reise. Dann sah er seinen Vetter an. „Adrian weiß über alles Bescheid" Aron musste schmunzeln, „er ist fast wie mein zweites Ich. Sollten wir Drei nicht zu einer vereinbarten Zeit zurück sein, setzt euch sofort in Bewegung Richtung Erde. Dort wird Hilfe dringender gebraucht." Wieder unterbrach er sich für einen Moment. „Ich habe jedoch keine Absicht, hierzubleiben", ergänzte er lachend.

„Später fliegen wir zum Olympus, dem höchsten Berg hier", erklärte nun Florian, „dort soll das Treffen im Berg stattfinden." Rafael konnte sich nicht mehr zurückhalten und fragte, welcher Art das Treffen sei und von wem die Einladung kam.

„Chrishnatuk von den Aines hat sie geschickt. Wir sind bei einer Sitzung des Galaktischen Rates dabei."

„Und wieso du?", wollte Mona von ihrem Sohn wissen.

„Lass uns noch etwas ruhen, bevor wir aufbrechen", gab Aron zur Antwort. Doch damit war Mona nicht zufrieden. „Wieso du?", wiederholte sie energisch.

Aron sah von einem zum anderen und blickte dabei in fast ausschließlich fragende Gesichter. Adrian nickte ihm leicht zu. „Irgendwann muss es doch sein", bemerkte er ruhig.

Aron atmete schwer. „Also gut", sagte er schließlich. „Ich bin dazu auserwählt worden, Michaels Nachfolge anzutreten." Stille!

„Wer hat dich ausgewählt? Michael?"

„Nein, Florian", antwortete der junge Mann. „Quatsch. Es gibt eine galaktische Föderation, die Vertreter auf der Erde hat. Die hatten vor sehr vielen Jahren Michael ausgesucht. Adrian wird in einem Jahr auch dazu gehören, so wie ich jetzt."

Das waren überwältigende Neuigkeiten, die jeder für sich überdenken musste.

„Heißt das", fragte Urd nach, „dass ihr Uru Anna verlassen werdet?"

„Nein", antwortete Adrian, „wir werden nur häufiger nicht anwesend sein." Schweigen breitete sich aus.

„Deshalb Michaels Worte", reflektierte Rafael und bekam Tränen in die Augen. „Ich bin sehr bewegt und mächtig stolz auf euch. Ich hoffe und wünsche nur, dass ihr eure Freude am Forschen und eure Spitzfindigkeit erhalten könnt."

Marada lachte auf. „Darüber brauchst du dir keine Sorgen zu machen. Die beiden werden noch mit hundertfünfzig Jahren Lausebengels sein." Alle stimmten erleichtert ins Lachen mit ein.

„Warum sind Rafael und Mama eingeladen?" Mona blickte sehr skeptisch drein.

»Da war mal was«, schoss es Rafael blitzartig durch den Kopf. Er erklärte verlegen, dass Michael vor etwa zwei Jahren angedeutet hatte, dass sie in den Galaktischen Rat eingeladen werden. „Bis soeben hatte ich das vollkommen vergessen" ergänzte er. Urd stimmte nachdenklich zu. „Hatten wir das Angebot überhaupt angenommen?"

„Das ist doch egal", warf Florian ein. „Ihr seid bestens dafür geeignet."

Nach einer Weile gingen Urd und Rafael in die kleine Küche, um einen Imbiss für sofort und einen Eintopf für später vorzubereiten. Florian setzte sich mit Adrian in den Kommandostand und startete den Honus. Wenig später hoben sie ab. Plötzlich begann der Honus zu schlingern und einiges ging zu Boden. Rafael eilte sogleich zu Florian und Mona gesellte sich zu Urd, um ihr beim Aufräumen und Spülen zu helfen.

„Du solltest später mit Britta Kontakt aufnehmen. Auf der Erde scheint zur Zeit der Teufel los zu sein", meinte sie fast beiläufig.

Erschrocken sah Urd ihre Tochter an. „Britt hatte ich komplett vergessen."

„Lass dir noch etwas Zeit", beruhigte sie Mona, „gönne dir erst ein wenig Ruhe. Wie wäre es mit einem Käffchen?"

„Kaffee geht fast immer", lachte Urd.

Im Aufenthaltsraum gab es eine Ecke mit einigen gemütlichen Sesseln und kleinen Tischen. Dort hatten es sich Mutter und Tochter bequem gemacht. Gewohnheitsmäßig schaltete Mona den Bildschirm ein und spielte mit den Kameraeinstellungen. Um sich besser auf die Bilder einlassen zu können, dimmte sie im Raum das Licht. Eine ganze Weile war nichts zu sehen, außer kahler, nackter Fels. Der Raum darüber wirkte durchsichtig schwarz und weit entfernt blitzen Sterne auf.

„Jetzt sind wir so weit im All und doch ist alles noch so weit entfernt", stellte Mona staunend fest. Dann versank sie in staunendes Schweigen. Urd versuchte derweil Kontakt zu Britta herzustellen und nippte immer wieder mal an ihrem Kaffee. Doch ständig störte etwas die Verbindung zur Erde und sie stellte die

≈

Tasse ab, um gegebenenfalls tiefer in Entspannung zu gehen. Plötzlich sah sie in die verschlagenen Augen Nakajo Ashiras und erschrak.

„Mama?" Monas Stimme ließ die Verbindung augenblicklich zusammenbrechen.

„Wer war der Typ?", wollte sie wissen.

Urd atmete tief durch. „Nakajo Ashira!"

„Oh", machte ihre Tochter überrascht. „Ist das der Typ, der die Erde entvölkern wollte?" Urd nickte. Benommen griff sie nach ihrer Tasse. Das Gefühl, etwas ganz Banales in der Hand zu halten, gab ihr stets eine Art Gewissheit, im Hier und Jetzt zu sein.

„Dort hinten taucht unser Ziel auf", Mona zeigte auf den Bildschirm, „der Olympus. Er ist etwas mehr als vierundzwanzig Kilometer hoch." Ihre Mutter sah nur flüchtig hin.

„Entschuldige Liebes", sie setzte ihre Tasse wieder ab, „ich muss mit Rafael und Aron darüber reden. Langsam baut sich in mir eine Beklemmung auf, die ich bislang nicht deuten kann. Gadreel und Ashira sind genau zwei zu viel für mich."

„Du kannst bleiben, die beiden sind auf dem Weg hierher." Mona legte ihrer Mutter beruhigend eine Hand auf den Arm. „Wir sind bei dir, auch wenn du bei der Versammlung bist. Selbst dann, wenn du ganz allein dort wärst. Denk daran, dass es zu Hause mittlerweile zwölf Gemeinschaften wie Uru Anna gibt und in unserem Bruderstaat Russland noch mal genauso viele. Weißt du, welche Macht dies darstellt?"

„Eine gewaltige", stellte Rafael beim Eintreten fest. „Vielleicht sind wir genau deshalb eingeladen. Man kann uns nicht mehr übergehen." Die beiden Männer versorgten sich mit Tee und Kaffee und setzten sich zu den Frauen.

„Ashira habe ich auch gesehen", begann Aron. „Ich denke, er zieht nur eine Schau ab. Lass dich nicht reizen", meinte er zu seiner Großmutter.

Der Honus setzte zur Landung an und auf dem Bildschirm konnten sie mitverfolgen, wie sich aus dem Berg eine Art Gangway schob. Die war jedoch für einen anderen Gleiter, der dem Honus ähnlich sah. Einige Minuten später waren auch die Erdlinge an einen solchen Gang angeschlossen.

„Ich habe Hunger! Will noch einer von euch etwas zu essen?" Aron stand auf und ging Richtung Küche. Seine Mutter folgte ihm, um zu helfen. Bevor jedoch alles Nötige gerichtet wurde, nahm sie ihren Sohn in den Arm. „Das musste jetzt sein", stellte sie fest und Aron ließ sich gerne halten. Die vielen neuen Aufgaben lasteten schwer auf ihm. War die Arbeit mit Michael schon viel, so wurde die Verantwortung, die er sich für das werdende Leben auflastete, immens.

Wie auf ein geheimes Zeichen hin erschienen alle im Aufenthaltsraum. Dabei entwickelte sich ein ausgelassenes, fröhliches Essen. Ob es Abend oder Mittag war, spielte keine Rolle. Außerhalb der Erde herrschten andere Gegebenheiten, auf die es sich einzustellen hieß. Zwischendurch verkündete Adrian, dass nach der Rückkehr zur Erde ein Hochzeitstermin festgelegt werden würde.

„Drei auf einen Streich, ein riesiges Fest", meinte er glücklich. „Ich freue mich unbändig darauf." Marada drückte ihm einen Kuss auf die Wange. Aron stimmte dem zu und begann sich das eine und andere, wie es ablaufen könnte, vorzustellen und auszumalen. Bald waren alle in eine ausgiebige Feierplanung vertieft und alles andere vergessen.

≈

Ein schriller Pfiff ließ sie plötzlich verstummen, bis Florian anfing zu lachen. „Die erste Wache beginnt. Adrian, du bist an der Reihe."

Gespielt genervt erhob sich dieser und seine Liebste mit ihm. „Vielleicht versuchen die anderen ein wenig zu ruhen", meinte er im Hinausgehen, „nur noch neun Stunden bis zur Party."

Rasch war der Tisch abgeräumt und Geschirr, so wie Reste, verstaut. Mona hatte noch einige Fragen, die ihr Florian beantwortete. Rafael wollte sich hinlegen, da er die nächste Wache hielt und da Urd an Monas Fragen kein Interesse hatte, begleitete sie ihren Mann. Sie hörte gerade noch, dass ihre Tochter nachfragte, mit welcher Energie der Honus angetrieben würde und Florian darauf mit „freier Energie und etwas Plasmaenergie von der Sonne" antwortete. Darüber wollte sie später mit Rafael sprechen.

Nach einer Stunde verließ dieser die gemeinsame Kabine bereits wieder. Ein langer Kuss und ein liebevoller Blick nahm er mit zu seinem Dienst.

Urd machte es sich auf ihrem Bett bequem und suchte den Kontakt zu Britta. Mit einem kurzen Gedanken Richtung Flo vergewisserte sie sich, dass dieser noch mit Mona im Gespräch vertieft war. Nach wenige Augenblicken stand die Verbindung zur Erde. Britta entschuldigte sich sofort, dass sie vor Kurzem nicht lange gegenwärtig sein konnte. Urd war irritiert. Es dauerte etwas, bis ihr einfiel, wann sie ihre Freundin um deren Unterstützung gebeten hatte.

„Was ist denn bei euch auf der Erde los?", fragte Urd. „Mona deutete an, dass bei euch der Teufel los sei."

Britta lachte laut auf. „So kann man das auch sehen. Wir hier in Uru Anna bekommen von der äußeren

Welt nicht viel mit. Umso größer war die Überraschung, dass das Bistro von Alex und Tabea nur noch bestimmte Gäste bewirten darf. ‚Pandemische Lage' ist die Begründung, von der wir nichts mitbekamen."

„Wieso pandemisch?" Urd war bestürzt.

„Keiner weiß etwas Genaues", führte Britta aus. „Wir haben eine heftigere Grippewelle als sonst, das wird von den Politikern schamlos ausgenutzt. Selbst die Schulen mussten schließen. Keiner versteht das."

Plötzlich meldeten sich auch Amid und Gina mental. Sie bestätigten Brittas Ausführungen. „In fast allen Ländern der Erde ist diese pandemische Lage ausgerufen worden", stellte Amid betroffen fest, „und die entsprechenden Gesetze wurden bereits geändert."

Urd staunte über Ginas Worte, dass dies schon ein paar Monate so sei, jedoch von Amts wegen erst vor ein paar Tagen eine härtere Gangart eingeschlagen wurde. „Jetzt machen wir Unterricht im Freien", lachte sie, „das dürfen wir noch."

„Das riecht aber gewaltig nach Manipulation", warf Urd ein.

„Du kennst das i-Tüpfelchen bislang nicht." Britta verzog missmutig ihr Gesicht. „Die Bevölkerung ist aufgefordert, sich mit einem ungetesteten Impfstoff impfen zu lassen, der unter anderem die Gene verändert."

Urd war baff. „Wieso haben wir davon nichts mitbekommen?"

„Wir leben in oder auf einer Insel mit Namen Uru Anna und haben fast ausschließlich Kontakt zu Gleichgesinnten", gab ihr Gina zur Antwort, „das ist schon alles."

≈

„Die Heiler unter uns bekommen zurzeit vermehrt Arbeit, denn die Nebenwirkungen dieser Injektion sind gewaltig, wie du dir vorstellen kannst", erklärte Britta weiter. Amid verabschiedete sich wieder. Er wollte noch kurz wissen, wie Florian die Mine gefallen habe. Doch Urd musste passen. Es war so viel geschehen, dass dieser Teil in den Hintergrund getreten war. Allmählich begann sie von den Vorfällen auf dem Mars zu berichten und auch davon, dass sie mit einer Ohrfeige Rafael einige Meter durch den Raum hatte fliegen lassen. Nach kurzem Lachen folgte Bestürzung.

„Wenn die Einladung zum Galaktischen Rat nicht wäre, würde ich lieber nach Hause kommen", sagte Urd betrübt, ehe sie den mentalen Kontakt beendete. Sie wollte noch etwas schlafen, bevor es zur Tagung ging. Doch der Schlaf wollte sich nicht einstellen. In den vergangenen Stunden war zu viel passiert, dass sie wach hielt. Für einen kurzen Moment schreckte sie hoch, als Rafael eintrat. Mehr gewahrte sie nicht mehr, denn dann fielen ihr die Augen zu und sie schlief tief und fest ein.

Rafael betrachtete seine schlafende Frau lange. Sie wirkte in diesem Zustand so fein und zerbrechlich. Wenn er dagegen an seine Hand dachte, die immer noch schmerzte, dann war da eine ganz andere Urd präsent, die er als stark und mächtig bezeichnen würde. Tief in sich war er unglaublich stolz auf seine starke, weiche Frau. Ihre mentale Kraft, beeindruckte ihn immer wieder, ebenso die Liebe, die sie miteinander verband. Wie wohl das Treffen, zu dem sie eingeladen waren, sein würde? »Deine Urd wird bald deine ganze Präsenz benötigen!« Michaels Worte kamen ihm plötzlich in den Sinn.

≈

»Also wird es bald so sein, dass sie mich braucht«, dachte er bei sich. Wenig später war auch er eingeschlafen.

≈≈≈

Galaktischer Rat

Aron drängelte. Ihm dauerte alles zu lange. In ein paar Minuten würden sie abgeholt werden und Urd saß noch gemütlich beim Frühstück. Als jedoch ein schriller Pfeifton von außen zu hören war, sprang sie auf, griff ihre Jacke, drückte Mona und Florian kurz und war schon an der Ausstiegsluke. Jetzt war Aron der Langsame. In der kleinen Bahn, welche die Drei abholte, ergriff Urd Arons Hand. Selten hatte sie so kalte Hände angefasst. Sie musste schmunzeln.

„Ganz schön aufgeregt", stellte sie fest. Aron nickte.

„Du bist dort nicht allein", sagte ihm Rafael einfühlsam, „wir sind zu dritt. Nervös bin ich jedoch auch", gab er zu.

Ihr Gefährt brachte sie automatisch zu dem Ort, an dem das Treffen stattfand. Überrascht stellte Urd fest, dass Sarai vor dem Eingang wartete. Diese eilte sofort zu den Dreien, begrüßte alle verhalten und erklärte,

≈

dass sie, solange die Tagung dauerte, ihnen zur Verfügung stehen würde. Sie war dazu eingeteilt, ihnen jeden Wunsch zu erfüllen, soweit dies möglich war.

„Ich werde für euch das eine oder andere übersetzen, wenn es notwendig ist", erläuterte sie. Dann war es so weit. Mit gemischten Gefühlen betraten die Erdlinge einen für sie neuen, unbekannten Raum.

Bereits nach wenigen Schritten fanden sie sich in einer riesigen Halle wieder. Eine eigenartige Energie herrschte darin, sodass es Rafael und Urd fröstelte. Glücklicherweise hatten beide eine Jacke bei sich, die schnell übergezogen war. Die Halle hatte eine ovale Form mit zwei Etagen. Überall gab es Parzellen, die mit Glas oder einem glasähnlichen Material gebaut waren. »Sieht aus wie Container oder Gefängniszellen« schoss es Urd durch den Kopf.

Manche Kabinen waren extrem groß und schimmerten perlmuttfarben, wie das Wesen, das sich darin befand. Einige wenige waren nur an drei Seiten geschlossen. Nach vorn und oben hin waren sie offen. Unsicher folgten die Erdbewohner der Occulanerin. Ihnen wurde eine dieser offenen Parzellen zugewiesen. Ein angenehmer Duft empfing die Drei und Urds Kopf drehte sofort in Sarais Richtung. Diesen Geruch kannte sie aus Occula. Sarai nickte verstehend.

„Ich dachte mir, dass dir dieser Duft gefällt. Nihal und Tampari schicken dir damit Grüße. Sie wissen, dass du heute hier dabei bist und sind sehr stolz darauf, dich zu kennen." Urd war bewegt und bedankte sich herzlich. Dann blickte sie sich genauer um.

Sarai schob einen Tisch über die gesamte Breite des Raums wie eine Art Sperre. Dazu kamen drei Stühle

≈

für die Erdlinge und ein stabiler gebauter, für die Occulanerin. Eine Karaffe mit Wasser stand bereit und etwas Obst.

„Bekommt das jeder?", fragte Rafael und zeigte auf die Dinge.

Sarai bejahte. „Jeder nach seiner Herkunft und Art. Für euch gibt es auch Papier und Stifte, da Erdlinge gerne alles aufschreiben."

Allmählich füllten sich die Kabinen um die Drei. Manche vorbeigehende Wesen flößten ihnen Unbehagen ein. Noch trauten sie sich nicht, Sarai nach deren Herkunft zu fragen. Rechts von ihrer Kabine nahm ein sehr ätherisch wirkendes Wesen seinen Platz ein. Es sah zu Urd und Rafael und verwandelte sich, sodass es wie ein Mensch aussah. Alle Drei lächelten ihm zu. Links von ihnen zog ein Wesen ein, das ganz und gar ätherisch war. Nur ganz vage konnten sie eine Gestalt ausmachen. Das Flirren, das von diesem Wesen aus ging, verwirrte sie zu Beginn. Von dem, was um sie herum stattfand, waren Aron, Urd und Rafael so fasziniert, dass sie nicht bemerkten, wie Gadreel die Halle betrat. Wie angewurzelt blieb er vor ihrer Kabine stehen. Er brauchte einige Augenblicke, um zu realisieren, dass er sich nicht irrte.

„Was haben Gaianer hier zu suchen?", blökte er laut. Alle Köpfe gingen für einen Moment in seine Richtung und man hätte eine Stecknadel fallen hören.

„Das geht in Ordnung, Gad", mischte sich Sarai ein. „Ninem rem sa turkulerem." Böse funkelte er sie an. „Wir sprechen uns noch!"

Urd sah ihn geradewegs an. Zu gerne hätte sie ihm gesagt, dass er sie dann auch sprechen würde, doch sie konnte sich zurückhalten. Schließlich war sie nur Gast.

Wütend schritt Gadreel zu seiner Kabine. Diese lag zufällig genau gegenüber, was die Erdbewohner belustigte und den Occulaner noch mehr aufbrachte. Unter den letzten, die eintrafen, befand sich auch Nakajo Ashira. Er nahm zwei Container neben Gadreel seinen Platz ein. Dazwischen befanden sich Wesen, die stark an Neandertaler erinnerten, etwas gedrungen, mit einem gutmütigen Gesicht und bedächtig in ihren Bewegungen. Als Nakajo Ashira Urd erblickte, blieb er überrascht stehen. Dann nickte er ihr anerkennend zu.

„Sieht ganz so aus, als hättest du dein Ziel erreicht. Meinen Respekt!", tönte er laut durch die Halle. Gadreel zuckte bei seinen Worten merklich zusammen. Sollte dieser aufgeblasene Nashiraner mit den Erdlingen gemeinsame Sache machen? Er würde Sarai danach fragen. Zu weiteren Überlegungen kam er nicht. Ein großes, männliches Wesen, schlank, mit schmalem, spitzem Gesicht, das an eine Grille erinnerte, erhob sich und ließ einen Gong ertönen, der laut von den Wänden widerhallte.

Sarai beugte sich vor, um den Dreien zu erklären, dass dies Chrishnatuk sei, aus dem Ainessystem, der den Vorsitz innehatte. Aron erkundigte sich nach der Lage dieses Systems, doch die Occulanerin konnte ihm nur mitteilen, dass es dem Aldebaransystem zugeordnet würde. Sie forderte alle auf, ihre Kopfhörer aufzuziehcn, damit sie das Gesprochene verstehen könnten. Sie meinte, dass die Sprache Chrishnatuks dem occulanischen sehr ähnlich sei, es jedoch besser wäre, die Übersetzung zu wählen.

Der Vorsitzende begrüßte alle, bemerkte, dass wieder einige fehlten und sah zu den Erdbewohnern. Er stellte die Drei vor, wurde jedoch von Gadreel unterbrochen, der wissen wollte, wieso Gaianer eingeladen wurden.

„Das ist doch ganz offensichtlich" konterte Nakajo Ashira, „sie lassen sich nicht mehr von dir beherrschen."

Der Vorsitzende bat energisch um Ruhe und klärte darüber auf, warum die Drei anwesend seien. Er berichtete, dass sich Rafael und Urd besonders hervorgetan hätten und Aron wurde von Miktranoloschischi, den die Gaianer Michael nannten, ausgewählt, sein Nachfolger zu werden. Es schien, als seien alle beeindruckt, selbst Gadreel.

„Zudem", bemerkte Chrishnatuk, „wurden alle Drei von Tulipawananda gebeten, zu kommen. Der oberste Monade wird später selbst erscheinen." Anerkennende Blicke gingen in Richtung der Erdlinge. Wenn der Oberste die Gaianer einlud, müssen sie etwas besonders sein. Nakajo Ashira lachte Urd an und Gadreels Miene verfinsterte sich. Der Vorsitzende zählte die Themen, die zur Debatte standen, auf und führte als letzten Punkt an, dass den Gästen der Erde Zeit eingeräumt werden würde, um Fragen zu stellen und ihr Anliegen vorzubringen. Wieder lachte Nakajo auf und Gadreel zischte gefährlich, sodass er ermahnt wurde, die Regeln einzuhalten. An dem nun folgenden verlor Urd rasch das Interesse. Stattdessen besah sie sich die Anwesenden und wollte von Sarai immer wieder wissen, wer der gerade Sprechende sei. So erfuhr sie, dass die Neandertaler aus dem Orionsystem stammen würden. In einer der geschlossenen Kabinen der oberen Reihe flirrte es dermaßen, dass sie nicht lange hinsehen konnte. Da die Occulanerin ihrem Blick gefolgt war, kam sie Urds Frage zuvor und erklärte, dass dies Izhartala aus dem Merkursystem sei. „Er ist mit mehreren aus seinem Volk angereist. Sie befinden sich alle in der Kabine", ergänzte sie.

„Wenn du dich auf ihn einlässt", erklärte sie leise, „dann kannst du eine Figur erkennen. Lass dir dazu ein wenig Zeit. Iz ist zu Beginn einer solchen Tagung meist sehr aufgeregt."

Urd lehnte sich zurück, richtete ihren Blick in die Unendlichkeit und plötzlich konnte sie in all dem Flirren eine vage Gestalt, ähnlich einem Menschen, wahrnehmen. Zwei große Augen starrten sie überrascht an. Doch gleich darauf lächelte Iz und schien ihr zu sagen, ‚gut gemacht'. Das Gleiche probierte Urd sofort mit ihrem linken Nachbarn, der sphärisch und ebenfalls flirrend auf sie wirkte. Auch da gelang es ihr, nach kurzer Zeit eine Gestalt zu erkennen, die sehr feminin wirkte. Mental vernahm Urd sogar eine feine zarte Stimme, die sich als Thalimé von der Sonne vorstellte.

„Von der Sonne bei der Erde?", fragte Urd unbeholfen. Thalimé schien zu lachen und bestätigte das.

Das Wesen rechts ihrer Kabine unterbrach den Vorsitzenden. Er wollte wissen, wieso die Erdbewohner sich telepathisch unterhalten könnten. „Sonst wären sie nicht hier, Akria", bekam er als Antwort.

Sarai flüsterte den drei Erdbewohnern zu, dass Akria aus dem System der Wega stammte.

„Woher weißt du das alles?", fragte Rafael neugierig und beugte sich zu ihr.

„Ich habe viel gelernt, nachdem Urd weg war", antwortete sie verlegen, „besonders, mich zu erinnern. Tampari half mir dabei sehr einfühlsam."

„Wer ist das?", unterbrach Urd ihre Unterhaltung und zeigte auf eine Kabine, in der einige Wesen saßen,

≈

176

die wie Menschen aussahen, allerdings mit blauer Haut und ohne Haare auf dem Kopf oder im Gesicht.

„Das ist Dendanoro aus dem Rastabansystem mit seinem Gefolge. Den Namen seines Planeten kann ich nicht aussprechen", beeilte sich Sarai zu sagen. „Er ist ein unangenehmer Zeitgenosse, streitet sich meist mit Rabnatur aus dem Titawinsystem um Schürfrechte auf Meteoriten und Planeten. Eine höchst unleidliche Angelegenheit."

Urd beobachtete weiter, wie sich die einzelnen Vertreter verschiedener Spezies verhielten. Sie fand alles höchst spannend. Da gab es welche, die, wie die Occulaner, Echsen sehr ähnlich sahen, nur gedrungener. Sie wirkten aggressiver und waren unangenehm anzuschauen. Sarai erklärte unaufgefordert, dass diese Spezies aus dem Eri 11 System stammte. Rechts daneben befanden sich Personen aus dem Aldebaransystem. Ihr Aussehen glich dem der Erdenmenschen, nur feingliedriger. Sie waren hochgewachsen, mit blondem Haar, einem Farbton, der auf der Erde nicht so häufig vorkam.

Links neben dem Eri 11 Wesen, waren die aus dem System des Sirius untergebracht. Auch hier konnte Sarai den Namen des Heimatplaneten nicht aussprechen. Diese Wesenheiten sahen wie Menschen aus den arabischen Ländern aus. Dass auch sie die ganze Zeit über beobachtet wurde, bemerkte Urd indessen nicht. Sie war viel zu neugierig, wer und was sich im Galaktischen Rat alles versammelte. Von zwei Jupiter-Monden waren auch welche angereist, genau wie von den Saturn-Monden Titan und Reha. Viele Namen konnte sie sich nicht merken, da sie zu fremd für sie klangen. Die Eindrücke, die sie indessen aufnahm, waren immens.

≈

Mitten in die Debatte um Schürfrechte platzte eine kleine Gruppe Neuankömmlinge. Die Auseinandersetzung wurde unterbrochen, um die Gruppe, mit ihrem Anführer Jacechua von den Plejaden, zu begrüßen. Überrascht stellte Urd fest, dass sie wie die Erdbewohner aussahen, nur mit kleinen abgerundeten Hörner, auf dem Kopf. Als sich die Blicke der Neuen mit denen der Gäste der Erde trafen, waren diese sehr erstaunt. Unruhe entstand unter den Teilnehmern und Chrishnatuk ordnete eine zweistündige Pause an.

„Schon", entfuhr es Aron, „es hat doch erst begonnen."

„Erst? Es dauert bereits fünf Stunden", bemerkte Sarai spöttisch. Die Drei staunten über die unbemerkt vergangene Zeit.

„Ihr könnt in dem Restaurant nur wenige Schritte von hier etwas essen." Die Occulanerin erklärte den Weg dorthin, gab ihnen eine Karte in die Hand, die sie als Teilnehmer der Tagung auswies und somit alles bezahlt war, was sie verzehren würden. „Ich hole euch dort später ab", erklärte Sarai zum Abschied.

„Hallo Erdlinge", wurden sie im Restaurant begrüßt. „Geht es dir wieder gut?", wurde Rafael angesprochen. Dieser sah das Wesen vor sich überrascht an.

„Du kennst mich?"

„Aber sicher doch. Dein Freund lag im Koma und du kamst mit einem anderen Freund oft wegen des Kaffees hier her." Rafaels Miene erhellte sich.

„Du bist Gombe, jetzt fällt es mir wieder ein." Gombe glich den Wesen aus dem Orionsystem, gutmütig, bedächtig, mit hoher Stirn und breitem Kopf, wie ein Neandertaler. Beide tauschten noch einige Worte aus, dann fragte sie, ob es für alle wie immer sein sollte. Rafael wusste auf die Schnelle nicht mehr,

≈

was ‚wie immer' war und bestellte Kaffee für alle und die Speiseübersicht.

Die Drei freuten sich über das heimische Getränk, das wirklich gut schmeckte. Für eine geraume Zeit saßen sie einfach nur still da und genossen ihren Kaffee. Rafael erklärte nach einer Weile, dass es hier auf dem Mars eine Plantage gäbe, auf der der Kaffee angebaut wurde.

»So hat Niaguaga also Kaffee kennengelernt«, dachte Urd bei sich. Ihr Interesse galt, bis das Essen kam, der Einrichtung und den anderen Gästen. Viele waren es nicht, die sich in diesem typisch irdisch eingerichteten Raum aufhielten. Ein großes Regal mit allerlei verschiedenen Dingen darauf, darunter auch Bücher, erregte ihre Aufmerksamkeit. Als das Essen serviert wurde, bat sie, in das eine oder andere Buch hineinsehen zu dürfen.

„Du bist seit Jahren der erste Mensch, der danach fragt", bekam sie von Gombe als Antwort. „Wir wollten sie schon entsorgen. Nimm so viele du willst und behalte sie." Das brauchte man Urd nicht zweimal zu sagen. Gleich nach dem sie aufgegessen hatte, lief sie hinüber, um nachzusehen, was es dort gab. Zu ihrer großen Überraschung fand sich darunter ein großes, altes Buch über Atlantis. Ohne zu zögern, legte sie es für sich zur Seite. Das wollte sie mitnehmen. Auch eines über das Sonnensystem und den Mars wanderte dazu. Am Ende entschied sie sich für vier Bücher. Eines war dabei für Marijan über alte Pflanzensorten, die auf dem Mars erfolgreich gezüchtet wurden und eines über galaktische Flugzeuge, das Rafael und Aron sofort in Beschlag nahmen. Urd wollte sich noch etwas die Beine vertreten und sprach sich mit den Männern ab, wie sie laufen wollte. Doch sie kam nicht sehr weit

≈

und kehrte wieder um. In dem Buch über Atlantis hatte sie einen Satz gelesen, der sie beschäftigte und wollte mehr dazu lesen. Sie fand Rafael und Aron in das Technikbuch vertieft und griff sofort nach dem ihren.

Aufmerksam studierte sie die Entwicklung des Kontinents und den Beschluss, das zu friedliche Leben dort zu stören. Sie war so gefangen von dem Text, dass sie nicht bemerkte, dass die beiden Männer verstummten. Erst als eine feine Stimme sagte:

„Diese Lektüre ist für Erdlinge nicht gedacht!", schrak sie hoch. Überrascht sah Urd einem Wesen ins Gesicht, das leicht grün schimmerte.

„Wer sagt das?", fragte sie schnippisch, da das Gelesene sie aufwühlte und zornig werden ließ.

Ihr Gegenüber beugte sich etwas vor. Die Schlitzaugen in einem fast dreieckigen Kopf sahen sie prüfend an. „Ich sage das, Marnaman, von Ariel dem Uranusmond. Ihr solltet nicht wissen, was darin steht."

Eine solche Ansprache gefiel Urd in keiner Weise. Wie so oft in solchen Situationen wuchs sie über sich hinaus. Langsam erhob sie sich. Das Wesen vor ihr war um einiges größer als sie, sehr schlank, mit einem langen dünnen Hals und erinnerte sie irgendwie an eine Gottesanbeterin. „Dann gehört dein Volk wohl zu denen, die dabei waren, als es darum ging, uns zu verändern?" Ein feines Zischen, fast ein Zirpen, stieß Marnaman aus.

„Nimm dich in Acht, Erdling."

Urd spürte, wie ihre Energie erwachte und ließ ihr freien Lauf. Von einem auf den anderen Augenblick veränderte sie sich und der Arielaner bekam große Augen. „Du beherrschst die Kunst der Alten Atlanter!"

„Nicht nur sie", schaltete sich Rafael ein, „wir beide auch", und zeigte auf Aron und sich, „und noch mehr aus unserer Gruppe." Marnaman drehte sich abrupt um und ging eilends davon.

Da stand auch schon Sarai vor ihnen. „Ihr habt Bekanntschaft mit Marnaman gemacht?", fragte sie und schien dabei zu schmunzeln. „Kommt, es geht gleich weiter."

„Einen Moment noch", hielt sie Aron zurück, „Urds Energie ist noch zu hoch."

Prüfend besah sich Sarai Urd von allen Seiten. „Das ist gut so", meinte sie schließlich, „es kann ohnehin sein, dass es gleich heftiger wird."

„Woher weißt du das alles und was hast du alles gelernt?", hakte Urd nach.

„Ich bin eine Mokatascher wie Tampari und Nihal Lep. Durch die beiden habe ich viel erfahren und gelernt. Durch die Eleleth wurden meine verschütteten Fähigkeiten aktiviert. Jetzt kann ich auf vieles zugreifen, was vorher nicht möglich war."

Urd nickte. „Eine Bereicherung deines Volkes", stellte sie fest.

„Das sehen nicht alle so." Sarais Blick ging Richtung Gadreel, der wie sie seine Kabine bezog. Ohne dass es von den Gästen der Erde weiter bemerkt wurde, füllte sich die große Halle und alle Parzellen waren nun belegt. Neugierig sahen sich alle Drei immer wieder um. Da gab es Kreaturen, die aussahen, als seien zu viele Ziegengene in ihnen zur Anwendung gekommen. Ihre Haut war fast weiß und die Augen, soweit erkennbar, schimmerten Grün. Eine andere Gruppe erinnerte Urd spontan an das weibliche Wesen, das sie kurz vor ihrer Abreise auf der Krankenstation von Bolang kennenlernte. Sie konnte sich nicht sofort an ihren Namen erinnern, nur dass sie sehr viel katzenartiges an sich hatte. Krampfhaft überlegte Urd,

≈

woher dieses Wesen stammte. Sarai half ihr, in dem sie erklärte, dass die katzenartigen Bewohner von Gongo seien. Jetzt fiel ihr auch der Name des weiblichen Wesens wieder ein: Lida.

Chrishnatuk bat unterdessen um Ruhe, begrüßte die neu hinzugekommenen und erklärte erneut, dass Gäste vom Planeten Gaia anwesend seien. Er hatte seinen Satz nicht richtig beendet, als ein feines Zirpen zu hören war und gleich darauf die erboste Stimme Marnamans. Er beschwerte sich, dass die Gaianer ein Buch lesen würden, das nicht für sie bestimmt sei. Zudem würden sie die Kunst der Alten Atlanter beherrschen, was sofort unterbunden werden müsste. Das gefiel Gadreel sehr und er stimmte dem Arielaner lautstark zu. Ganz plötzlich entstand eine Debatte darüber, was die Bewohner Gaias alles durften und was nicht und was man mit ihnen anstellen sollte, um diese alte Kunst zu unterbinden. In der Kabine von Urd, Rafael und Aron veränderte sich die Energie dermaßen, dass Sarai sich zurückziehen musste. Gleichzeitig erhoben sich die drei Erdbewohner. Ein schriller Ton ertönte und sogleich verstummten alle. Rafael hatte den einzigen Knopf, den es auf ihrem Tisch gab, gedrückt. Was viele beeindruckte und Nakajo Ashira schmunzeln ließ, war die Veränderung der drei Menschen. Wie uralte Wesen standen sie aufrecht da, souverän und majestätisch.

„Es reicht!", begann Rafael laut. „Wir sind aufgrund einer Einladung hier und auch, weil man uns vertraut. Ihr habt uns genügend gegängelt und unterdrückt."

„Ganz besonders die Frau muss entmachtet werden!", rief Gadreel dazwischen.

„Versucht es nicht", sprach Aron ruhig weiter. „Urds Macht ist am stärksten von uns allen ausgeprägt.

≈

Ganz besonders du Gadreel solltest wissen, wie es sich anfühlt, wenn sie wirkt. Doch sei dir gewiss, wenn ihr uns in die Enge treibt, werden wir diese Macht bündeln. Ob einer von euch das überstehen würde, kann ich nicht sagen. So weit soll es von unserer Seite aus jedoch nicht kommen."

„Seht ihr, seht ihr", geiferte der Occulaner, „sie drohen uns sogar. Entmachtet sie endlich!"

Während des Wortwechsels wuchs Urds Energie stetig an. Sie vermischte sich mit Zorn und Ohnmacht – keine gute Mischung für ihr Gegenüber. Doch hatte sie in ihrem neuen Buch bereits so viel gelesen, dass sie Gadreel gegenübertreten konnte. Ihre Stimme klang wie die Male davor, uralt. Mit sicherem Schritt trat sie vor die Kabine der Occulaner.

„Ohne Einwilligung des Galaktischen Rates bist du es, der die Bewohner Gaias unterwerfen und bis heute ausbeuten will. Du warst es, der ohne Erlaubnis mit einigen Gefolgsleuten die Bewohner Gaias hinters Licht geführt, genetisch verändert und uns unserer Fähigkeiten beraubt hat, und dies über Jahrtausende." Ganz dicht trat sie an seine Kabine.

„Du wagst es, Hetze gegen uns zu betreiben und scherst dich keinen Deut um Vereinbarungen." Urd wandte sich abrupt um, sah in die einzelnen Kabinen, erkannte Rafael und Aron neben sich stehend und fuhr sicher fort.

„Was wir heute an Fähigkeiten wieder erlangt haben, haben wir uns mühsam erarbeitet. Wir lassen es uns nicht mehr so einfach stehlen. Wie oft habt ihr uns vernichten wollen, weil wir dir, euch, nicht bedingungslos gehorchen und dienen wollten? Weiß der Große Rat darum?" Provozierend sah sie Chrishnatuk an. Dieser wirkte überrascht.

≈

„Lasse es gut sein, TamawaTa." Eine Hand legte sich auf Urds Schulter und die dachte, es sein Rafael. Doch der stand, wie Aron einen großen Schritt neben ihr. Verwundert sah sie in die gütigsten Augen, die sie je gesehen hatte und ein Schauer jagte den anderen. Urd blickte in das Gesicht von Tulipawananda, dem obersten Monaden der Galaxie. Ein leichtes Raunen ging durch die Halle.

„Du hast mit TamasuaTa und TaviviaTa zwei mächtige und besonnenen Begleiter hier vor Ort. Die anderen, die auf euch warten, sind es nicht minder. Euch geschieht nichts! Ihr dürft euch weiterentwickeln, doch mit Bedacht und ohne Gewalt über andere auszuüben."

„Dann müssen die anderen uns auch in Ruhe lassen", warf Urd ein. „Sie haben uns über die Zeit beigebracht, dass wir von Natur aus gewalttätig, gemein, hinterhältig, niederträchtig und vieles mehr seien."

„Deshalb seid ihr hier, damit die Besetzung endet und all das, was euch nicht zu eigen ist, von euch genommen wird."

Sie sah sich das Wesen vor ihr genau an. Damals in der Abflughalle, schien Tulipawananda ein nebulöses Gebilde zu sein. Heute wirkte er wie eine Gestalt aus Fleisch und Blut. Ein bisschen Mensch, ein wenig Echse und Drachen hatte er an sich und wie verwaschen etwas katzenartiges und insektenhaftes. Er schien alle Wesen der Galaxie in sich zu vereinen.

Aron trat neben Urd und forderte sie sanft auf, mit ihm zugehen. Ihre hohe Energie hatte sich in Gegenwart des Monaden rasch zurückgebildet. Was blieb, war eine ganz andere Form der Energie, die sie auf seine Gegenwart und die Hand, die er auf sie legte, zurückführte. Tränen rannen ihr über das Gesicht, die dieses erhabene Gefühl in ihr auslöste. Es waren Tränen der Freude, der tiefen Gefühle des Verstehens und der Liebe. Sie wusste nicht, wie ihr geschah. Sarai nahm sie sanft in den Arm und führte sie aus der Halle. In einer Nische des kleinen Restaurants gab es für sie zwei große Gläser Wasser und einen kräftigen Schluck Lavidaria.

„Was ist mit mir, Sarai?", fragte Urd mit bebender Stimme.

„Eine Berührung Tulipawanandas kann nicht jeder aushalten. Sie weckt mitunter Tote auf. Seine Berührung war eine Auszeichnung für dich und Gadreel wird nun gemäßigter mit dir umgehen."

Plötzlich stand Mona vor den beiden. Besorgt sah sie ihre Mutter an. „Ich dachte", sagte sie einfühlsam, „ich hole dich ab und bringe dich zum Honus." Sie sah Sarai an.

„Kann meine Mutter eine Weile der Tagung fernbleiben?" Die Occulanerin nickte.

„Wenn sie in zwei Stunden wieder zurück sein könnte, dann hole ich sie hier an dieser Stelle wieder ab." Mutter und Tochter waren einverstanden. Der Weg zum Honus erschien Urd viel kürzer als am Morgen, auf dem Weg zur Halle hin.

„Cora hat uns eine Abkürzung gezeigt", erklärte Mona, ohne dass Urd gefragt hatte. Das Innere des Honus wirkte heimelig, trotz der vielen technischen Geräte. Ein feiner Duft von Kaffee durchzog den Flur und den Aufenthaltsraum. Endlich, nachdem die Tür wieder geschlossen war, nahm Mona ihre Mutter in den Arm. Diese ließ es widerstandslos geschehen, dass jeder sie abwechselnd drückte.

„Es hat zwei Gründe, dass dich Mona geholt hat",
begann Florian ruhig. „Zum einen ist es für dich besser
in einem solchen Zustand in Räumen zu sein, die du
kennst und wo deine Energie zu Hause ist und zum
anderen könntest du noch einmal mit Britt reden. Auf
der Erde überschlagen sich die Ereignisse."

„Vielleicht kannst du bei der Tagung darauf
einwirken, dass es beendet wird", ergänzte Mona
betroffen.

Urd genoss noch einen Schluck Kaffee und einen
Bissen frisch gebackenes Brot, um sich dann auf ihre
Freundin einzustellen. Die Verbindung stellte sich
sofort ein und Britta begann sogleich zu erzählen, was
es Neues gab.

„Die Pharma hat zurzeit alles im Griff und
bestimmt, was und wie alles zu laufen hat und die
Politik spurt, anders kann ich es nicht ausdrücken."
Bestürzung überkam Urd, als sie erfuhr, dass Lager für
sogenannte Aufsässige und Kritiker eingerichtet
werden, um diese wegzusperren. Am meisten betrübte
sie, dass eine generelle Ausgangssperre bestand und
die Menschen nur zum Lebensmitteleinkaufen oder
zum Besuch beim Arzt ihre Wohnung verlassen
durften.

„Wie so geht das so schnell?" Urds Entsetzen über
all das Gehörte, machte sich in ihrer Stimme
bemerkbar.

„Das ist überhaupt nicht so schnell", erklärte ihr
Britt. „Das Ganze geht schon ein paar Monate, nur wir
hier in Uru Anna, in unserer abgeschlossenen Welt,
bekommen davon nichts mit." Im Honus wurde es
überraschend laut und Urd musste den Kontakt zur
Erde abbrechen. Verwirrt sah sie Alsuna vor sich
stehen, die sehr erschrocken wirkte. Allmählich

≈

realisierte Urd, dass eine hitzige Debatte am Eingang des Honus stattfand. Eine Stimme davon klang fremdartige und rau. „Tapiwa!" Urd sprang auf, doch eine feste Hand drückte sie wieder auf ihren Stuhl.

„Mona macht das schon", klärte Florian sie auf.

„Bist du dir sicher?"

Florian nickte. „Wenn er wieder weg ist, bringen wir dich zur Halle." Doch dies sollte etwas dauern.

Mona stand vor dem großen Occulaner und sah ihn keck an. „Ich will zu Urd", sagte dieser zum x-ten Mal.

„Die ist bei der Tagung des Galaktischen Rates, wie oft noch?" Mona wurde allmählich zornig über so viel Unvernunft und Sturheit.

„Was willst du von ihr", fragte sie zum wiederholten Mal, „ich kann es ihr ausrichten."

„Nein!" Mit jedem Mal klang der Occulaner aggressiver, „ich will sie sehen." Da trat Adrian hinzu und sagte an Mona gewandt, dass Urd mit Sarai bei der Tagung sei. Der Occulaner zuckte kurz bei dem Namen zusammen. Mona bemerkte es und wusste es geschickt auszunutzen.

„Ist das die Occulanerin mit dem kleinen Jungen und dem süßen Mädchen?" Adrian bestätigte und Tapiwa war für einige Augenblicke sprachlos. Doch dann wurde er wütend und wollte nach Mona greifen. Diese konnte jedoch geschickt ausweichen. Da geschah etwas Merkwürdiges mit ihr. Eine Kraft, die sie nicht kannte, machte sich in ihr breit und sie ahnte, dass es dieselbe Energie war, wie die, die ihre Mutter beherrschte. Langsam richtet sie ihren Arm auf den großen Mann vor ihr.

„Lass es sein Tapiwa Suluwa, Rokat aus dem Volk der Mokatascher." Ihre Stimme klang bestimmend und hart. „Hast du noch immer nicht genug?" Mona berührte ihn kurz und der Occulaner ging in die Knie und blieb so für einige Augenblicke. In der Zwischenzeit bildete sich Monas Energie zügig zurück und sie reichte Tapiwa einen Becher Lavidaria, den ihr Adrian gab. Dann fragte sie ihn, ob er für ein Gespräch bereit sei. Völlig verwirrt über das Geschehen, stimmte der Occulaner zu.

Er ging langsam und schwankend neben der Erdenfrau her. Wieso hatte diese dieselbe Fähigkeit wie Urd und wieso ist diese beim Galaktischen Rat? Unvermittelt blieb er stehen. Woher kannte diese Frau seinen Namen, von dem nur Nihal und Tampari wusste? Und wieso hatte Sarai zwei Kinder? Misstrauisch besah er seine Begleiterin. Am liebsten hätte er sie gepackt und geschüttelt, doch dazu fehlte ihm die Kraft und der Mut. Er musste sich eingestehen, dass er Angst vor der Frau der Erde hatte. „Genau wie vor Urd", brach es aus ihm hervor.

Da Mona ihren Geist offen hatte und Tapiwas Gedankengänge miterlebte, schmunzelte sie nur, zeigte auf eine Sitzgruppe und forderte ihn auf, dort mit ihr Platz zu nehmen. Im letzten Moment erkannte sie, dass Adrian und Urd mit einer der allgegenwärtigen Bahnen hinter ihnen vorbeifuhren. Schnell platzierte sie den großen Mann auf dem Fußboden so, dass er in die entgegengesetzte Richtung schaute und sie sich hinter ihn setzen konnte.

„Und nun", begann Mona sanft, „lässt du dich führen." Bereits vor einer Weile hatte sie sich mit Tapiwa gedanklich auseinandergesetzt und wie sie mit ihm umgehen könnte. Masha, ihr Nesthäkchen, brachte sie schließlich auf die Idee, ihn in frühere Zeiten zu führen. Verwundert sah Urd im Vorbeifahren ihrer Tochter zu.

≈

„Was macht die mit Tapi?"

„Sie zeigt ihm eine andere Welt", erklärte ihr Adrian. „Meine Tante hat sich enorm verbessert", ergänzte er noch. „Mama wird nie so weit kommen. Vielleicht ganz gut so, es gibt ja noch Yamira." Urd glaubte etwas Wehmut herauszuhören und fragte nach.

„Na ja", meinte er nachdenklich, „manches Mal beneide ich Aron schon um seine Mutter. Aber dann auch wieder nicht. Mütter müssen nicht immer alles mitbekommen." Beide lachten.

Sarai traf zeitgleich mit den beiden ein. „Gut, dass du dabei bist", begrüßte sie Adrian und Urd wunderte sich.

„Als Arons Stellvertreter, darf ich manches miterleben", klärte er seine Großmutter auf. „Vorhin kam die Einladung, bei der Sitzung dabei sein zu können. Urd hakte sich bei ihm ein und drückte bewegt seine Hand.

Aufmerksam betrachtete Rafael seine Frau beim Eintreffen. Dass sie mit Mona wegging, freute ihn zwar, gleichzeitig war er jedoch um ihr Wohl besorgt. Sie erfrischt jetzt wiederzusehen, freute ihn besonders. Zärtlich nahm er sie in den Arm und küsste sie. Sarai musste sich einige Male räuspern, ehe die beiden ihre Intimität beendeten.

„Das ist während einer Ratssitzung nicht schicklich", flüsterte sie hinter vorgehaltener Hand. „Alle schauen schon hier her."

„Das liegt an dem Liebespotential, das beide ausstrahlen", gab ihr Adrian zu verstehen. „Das hat sich die letzten vierundzwanzig Stunden enorm gesteigert."

≈

Kaum hatte Chrishnatuk die Sitzung wieder eröffnet, als Gadreel lautstark wegen der Intimitäten protestierte. Der Vorsitzende wollte antworten, doch Nakajo Ashira fiel ihm ins Wort. „Bist du neidisch oder gar eifersüchtig, dass Urd nicht mit dir zusammen ist? Sie wird dir niemals gehören!"

Wütend sprang der Occulaner auf. Ein lauter Pfeifton hielt ihn indessen zurück, auf Ashira loszugehen. Der Vorsitzende ermahnte Ashira und Gadreel erhielt eine Verwarnung.

„Noch einmal", sagte Chrishnatuk streng, „und Occula wird bis auf Weiteres von den Ratssitzungen ausgeschlossen. Du bist hier, genau wie die Bewohner Gaias, nur Gast. Zudem können sich Mann und Weib hier in aller Form begegnen." Dafür gab es von der Mehrzahl der anwesenden Teilnehmer Beifall. Auch von Nakajo Ashira, was die Gaianer erstaunt zur Kenntnis nahmen.

„Was ist mit dem Geschehen?", fragte Aron leise, „der ist ja wie ausgewechselt gegenüber früher."

Die Debatte über Rechte im Umgang mit anderen Welten und den Abbau von Bodenschätzen interessierte Urd nicht. Sie überließ Adrian ihren Platz ganz vorn. Von der hinteren Position aus konnte sie alle und alles in Ruhe beobachten. Davon hatte sie mehr.

Die Halle, in der sie sich befand, war riesig. Sie schätzte diese auf hundertfünfzig bis zweihundert Meter Durchmesser und vierzig bis fünfzig Meter in der Höhe. Unterschiedliche Kabinen, mit ganz verschiedener Technik ausgestattet, waren auf zwei Ebenen ringsum angeordnet. Jede Spezies konnte so individuell nach ihren Bedürfnissen untergebracht werden. In manchen Parzellen konnte sie nur zwei oder drei Wesen entdecken und in anderen schienen es Dutzende zu sein. »Und dies alles in einem Berg« überlegte Urd. Da der Mons Olympus der höchste Berg und der größte Vulkan im Sonnensystem sein sollte, war dies dem Anschein nach ohne Weiteres möglich. »Ob der Vulkan noch aktiv ist?« überlegte sie sich. »Nun«, dachte sie weiter, »wenn dem so wäre, hätte bestimmt niemand einen solchen Aufwand betrieben, um diese Halle auszubauen.« Sarai musste ihre Gedanken wahrgenommen oder anhand von Urds Kopfbewegungen erraten haben, worüber sie nachdachte, denn sehr leise erklärte sie ihr, dass in dem Vulkan noch eine geringe Aktivität vorhanden sei und diese als Energielieferant für den ganzen Komplex genutzt würde. Sowohl für Wärme als auch für Strom.

„Wie geht das?", fragte Rafael nach hinten. Doch Sarai zuckte nur mit den Schultern. Darüber wusste sie nichts. Plötzlich hörten sie Arons Stimme und wie er selbstbewusst nachfragte, wieso schon wieder ein Occulaner Kommandant der Marsstation sei und dazu einer, dem jede Führungsqualität fehle, der Mitarbeiter missbrauche und wegen kleinster Verfehlungen abartige Strafen verhängen würde.

Gadreel war bei Arons Worten abrupt aufgesprungen und wollte ihm ins Wort fallen. Er überlegte es sich jedoch, setzte sich wieder und blickte nur wütend drein. Wie konnte sich ein Erdling erdreisten, so zu sprechen?

„Stimmt dies alles?", wurde Aron von Chrishnatuk gefragt, „und kennst du diesen Occulaner?"

„Ich kenne ihn nicht persönlich, aber Urd kennt ihn. Mir wurden nur einige Fälle zugetragen und Urd wurde Zeuge eines solchen Vorfalls."

Als Urd zu dieser Angelegenheit befragt wurde, konnte man Gadreel ansehen, dass er Mühe hatte, still zu sein. Ausführlich berichtete sie, was sie mit Tapiwa Suluwa, Gadreels Sohn, erlebt hatte. Danach wurde der Occulaner hereingeführt und befragt. Er versuchte alles abzustreiten und sich herauszureden. Aron wurde noch einmal befragt. Er schlug vor, die betroffenen Personen zu befragen. Zudem konnte er wahrheitsgetreu berichten, dass die Occulaner seit einigen Jahren mit List und Tücke versuchten, die Erde einzunehmen und dass sich die Bewohner bislang erfolgreich zur Wehr gesetzt hätten.

„Doch zurzeit ist eine schmutzige Kampagne am Laufen, um dies doch noch zu schaffen", erklärte er zum Schluss. „Die Menschen sollen via Impfung gezwungen werden, zu gehorchen, zu dienen und ihre Persönlichkeit aufgeben. Ich hoffe, dass wir noch dagegen angehen können!"

Für kurze Zeit herrschte eine Totenstille. Dann erhob sich Nakajo Ashira langsam. „Ich werde euch helfen" kam es über seine Lippen und Gadreel riss seine Augen weit auf.

„Occulaner!" Chrishnatuk kam ihm zuvor. Energisch schlug er mit der Hand auf seinen Tisch. „Seit wie vielen Katuns sollt ihr euch aus diesem Sektor zurückziehen?"

„Wir wurden immer wieder eingeladen zu bleiben", entrüstete sich der Occulaner.

Der Vorsitzende sah Aron streng an. „Ist das richtig?"

„Nein!" Rafael stand auf und antwortete. „Es wurde mit Druck und Angst einige Menschen gefügig gemacht. Andere wurden durch Occulaner mental besetzt, um sie in ihrem Sinne zu beeinflussen. Urd wurde entführt, damit Gadreel gegen die aufkommende Übermacht der Erdbewohner, welche sich gegen die angestrebte Oberherrschaft der Occulaner wehrten, besser angehen konnte. Wir haben es, obwohl Urd auf Occula gefangen war, dennoch mit ihrer Hilfe und viel Liebe geschafft, standhaft zu bleiben und zu gewinnen."

Erneut kehrte eine eigenartige Stille ein. Einige Zischlaute waren zu hören und vereinzelt ein feines Zirpen. Urd suchte nach Tulipawananda und entdeckte ihn zu ihrer Überraschung bei Nakajo Ashira. Ihr fiel ein, dass Ashira äußerte, ihnen helfen zu wollen, daher wertete sie dies als positives Zeichen.

Ein leichter Stups ließ sie aus ihren Gedanken hochschrecken. „Komm, wir müssen gehen." Rafael reichte ihr seine Hand.

„Was ist geschehen?", fragte sie verwirrt zurück. „Ist es schon zu Ende?"

„Nein, nein", erklärte Aron. „Nur die Gäste verlassen die Tagung. Die anderen machen noch weiter."

„Zudem tut eine Pause auch gut", hörten alle Ashiras Stimme sagen. Er stand unerwartet vor ihrer Kabine und sah einen nach dem anderen an. „Ihr habt euch prächtig entwickelt", begann er anerkennend. „Dass dies manchem nicht passt", sein Kopf ging Richtung Occulaner, „kann ich gut verstehen." Er sah erst Urd und dann Rafael an.

„Ich gebe zu", seine Stimme bekam einen bedauernden Tonfall, „dass ich dich auch nach Jahrtausenden noch beneide, Talianami." Rafael erschrak kurz.

Seit dem Reinkarnationsseminar vor über dreißig Jahren war dieser Name nicht mehr gefallen. Talianami, das war er einst, als er um Ramalhaja, seine heutige Urd, warb. Lächelnd sah er Ashira an. Dieser fuhr mit sentimentaler Stimme fort:

„Ich habe eingesehen, dass es doch eine perfekte Mischung ist, wenn die Liebe mit dem Wissen vereint ist. Es hat dich, Talianami, zu einem Androgyn werden lassen. Etwas, das mancher gerne unterbinden würde." Er lachte auf.

„Wenn ich mir euren Nachwuchs ansehe", er blickte von Adrian zu Aron, „dann kann ich nur sagen, das habt ihr großartig gemacht." Er stockte kurz. „Ihr seid TaviviaTa und TarairaTa, wie konnte Gadreel nur so blind sein. Er bekommt Gaia nie!" Sarai bemerkte zwischendurch, dass sie gehen müsse.

„Genau wie du vor Jahren", warf Aron ein. „Wir beide waren der Zwölfte und Dreizehnte der Gemeinschaft, nur noch sehr jung, da wird man schnell mal übersehen."

Versonnen sah Nakajo Ashira noch einmal alle an. „Ich bin stolz, euch zu kennen, Gaianer, besonders dich, Ramalhaja, die du in deiner Androgynität weit ausgereift bist. Deine beiden Jungen ebenso. Ich werde sehen, wie ich euch helfen kann, den Impfwahnsinn zu beenden."

„Lass dich umarmen", brach es spontan aus Urd. Der Nashiraner beugte sich etwas nach unten und ließ sich gerne von ihr umarmen. „Danke", sagte sie und küsste ihn auf die Wange.

Sarai begann nun zu drängen. „Wir müssen gehen", wiederholte sie zum x-ten Male. Endlich setzten sich die Erdlinge in Bewegung. Die drei Männer bedankten sich kurz bei Ashira und verließen mit Sarai die Halle.

Ausnahmsweise war nicht sofort eine Bahn zur Stelle, also hieß es Warten. Sarai fühlte sich genötigt, ihnen Gesellschaft zu leisten. Als Urd das bemerkte, forderte sie die Occulanerin auf, zu gehen. „Wir kommen schon zurecht", meinte Urd zu ihr. Doch Sarai wehrte ab.

„Nein", sagte sie, „es ist meine Aufgabe, euch zu begleiten. Zudem wird Gadreel das vorgefallene nicht so einfach hinnehmen und sicher versuchen, euch zu schaden. Was den Nashiraner betrifft", sie machte eine kleine Pause und überlegte. „Nun", fuhr sie fort, „den solltet ihr im Auge behalten. Ich würde ihm nicht trauen." Urd erschrak. Hatte sie sich von seinen Worten blenden lassen?

„Wieso bist du unsere Betreuerin und wieso ist Gadreel, wie wir, nur Gast?", fragte Rafael irritiert, obwohl er eine Bahn herannahen sah.

Die Occulanerin wurde etwas verlegen. „Ich wurde ausgesucht, weil Tapiwa mein Gatte ist und", sie stockte etwas, „und wir Mokatascher auf Occula immer mehr werden und das Leben dort umkrempeln. Deshalb durfte Gadreel auch einmal dabei sein. Er ist jedoch noch zu sehr in seiner alten Rolle als Kriegsfürst. Ob er da jemals herauskommt, bleibt abzuwarten."

Das Gefährt war mittlerweile zum Stehen gekommen, und die Erdbewohner konnten einsteigen. Sarai tippte einige Ziffern in das Steuerungsmodul und erklärte, dass sie auf einer Nebenstrecke, die kaum befahren werde, zu ihrem Honus kommen würden. Sie selbst wolle kurz zu Tapiwa und dann zu ihren Kindern. „Ich hole euch morgen zur zehnten Stunde ab." Die Bahn setzte sich in Bewegung und Sarai ging zu Fuß in die andere Richtung davon.

≈

Zügig gelangten die vier Erdbewohner zu ihrem Raumgleiter. Als sich die Tür hinter ihnen schloss, atmeten alle erleichtert auf. „Ich merkte gar nicht, dass ich so angespannt war", stellte Aron fest. Adrian und Rafael ging es ebenso. Urd hing hingegen noch bei Sarais letzten Worten in Bezug auf Nakajo Ashira. Was wohl damit gemeint war, ihn im Auge zu behalten? Sie empfand seine Worte als authentisch. Was also steckte dahinter?

Die vier Rückkehrer wurden aufs Herzlichste begrüßt und an einen völlig irdisch gedeckten Tisch geführt, mit Kaffee, Tee und frisch aufgebackenem Apfelkuchen.

„Ein Stück Heimat in einer ganz anderen Welt", stellte Adrian genüsslich zwischen zwei Bissen Kuchen fest. Abwechselnd erzählten sie dann, was sich den Tag über zugetragen hatte.

„Du sollst morgen wieder mit dabei sein", erklärte Florian dem erstaunten Adrian. „Vor ein paar Minuten kam vom Rat die Einladung dazu."

Urd wollte unterdessen von ihrer Tochter wissen, was diese am Morgen mit Tapiwa Suluwa gemacht hatte. „Es sah abenteuerlich aus", meinte sie anerkennend.

Mona lehnte sich verschmitzt lächelnd auf ihrem Stuhl zurück. „Ein Tipp von Masha", begann sie, „den Jungen in eine andere Zeit sehen zu lassen. Einmal mit dir und einmal ohne dich."

„Und was kam dabei heraus?", fragte Rafael neugierig.

„Mit Mama nichts, alles war für ihn dunkel", sagte sie. „Ohne Mama sah er ein erfülltes Leben als Rokat der Mokatascher. Von ganz allein glitt er in ein früheres Leben, in dem er das erlebte, was er für dich empfand, Mama. Nur damals war Sarai diejenige, mit der er dies erlebte. Der Gute hat viel zum Nachdenken." Urd war skeptisch, ob dies ausreichen würde, den Occulaner zu besänftigen und umzustimmen.

Aron und Adrian zogen sich mit ihren Frauen zurück. Die beiden jungen Männer umgab eine besondere Aura. Mit ihren Partnerinnen zusammen verstärkte sich diese und eine wunderbare intensive Liebesschwingung umgab die Vier. Versonnen sahen ihnen die anderen hinterher.

„Wie sieht es auf der Erde aus?", unterbrach Rafael die entstandene Stille.

„In den Gemeinschaften gut, wie immer", antwortete ihm Florian. Ein angespannter Unterton war indessen nicht zu überhören. „Wir sind ja auch autark", fügte er an. „Außerhalb sieht es ganz anders aus. Es hat eine Hetzkampagne eingesetzt gegen jene, die nicht mitmachen."

„Und wie sieht die aus?", fragte Urd betroffen.

„Sie werden dafür verantwortlich gemacht, wenn einer in der Umgebung krank wird, auch wenn dieser fünfzig Kilometer entfernt wohnt und nie mit dem anderen Kontakt hatte", erklärte Mona flapsig. „Das wird aber auf Dauer keinen Bestand haben", ergänzte sie.

„So?", meinte Urd, „wie kommst du darauf?" Mona musste nicht lange überlegen.

„Nicht alle Menschen sind obrigkeitshörig und manche Länder fahren ihren eigenen Kurs, sehr zum Leidwesen manch anderer Regierung. Norman berichtete mir vorhin, dass unsere Medien solche Länder totschweigen."

„In dieser Art sagte es mir auch Amid", erklärte Florian, „nur in alternativen Medien hörst du etwas davon oder in einer Randnotiz, die kaum einer liest."

„Da wird Ashira einiges zu tun haben", gab Rafael zu bedenken.

„So ganz uneigennützig?" Urd war skeptisch. Zu sehr beschäftigten sie noch Sarais Worte zum Abschied.

Unterdessen gesellten sich auch Jerry und Frank dazu. Die Technik benötigte gegenwärtig keine Aufmerksamkeit. Auch sie gönnten sich ein Stück heimische Köstlichkeit. Dabei fiel Jerry etwas ein. Mit halb vollem Mund begann er über ein Signal zu sprechen, das immer wieder kurz auftauchte, eine kleine Lampe aufleuchten ließ und dann wieder einige Zeit verstummte. Florian und Rafael waren augenblicklich alarmiert, ließen sich erklären, wo dieses Signal auftauchte und verschwanden. Nun wurden auch die Techniker unruhig. Rasch war der Kuchen verzehrt und mit einer Tasse Kaffee in der Hand folgten sie den beiden. Mona blieb mit ihrer Mutter allein zurück. Eine Zeit lang hing jede ihren eigenen Gedanken nach.

„Ich mache morgen mit Cora eine Besichtigungstour", unterbrach Mona die Stille. „Was glaubst du, wie lange wir noch hier bleiben?"

Urd zuckte mit den Schultern. „Am liebsten", meinte sie müde, „würde ich jetzt schon gehen." Sie sah ihre Tochter gedankenverloren an. „Ich habe jedoch das Gefühl, dass ich hier noch etwas erledigen muss."

„Hast du eine Ahnung, was das sein könnte?"

Urd schüttelte den Kopf. „Ich hatte komplett vergessen, dass Michael uns sagte, dass wir bei einer

≈

Ratssitzung dabei sein können. Mit keiner Silbe sagte er, dass dies so anstrengen sein würde." Sie trank ihre Tasse leer, stand auf und begann den Tisch abzuräumen. Mona half ihr und im Nu war alles wieder verstaut und eine frische Tasse Tee zubereitet. „Hast du noch einen Moment Zeit?", fragte Mona vorsichtig.

Urd wurde sofort hellhörig. „Wo brennt es?"

Ihre Tochter lachte auf, „du merkst aber auch alles." Sie setzten sich in zwei gemütliche Sessel des Aufenthaltsraums. „Also?"

Mona schmunzelte. Das liebte sie an ihrer Mutter, sie kam gerne ohne Umschweifen zur Sache. „Nichts Wildes", begann sie. „Zum einen habe ich schreckliches Heimweh und zum anderen geht es um meinen Ältesten, Aron. Er hat sich sehr verändert und ihn hier zu erleben, als Pilot, werdenden Vater, Michaels Nachfolger und wer weiß, was noch alles, ist etwas viel für mich. Sein Vater wäre damit vollkommen überfordert. Wie Aron seinen Tod überwunden hat, weiß ich nicht wirklich. Er hatte zwar kaum Bezug dorthin, genau wie ich zu meinem, aber –." Tränen traten ihr spontan in die Augen.

„Adrian macht eine ähnliche Entwicklung", sinnierte Urd, „und ich hoffe und wünsche nur, dass sie ihren Frohsinn und ihre Unbeschwertheit beibehalten können. Vielleicht", ergänzte sie und sah ihre Tochter dabei offen an. „Vielleicht kümmerst du dich ein wenig um Adrian. Tabea hat nicht so das Gespür für ihn. Bin mal gespannt, was sie dazu sagt, dass sie Großmutter wird. Um deinen Großen musst du dir jedoch keine Sorgen machen. Der kann das alles meistern. Er hat mit Alsuna die passende Partnerin, die ihm manches abnehmen wird und Adrian hat diese auch."

≈

Mutter und Tochter unterhielten sich noch eine Weile über das Abenteuer Mars. Allmählich trafen Adrian, Marada und die anderen ein. Florian kam als letzter und verkündete, dass das Signal nun nicht mehr erscheinen würde. Bei der Überprüfung stellte sich heraus, dass dieses Signal zeigte, dass der Honus elektronisch abgetastet wurde.

„Spionage?" Aron war entrüstet.

„Ganz so extrem würde ich das nicht bezeichnen, eher Neugierde, was alles hier an Bord ist."

„Gadreel?"

„Könnte sein." Rafael wirkte sehr nachdenklich. „Wir sind neu hier und für den einen oder anderen exotisch und daher interessant."

„Ich traue dem Frieden hier nicht", resümierte Florian. „Wir sollten vorsichtshalber Wache halten."

„Solange der oberste Monade hier weilt, geschieht uns nichts", gab Urd zu bedenken.

„Ich beteilige mich an der Wache", sagte Mona kurz entschlossen. „Es muss mir nur einer zeigen, worauf ich achten soll." Alle waren damit einverstanden. Florian wollte Mona einweisen, Rafael die erste Schicht übernehmen und Aron die zweite, die er sich zeitlich mit Adrian teilen wollte. Bevor sich Rafael mit Urd auf Wache begab, ging es in die kleine Küche. Dort dampfte in einem großen Topf ein pikantes Gericht. Bestückt mit vollen Schüsseln, Wasserkaraffe, Gläser und einem Schokoriegel als Nachtisch begaben sich beide in den Kommandostand. In stiller Zweisamkeit aßen sie, immer ein Blick auf die Instrumente gerichtet.

„Was hältst du von unserem Auftritt beim Galaktischen Rat?" Rafael sah seine Frau erwartungsvoll an. Diese benötigte eine ganze Weile, ehe sie antworten konnte.

„Was ich von dem Ganzen halten soll, weiß ich bis jetzt nicht. Uns Vier finde ich sehr souverän." Sie sah Rafael direkt an.

„Doch würde ich jetzt viel lieber nach Hause fliegen, als da noch einmal hinzugehen. Was hältst du von alledem?"

Auch Rafael konnte nichts Konkretes sagen. Er erzählte Urd jedoch, dass er häufig Gadreel beobachtet habe und er glaube, der Occulaner plane noch eine Teufelei.

„Auf der anderen Seite", meinte er überlegend, „denke ich, dass Sarai recht hat und wir den Nashiraner im Auge behalten müssen."

„Und ihm gegenüber sehr wachsam sein", ergänzte Urd. „Im Nachhinein war er mir zu schnell und zu glatt. Ich hätte früher reagieren müssen. Aber so ist es vielleicht auch gut. Er wiegt sich in Sicherheit und wir vertrauen seinen Worten besser nicht."

Hand in Hand saßen sie eine Weile still beisammen. Rafael hatte die Außenkameras eingeschaltet. So konnten sie sehen, was um den Honus herum vor sich ging. In einiger Entfernung entdeckten sie zwei große Raumkreuzer. Rafael zoomte einen davon näher heran, um ihn besser zu sehen.

„Oh", machte er plötzlich, „den trafen wir bei der Sonne. Das sind die Typen aus dem Ainessystem."

„Chrishnatuk?" Just in diesem Moment blinkte die Warnleuchte auf. „Kannst du eine Verbindung herstellen?" Mit wenigen Handgriffen bestand Sprechkontakt.

Wie vor einigen Tagen begann Urd auf occulanisch zu fragen, warum sie ständig abgescannt werden.

Zuerst herrschte auf der anderen Seite Stille. Dann wurde sie gefragt, wer sie sei. Die Erdenfrau stellte sich vor und fragte nach Chrishnatuk. Wieder Stille auf der anderen Seite.

„Ihr seid die Gäste von Gaia?" Urd bestätigte.

„Wieso habt ihr dann einen Honus?", wurde zurückgefragt.

„Wir haben ihn, weil er uns gehört. Was stört euch daran? Wo ist Chrishnatuk?" Zuerst ertönten einige Laute, die Urd nicht verstand, dann klang es nach einer Entschuldigung und die Leitung verstummte. Während des kurzen Gesprächs war Aron hinzugekommen, um beide abzulösen.

„Was und wer war das?", erkundigte er sich irritiert.

„Die Aines von der Sonne", antwortete Rafael. „Adrian hatte recht behalten, dass wir von denen noch mal hören. Sie haben uns gescannt. Ich denke jedoch, dass ab jetzt nichts mehr vorfallen wird." So sollte es auch sein. Alle nachfolgenden Wachhabenden hatten keine Alarmmeldung mehr. Aron nahm sich indessen vor, gleich zu Beginn der nächsten Sitzung das Thema „ausspioniert werden" vorzubringen. Doch es sollte anders kommen.

≈≈≈

Ausflug
in eine andere Welt

Sarai holte die Vier am nächsten Morgen zur vereinbarten Zeit ab. Ihr Weg führte sie jedoch nicht direkt zur großen Halle, sondern zuerst in einen Nebentrakt. Dort durften Aron und Adrian aussteigen. Sie würden vom obersten Monaden erwartet, erklärte ihnen Sarai. Warum, das wusste sie nicht zu sagen. Sie selbst fuhr anschließend mit Urd und Rafael zum Tagungsraum.

„Wie lange geht die Tagung noch?", wollte Rafael unterwegs von ihr wissen.

„Das hängt von den Themen ab", erklärte die Occulanerin. „Manche dauern zehn Kins, andere nur zwei. Ihr könnt gehen, wann immer ihr wollt. Es wäre jedoch ratsam, heute noch teilzunehmen", ergänzte sie. Obwohl Urd über ein Jahr bei den Occulaner gelebt hatte, konnte sie weiterhin nicht die Regung hinter dem gesprochenen Wort erkennen. Einmal mehr musste sie mental herausfinden, was sie erwarten würde. Doch sie hatte Pech. Sarai wusste nicht mehr als das, was sie ihnen mitteilte. Also galt es abzuwarten.

Nachdem beide Erdlinge in ihrer Kabine eingezogen waren, verschwand Sarai und kam kurze Zeit später mit einem großen Tablett wieder. „Heute gibt es keine Pause", erläuterte sie. „Ihr müsst hier essen, falls ihr Hunger bekommt."

Gleich danach erschien Gombe und brachte reichlich Getränke, darunter auch eine große Kanne Kaffee, wovon sich alle Drei sogleich eine Tasse gönnten.

„Wie weit ist eigentlich Niaguaga mit seiner Plantage?", erkundigte sich Urd spontan. Ihr war eingefallen, dass der Partner ihrer ehemaligen Aufpasserin Mitunougah, kurz bevor sie von Occula fliehen konnte, eine Kaffeeplantage anlegte.

„Soweit ich weiß", antwortete ihr Sarai, „gedeiht alles prächtig. Selbst das Getränk daraus erfreut sich einer stetig wachsenden Beliebtheit." Urd konnte gerade noch Grüße für beide weitergeben, als Chrishnatuk die Sitzung eröffnete.

„Gaianer", begann er nach der offiziellen Ansprache, „wir haben eure Aussage überprüft und für wahr befunden. Seit vielen Tuns und einigen Baktuns, ist es untersagt, auf Gaia einzugreifen. Die Gaianer sollen die Möglichkeit haben, ohne Einfluss von außen zu wachsen und zu reifen." Er sah Urd und Rafael direkt an.

≈

„Wir sehen an euch und jenen, die mit euch beiden hier weilen, dass es einigen gelungen ist, sich dem Einfluss anderer zu entziehen." Sein Blick wanderte dabei in Richtung Gadreel und Nakajo Ashira. „Sorgt auf Gaia dafür, dass es noch mehr wie euch geben wird."

Bewegt ergriff Urd Rafaels Hand und drückte sie leicht.

„Über euren jungen Avatar TaviviaTa erfahrt ihr, wann wieder eine Sitzung ist, an der ihr teilnehmen könnt. Mit TaraiTa habt ihr gleich zwei von derselben Art. Wir beglückwünschen euch dazu. Mit so viel atlantischer Macht sollte es gelingen, euch jedem Joch zu entziehen."

„Wieso haben die gleich zwei Avatare?", platzte Gadreel heraus.

„Sie haben keinen Führer, der alles auslöscht, was ihm nicht in den Kram passt", konterte der Vorsitzende eine Spur zu persönlich.

„Wenn wir schon bei dir sind, Gadreel von Occula, du bist bis auf Weiteres von der Teilnahme an den Sitzungen des Galaktischen Rates ausgeschlossen." Gadreel fauchte wütend.

„Bewohner Occulas, sofern sie unseren Standards entsprechen, laden wir persönlich dazu ein. Du kannst heute noch hierbleiben, doch allen weiteren Sitzungen bleibst du fern."

Dann sah Chrishnatuk zu Nakajo Ashira. „Du", sagte er mit fester Stimme, „bekommst eine Verwarnung. Zu lange hast auch du mit den deinen versucht Gaianer massiv zu beeinflussen. Halte dich an deine Aussage der Unterstützung, sonst sind wir gezwungen, dich ebenfalls auszuschließen." Versteinerte Miene bei Ashira und grimmige Blicke bei

Gadreel. Urd bemühte sich, nicht zu lächeln, was ihr nur mit Mühe gelang.

Die Debatten zogen sich in die Länge. Die Gaianer waren mit dem Vorgebrachten oft überfordert. Dass sich die Planetentemperaturen überall erhöhten, ließ beide aufhorchen. Doch ein Ergebnis, warum dies geschah, gab es nicht. Einige andere beschwerten sich und meinten, dass ihr Planet sich abkühlen würde. Bonabu, der vom Mond Tetys kam, wie Sarai ihnen zuflüsterte, gab zu bedenken, dass auf vielen Planeten und im All, zu viele Wetterexperimente durchgeführt würden. Was daraufhin beschlossen wurde, bekam Urd nicht mit. Sie richtete ihre Aufmerksamkeit auf die Occulanerin, die zwischendurch weggegangen war und nun aufgelöst zurückkam. Sie bemühte sich zwar Haltung zu bewahren, doch es fiel ihr sichtlich schwer.

Urd zog sich in den hinteren Teil der Kabine zurück, in der auch Tisch und Stühle standen. Sie tat so, als wolle sie einen Kaffee trinken, stellte die Tasse jedoch Sarai hin.

„Streit?"

Sarai nickte und sagte leise: „Tapi hat Naya gesehen und getobt. Ich habe ihn gestoßen, er fiel zu Boden und war bewusstlos." Eine Träne suchte sich ihren Weg und Urd war erstaunt, dass auch Occulaner weinen können.

„Und die Kleine?", fragte sie fürsorglich. „Geht es ihr gut?"

Die Occulanerin nickte, nippte an ihrem heißen Getränk und erklärte leise, dass sie die Kinder vor ihm versteckt hielt, aus Angst um deren Leben. Behutsam legte ihr Urd eine Hand auf den Arm. Die schuppige Haut, die Finger, die an Krallen erinnerten, waren ihr immer noch vertraut. Selbst der Geruch, der an ihr klebte, versetzte Urd in alte Zeiten. Plötzlich hatte sie einen ganz besonderen Duft in ihrer Nase, Sarais Garten! Sie erkannte auch Jered und Silpa, sah ihre erstaunten Gesichter und wusste augenblicklich, dass beide hier auf dem Mars weilten und auf ihre Enkelkinder achteten. Ihre Bilder wurden jäh unterbrochen, als Rafael neben sie trat und sie nach vorn bat und mit ihr Sarai. Was nun folgte, überwältigte beide Frauen.

Sarai wurde in die Mitte gebeten und vorgestellt als Sarai aus dem Hause Elarog und Suluwa, Spross aus dem Urstamm Occulas, den Mokatascher. Plötzlich öffnete sich die große Hallentür und ein Occulaner, eskortiert von zwei Wesen, die Chrishnatuk ähnlich sahen, traten ein. Überraschung und Entsetzen standen sowohl Sarai als auch Urd im Gesicht. Was sollte das? In ihrer Mitte hatten die Wesen Tapiwa Suluwa. Gadreels Miene versteinerte sich. Für Erdlinge war es ohnehin schwer, eine Regung im Gesicht eines Occulaners zu erkennen, doch in diesem Moment schien alles in ihm eingefroren zu sein. Sein Sohn, ein Mokatascher! Das würde bedeuten, dass er selbst –. Weiter wollte er nicht denken. Außerdem, wenn Tapiwa hierhergeführt wurde, bedeutete dies für ihn nichts Gutes.

Ganz offiziell wurde Tapiwa von dem Vorsitzenden angesprochen und gefragt, wer ihn in das Amt des Stützpunktleiters gesetzt hatte. Er sah seinen Vater an und antwortete gepresst:

„Der oberste Kriegsherr von Occula, Gadreel Suluwa Arakerum."

Zantu, ein Wesen, das Chrishnatuk sehr ähnlich war, übernahm danach das Wort. Obwohl sein

Aussehen dem eines Insektes glich, war seine Stimme rau und laut.

„Zuerst", sagte er scharf, „hatte der oberste Kriegsherr Occulas dazu keine Berechtigung. Überdies hast du deine Stellung aus niedrigen Beweggründen missbraucht und viel Leid verursacht. Du bist hiermit abgesetzt. Du kennst die Strafe für Amtsmissbrauch?"

Tapiwa schüttelte den Kopf. Sarai dagegen riss ihre Augen vor Schreck weit auf.

„Sieben Jahre wirst du auf Morora verbringen. Danach wird der Galaktische Rat erneut über dich entscheiden." Zantu wandte sich an Sarai

„Mokatascherin, bist du bereit, für zwölf Monate die Leitung der Basis zu übernehmen und einen Gaianer einzuführen, der nach dir die Basis übernehmen wird?"

Sarai war überrascht und geschockt zugleich und konnte nicht sofort antworten. Zantu kam ihr entgegen und gab ihr bis zum Ende der Tagung Zeit.

Tapiwa stand derweilen wie versteinert da. Morora hieß sieben Jahre Wüste, Sand und Hitze und sehr viel und schwer arbeiten. Er war unfähig, zu reagieren. Selbst Urd war wie gelähmt über das Urteil. Nur Rafael konnte diesen Schock schnell überwinden. Mit einem beherzten Sprung über den Tisch landete er bei der kleinen Gruppe in der Mitte der Halle. Ein Raunen konnte man klar und deutlich hören, denn was er tat, war ungehörig.

Rafael hatte in Sarais Gedanken lesen können, wozu Tapi verurteilt wurde, und er wollte spontan versuchen, ihm zu helfen. Wie, war ihm bis jetzt nicht klar, doch er begann sofort zu reden.

„Ich, Rafael, Mensch von Gaia aus dem Stamme der Gläser, möchte für Tapiwa Suluwa sprechen", begann er. Gadreel erhob sich abrupt.

≈

„Es ist wahr", fuhr Rafael fort, „dass er viel Unheil hier auf der Basis angerichtet hat." Er machte eine kleine Pause, eher er weitersprach. „Wir haben bei uns auf der Erde begonnen, nach dem Warum zu fragen. Tapiwa Suluwas Warum hängt mit meiner Frau Urd zusammen und damit, dass er sie kennen und lieben lernte. Was er in ihr erkannt und wahrgenommen hatte, waren Dinge, die er durch den frühen Tod seiner Mutter und der Unnahbarkeit seines Vaters tief in sich eingeschlossen hatte."

Er sah erst Tapiwa dann Gadreel und schließlich Urd an, die ihm zulächelte.

„Tapiwa braucht keine Strafe, sondern Hilfe, um das, was er in sich eingeschlossen hat, nach außen zu bringen." Rafael staunte über sich selbst, wie flüssig ihm die Worte über die Lippen kamen.

„Wenn Tapiwa ein Mokatascher ist, benötigt er Zeit, diese Erkenntnis zu integrieren. Nach meinem Kenntnisstand ist Occula kein Ort, an dem dies leicht gelingt. Meine Bitte wäre, das Urteil noch einmal zu überdenken", er lief einige Schritte auf den Occulaner zu, „und ihm besser die Hilfe zuteilwerden zu lassen, die er braucht."

Rafael drehte sich einmal um sich selbst. „Ich bin überzeugt", sagte er sehr laut, „dass es unter all den Anwesenden jemanden gibt, der ihm helfen könnte. Und", ergänzte er und sah dabei in die Kabine des Vorsitzenden, „vielleicht kann auch im Galaktischen Rat das Verständnis einkehren, dass die ganze Geschichte eines Wesens bekannt sein muss, ehe geurteilt wird. Hilfe, etwas zu verstehen oder zu überwinden, war schon immer besser als Strafe. Zumal oft, wie auch in diesem Fall, ein Versäumnis anderer

≈

vorliegt." Damit ging er zurück zu seiner Kabine und schloss Urd fest in seine Arme.

In der großen Halle herrschte absolute Stille. Selbst Gadreel stand stumm und aufrecht, doch wesentlich lockerer auf seinem Platz.

„Die Tagung wird unterbrochen." Chrishnatuk erhob sich, „jeder bleibt an seinem Platz."

Kurz danach kam Sarai zu Rafael und Urd zurück. Die große Occulanerin wirkte verwirrt und hilflos, wie ein Kind. Ein großer Schluck Lavidaria verhalf ihr wieder zu mehr Klarheit. Tapiwa saß, mit hängendem Kopf und seinen zwei Wächtern gegenüber auf einer Bank, neben der Kabine des Vorsitzenden.

Bei Urd und Rafael war es still. Sarai zog sich in sich zurück. Urd schmiegte sich dicht an ihren Mann und begann ein lautloses Gespräch mit ihm, bis ein feiner Duft in ihre Nase stieg. Er erinnerte sofort an Sarais Garten, das Erkennungszeichen zwischen Tampari, Nihal und ihr. Doch weiter war für sie nichts wahrzunehmen. Ein Blick zu Sarai sagte Urd indessen, dass dieser ein fürsorgliches Wort guttun würde.

„Willst du reden?", fragte sie und setzte sich zur Occulanerin. Diese nickte und schüttelte gleichzeitig ihren Kopf. Ein weiterer Schluck Medizin half ihr besser bei sich zu sein.

„Warum macht ihr das?", fragte sie in Rafaels Richtung. „Tapi wollte euch zerstören, er hatte schon alles vorbereitet und nun helft ihr ihm." Sie musste eine kurze Pause machen, um sich wieder zu sammeln.

„Er hat die Strafe verdient, nachdem, was er alles angerichtet hat", sagte sie plötzlich mit harter Stimme. „Rod Ragin hängt sehr an seinem Vater. Es wird schwer werden, ihm verständlich zu machen, dass er ihn sieben Jahre nicht sehen kann." Ihr Blick wanderte zu Tapiwa gegenüber, der immer noch in sich zusammen gesunken da saß. Doch just in diesem Moment hob er den Kopf und sah ihr direkt in die Augen. Sarai zuckte unmerklich zusammen. Urd bemerkte es dennoch, öffnete sofort ihren Geist und gewahrte, was auch die Occulanerin sah. In Tapiwa war eine Wandlung im Gange.

Obwohl es ihm überhaupt nicht gut ging, holten ihn die zwei Wesen ab und brachten ihn hierher. Nachdem der junge Occulaner das Urteil gehört hatte, stürzte er ins Bodenlose. Sieben Jahre Morora! Selbst Hulatul, der Eisplanet, war nicht so schlimm wie Morora. Voller Hass und Zorn schwor er den Erdlingen Rache und wenn es zwanzig Jahre dauern sollte, bis er dazu kam. Doch dann sprach der Erdling für ihn, obwohl dieser überhaupt nicht gefragt wurde. Er setzte sich sogar für ihn ein. Er, der seine Frau begehrte, mehr als alles andere. Und nun, genau in diesem Augenblick sah er zum ersten Mal Urd und Sarai nebeneinander. Da fiel es ihm wie Schuppen von den Augen. Was wollte er mit diesem zerbrechlichen bisschen Erdenfrau? Seine Zuneigung galt schon lange vor Urd nur Sarai. Sie stand da, aufrecht, voller Kraft und sie hatte zwei Kinder von ihm. »Ich gehöre zu Sarai«, schrie alles in ihm, »nicht nach Morora!« Wie konnte er nur so blind sein und sich an eine Gaianerin binden wollen?

Bilder, die er unter der Mithilfe Monas sah, stiegen wieder in ihm auf und er schlug die Hände vor sein Gesicht. Niemand sollte sehen, dass der Kommandant der Marsstation weinte. Die Drei aus der Kabine gegenüber erkannten es dennoch.

Es dauerte eine ganze Weile, ehe der Vorsitzende wieder eintraf und die Tagung weitergehen konnte. In

≈

dieser Zeit gönnten sich die meisten Teilnehmer eine Mahlzeit, die ihnen gebracht wurde. Für Urd gab es ein großes Stück Fisch, Gemüse und etwas Obst. Rafael hatte statt des Gemüses einen großen Berg Salat dabei. Sarai aß etwas, das einem belegten Brötchen ähnelte, nur um einiges größer. Sie hatte keinen Hunger. Da jedoch nicht abzusehen war, wann die Sitzung enden würde, wollte sie wenigstens eine Kleinigkeit zu sich nehmen. Auch in ihr herrschte Chaos, genau wie in Tapiwa. Ob die Rede des Erdlings Erfolg haben würde?

Sie wusste schon lange, dass er der Partner für sie war, mit dem sie glücklich durchs Leben gehen würde. Umso mehr freute sie sich, als er sie fragte, ob sie seine Gefährtin sein wolle. Doch Glück hatte sie nicht mit ihm erlebt. Als sie das erste Kind von ihm in sich trug, redete er die ganze Zeit über davon, dass er eine Tochter bekäme, die Urd heißen würde. Als er jedoch erfahren hatte, dass es ein Junge wurde, begann für sie eine qualvolle Zeit voller Demütigungen von ihm. Er zwang sie schon bald nach der Geburt, ihm wieder zu eigen zu sein, und prügelte sogar auf sie ein. Sie hatte kein Mitleid mit ihm, als sie hörte sieben Jahre Wüstenplanet. Ihr Gatte hatte so viel zerstört, da war es ihr gerade recht.

Jedoch, als der Gaianer sprach, zersprang das Gitter, das sie um ihre Gefühle gelegt hatte. Auch erkannte sie, dass dasselbe bei ihrem Tapiwa geschah. Sie war eine Mokatascher, die von den Ureinwohnern Occulas abstammte. Nachdem, was sie von Tampari und Nihal gelernt hatte, waren diese den gaianischen Atlantern sehr ähnlich. Sie dachte an Naya, ihre Tochter, die sie trotz allem sehr liebte und daran, wie Tapi sie anschrie, warum sie ihm sein Kind vorenthalten würde. Da Silpa und Jered bereits auf der Basis weilten, hatte sie die

≈

212

innere Kraft ihm entgegenzutreten und als er sie packen wollte, konnte sie ihn einfach von sich weg stoßen. Dass er sich dabei Verletzte tat ihr zu diesem Zeitpunkt nicht weh. Jetzt, nach all den Erkenntnissen, bedauerte sie es etwas.

Plötzlich verstummte das Gemurmel und Gezische ringsum. Alle Augen suchten nach dem Anlass und erkannten, dass der Vorsitzende mit seinem Vize eingetreten war. In ihrer Begleitung befand sich ein Wesen, das Urd und Rafael bislang nicht gesehen hatten. Ein überaus freundliches Gesicht, einen extrem langen Hals auf dem ein Kopf ganz ohne Haare saß, mit hellwachen, aufmerksamen, runden Augen. Die Haut schimmerte leicht grün und wirkte feinschuppig.

„Eine Szakuria", entfuhr es Sarai ehrfürchtig bei deren Anblick. „Ich kenne sie nur von Bildern und vom Erzählen."

„Was ist eine Szakuria und woher kommt sie?", fragte Rafael leise. Eine große Faszination ging von diesem Wesen aus und fesselte alle.

„Sie ist eine Heilerin, kennt keine Lügen und spürt sofort, wenn gelogen wird. Ihr Planet heißt Broprokzo. Wo der jedoch liegt, weiß ich nicht." Sarai war von diesem, offensichtlich weiblichen Wesen, genauso fasziniert wie Rafael und Urd. Selbst Gadreel wirkte überrascht und erstaunt.

Die Szakuria wurde als Narayna vorgestellt und Tapiwa aufgefordert, sich zu erheben. Schwerfällig erhob er sich von seiner Bank und stellte sich vor Narayna. Sie war fast so groß wie der Occulaner, nur wesentlich feingliedriger und geschmeidiger in ihren Bewegungen. Die Heilerin fasste seine Hände, sah ihm geradewegs in die Augen, als wolle sie auf den Grund seines Wesens blicken und strich dann mit einer Hand über seine Stirn. Augenblicklich traten Tränen in seine Augen und er schämte sich.

Dann drehte sie sich um und blickte Rafael, wie zuvor den Occulaner durchdringend an. Ein Schauer nach dem anderen jagte ihm über den Rücken, als sie ihn scannte. Ein kurzer Blick zu Urd und Sarai, dann wand sie sich abermals um, nickte kurz mit dem Kopf und trat dicht zu dem Vorsitzenden. Nach einer kurzen, leisen Besprechung verließ die Heilerin bereits wieder die Versammlung. Mit einem Blick von Tapiwa zu der Kabine der Gaianer bemerkte sie im Hinausgehen noch, dass dies zwei außergewöhnliche Paare wären.

Chrishnatuk wartete, bis die Szakuria die Halle verlassen hatte, und bat im entstehenden Gemurmel um Ruhe.

„Gaianer", begann er laut, „du hast dich für den Angeklagten eingesetzt und die Bitte geäußert, ihm zu helfen, satt ihn zu bestrafen. Erdling, du hast den Galaktischen Rat beschämt und uns auf unsere Versäumnisse hingewiesen. Wir wissen viel, doch haben wir anscheinend vergessen, auf andere einzugehen. Du würdest sagen, mitzufühlen und hinter das Tun zu blicken." Er machte eine kurze Pause und sah zu Tapiwa.

„Tapiwa Suluwa", fuhr er fast feierlich fort, „du wirst verurteilt, einen vollen Tun bei Narayna auf Broprokzo zu verbringen. Sie entscheidet, ob du länger dortbleiben musst, oder ob du eher gehen kannst. Dein Weib darf dich sehen, wenn die Heilerin sie dazu einlädt."

Chrishnatuks Blick wanderte umher. Von Rafael und Urd sah er durch die Halle und von einer Kabine zur anderen. Mit einer fast väterlichen Stimme sprach er weiter:

„Gaianer, ihr seid auf einem guten Weg. Miktranoloschichi, den ihr Michael nennt, hat eine hervorragende Auswahl getroffen. Dass ihr gleich mit fünf Avataren hier weilt, erfreut uns sehr. Wir begrüßen es, wenn ihr auch zukünftig bei einer Tagung zugegen sein würdet. Ihr könnt nun gehen."

Chrishnatuks Stimme bekam einen härteren Klang, als er sich der Occulaner Kabine zuwandte. „Gadreel Suluwa Arakerum. Es war ein Fehler, dich hierher einzuladen. Es war für deinen Planeten viel zu früh. Occula hat zwar mittlerweile einige Söhne und Töchter, die den Planeten auffrischen, doch noch sind es zu wenige. Nutze du persönlich diese Chance der Erneuerung. Wenn Vertreter Occulas zukünftig an einer unserer Tagungen teilnehmen dürfen, werden wir sie persönlich dazu einladen. Und nun verlasse mit deinem Gefolge den Raum." Es wurde missmutig laut in der Kabine der Occulaner. Urd und Rafael hatten ihre Sachen rasch zusammengepackt und Sarai stellte das Geschirr auf ein großes Tablett. Es würde später abgeholt werden.

Tief bewegt verließen die Drei ihre Kabine. Kaum waren sie vor der Halle angelangt, als Sarai von einer rauen Stimme gerufen wurde. Gadreel stand drohend vor ihr. „Wenn du den Posten meines Sohnes übernimmst, werde ich dich und deinen Clan zerstören."

Rafael fasste Urd fest am Arm und signalisierte ihr, sich zurückzuhalten.

„Zu meinem Clan, gehören mittlerweile deine Enkelkinder", entgegnete ihm Sarai souverän.

≈

„Und ich!", ertönte Tapiwas Stimme.

„Erdling!", brüllte Gadreel auf, „was habt ihr mit meiner Familie gemacht? Das werdet ihr noch büßen."

Ein eigenartiges Sirren manifestierte sich plötzlich bei der kleinen Gruppe und in einem nebelartigen Gebilde erschien der oberste Monade, Tulipawananda. „Tu es nicht, Gadreel", erklang seine sanfte Stimme. „Sie stehen unter meinem Schutz, genau wie das Weib deines Sohnes und ihre Kinder. Du würdest es dir einige Baktuns lang nicht verzeihen."

Neben Tapiwa erschien unerwartet Narayna. „Abimelech Arakerum", sprach sie ihn sofort an. „Du solltest wissen, was mit jenen geschieht, die sich nicht an Vorgaben halten. Du leugnest, dass du aus demselben alten Geschlecht der Mokatascher stammst wie Sarai. Nur, dass sie darüber weiß. Selbst dein Sohn wird sich allmählich dessen bewusst. Und du", sie wandte sich wieder an Tapiwa, „verabschiede dich von deinem Weib."

Unbeholfen standen sich beide gegenüber und nahmen sich bei den Händen.

Unterdessen drang Urd in Gadreels Geist ein. Ihr war der Name Abimelech im Gedächtnis geblieben und wollte dem nachgehen. Bis ins Innerste war der große Mann erschrocken, als die Heilerin diesen Namen aussprach. Seine Urmutter hatte ihn gelegentlich so genannt und von den Vorfahren erzählt, den Mokatascher. Er wollte davon nichts wissen, da er sich als ein Suluwa verstand, ein Kriegsfürst. Der Name Abimelech sollte indessen noch lange in ihm nachhallen.

Plötzlich wurde es laut. Kindergeschrei und Rufe von Erwachsenen kamen immer näher. Sarai sprang davon, um gleich wieder mit zwei Kindern zurückzukommen.

„Ich konnte Rod Ragin auf einmal nicht mehr halten", entschuldigte sich Jered, der außer Atem ankam. Der kleine Occulaner flog regelrecht seinem Vater in die Arme. Der so überraschte, drückte ihn fest an sich. Dann ergriff er mit einer freien Hand sein Weib, die Naya auf dem Arm hielt, und zog sie zu sich. Der Kriegsfürst Suluwa stand dabei wie ein kleiner Junge, den man vergessen hatte.

Urd und Rafael zogen sich langsam zurück. Sie hatten genug und wollten in ihren Honus. Doch sie liefen Silpa in die Arme, Sarais Mutter. Die große Occulanerin, die gut einen halben Meter größer war als Rafael, trug einen weißen Kaftan mit goldenen Streifen und eine passende Hose in denselben Farben darunter. Lange sah sie Urd und Rafael an. So wie alle Gesichter der Occulaner, verriet auch ihres nicht, was in ihr vorging. Emotionen waren in ihrer Mimik nur ausnahmsweise zu erkennen.

„Ich danke dir, Gaianer, Liebster von Urd", sagte sie schließlich, „unserer Freundin." Zu mehr Worte war sie nicht fähig, da sie viel zu aufgewühlt war über das, was sich die letzten Stunden ereignet hatte. Urd freute sich sehr, Silpa zu sehen, doch merkte sie auch, dass sie viel zu erschöpft war, um noch länger zu bleiben. Rafael erklärte der Occulanerin, dass sein Vorgehen selbstverständlich für ihn war und sieben Jahre definitiv zu viel gewesen wären.

„Wir sehen uns bestimmt noch einmal", fügte er an und Urd verabschiedete sich mit „Kechem na ma Parimká, nichts ist für immer verloren!"

Silpa ging weiter zu ihrer Tochter und Urd und Rafael zu einer kleinen Bahn, die gerade eintraf. Ohne

≈

viel Aufhebens fuhren sie davon. Sie freuten sich auf die vertraute Umgebung, auf vertraute Gerüche und Klänge. Doch sie sollten nicht ohne Unterbrechung zu ihrem Honus kommen. Ihr Gefährt kreuzte mit einem anderen den Weg und beide bleiben unverzüglich stehen. Zu ihrer Überraschung saß in der anderen Bahn Nakajo Ashira mit zwei weiteren Personen. Urd erkannte Akria aus dem Wegasystem, der einmal feste Struktur aufwies und ein anderes Mal ätherisch wirkte. Der andere war Dendanoro aus dem Rastabansystem.

„Bevor ihr wieder abfliegt, müssen wir uns noch einmal sehen", begann Ashira sogleich. Rafael, sowie Urd, begegneten ihm mit viel Skepsis. Er war eine Spur zu freundlich zu ihnen, was beide misstrauisch werden ließ. Rafael nickte mit dem Kopf.

„Ist in Ordnung", meinte er müde. „Tiana ma na kam, man sieht sich!" In der kurzen Zeit, die er außerhalb der Erde weilte, hatte er den Zugang zu der occulanischen Sprache gefunden. Er verstand und sprach sie gut. Da diese Sprache eine Art Universalsprache im All darstellte, war es von Vorteil sie zu beherrschen, vergleichbar mit Englisch auf der Erde.

Endlich, nach etlichen Stunden, waren sie wieder zurück. Kaum schloss die Luke hinter ihnen, als Adrian um Starterlaubnis bat. Es sollte zurück ins Noctis Labyrinth gehen. Er erklärte, dass bald ein Satellit der Erde ihren Parkplatz überfliegen würde und er dann gerne weg wäre. Es war Rafael und Urd sehr recht.

Im Aufenthaltsraum erwartete beide eine dampfend heiße Suppe, so wie eine gut gelaunte Alsuna und Marada. Auf die Frage hin, wo Mona sei, erfuhren sie, dass diese mit Cora on Tour wäre und sie an der Noctis Landestelle wieder zu ihnen stoßen würde.

≈

„Schaut auf den Monitor", wurde das Gespräch über Lautsprecher unterbrochen. Gesagt, getan. Auf dem Bildschirm zeigte sich alsbald eine Ansiedlung von Gebäuden, die Urd noch gut kannte. In einem der hohen Häuser war sie zusammen mit Britta und Gadreel vor Jahren. Damals ging es darum, die Erdbewohner wieder abreisen zu lassen. Die Occulaner erachteten die Menschen als zu gefährlich und es bedurfte einige Überzeugungskünste, damit sie unbehelligt abfliegen konnten. Urd schüttelte es ein wenig und sie fragte sich, ob der Occulaner Ruhe geben würde.

„Dort unten befindet sich der Eingang zum Stahlwerk von Frinkahork", ertönte Florians beeindruckte Stimme. „Gigantisch, einfach nur gigantisch", schwärmte er. Urd wollte nichts von ihrem Tag berichten und erkundigte sich, was die jungen Frauen den Tag über getan hätten. Begeistert berichteten beide abwechselnd von ihrer Tour mit Mona und Cora durch ein Einkaufsparadies im Innern des riesigen Vulkans.

„Einkaufsparadies?", hakte Urd nach. Alsuna berichtigte, und meinte, dass es einer Piazza ähnlich angelegte Einkaufspassage sei, die sie besucht hatten.

„Du kannst dort Dinge kaufen, die kannst du dir nicht vorstellen", lachte Marada, die richtig aufgedreht wirkte. „Von manchem wussten wir nicht, was es sein soll und Cora wusste nur, dass manches Mal fremde Besucher ganz verrückt danach sind."

„Ein solches Ding sah aus wie ein männliches Geschlechtsteil in XXL Größe. Es war jedoch ein Rührstab, der gerne von Rastabanern gekauft wird. Du musst es dir ansehen", lachte sie.

„Wieso ist Mona nicht mit zurück?" Rafael klang etwas besorgt und Urd horchte auf.

„Sie wollte unbedingt die Stadt auf der Oberfläche sehen und bei den Gewächshäusern vorbei, um für Marijan Samen zu besorgen."

Rafael war skeptisch. Für ihn war die Angelegenheit nicht rund. Mona war zwar sehr spontan und hatte immer allerhand Unsinn im Kopf, aber hier auf dem Mars hatte er sie reserviert wahrgenommen, vorsichtiger, als auf der Erde. Und nun war sie allein unterwegs. Er öffnete seinen Geist und versuchte, mit ihr in Kontakt zu kommen. Erst beim zweiten Anlauf gelang es ihm. Zusammen mit Cora und einigen anderen saß sie ziemlich müde, aber gut gelaunt in einer Bahn, die sie zum Landeplatz brachte. Mona gab ihm zu verstehen, dass sie nicht sprechen wolle. In wenigen Minuten würde sie vor Ort sein, genau wie der Honus. So war es denn auch.

Der Gleiter landete in einem Seitenarm des Noctis Labyrinth, einem Gangsystem, das etwa zwanzig Kilometer breit, 1200 Kilometer lang und fünf Kilometer tief war. Ob es durch tektonische Brüche entstand, war nicht klar, doch das störte die Piloten, gleich woher sie kamen, nicht. Hier konnten sie landen und parken, ohne dass sie von den vielen Sonden der Erde gesehen würden. Sollte dennoch ein Gleiter auffallen, würde er von der NASA als Schatten oder natürliche Verwerfung interpretiert werden.

Kaum stand der Gleiter, als auch schon Mona ankam. Ohne Vorrede fragte sie, ob sie alle zusammen, oder nur einige am nächsten Tag eine Besichtigungstour mit privater Begleitung machen wollten. Angesteckt durch die Begeisterung von Marada und Alsuna meldeten Rafael und Urd gleich ihre Teilnahme an. Die anderen wollten es sich noch überlegen. Mona verließ den Gleiter unmittelbar darauf, um für den nächsten Tag alles zu buchen.

Schwerfällig ließ sie sich auf einen Stuhl fallen, als sie wieder zurück war. „Schön und anstrengend", stöhnte sie auf. Auch für sie stand bald eine dampfend heiße Suppe auf dem Tisch, doch sie ergriff zuerst die Tasse Kaffee. Nach einigen Schlucken fing sie zu erzählen an.

„Gigantisch", begann sie, „was hier alles im Berg und unter der Oberfläche entstanden ist! Ihr wart schon hier, aber ich bezweifle, dass ihr viel gesehen habt." Sie berichtete von unterirdischen Tunneln, wobei sie jedes Mal kichern musste, da sie ja auf dem Mars weilte und es untermarsisch heißen müsste, sie es jedoch nicht aussprechen wollte. Die riesigen Seen im Innern empfand sie besonders faszinierend. In die Gewächshausabteilung schafften sie es nicht mehr, da sie mit Cora noch ein Erlebnis der besonderen Art hatte, berichtete sie. Rafael sah sie auffordernd an.

„Ein Occulaner mit Namen Gadreel", begann sie gedehnt, „lief uns vor die Füße." Monas Talent Dinge schauspielerisch zu vermitteln, mit viel Dramatik, lebte sie voll aus, als sie davon berichtete, dass der Occulaner Cora ansprach und sie nicht nur verbal angriff.

„Sie hat sich danach geweigert, ihn ärztlich zu versorgen."

„Was hast du getan?" Urd sah ihre Tochter bestürzt an.

„Ihn von den Füßen geholt, wie du den Jungen, also seinen Sohn. Es gab einen großen Aufstand, einige sonderbar aussehende Wesen kamen dazu und ein anderer meinte, „ganz wie Ramalhaja, das wird gut!"

≈

„Nakajo Ashira", entfuhr es Rafael. Urd atmete schwer.

„Hast du mit noch einem geredet?"

„Mit Sarai, als Basiskommandant", antwortete Mona, schon etwas ruhiger geworden. „Sie sah Gadreel an, lächelte ziemlich breit, es sah jedenfalls so aus, dann zischte sie ihn an und Cora und mich forderte sie auf zu gehen."

„In was für eine Schlägerfamilie bin ich hineingeboren?", lachte Adrian laut auf, „das kann ja heiter werden."

„Du musst lernen, diese Kraft zu beherrschen, Mama." Aron sah seine Mutter besorgt an. „Du auch Urd, sonst kann es doch noch Ärger geben."

„Ich werde mich nicht zurückhalten, wenn Unrecht geschieht und einer davon noch wesentlich schwächer ist", protestierte sie. Urd legte ihr verständnisvoll eine Hand auf den Arm.

Erschrocken zog Mona ihren Arm zurück. „Was machst du da?", rief sie, und streckte ihre beiden Hände zu ihrer Mutter. „Mach weiter, das fühlt sich irre gut an." Für einige Augenblicke legte Urd ihre Hände in die ihrer Tochter und jeder konnte zusehen, wie sich Mona entspannte, ihre Gesichtszüge weicher wurden und sie in der kurzen Zeit fast einschlief. Jetzt war auch Urd erstaunt. Sie erinnerte sich jedoch, dass sie ein sehr wohliges Gefühl verspürte, als sie von Tulipawananda berührt wurde.

„Seit der Berührung des Obersten Monaden", überlegte sie laut, „fühle ich mich ohnehin anders." Aron lächelte wissend und Adrian meinte flapsig, dass die Großmama langsam reif würde. Großes Gelächter. In fröhlicher Runde saßen alle noch eine Weile beisammen. Da fiel Rafael etwas ein.

„Wer von euch beiden", er sah dabei Adrian und Aron an, „soll eigentlich Basiskommandant werden?"

„Wenn unser Nachwuchs da ist, ich", antwortete Adrian keck. „Marada hat schon zugestimmt."

„Wenn wir gerade dabei sind", Aron stand auf und holte eine kleine Karte. „Ganz nostalgisch", meinte er und legte sie auf den Tisch, „eine Einladungsorder von Tulipawananda. Das heißt, das ist ein Muss! Morgen kommt Amid mit Britta hierher. Er fliegt mit uns zurück und ihr Vier mit dem kleinen Honus nach Patma Patir." Rafael und Urd waren sprachlos.

„Wieso?", stammelte sie. Obwohl auch Florian angenehm überrascht war, freute er sich riesig. Es waren nur wenige Tage, seit er auf dem Mars weilte, aber ihm fehlte seine Britta sehr.

„Wo kommt denn ein kleiner Honus her?", fragten Florian und Rafael gleichzeitig.

„Aus den Bergen von Südamerika", war Arons Antwort. Mona unterbrach die Unterhaltung und verabschiedete sich. Sie sei sehr müde und wolle schlafen gehen. Sie hatten sich vorgenommen, einen Wach-Schlafrhythmus, soweit dies ging, wie auf der Erde einzuhalten. Die meisten Bewohner der Station hielten es ähnlich. Auch Rafael und Urd verabschiedeten sich kurze Zeit später in ihre Kabine. Eine Wache wurde keine aufgestellt.

Nach einer kurzen heißen Dusche erging es Urd wie Mona, sie wurde sehr müde. Als sie jedoch ihren Rafael so nackt und frisch geduscht vor sich sah, verflog für kurze Zeit die Müdigkeit. Leidenschaftlich küssten sie sich und hielten einander eine Weile eng umschlungen. Zu mehr reichte ihre Energie nicht.

„Wir sind bald wieder zu Hause", flüsterte Rafael seiner Liebsten zu, „dann, mein Engel, wird es wieder ein Fest der Liebe geben." Wenige Momente später schliefen beide fest.

Am nächsten Morgen stand Rigmor als ihre heutige Führerin vor dem Anlegedock des Honus. Sie hätte für zehn Stunden eine Bahn reserviert, sodass auch Taschen oder Jacken liegen bleiben könnten. Adrian und Marada blieben im Honus, da es ihr schwangerschaftsbedingt nicht gut ging. Rigmor wartete, bis alle ihre Plätze gefunden hatten, startete die Bahn und begann munter zu erklären, wohin die Tour sie führen würde. Die erste Station sollte Frinkahork sein und das Stahlwerk.

„Ihr könnt dort verschiedene Dinge wie Töpfe, Schüsseln oder Werkzeug erwerben und mit eurer Währung bezahlen", erläuterte sie. Verstohlen sahen sich die Freunde an. An Geld in solchen Dimensionen hatten sie nicht gedacht.

Florian wollte wissen, womit die Gruppe hinfliegen würde. Rigmor lachte.

„Die Tunnel, in denen wir fahren werden, sind gut ausgebaut und direkt. Sie verbinden viele Teile des Planeten miteinander, in vorwiegend gerader Linie. Wir sind dadurch nicht vom Wind abhängig. Das Meiste können wir also unten zurücklegen", erklärte sie noch. Nach ein paar Minuten deutete sie nach vorn: „Wir kommen gleich an den kleinen Bodensee."

Mit großen, ungläubigen Augen sah Mona ihre Mutter an. „Bodensee, hier unten?", wiederholte sie.

Und tatsächlich öffnete sich nach einigen hundert Metern der Tunnel zu einer riesigen Höhle und ein See breitete sich etwas unterhalb der Fahrstrecke aus. Mit ein wenig Fantasie konnte man darin die Form des Schwäbischen Meeres erkennen. Gleich danach fuhr

≈

die Bahn mit den Gästen unter einem Gewölbe durch. Auf der anderen Seite erstreckte sich ein weiterer See, der jedoch zu dem vorherigen gehörte und nur durch die natürliche Barriere geteilt wurde. Zu ihrem Erstaunen wuchsen am Ufer kleinere Bäume und Büsche, ähnlich wie an der Oberfläche der Erde.

„Erzähl uns doch etwas von der Station, Rigmor", bat Jerry sie. „Seit wann gibt es die, wer ist hier tätig und warum und so weiter."

„Mache ich", bekam er als Antwort, „nach Frinkastahl. Wir sind da!"

Erstaunt, über die kurze Fahrdauer, stiegen alle aus. Sie wurden von riesigen Hallen empfangen, mussten jedoch, um in die Stollen einzufahren, in eine geschlossene Bahn umsteigen, falls sich ein Felsstück plötzlich lösen sollte. Sie kamen an riesigen Baggern vorbei, die sich unaufhaltsam in den Fels fraßen und extrem große Hohlräume und Tunnels schufen. Beim Durchfahren hörte die kleine Gruppe jedoch, dass mit dem Abbau von Eisenerz an dieser Stelle bald Schluss sein würde. Deshalb durften sie diese Stelle auch besichtigen.

„Es wurde beschlossen", so Rigmor, „dass die Grube zum Einsturz gebracht werden soll. Das wird ein großes Spektakel und auf der Erde wird man eine schöne Geschichte erfinden, warum es auf dem Mars eine Eruption gegeben hat", lachte sie. „Ihr hört dann, dass vermutlich ein erloschener Vulkan eingestürzt ist."

„Wenn auch das Deckgewölbe zu schwach geworden ist", gab Florian ironisch zu bedenken. Alle lachten. Ein Abstecher in ein Geschäft mit Produkten aus Frinkastahl, einem ganz besonderen Metall,

≈

beendete die Besichtigungstour. Wider Erwarten lagen die Preise für Werkzeuge und Küchenhelfer recht niedrig. So fanden kleine Schüsseln, Messer und das eine und andere Werkzeug den Weg zur Erde. Dass mit Währung der Erde bezahlt werden konnte, verblüffte alle. Ein Computer übernahm dabei das umrechnen.

Als Nächstes stand ein Besuch der Oberfläche auf dem Programm. Sauerstoffmasken wurden verteilt, doch Rigmor bat darum, mit dem Anlegen einige Augenblicke zu warten. Rafael lächelte. Er wusste, was auf alle zukam. Als er vor einigen Jahren zwangsweise hier weilte, konnte er es schon erfahren. An manchen Stellen der Marsoberfläche, war der Sauerstoffgehalt sehr hoch. Zwar nicht ganz so hoch wie auf der Erde, aber immerhin so hoch, dass man einige Atemzüge nehmen konnte, ehe es anstrengend wurde. Die Luft hatte etwas von Wüste, trocken, leicht staubig und dennoch rein. Alle waren erstaunt darüber, selbst Rafael.

Das nächste, was die Gäste der Erde zu sehen bekamen, war eine Plantage mit niedrigen Gräsern und Flechten im Freien. Wieder staunten alle und Jerry fragte, wieso man das nicht auf den Fotos der NASA sehen würde.

Rigmor schmunzelte. „Entweder leiten wir die Sonden dezent um oder die Bilder werden bearbeitet, ehe sie freigegeben werden", erklärte sie heiter. „Frei nach dem Motto, es kann nicht sein, was nicht sein darf. Ein paar Hundert Kilometer von hier experimentieren wir sogar mit Bäumen. Daraus werden dann natürliche Steinformationen", lachte sie laut auf. „Da die Sonden meist ziemlich weit oben fliegen, und die gemachten Bilder nicht immer scharf sind, kann man das sicher so verkaufen."

≈

Der Weg der Gruppe führte vorbei an verlassenen, zum Teil noch gut erhaltenen Gebäuden, wenn sie dicht an einem Berg gebaut waren. Teilweise waren Gebäude, die dem kräftigen Wind ausgesetzt waren, stark erodiert. Bald ging es wieder mit der Bahn unter die Oberfläche und direkt in ein gemütliches Restaurant zum Essen.

„Der Fisch, der hier serviert wird", bemerkte Rigmor beim Aussteigen, „stammt übrigens aus dem kleinen Bodensee. Wir sind hier in fast allem autark."

Während der Mittagspause wiederholte Jerry seine Frage nach der Station, und Rigmor begann langsam zu berichten, dass sie nicht wisse, wann die ersten Gaianer hier landeten. Gesichert wäre jedoch, dass einige zu Beginn der neunzehnhundert Zwanzigerjahre ankamen und nochmals ein großer Schwung, als die Erde im Krieg lag. „Seither", ergänzte sie, „findet ein reger Austausch von Wissenschaftlern statt. Ständig kommen und gehen welche."

„Welche Nationalitäten sind denn hier vertreten?", wollte Mona neugierig wissen.

„So ziemlich alle großen Nationen der Erde, friedlich vereint, sonst dürften sie hier nicht arbeiten."

„Und wie viele der galaktischen Spezies gibt es hier?"

„Das ist unterschiedlich", antworte Rigmor. „Seit einiger Zeit sind Occulaner stark vertreten, aber auch Matorais, aus dem Rastabansystem, welche aus dem System Nashira, wie Nakajo Ashira oder Marnaman und seine Spezies." Sie aß zuerst auf, ehe sie weiter Auskunft gab. „Ich", begann sie erneut und trank zuvor ein Glas Saft leer, „komme, wie ihr bereits wisst, aus Hyrese auf Gongo, das für euch im Bereich des Sirius Systems liegt."

Dann war es schon wieder an der Zeit, ihre Tour fortzusetzen. Der riesige Gewächshauskomplex wollte besucht werden, was alle Gäste der Erde begeisterte. Menander nahm die Gruppe dort in Empfang und führte sie durch unzählige Beete mit verschiedenen Gemüsesorten. In einer Halle ging es vorbei an unterschiedlichen Beerensträuchern und halbhohen Obstbäumen, mit zum Teil unbekannten Früchten. Das ganze Ausmaß der Gewächshäuser konnten sie nur erahnen. Sie hätten Tage gebraucht, um alles zu besichtigen. Zum Abschluss der Tour gab es für jeden eine kleine Schüssel mit frischem, aufgeschnittenem exotischem Obst. Darunter Stücke von Mango, Orange und Apfel.

Ein ums andere Mal bedauerte Rafael Marijans Fehlen. Er erklärte Menander, dass er zusammen mit seinem Stiefenkel auf Gaia für Gewächshäuser zuständig sei.

Den Abschluss der gesamten Rundfahrt bildete die Klärwasseranlage. Ein beeindruckendes Areal aus Seen und Teichen, mit unzähligen Pflanzen am Rand und darin, die das Wasser klärten. Am Ende hatte das Schmutzwasser wieder Trinkwasserqualität, was alle stark beeindruckte. Rafael wollte gleich mehr darüber wissen, um es in Uru Anna umzusetzen. Menander überreichte ihm beim Abschied eine Mappe mit allen notwendigen Informationen dazu.

Mona hatte noch viele Fragen. Sie konnte nicht verstehen, dass auf dem leblosen Mars eine solche Fülle an Nahrung hervorgebracht wurde. „Geht euch denn das Trinkwasser niemals aus? Ihr braucht doch auch Wasser zur Reinigung. Bei so vielen unterschiedlichen Lebewesen ist dies doch bestimmt eine riesige Menge."

≈

„Wir haben eine große Menge an Methan auf dem Planeten, das der Mars ständig neu produziert. Wir geben eine bestimmte Form von Sauerstoff dazu und haben, wenn alle Komponenten stimmen, reines Wasser in bester Trinkqualität", wurden die Freunde aufgeklärt.

Tief beeindruckt von dem, was hier im Inneren des Planeten alles hergestellt und umgesetzt wurde, kehrten die Gäste der Erde zu ihrem Gleiter zurück. Hocherfreut stellten sie fest, dass ein kleineres Fluggerät neben dem Honus parkte, das mit dem Großen fest verbunden war. Britta und Amid waren schon gelandet!

Gerade war Urd dabei, die Schleuse, die zum Inneren des Honus führte, zu öffnen, als eine Stimme: „Halt Ramalhaja" rief. Für einen Moment blieb sie stehen, überlegte blitzschnell, was zu tun wäre und entschied sich, weiter zugehen. So nannte sie nur Nakajo Ashira und auf den hatte sie keine Lust.

Aber Mona hatte sich umgedreht und sah ihn nun mit zusammengekniffenen Augen an. „Suchst du jemanden?"

„Ja", antwortete er süffisant, „deine Mutter." Urd wurde langsamer.

„Wenn du sie so ansprichst, hast du schlechte Karten. Du musst sie schon bei ihrem Namen nennen."

„Du hast dieselben Fähigkeiten wie deine Mutter", fuhr Ashira mit einschmeichelnder Stimme fort. Urd war außerhalb der Hörweite und öffnete ihren Geist und mit ihr alle Telepathen der Erde, die gerade auf dem Mars weilten. Sie blieb stehen, um so dem Gespräch besser folgen zu können.

„Du kannst damit sehr viel bewirken." Ashira stand nun ganz dicht bei Mona.

≈

„Und was soll das sein?", fragte sie misstrauisch.

„Alles, was du willst. Die Pyramiden wurden teilweise mit dieser Energie gebaut. Bei mir auf Woxinatrimu, könntest du damit den Status einer Königin erreichen."

„Aha", machte Mona trocken, „sonst noch was?"

„Ja", meinte Nakajo Ashira. Seine Stimme bekam einen anderen, noch einschmeichelnderen Klang. „Du bist noch jung und attraktiv dazu. Bei uns würden dir die Männer zu Füßen liegen und du hättest nicht immer deine Mutter vor der Nase, die besser ist als du. Du wärst die Einzige."

„Mama!" Arons Stimme erklang laut und bestimmend aus dem Honus. Kurz danach stand er neben den beiden.

Ashira erschrak etwas, als er Aron erkannte. „Dein Sohn?", fragte er ungläubig. Mona nickte und plötzlich hatte er es sehr eilig wegzukommen. Mit: „Wir sehen uns bestimmt noch", ließ er Mutter und Sohn stehen.

Mona schüttelte den Kopf, hakte sich bei Aron ein. „Der wollte mich abwerben", stellte sie erstaunt fest. „Ich dachte, er beabsichtigt, uns auf der Erde zu helfen?"

Mittlerweile waren beide bei den anderen angekommen. Urd sah ihre Tochter eindringlich an. „Du hast fortan einen Schatten. Der wird es wieder versuchen, bei dir zu landen. Pass auf dich auf, außer du willst seine Marionette werden. Vielleicht sogar seine Gespielin."

„Mama!", unterbrach Mona sie heftig. „Was denkst du von mir?"

„Deine Energie neigte sich ihm immer mehr zu. Als dies ganz deutlich zu sehen war, griff Aron ein."

≈

Mona protestierte aufs Äußerste. „Ich hätte mich nie auf diesen Typen eingelassen."

„Doch", unterbrach sie ihr Sohn ruhig, „du warst im Begriff, dich für ihn zu öffnen." Er drehte sich um, um den Raum zu verlassen. Bereits unter der Tür sah er noch einmal seine Mutter an. „Wir können dich auch hier lassen", sagte er kühl und reserviert, „Ashira freut sich sicher, Norman wird bestimmt eine andere Partnerin finden und Masha kann bei uns leben." Dann ging er rasch davon.

Wie vom Donner gerührt stand Mona da. „Was?", zu mehr war sie nicht fähig. Dicke Tränen der Ohnmacht rannen ihr unaufhörlich über das Gesicht. Diese Ansage ihres Sohnes machte sie fassungslos. »Ich habe mich dem Typ nicht geöffnet!«, ging ihr ständig durch den Sinn, doch aussprechen konnte sie es nicht. Britta brachte ihr einen Becher Lavidaria, drückt ihn Mona in die Hand und sie trank ihn automatisch leer. Britta reichte ihr außerdem einen Brief, den ihr Masha für Mona mitgegeben hatte.

Mit tränennassen Augen öffnete Mona den Umschlag. Eine bunt bemalte Karte, mit Motiven von zu Hause kam zum Vorschein und der Tränenfluss wurde verstärkt. Als sie zu Ende gelesen hatte, schluchzte sie nur auf, ließ die Karte fallen und rannte aus dem Aufenthaltsraum. Verwundert sahen sich die Freundinnen an. Rafael, der stumm dabei stand, bückte sich und hob die Karte auf. Mit belegter Stimme las er laut vor:

»Liebe Mama, wir vermissen Dich sehr. Kommst Du auch wieder zu uns zurück? Papa lässt Dich ganz lieb grüßen, Deine Masha. Ps: Wir lieben Dich ganz doll!« Betretenes Schweigen.

≈

„Was ist hier eigentlich los?", unterbrach Britta die Stille. „Wieso soll sich Mona für diesen Ashira öffnen?"

„Und warum reagiert Aron so rabiat und abweisend?", ergänzte Rafael. Er musste nicht lange auf die Antwort warten, denn dieser kam mit Alsuna zurück und er konnte ihn direkt fragen.

„Du kennst doch Mama", lenkte Aron ein, „sie ist für alles und jeden offen. Ihre Fähigkeiten beherrschen sie, anstatt umgekehrt. Der Vorfall heute wird sie vorsichtiger machen. Beim nächsten Treffen mit Ashira, wird sie höllisch aufpassen müssen, wie weit sie ihren Geist und ihre Energie auf Empfang stellt. Er wird jede Chance nutzen." Alsuna gab ihm einen Kuss auf die Wange und verließ die Gruppe wieder.

„Meinst du nicht, dass es auch etwas milder gegangen wäre?" Urd war unsicher geworden.

„Nein", entgegnete ihr Aron selbstsicher. „Ich habe ihren Energiekörper gesehen, der viele Löcher hatte. Sie wäre hier Nakajo Ashiras Schmeicheleien erlegen. In Uru Anna nicht, da herrscht eine andere Grundenergie."

„Das heißt doch nur", sinnierte Britta, „dass sie noch zu unerfahren für die hier vorherrschende Energie ist. Das kann sie ändern."

„So ist es!" Aron nahm sich ein großes Glas Wasser. „Ich dachte, dass sie stabiler sei und hier besser zurechtkäme. Mashas Brief war eine perfekte Ergänzung, hätte nicht besser laufen können. Meine kleine Schwester ist phänomenal."

„Wie wäre es mit einem guten Kaffee?" Rafael lockerte mit dieser Frage die entstandene bedrückende Stimmung auf. Kaum standen die ersten Tassen auf dem Tisch, als Alsuna den Kopf durch die Tür streckte

≈

und verkündete, dass sie mit Mona noch einkaufen ginge. Urd wollte schon aufspringen, doch Aron erwiderte, dass es gut sei und sie sich nur beeilen sollten, da er bald zurück zur Erde wollte.

„Marada geht auch mit", meinte sie kess, „kann also etwas dauern."

„Alles gut!", beruhigte Aron seine Großmutter. „Die zwei passen sehr gut auf Mama auf und ihr tut es gut."

Kurze Zeit danach ging es im Aufenthaltsraum hoch her. Frank und Jerry holten sich etwas zu essen und debattierten über die unterschiedlichen Marsbewohner und Adrian diskutierte mit Florian und Amid über neue Antriebe.

Britta hatte frisches Brot mitgebracht, das sie mit Urd in Scheiben schnitt und mit allerlei leckeren Belägen versehen auf den Tisch stellte. Jeder griff gerne zu, selbst Frank und Jerry, die zuvor bereits eine große Portion Eintopf verspeist hatten. Dabei wurde die Unterhaltung der Einzelnen leiser. Urd erkundigte sich bei Britta und Amid, wie es auf der Erde aussehen würde. Es kam ihr vor, als sei sie erst zwei, drei Tage hier, doch ihr Gefühl täuschte. Auf der Erde lief die Zeit ein wenig schneller ab, als auf dem Mars.

„Oh, alles wie immer", beeilte sich Amid zu antworten, „nur viel mehr Spannung in der Luft."

„Es ist ein weltweiter Genozid am Laufen, ganz besonders bei uns in Europa", ergänzte Britta, „und die meisten Menschen halten das auch noch für gut."

„Was können wir tun?", wollte Urd wissen.

„Noch nichts und doch sehr viel", erwiderte Amid. „Unsere Gedanken auf positives ausrichten und jene, die den Weg zu uns finden, bestärken, dass sie für sich eintreten und nicht zur Masse werden. Die hat niemals recht."

≈

„Die Arbeit kommt erst noch", bemerkte Britta, „wenn die Nebenwirkungen der Kampagne voll zum Tragen kommen."

Nach dem Imbiss begaben sich Florian und Rafael in den kleinen Gleiter, um alles durchzusprechen und zu testen, Amid gesellte sich zu ihnen und assistierte. Aron ging mit Adrian derweil in den Kommandostand, wo sich auch Jerry und Frank einfanden.

Britta blieb mit Urd allein zurück. Zuerst herrschte Schweigen zwischen den Freundinnen, doch wie auf ein geheimes Kommando hin erhoben sich beide und räumten Geschirr und Essensreste ab, füllten die Spülmaschine und verstauten Reste im Kühlschrank.

„Auf dem kleinen Gleiter haben wir keinen solchen Luxus", beeilte sich Britta zu sagen.

Urd sah auf. „Woher stammt der eigentlich? Wir hatten doch nur den großen Honus."

„Und die Einfachen für den Innererdeverkehr", lachte Britta auf, „und genau dort wurden gleich zwei davon gefunden. Einer in den Weiten Sibiriens, unweit von Alnitak und einer in Syrien, und hier zufällig in der Nähe der Gemeinschaft Gie-Nah. Burhan war ganz aus dem Häuschen, als er und seine Leute die Halle fanden", berichtete sie lebhaft.

„Da kommt mir eine Idee", warf Urd ein, „es passt zwar nicht zu unserem Thema, aber vielleicht könnte Mona eine Weile zu Dabir und Adia Shalia, damit sie lernt, besser mit ihren Fähigkeiten umzugehen."

„Geht bestimmt." Britta trat auf ihre Freundin zu und umarmte sie spontan. „Etwas ist mit dir geschehen", stellte sie fest. „Du bist so viel weicher geworden, obwohl du nie hart oder fest warst und dennoch."

≈

„Ich bemerkte das auch schon", bestätigte Urd. „Das hat angefangen, nachdem Tulipawananda mich berührt hatte."

„Weißt du eigentlich, wieso wir auf Patma Patir sollen?" Britta ließ ihre Freundin wieder los und Urd verneinte. „Es war entschieden zu viel und neu hier, da kam mir nicht in den Sinn, nachzufragen. Ich bin jedoch froh, wenn ich hier wieder wegkomme."

Mit einem lauten; „Wir sind wieder da", wurde die Tür zum Aufenthaltsraum schwungvoll geöffnet und drei gut gelaunte Frauen kamen herein.

„Hier", Mona legte ihrer Mutter ein Päckchen hin, „soll ich dir von Sarai und Tapiwa geben." Urd sah ihre Tochter erstaunt an.

„Er fliegt gerade ab", erklärte diese und Marada ergänzte, dass sie die beiden Occulaner auf ihrem Rückweg getroffen hätten. „Es sind auch noch Grüße von Nihal dabei", fügte sie an.

Neugierig öffnete Urd das Päckchen und sah berührt einen Anhänger in Form eines Aragog. „Deshalb Nihal", sagte sie bewegt und erzählte über das Auftauchen dieses Vogels als Zeichen dafür, dass Nihal und Tampari ihrer Bestimmung folgen sollten.

Mona kramte ein weiteres Päckchen aus ihrer Tasche und zeigte Urd einen Anhänger, der mit funkelnden Steinchen besetzt war. „Ein Vielaugenbaschketti", lachte Urd auf, „und ein Stekudanos."

„Ja, für Masha und Yamira. Für Norman habe ich denselben Anhänger gefunden, wie du ihn bekommen hast. Wie heißt der Vogel wieder?"

„Aragog. In Natur sieht er einem großen Uhu ähnlich." Aron kam dazu, begrüßte Alsuna und bat darum, sich startklar zu machen. Der prüfende Blick zu seiner Mutter entging Urd nicht. Auch sie hatte ihre

≈

Tochter gleich beim Eintreten, unter die Lupe genommen und nichts Negatives feststellen können. Rasch waren alle Sachen verstaut und Urds sowie Rafaels und Florians Dinge in den kleinen Gleiter gepackt. Zum Abschied nahm Urd Mona in den Arm.

„Pass auf dich auf", sagte sie fürsorglich. „Vielleicht kannst du dich mit Dabir in Verbindung setzen und ihn fragen, ob er dir helfen kann, mit deinen neuen Fähigkeiten besser umzugehen. Dir fehlt nur etwas Erfahrung." Mona nickte.

„Masha würde der Kongo bestimmt gefallen und ich denke, auch Norman hätte seine Freude dort."

„Es war mir nicht bewusst, dass Nakajo Ashira mich einfangen wollte und fast sogar hatte", erklärte sich Mona ihrer Mutter.

„Es tut –." Urd legte ihr einen Finger auf den Mund.

„Lass es gut sein und sei wachsam. Jeder hat dafür Verständnis, selbst Aron. Sprich mit ihm. Er hat einen intensiven Weg vor sich."

Auch von allen anderen musste sich verabschiedet werden, was seine Zeit brauchte.

≈≈≈

Die Verbindungsschleuse zwischen den beiden Gleitern wurde abgekoppelt, zur Seite gefahren und schon hob der große Honus ab. Die vier Freunde blieben allein zurück.

„Wann geht es für uns los?", wollte Britta wissen. Doch die Männer hatten eine Ahnung, wann es weitergehen sollte und wohin. Sie benötigten noch die Koordinaten, um Patma Patir anfliegen zu können. Wann die ihnen mitgeteilt würden, war ungewiss. So entschlossen sich die Freunde, nachdem alles verräumt

≈

war, dass sie durch die Station schlendern und vor Ort etwas essen wollten.

„Weiß Mona", fragte Florian unterwegs, „dass sie auf dem Mond noch einen Zwischenstopp einlegen werden?"

Urd war verblüfft. Sie wusste es nicht, erinnerte sich jedoch sofort daran, dass Mona auf dem Hinflug äußerte, dass sie gerne dorthin möchte. „Ob das gut geht?", überlegte sie laut.

≈≈≈

Zwischenstation Mond

Kaum war der große Honus aus dem Orbit des Mars herausgeflogen, als Aron an der Kabinentür seiner Mutter anklopfte. Sie hatte sich hingelegt, um etwas Schlaf nachzuholen und um die zurückliegende Zeit Revue passieren zu lassen. Doch an Schlafen war nicht zudenken. Viel zu sehr beschäftigten sie die vergangenen Ereignisse und hielten sie wach. So war sie sofort zu einem Gespräch bereit. Bevor bei ihr jedoch Unbehagen wegen des zurückliegenden Vorfalls entstehen konnte, entschuldigte sich Aron für sein rigoroses Vorgehen.

„Es musste sein", erklärte er seiner Mutter, „damit du wieder zu dir kommen konntest, was ja geschehen ist." Er lächelte sie an. Dann eröffnete Aron ihr, dass sie in wenigen Stunden auf dem Mond landen würden, um dort noch etwas zu erledigen. Sie könne, wenn sie wolle, zusammen mit Alsuna und Marada die dortige Station besichtigen.

Mona traute ihren Ohren nicht. „In wenigen Stunden?", wiederholte sie ungläubig.

„Wenn du weißt, wie du fliegen musst, kommst du innerhalb von achtundvierzig Stunden einmal zum Mars und zurück", lachte Aron. „Insofern war es gut, dort gewesen zu sein. Wir bekamen die entsprechenden Informationen, wie es schneller geht." Danach unterhielten sich beide noch eine Weile über seine Aufgabe, als Michaels Nachfolger.

„Ich weiß nicht, was mich alles erwartet", Arons Stimme klang nachdenklich, „ich weiß jedoch, und das schon einige Jahre, dass ich in seine Fußstapfen treten werde. Alsuna weiß darum, seit ich sie kenne und ich bin überzeugt, dass sie eine ähnliche Aufgabe haben wird. Es könnte also gut sein", lachte er erneut auf, „dass du dein Enkelkind häufiger bei dir haben wirst. Mal sehen!", fügte er an.

Mona bekam feuchte Augen. Wie vielen Müttern ging es auch ihr, dass sie in solchen Momenten den Kleinen sah, der eben erst laufen lernte.

„Ich bin mächtig stolz auf dich, mein Sohn", brach es aus ihr hervor. „Ich denke, dein Vater auch!" Aron nickte.

„Danke!" Auch er war bewegt, als er dies sagte. „Bisweilen rede ich mit ihm mental. Er hat es mir schon mitgeteilt und auch, dass es gut sei, dass ich wesentlich älter bin, wenn ich Vater werde, als er es war." Mutter und Sohn hielten sich eine Weile ohne Worte, bis Aron über die Bordlautsprecher gerufen wurde.

An Schlafen war nun überhaupt nicht mehr zu denken. Mona freute sich riesig auf den Mondbesuch

≈

und sehnte sich gleichzeitig nach ihrem Mann und ihrem Nesthäkchen Masha. Ob sie schon wusste, dass sie Tante wird?

Schließlich schlief sie doch ein bis die allgegenwärtige Sprechanlage sie aus unruhigen Träumen holte. Der Honus hatte einen guten Landeplatz gefunden, und ein Mondausflug stand auf dem Programm. Da hieß es, sich rasch frisch zu machen und ausgehfein. Mona schaffte es in Rekordzeit.

Über eine gläserne Schleuse gelangten die Erdbewohner in eine der vielen Mondstationen. Ihre Anlegestelle nannte sich M2. Immer wieder bleib Mona stehen und bestaunte die Kuppelbauten, in die sie zum Teil hineinsehen konnte. Gänge, wie der, in dem sie sich befand, verband die einzelnen Gebäude miteinander. „Wo gehst du überhaupt hin?", fragte sie ihren Sohn, der als Letzter lief.

„In die Informationszentrale."

„Kann ich da mitgehen?" Aron überlegte kurz und bejahte die Frage. Es sei machbar, wenn Alsuna und Marada mit gehen würden. Er wollte, dass die Frauen zusammenblieben, was er unmissverständlich ausdrückte. Die beiden jungen Frauen waren einverstanden. Mona plagte noch eine Frage. Stellen wollte sie diese weiterhin nicht, sondern lieber etwas warten

Mit einem Lift fuhren sie einige Etagen nach unten in das Mondinnere. Erstaunt stellten alle fest, dass es dort genauso aussah wie auf dem Mars, oder in einem Geschäftsgebäude auf der Erde, nur dass es hier mehr Büros und laborähnliche Trakte gab. Zwischendurch fanden sich auch Einrichtungen mit gemütlichen Cafèhausflair. In der Zentrale wurde die kleine Gruppe freundlich empfangen und ganz nach den Gepflogenheiten der Erde, wurden Getränke angeboten. Jeder lehnte dankend ab. Die Erdlinge wurden durch verschiedene Räume geführt, in denen unterschiedliche Wesen am Arbeiten waren. In friedlicher Eintracht saßen Erdbewohner und Occulaner zusammen und es schien, als würden sie sich gut verstehen. Mona erkannte darunter auch Rastabaner und welche aus dem System der Plejaden, die sie bereits auf dem Mars gesehen hatte. Als die Führung zu Ende war, konnte Mona endlich ihre Frage loswerden. Ein wenig provokant erkundigte sie sich bei Epelpo, ihrem Führer, wieso hier Freund und Feind so einträchtig nebeneinander arbeiten würden, wo sie sich doch sonst erbittert bekämpften.

Der so Gefragte tat sich schwer, versuchte ausschweifend und diplomatisch zu antworten, doch Mona unterbrach ihn. Sie gab ihm zu verstehen, dass sie gerade vom Mars kämen und keine gewöhnlichen Erdenbürger seien, sondern sehr viel Wissen über die Zusammenhänge besäßen. Epelpo tat sich dennoch schwer, sich klar auszudrücken.

„Kann man sagen", unterbrach sie ihn, „dass die Menschen der Erde nach Strich und Faden verscheißert werden?" Ein breites Lächeln bestätigten ihre Worte.

Aron und Adrian machten sich auf den Weg zu ihrem Treffen mit dem Stationsleiter und die anderen hatten Zeit sich umzusehen. Nur Jerry und Frank wollten die Basis besichtigen, die Frauen zog es mehr in Richtung eines der Cafés mit Namen Starlight. Beide Gruppen wurden mit Navigationsgeräten ausgestattet, die eine mit den Daten des Cafés und für die Männer mit denen eines Rundwegs. Amid hatte keine Lust auf Mondbesichtigung und machte es sich im Honus gemütlich.

Im Café war Selbstbedienung angesagt. Am Übergang zum Sitzbereich weilte ein weibliches Wesen mit katzenartigem Aussehen, das nach Ausweisen verlangte. Als es hörte, dass die Frauen Gäste auf der Durchreise seien, waren Getränke und Gebäck frei. Mona sah das Wesen aufmerksam an, fragte, ob es vom Planeten Gongo käme und stellte sich vor.

Überrascht, dass ein Fremdling Gongo kannte, bestätigte die so angesprochene erfreut, dass sie tatsächlich von dort komme. „Ich bin Lalamba aus Hulankura auf Gongo. Woher kennst du meinen Planeten?"

Mona erzählte, dass sie den Mars besuchte und dort Gombe kennenlernte. Mit einem herzlichen: „Schönen Aufenthalt hier im Starlight", wurden die Frauen der Erde verabschiedet.

Marada lief voraus und steuerte einen Tisch genau unter der Glaskuppel an. Dort herrschte gedämpftes Licht und sie konnten ein Stück vom Weltraum sehen. Eine ganze Weile saßen die Frauen beisammen, genossen Kaffee, Gebäck, die Gesellschaft der anderen und die Umgebung.

Plötzlich veränderte sich in dem großen, offenen Raum die Energie. Nicht nur Mona wurde schlagartig wachsam und öffnete ihren Geist. Was die Veränderung verursachte konnte sie nicht gleich ausmachen, nur, dass im Kassenbereich eine verbale Auseinandersetzung im Gange war. Wortfetzen drangen zu den Frauen der Erde durch und sie konnten eindeutig verstehen, wie eine männliche Stimme laut und herrisch sagte: „Ich will aber hier sein!"

Mona lief es eiskalt den Rücken hinunter. Diese Stimme kannte sie. Nakajo Ashira! Was tun? Sitzen bleiben und vorgeben, nichts gehört zu haben oder aufstehen und nachsehen? Sie besann sich, dass sie hier nur Gast war und blieb ruhig sitzen.

„Ashira?", fragte Alsuna kurz. Mona nickte. Dann begannen sich die Ereignisse zu überstürzen.

Die Frauen hörten einen kurzen spitzen Aufschrei, schwere Schritte, die näher kamen und eine entfernte Sirene aufheulen. Ängstlich sahen sich Marada und Alsuna an. „Bleibt ruhig!", ordnete Mona an. Schon stand der große, kräftige Mann neben ihrem Tisch.

„Oho", machte er überheblich, „gleich drei Schönheiten der Erde hier versammelt und keine Aufpasserin Mama in der Nähe."

In Mona begann unvermittelt eine sonderbare Verwandlung. Hätte sie sich in diesem Moment in einem Spiegel gesehen, wäre sie wohl schreiend vor sich selbst davongelaufen. Langsam erhob sie sich, bemerkte das Erstaunen in den Gesichtern der jungen Frauen und dann das Entsetzen in Ashiras Augen. Mit einer uralt wirkenden Stimme fragte Mona nach seinem Begehren. Ihr Gesicht wirkte genauso alt wie ihre Stimme und beides duldete keinen Widerspruch.

Der sonst so selbstsichere und selbst gefällige Ashira wich einige Schritte zurück. „Ramalhaja", stammelte er, „du bist doch hier?"

Mona verzog abschätzig ihr Gesicht. „Du bist blind geworden in deiner Selbstüberschätzung Nakajo. Ich bin ihre Tochter und somit ihr gleich. Was willst du?"

Ashira versuchte an Mona vorbeizukommen, um die beiden anderen Frauen genauer zusehen. „Vage es nicht!", hörte er Monas veränderte Stimme sagen. Er tat es dennoch, ging mit einem schnellen beherzten Schritt auf die Frauen zu und wollte schon Alsuna packen, als Mona ihre Hand hob und ihn mit eisernem Griff festhielt. Aus den Augenwinkeln sah sie, dass im

Hintergrund einige Personen standen. Nakajo Ashira heulte auf und ging kurz in die Knie.

„Sagte ich nicht, dass du es lassen sollst?" Sie lockerte ihren Griff und Ashira nutzte diese Gelegenheit, um aus der Hocke heraus erneut nach Alsuna zu greifen. Er hatte sich verschätzt. Blitzschnell legte Mona ihm einen Arm um den Hals und warf den großen schweren Mann mit Leichtigkeit um.

„Steh auf!", befahl sie ihm. Doch der Nashiraner schaffte es nicht. Er versuchte es zwar immer wieder, doch es gelang ihm nicht.

„Was hast du mit mir gemacht, Satansweib?", schrie er so laut er vermochte.

„Wir sind Avatare, falls du das bisher nicht wissen solltest. Wir brauchen dich und deinesgleichen auf der Erde nicht. Merke es dir gut! Wir wollen deine Hilfe nicht!" Automatisch reichte sie ihm die Hand, um ihm aufzuhelfen. Wie selbstverständlich griff er danach, schrie auf und fiel in Ohnmacht.

Eine ruhige Stimme begann indessen Mona leise zuzureden. Sie erkannte Aron darin, der stetig wiederholte, dass sie ruhig und tief atmen sollte, um ihre Energie zu bändigen und zurückzudrängen. Sie folgte seinen Anweisungen und wunderte sich über sich selbst. Was sie hier, in diesem Café verspürt hatte, war um ein Vielfaches stärker, als bei dem Einsatz mit ihrer Mutter auf dem Mars. Langsam ging ihr Energieniveau auf ein Normalmaß zurück.

Männer in Uniform kamen und kümmerten sich um Nakajo Ashira, der wieder zur Besinnung gekommen war. Benommen richtete er sich mit Unterstützung auf. Lange sah er Mona an, obwohl ihn die Männer drängten, sich in Bewegung zusetzen. „Vor Jahren", begann er schließlich sehr langsam, „hat Urd mich

≈

besiegt, doch sie gab mir einen Einblick in das, was Liebe ist. Heute lehrte mich ihre Tochter das Fürchten. Wahrlich, die Alten Atlanter erwachen!" Bereitwillig ging er mit den Männern mit.

Mona sackte frierend in sich zusammen und ließ sich auf ihren Stuhl nieder. Lalamba eilte mit einer Decke herbei und gleich darauf mit einem heißen Kaffee. Tief beeindruckt vom Geschehen bedankten sich Alsuna und Marada bei ihr. Aron und Adrian kamen angelaufen, doch Aron ging mit Ashira und den Wachmännern gleich wieder fort und Adrian blieb bei den Frauen.

„Tantchen", sagte er scherzend, „den sind wir los! Wenn das Urd gesehen hätte!"

≈≈≈

Eine neue Welt

Urd hatte es zwar nicht unmittelbar gesehen und dennoch alles miterlebt. Sie war tief beeindruckt und bewegt. Mutter und Tochter liefen Tränen über das Gesicht, die einen auf dem Mond und die anderen auf dem Mars, kurz vor ihrem Abflug nach Patma Patir. Die Freunde hielten einander, da sie alle gleichermaßen beeindruckt waren.

Mona wurde auf dem Mond innig gedrückt, als Aron zurückkam und sie nicht mehr zu sehr zitterte. „Ich bin mächtig stolz, eine solche Mutter zu haben", sagte er ihr bewegt mit einem Kuss auf die Wange.

Kurz darauf ging es wieder zum Honus, wo Mona noch einmal von Jerry und Frank geherzt wurde. Auch Amid drückte sie freudig. Da die ganze Mondbasis videoüberwacht war, konnte er sich dort einwählen und den ganzen Hergang mitverfolgen. Mona genoss diesen Zuspruch und freute sich riesig auf ihr Zuhause.

≈

Auf dem Mars machten sich die vier Freunde bereit für ihren Abflug. Wenige Minuten zuvor wurden ihnen die Koordinaten für ihren Flug übermittelt. Florian leitete den Start ein, als er den Vorgang sofort wieder abbrechen musste. Ein großer Occulanerkreuzer war dabei, sich zu dicht an dem kleinen Honus zu platzieren. Via Sprechfunk versuchte er den Kommandanten des Raumschiffes zu bewegen, etwas weiter entfernt zu landen. Unverständliche Zischlaute waren die Antwort. Urd wurde über Bordlautsprecher gerufen und gebeten zu vermitteln. Doch die Zischsprache der Occulaner verstand auch sie nicht.

„Was geschieht, wenn du dennoch startest?", fragte sie angespannt.

„Es kann leicht geschehen, dass etwas an dem großen Schiff beschädigt würde, und wir wären dafür verantwortlich."

Sie überlegte, ließ ihren Geist frei umherschweifen, nahm beherzt das Mikrofon in die Hand und begann auf occulanisch zu sprechen. Ein Zischlaut ertönte, den sie aus ihrer Zeit auf Occula kannte und immer dann zu hören war, wenn ein Occulaner überrascht war. Barsch sagte sie ins Mikrofon: „Kamut Gadreel!"

Über den Lautsprecher ertönte zuerst Gelächter und dann ein raues: „Du schon wieder! Was parkt ihr auch so dicht an unserem Landeplatz."

„Wir stehen schon und du landest erst."

„Pah", war alles, was von der anderen Seite zu hören war.

Was tun? Florian schlug vor, den Kommandanten der Basis einzubeziehen. Danach war alles schnell geklärt. Der kleine Honus durfte unter der Aufsicht einiger Sicherheitsleute starten und Gadreel tobte, da sein Schiff einige Schrammen abbekam. Hätte er gesehen, was Nakajo Ashira widerfahren war, hätte er vielleicht seinen Plan aufgegeben. Aber so nahm er einige Zeit später zornig Kurs Richtung Erde.

Die Freunde aus Uru Anna stellten sich indessen auf einen langen Flug ein. Gemeinsam saßen sie zu Beginn ihrer Reise in der kleinen Kommandozentrale. Staunend, über die unendliche Weite, verbrachten sie eine Weile schweigend zusammen und reichten sich in inniger Verbundenheit die Hände. Die Instrumente zeigten nichts Auffälliges, so konnten sie das All um sich herum genießen. Nur in weiter Ferne fand das Auge gelegentlich einen Punkt der Orientierung.

„Verschollen im Weltall", eröffnete nach langer Stille Florian das Gespräch, „gab es vor langer Zeit nicht mal einen Film, der so hieß?" Keiner wusste es genau.

„Schon lange her, dass wir Vier gemeinsam unterwegs waren", stellte Britta fest.

„Als wir das letzte Mal auf Patma Patir weilten, kamen wir schneller dorthin. Wie das ging, weiß ich jedoch nicht mehr", überlegte Florian.

„Wann hast du denn erfahren, dass wir dorthin sollen, Britta"?, fragte Rafael.

„Zwei Tage, bevor wir bei euch ankamen", antwortete sie. „Michael stand plötzlich vor der Tür, gab mir und Amid die Anweisung für den Gleiter und die Einlandung. Ich empfand sie jedoch mehr als Aufforderung, dort hinzugehen, denn als Einlandung. Egal, wir sind auf dem Weg nach Patma Patir und dieses Mal ganz bewusst", fuhr sie leichthin fort, „mich freut es jedenfalls sehr, bald wieder dort zu sein."

Urd reagierte betroffen. Sie wusste von jener Zeit kaum etwas, wie auch von der ganzen Zeremonie im

Kongo. Sie erinnerte sich nur ungern daran, dass sie lange Zeit Probleme hatte zu akzeptieren, dass sie auf einem anderen Planeten weilte und sich nicht daran erinnern konnte. Ihr Blick verlor sich immer mehr im Weltraum. Ob sie schnell oder langsam vorankamen, konnte sie nicht feststellen. Erst als in der Ferne etwas aufleuchtete, war nicht nur für sie zu erkennen, dass sie rasant vorwärtskamen.

„Wie geht das?", brach es überrascht aus ihr hervor. „Wieso fliegt das kleine Ding so schnell?" Rafael drückt ihr sanft die Hand.

„Liebling", sagte er lächelnd, „wir haben zwei Sternentore benutzt und es ist uns kaum bis überhaupt nicht aufgefallen." Urd war verwirrt.

Das leuchtende Etwas in der Ferne entpuppte sich als Planet, auf den sie zusteuerten und der zügig näher kam. Schon ertönte über den Lautsprecher die Stimme einer Frau. Nur Urd verstand, dass sie nach Herkunft und Anliegen gefragt wurden. In der Sprache Occulas gab sie die Kennung ihres Honus durch. Dabei entdeckte sie, dass sich der Gleiter ‚Drachenauge' nannte, mit der Nummer 747/9.

„Ihr werdet erwarte", erklang es in ihrer Heimatsprache, Deutsch. Der Pilot bekam noch einige Koordinaten für die Landung und ein herzliches „bis gleich!"

Zum Erstauen der Freunde ging alles sehr rasch und reibungslos, ja fast zu schnell.

„Wir können ohne Sauerstoffmaske nach draußen", kommentierte Rafael Urds suchenden Blick. „So viel weiß ich jedenfalls noch vom letzten Mal."

Eine klare, reine, frische Luft empfing die Vier, die zu tiefen Atemzügen animierte. Ein leichter Wind, der einen lieblichen Duft nach Blüten mitbrachte, begrüßte sie ebenfalls und gleich danach zwei Wesen, die zwar wie Menschen aussahen, jedoch verschwammen, wenn sie zu lange angeschaut wurden. Beide stellten sich als Gilana und Sahir vor. Sie entschuldigten sich sofort dafür, dass ihre Form bislang nicht stabil sei und meinten, es würde nur wenige Augenblicke dauern, bis sie ganz anwesend wären. Was genau so geschah.

Aufs herzlichste wurden die vier Bewohner Gaias willkommen geheißen und zu einem Pavillon geführt, in dem für sechs Personen gedeckt war. Alles wirkte äußerst edel und auf eine besondere Art neu. Verschiedenes Obst stand auf dem verspielt gedeckten Tisch, Karaffen mit Wasser und etwas Brot. Alles sehr einladend.

„Warum sind wir hier?" Urd fragte unmittelbar und ohne Umschweife.

„Das lieben wir an euch", antwortete Sahir, „ihr kommt gerne schnell auf den Punkt. Wir warten noch auf Asami, er wird gleich da sein. Dann wird alles besprochen. Aber greift doch schon einmal zu", forderte er die Freunde auf.

Der erste Biss in einen Pfirsich entlockte Britta ein überraschtes und genüssliches „fantastisch". Den anderen erging es mit ihrer Wahl ebenso.

„Wie schafft ihr es, dass das Obst so gut schmeckt?" wollte Rafael sogleich wissen.

„Mit viel Liebe", antworte ihm Gilana. „Wir sind jeden Tag in den Plantagen, sagen und zeigen den Bäumen, wie sehr wir sie schätzen und lieben."

Plötzlich saß noch eine weitere Person mit am Tisch, griff nach einem Stück Melone und ließ es sich schmecken. „Oh Asami, schön, dass du so schnell kommen konntest", begrüßte Sahir den neu hinzugekommenen. Asami neigte würdevoll seinen Kopf.

„Willkommen Erdlinge", begrüßte er die überraschten Freunde. „Ich werde Asami, der Erhabene genannt. Vor Zeiten weiltet ihr schon einmal auf unserem Planeten und lerntet zu gestalten. In und auf eurem Planeten ist davon derweil noch nicht so viel möglich." Er sah von einem zum anderen. Bei Florian verweilte er etwas länger, bis er schließlich lächelnd sagte: „Dieses Mal wird ein neuer Avatar geboren, ein neuer Führer ohne Führungsanspruch. Eine fantastische Sache", lachte er auf.

„Ihr müsst nun im Schnellgang einiges erfahren, da ihr auf Gaia bald gebraucht werdet." Die Freunde sahen sich überrascht an.

„Keine Sorge", beruhigte Sahir, „für alles Wichtige ist genug Zeit. Auch auf Gaia wohnen großartige Avatare, wenn auch manche noch sehr jung sind."

„Das ist ihr Vorteil", fuhr Asami fort. „Wegen ihres Alters werden sie vollkommen unterschätzt. Lasst sie bitte bei dem Anstehenden nicht außen vor, sondern bezieht sie bewusst mit ein."

Urd nickte, doch so ganz verstand sie die Worte nicht. Sie ging jedoch davon aus, dass sich ihr zu gegebener Zeit alles von ganz allein erschließen würde. Gilana forderte die Vier auf, sich ihr anzuschließen.

Gemeinsam durchstreiften sie lange Zeit einen enorm großen Garten. Obstbäume mit ganz unterschiedlichen Früchten standen aufgereiht wie eine Allee und schienen verschiedene Gemüsepflanzen zu schützen.

Rafael begann zu strahlen. „Das ist ja fantastisch hier", schwärmte er ein ums andere Mal.

≈

„Alles, was du wissen musst, um es auf Gaia anzuwenden, bekommst du vor deiner Abreise in dein Bewusstsein eingespielt. Wenn euch etwas verlangt", erklärte sie noch, „dann nehmt es euch und genießt."

Das ließen sich die Freunde nicht zweimal sagen. Spontan griffen Rafael und Urd nach vollreifen Erdbeeren und Himbeeren und waren von dem Geschmackserlebnis begeistert. Florian pflückte sich einen großen Pfirsich vom Baum und Britta einen grünlichen Apfel. Auch sie waren von dem intensiven Aroma angetan.

„Ihr habt so viel verlernt", begann Sahir, der hinzugekommen war. Er führte die kleine Gruppe zu einem weiteren Pavillon, in dem Asami wartete.

„So ist es", pflichtete er Sahir bei. „Deshalb sind die Bewohner Gaias hier und weil in ihnen eine Macht erwacht, die vor Zeiten viel Unheil anrichtete, da sie missbraucht wurde." Wieder sah er von einem zum anderen, ehe er weitersprach. Dieses Mal war es Urd, die er eingehender ansah.

„Du warst die Erste, bei der das Erbe der Alten Atlanter sich Ausdruck verschaffte." Asami lächelte. Er, der sonst uralt aussah, erschien dabei, um zehn Jahre jünger zu werden, was die Freunde aufs Neue verblüffte. Er ließ Urd nicht aus den Augen, als er weitersprach.

„Bislang hast du deine Kraft und Macht als eine Art Waffe benutzt, was gut und wichtig war, um manchem Eindringling zu zeigen, dass er sich nicht alles erlauben kann." Er machte eine Pause, sah zu Rafael und dann zu Florian. Verschmitzt meinte er zu beiden, dass sie dieselbe Kraft beherbergen würden, wenn sie auf der Erde angekommen seien.

≈

„Es gibt nicht viele deiner Art", Asami an Urd gewandt. „Die Macht, die von dir ausgeht, ist zum einen Liebe in ihrer perfekten Schwingung und zum anderen die eingesperrte Version davon, wenn Unrecht geschieht. Darum ist es wichtig, dass du, wie jeder andere auch, bei dem diese Kraft zutage tritt, lernst, damit umzugehen."

„Genau deshalb seid ihr hier", warf Gilana ein.

„So ist es", fuhr Asami fort.

„Kann ich dich etwas fragen?", unterbrach ihn Britta und sah den Erhabenen geradewegs an. „Sicher, frage", bekam sie zur Antwort.

„Wie lange wird dieser Prozess dauern und was hat es mit den Alten Atlantern auf sich?"

Asami überlegte kurz und lächelte. „Zum ersten Teil deiner Frage: du bestimmst, wie lange du benötigst. Und die Alten Atlanter? Nun, sie gehörten zu den großen Baumeistern eurer Erde. Es gibt mehrere Erden, daher werde ich von Gaia sprechen." Sein Blick weilte eine ganze Zeit lang auf den Freunden, und es erschien ihnen, als sähe er ihnen alle gleichzeitig in ihre Seelen.

„Als ihr das erste Mal hier auf Patma Patir weiltet, bekamt ihr einen Eindruck, was die großen Alten bewerkstelligen konnten. Das Universum, das ihr erschaffen habt, gedeiht prächtig."

Drei der vier Freunde lächelten. Nur Urd nicht. „Warum erinnere ich mich fast nicht daran?", platzte sie heraus.

„Für dich", erklärte ihr Asami sanft, „war dieses Tun selbstverständlich. Du hast deine Aufgabe erledigt und wusstest, dass es gut war und du deine Schöpfung für lange Zeit allein lassen kannst. Das ist schon alles." Er blickte zu Sahir und nickte diesem kaum merklich mit dem Kopf zu.

„Was die Alten Atlanter betrifft", führte er aus, „sie waren einst Bewohner von Patma Patir, voller selbstloser Liebe zu allem Natürlichen und durchdrungen mit aufbauender Schaffenskraft. Sie haben damit Gaia zu dem Juwel gemacht, der sie lange Zeit war. Ihr seid dabei gewesen," erklärte Sahir.

„Der Planet war jedoch noch jung", übernahm Gilana das Wort „sehr neugierig und Gaia ließ zu, dass sich fremde Entitäten mit ihrer destruktiven Energie auf ihr ansiedelten. Macht und Gier hielten Einzug und eine neue Rasse wurde gezüchtet." Andächtig hörten die Freunde zu.

Vereinzelt suchte sich bei dem einen oder anderen eine Träne der Anteilnahme ihren Weg nach außen. Sie fühlten sich durch das gesagte auf sonderbare Weise berührt.

„Über allem stand die Liebe zu jeder Kreatur und zu allem, was ist", übernahm Asami wieder die Rede. „Die Liebe ist die mächtigste Kraft im gesamten Universum und entstammt dem All oder, wie ihr sagen würdet, dem Allvater. Doch ist dies keine männliche Energieform, sondern eine zweigeschlechtliche, sonst könnte nichts Neues entstehen. Alles, dies wird leider allzu gerne bei euch wie anderswo vergessen, bedarf des Männlichen und des Weiblichen, um zu erschaffen."

„Die Alten Atlanter hatten dies und bauten ein Imperium der Liebe auf, genauso wie sie dafür sorgten, dass Gaia ein Paradies der Fülle wurde." Sahir sah von einem zum anderen, um festzustellen, ob seine Botschaft verstanden wurde.

„Wir bemühen uns in unserer Gemeinschaft nach diesen Maßstäben zu leben, wenn auch unbewusst."

≈

Rafael war sehr bewegt. Nicht nur er fühlte die Liebe, die verstärkt von den drei Wesen ausging und ließ sich davon berühren.

„Da Gaia noch sehr jung und ungestüm war, zerstörte sie so manches eben Erschaffene selbst und der eine oder andere Meteoritenschauer tat das seine dazu", Sahir sprach einfühlsam und langsam.

„Was hat das alles mit uns zu tun?", fragte Florian skeptisch.

„Du, mein Junge", lachte der Erhabene, „genau wie dein Weib, deine Freunde hier und einige eurer Gemeinschaft, gehörten zu den Alten Atlantern, die jetzt erwachen müssen, um Gaia in ihrem Prozess der Wandlung hin zu dem, was für sie bestimmt ist, zu begleiten. Zudem seid ihr aufgefordert, die Liebe zu verankern in ihrer reinen ureigenen Form, ohne Besitzanspruch, ohne Wollen oder Müssen, sondern nur im reinen freien Sinne."

„Wow", platzte Rafael heraus. „Was ist dann mit der Liebe zwischen Mann und Frau?"

„So wie ihr sie lebt, in ihrer Reinheit, so soll es wieder für alle Bewohner Gaias werden", erklärte Gilana. „Achtung, Respekt, Ehre, Mitgefühl, Würde, sind Attribute, die zu installieren sind, da sie den Alten Atlantern zu eigen und daher selbstverständlich waren. Jeder war sein eigener Souverän."

„Es gibt bei euch viele Erklärungen und Ausführungen zu diesem Thema", gab Sahir zu bedenken. „Denkt dabei daran, dass manches durch die Sprache verändert wurde und einiges durch die Zeit. Die Fremdeinflüsse taten das ihrige dazu. Daher seid bestrebt in der größtmöglichen Reinheit zusammenzu-finden. Endet eine Verbindung, da alles gelebt wurde,

≈

was vereinbart war, dann trennt euch in Liebe und Achtung voneinander."

Die Freunde nickten zustimmend. Genauso waren alle Gemeinschaften bestrebt, zu verfahren.

„Gilana und Sahir führen euch nun weiter durch unsere Gärten und Felder. Geht mit größter Aufmerksamkeit hindurch", erläuterte Asami. „Was euch dabei begegnet ist auch auf Gaia zu finden, nur nicht so offensichtlich wie bei uns." Damit entließ er die Vier mit dem Hinweis, am nächsten Tag würden sie wieder miteinander sprechen können. Gespannt, was sie erwartete, folgten die Freunde den beiden. Überraschend, war die Tatsache, dass alles parkähnlich angelegt war, ursprünglich wirkte und gleichsam sehr gepflegt. Schweigsam gingen sie an Getreidefeldern vorbei, die wesentlich größer waren als die mit dem Gemüse.

Plötzlich blieb Florian stehen. „Kneif mich!", sagte er verwundert. Er starrte zu einem großen Ahornbaum und schüttelte den Kopf. „Sind das wirklich Elfen oder Elben, die ich dort sehe?"

Sahir bejahte. „Dann war das vorhin doch ein Zwerg", stellte Rafael fest. „In Uru Anna haben wir auch Zwerge. Nur Elben fehlen uns noch."

„Die gibt es bei euch auch, wenn ihr darauf achtet", klärte ihn Gilana auf.

„Oh mein Gott!", rief Britta plötzlich aus. „So intensiv habe ich die Energie eines Baumes noch nie erlebt und gesehen." Ihre Begleiterin schmunzelte.

„Deine Energie ist hier bei uns höher als auf Gaia."

Auch Urd konnte all die Dinge sehen und dazu die enorme Liebe spüren, die von allem ausgestrahlt wurde. Ständig liefen ihr Tränen über die Wangen und sie konnte nichts sagen, sondern nur selig lächeln.

≈

Gemeinsam lief die kleine Gruppe noch eine ganze Zeit durch kleine Waldstücke, über Felder und vorbei an einzelnen Ansiedelungen. Immer wieder blieben sie stehen, um dem kleinen Volk, wie sie es nannten, zuzusehen oder es zu begrüßen. Ein angenehmer Blütenduft gepaart mit Waldaroma ließ Urd unvermittelt innehalten.

„Wie bei Sarai im Garten", flüsterte sie und sah sich genauer um. In einiger Entfernung entdeckte sie ein großes Blumenbeet und davor eine große ätherische Gestalt. Wie hypnotisiert ging sie darauf zu und blieb einige Schritte davor stehen.

„Du bist eine Eleleth", stellte sie mit Tränen erstickter Stimme fest. Das Wesen vor ihr nickte.

„Du hast dafür gesorgt, dass wir auf Occula wieder wahrgenommen werden."

Rafael trat zu Urd und reichte Urd ein Taschentuch. Da fiel ihr der Aragog ein, den ihr Mona schenkte. „Grüße mir bitte Tampari und Nihal, wenn du sie treffen solltest", schniefte sie. Mit den beiden sah sie in Apuraita das erste Mal ein solches Tier, das einem Uhu sehr ähnlich ist. Das Wesen vor ihr lächelte, hielt seine Hände über beide und winkte auch Florian und Britta hinzu. Für kurze Zeit war es für die Vier, als könnten sie der Energie, die von dem Wesen ausging, nicht standhalten. Doch Gilana und Sahir standen unerwartet hinter ihnen und sorgten dafür, dass ihre Nervenbahnen den Energieschub aushielten.

Eine kleine Weile standen alle da und genossen die Energie, die durch sie pulsierte. Nur ganz langsam realisierten die Freunde, wo sie sich befanden, und setzten ihren Weg gemächlich fort. Wie in Trance gingen sie den Pfad entlang und entdeckten dabei Baumwesen und Pflanzendevas, die über Felder und

≈

Gärten schwebten. Ganz plötzlich standen sie vor ihrem Gleiter. Auf einem Wägelchen davor entdeckten sie frisches Obst und zwei große Karaffen mit Wasser.

„Ihr werdet dieses Wasser brauchen", erklärte ihnen Sahir unaufgefordert, „und die Früchte sind ein Gruß von uns. Wir holen euch in zwölf Stunden wieder ab."

Einen Moment lang fühlten sich die Freunde überfordert und alleingelassen. Zu schön waren die Eindrücke der letzten Stunden. Doch das legte sich, als sie zum Abschied von Sahir und Gilana zärtlich umarmt wurden.

Kaum waren die Freunde in ihrer vertrauten Umgebung, als Florian feststellte, dass er großen Hunger hatte. Den anderen ging es ebenso. Rasch wurden vier Gerichte zum Auftauen und heiß werden in den Backofen geschoben. In der Zwischenzeit labten sie sich an den Früchten ihrer Gastgeber.

„Wieso haben wir plötzlich einen solch großen Hunger?" Britta wirkte mit einem Mal sehr misstrauisch.

„Wir haben die energetische Unterstützung unserer Begleiter nicht mehr", reflektierte Urd, „das ist alles. Die Energie der Eleleth hätten wir ohne deren Unterstützung nicht ertragen. Sahir und Gilana wirkten ausgleichend und stabilisierend."

Beide Paare zogen sich gleich nach dem gemeinsamen Essen zurück. Die hohe Energie des Planeten und der energetische Unterschied am Tage machte nicht nur hungrig, sondern auch müde. Unruhige Träume plagten Urd. Dementsprechend war sie nach dem Aufwachen nicht gut gelaunt. Auch Britta war es so ergangen. Ihre erste Frage, als sie abgeholt wurden, galt diesem Thema und woran dies läge.

Gilana besah sich die Frauen auf jeder Ebene eingehend und stellte fest, dass beide wohl sehr intensiv mit Gaia verbunden seien, es dort zurzeit auf allen Ebenen chaotisch sein würde und beide es wahrnehmen, sobald das Wachbewusstsein zur Ruhe kam. Beruhigt wurden die Freundinnen dadurch nicht, doch kurz danach abgelenkt. Mit einem lautlosen Gefährt, das einem offenen Zug glich, wurden die Freunde zu Asami gebracht. Wie zuvor saßen sie zusammen unter einem Pavillon.

„Ihr habt Fragen mitgebracht", wurden sie freundlich begrüßt.

Ohne Umschweife sprach Florian das Zuchtprogramm eines neuen Menschen an, das Gilana am Vortag in einem Nebensatz erwähnt hatte. Der Erhabene lächelte und ließ sich etwas Zeit, ehe er antwortete.

„Es waren Genetiker", begann er mit ernster Miene, „die sich auf Gaia in einem unbewohnten Gebiet niederließen. Dort hatten sie genügend Ruhe und Raum für ihre Experimente. Sie nahmen vorhandenes Genmaterial und mischten es mit dem ihren. Was heraus kam, seht ihr täglich. Die meisten Bewohner Gaias stammen aus jenem Zuchtprogramm." Er hielt inne und schien zu überlegen.

„Einige konnten sich und ihre Blutlinie weitgehend rein halten. Sie zogen sich zurück", führte er weiter aus, „hielten sich bedeckt, wurden ganz einfache Menschen, achteten jedoch immer darauf, mit wem sie sich einließen." Wieder pausierte er, forderte schließlich Sahir mit einem leichten Kopfnicken auf, weiterzusprechen. Dieser strahlte die Freunde an.

≈

„Es sind welche hier, die aus einer solchen Linie kommen", stellte er fest und sah dabei einen nach dem anderen an. „Ihr seid es und mit euch viele eurer Gemeinschaften. Es wäre gut, wenn sich noch mehr daran erinnern, dass sie anders sind, dass sie Schöpfer sind."

„Hat das etwas mit den Atlantern zu tun?", wollte Britta wissen.

„Nur zum Teil", antwortete ihr Asami. „Es war ein großartiges Volk mit hervorragenden Eigenschaften, das friedlich mit allem lebte, bis die Saat von Gier und Macht, die gesät wurde, aufging. Der halbe Planet Gaia profitierte von der Sanftmütigkeit der Alten und ihrer Schöpferkraft. Und genau das soll wieder auf dem blauen Juwel erwachen, etabliert werden, erblühen." Jeder konnte seine Ergriffenheit mitfühlen. Urd und Britta liefen Tränen über das Gesicht und sie konnten nichts dagegen tun.

„Was ihr fühlt, ist die Energie der Alten Atlanter, die auf eure Erde erwachen soll und muss", hörten die Freunde plötzlich hinter sich sagen. Der oberste Monade Tulipawananda trat auf sie zu. „Genau deshalb seid ihr hier. Doch es wird Zeit, dass ihr weitergeht. Seht euch mit Gilana und Sahir eure Schöpfung an und versteht."

Er hielt kurz inne. „Viel Zeit", sprach er ernst weiter, „bleibt euch hier nicht mehr. Ihr werdet auf Gaia gebraucht."

Sahir erhob sich und forderte die Freunde auf, ihm zu folgen. Gilana bildete den Abschluss. Zusammen stiegen sie in ein Gefährt, das von außen an einen kleinen, robusten Bus aus ihrer Heimat erinnerte. Im Innen jedoch war ein Cockpit, das ihrem Honus überlegen schien. Florian und Rafael waren sofort

Feuer und Flamme und erfragten allerlei technische Dinge. Britta und Urd sahen sich derweil um, ließen ihren Geist frei umherschweifen und konnten nichts finden, was in irgendeiner Art feindselig gewesen wäre. Sie bemerkten Gilanas Belustigung über ihre Aktion und ließen es wieder sein. Ein Blick aus einem der Fenster sagte ihnen, dass sie sich unbemerkt in der Luft befanden. Schon kurze Zeit später erblickten sie einen Planeten, der rasend schnell näher kam.

„Das ist euere Welt", hörten sie Gilana sagen. „Ihr nanntet sie Raba Dafus, nach den Anfangsbuchstaben eurer Namen. Wir finden den Namen immer noch witzig."

„Landen" erklärte Sahir, „können wir nur sehr kurz, da die Zeit drängt. Es hat sich jedoch alles prächtig entwickelt und der Planet ist bald bereit, besiedelt zu werden."

Die Freunde erblickten einen grünen Baumteppich unter sich, unter dem bisweilen Wasserläufe durch das Blätterdach blitzten.

Am Rand einer ausgedehnten Savanne konnte das Gefährt schließlich landen. Mit gemischten Gefühlen stiegen die Erdbewohner aus.

„Das war deine Idee", platzte Florian heraus und stupste Rafael an. „Toll ist es hier!" Er zeigte auf eine Gruppe Aloen und Kakteen, die hoch in den Himmel ragten.

Urd hielt sich dezent zurück. Auf wundersame Weise fühlte sie sich fremd und gleichzeitig wie zu Hause. Sie erinnerte sich nicht mehr an die Aktion, bei der sie zusammen mit Rafael, Britta, Florian, Dabir und Adia Shalia den Planeten erschaffen hatten. Sogar Adrian und Aron hatten mitgeholfen. Britta, Flo und Rafael fachsimpelten, was sie hätten besser machen

≈

können. Da erreichte die kleine Gruppe eine kräftige Brise und Urd bekam augenblicklich Tränen in die Augen. Sie wusste sofort, dass dies ihre Idee gewesen war, denn der Wind brachte unendlich viel Liebe mit und hüllte sie darin ein.

„Ich bin überzeugt", hörte sie Sahir sagen, „dass die Installation Wind und Liebe eine der besten der letzten Jahrtausende war. Wir kommen gerne hier her und lassen uns davon einhüllen und auch verwöhnen."

Leider mussten sie schnell wieder in ihr Gefährt zurück, das sie über moderat hohe Berge flog, so wie über fruchtbare Täler voller Obstbäume, Sträucher und übergroße Seen. Viele Tiere konnte sie auf die Schnelle nicht entdecken, nur immer wieder unterschiedliche Vogelschwärme, die unter ihnen hindurchzogen. Kurz bevor es wieder zurück in den Weltraum ging, tauchte noch eine große Herde wilder Pferde auf, was die Freunde sehr berührte.

„Die hatte Dabir erschaffen", stellte Florian fröhlich fest. „Was fehlt eigentlich noch, damit der Planet besiedelt werden kann?", fragte er noch.

Gilana lächelte. „Menschen, welche die Energie, die dort herrscht, aushalten können, denn sie ist mittlerweile sehr hoch."

„Solche wie die Alten Atlanter", ergänzte Sahir und setzte schon wieder zur Landung an.

„Wieso geht das hier alles so schnell?" Britta schaute Sahir verwundert an.

„Das liegt allein an unserer Technik und dem Luftwiderstand, der hier geringer ist als auf Gaia", erklärte er ihr.

Sie blieb skeptisch. „Warum sind wir wirklich hier?" Sie sah ihn direkt an.

≈

„Das beantwortet in Kürze Asami oder Tulipa-wananda", antwortete er leichthin.

Nur wenige Schritte von der Landestelle entfernt entdeckten die Freunde erneut einen Pavillon, in dem Asami auf sie zu warten schien. Auf kleinen Tischen stand Obst, etwas Brot und Wasser. Die Erdbewohner wurden gebeten, sich zuerst etwas zu stärken, was sie gerne taten.

Der Erhabene wartete nicht, bis sie fertig gegessen hatten, sondern begann währenddessen mit seiner Rede. „TaviviaTa und TaraiTa waren vor einiger Zeit hier und sind in das Geschehen, das auf Gaia stattfinden wird, eingeweiht worden. Doch es braucht mehr als nur zwei Wesen. Mit euch sind es sechs Personen. TamisuwaTa, die ihr Mona nennt, ist noch zu unerfahren, wird jedoch zur gegebener Zeit auch hier weilen."

„Was ist mit den Partnerinnen und Partner der Drei?", unterbrach ihn Britta. Ihre Skepsis hatte sie bisher nicht abgelegt.

„Die", so hörten sie unerwartet die Stimme Tulipawanandas von der Seite her kommend, „sind so weit als notwendig eingeweiht oder wissen einfach um ihren Part." Genau wie beim ersten Treffen hatten die Freunde seine Ankunft nicht bemerkt. Gilana überließ dem obersten Monaden ihren Stuhl und setzte sich auf einen Hocker, der in der Nähe stand.

„Sieben", fuhr der Monade fort, „eine heilige Zahl, sollen damit beginnen, die Energie des Planeten Gaia anzuheben und noch weitere schlafende Atlanter der alten Art zu wecken. Wenn sieben, mal sieben, mal sieben erreicht sind, wird Gaia neu erblüht sein." Er sah die Freunde der Reihe nach an und jeder fühlte sich sonderbar berührt.

≈

„Dieses neue Bewusstsein", führte er weiter aus, „muss tief in jedem verankert sein. Keine Überheblichkeit, kein Überlegenheitsgefühl, keine Macht über andere darf bei der Arbeit mit anderen zum Vorschein kommen, sonst trifft es den Ausführenden hart. Es wird nicht geduldet, dass auf Gaia ein solches Verhalten wieder Einzug hält."

„Behaltet das Gefühl, das ihr jetzt habt in euch", übernahm Asami, „fühlt die Souveränität, lasst jedoch niemals einen anderen spüren, dass ihr euch über ihn stellt. Das wäre euer Verderben. Tulipawananda segnet euch und alle, die mit euch sind."

Das tat der oberste Monade mit einer einfachen Geste und verließ hernach die kleine Gruppe ohne ein weiteres Wort. Benommen griffen die Freunde gleichzeitig zu ihrem Wasserglas und tranken einen großen Schluck.

„Es ist zwingend notwendig", begann Asami erneut zu sprechen, „dass sich die Menschen auf Gaia an ihre Schöpfermacht erinnern. Sie sollen, ja müssen sogar eine Aufklärung erfahren, wie sie von niedrig schwingenden Wesen missbraucht werden.

Urd nickte zustimmend. „Sie benutzen ihre Schöpfermacht schon", warf sie ein, „nur in die falsche Richtung."

„So ist es!" Asami stand auf und hielt segnend seine Hände über jeden einzelnen der Freunde. „Es ist an der Zeit, eure Heimreise anzutreten", sagte er. „Gebt euch dort erst einige Tage Zeit, um auf Gaia ganz anzukommen. Nach eurem Zeitempfinden weiltet ihr nur kurz hier auf Patma Patir. Nach Gaiazeit sind jedoch einige Wochen vergangen."

„So lange?", staunten die Vier.

„Überfordert eure Freunde und Familie nicht", lächelte Asami, „ihr wirkt nur durch euer Dasein und dies sehr intensiv. Sahir wird euch ein Stück begleiten."

Erfüllt von einer wunderbaren Energie, erhoben sich alle. Den Bewohnern Gaias kullerten Tränen der Freude und Liebe über das Gesicht. Gilana umarmte jeden und Asami reichte jedem mit einem liebevollen Blick die Hand. Die Energie, die dabei zu jedem Einzelnen floss, war fast zu viel für die Vier.

Von Sahir wurden sie, wie zuvor besprochen, zu ihrem Gleiter gebracht. Im Inneren nahm er eine kurze Programmierung vor, sodass die Gaianer, wie er sagte, ohne Zwischenstopp zurückfliegen könnten. Überraschend schnell ging er von Bord, um kurz danach mit drei Körben in den Händen wieder zu erscheinen. Er lachte herzlich, als er die verwunderten Gesichter sah.

„Drei Brautpaare erwarten euch", klärte er sie auf, „für jedes Paar ein Gruß von uns. Auf dass die Verbindungen der Paare auf jeder Ebene reiche Früchte tragen." Bewegt nahmen Urd und Britta die Körbe voller Früchte, Blumen und Päckchen entgegen und verstauten diese sicher. Ein kurzes Umarmen, mit einem herzlichen und tief empfundenem „Danke", schon schloss sich die Tür und die Freunde waren allein.

≈ ≈ ≈

≈

Die Erde hat sie wieder

Der Start des kleinen Honus verlief zügig. Die beiden Paare richteten sich auf einen längeren Flug ein und besprachen, wann, wer Pause machen und schlafen konnte. Rasch bemerkten sie, dass ihr Raumgleiter so eingestellt worden war, dass er selbst kleinen, im All umher schwirrenden Gesteinsbrocken auswich, ohne dass sie eingreifen mussten.

„Ich hätte mal wieder Lust auf einen Kaffee", meldete sich Rafael nach einiger Zeit. Florian schloss sich ihm an und nach kurzer Zeit standen vier dampfend heiße Tassen auf einem Tablett in der Kommandozentrale. „Ziemlich irdisch", kommentierte Florian das Bild, das sich ihm bot.

„Wie fühlt ihr euch?", unterbrach Urd nach einer Weile die entstandene Stille. „Ich bin berührt und verwirrt zugleich."

„Benommen!", schoss es aus Britta, „und ebenfalls verwirrt."

Rafael äußerte, dass es für ihn auf Patma Patir wunderschön war und er am liebsten geblieben wäre, obwohl er sich nach der Erde und Uru Anna sehnte.

„So geht es mir auch", pflichtete ihm Florian bei. „Von allem etwas. Ich bin gespannt, wie unsere Energie Zuhause wirkt." Dabei glitten seine Finger gedankenverloren über einige Tasten seitlich der Haupttastatur. Bei einem, auf dem ein Lautsprechersymbol aufgedruckt war, drückte er fester zu, neugierig, was geschehen würde. Ein sonderbares Rauschen ertönte, fast einer Melodie gleich.

„Was ist das?", riefe er erschrocken.

„Die Stimme des Alls", hörte er Sahirs Stimme aus einem anderen Lautsprecher.

„Wie das?", fragte Flo zurück.

„Jedes Wesen, alles, was existiert, hat eine eigene Schwingung, die man hören kann. Im alltäglichen Umgang miteinander ist das nicht so leicht möglich zu hören. Aber hier, im All, stört sonst nichts. Wenn ihr euch dem Mars und Mond nähert, achtet darauf, welche Töne sie erzeugen."

„Überwacht ihr uns?" Brittas Skepsis kam erneut zum Vorschein.

„Liebe Britta", Sahirs helles Lachen klang durch den Lautsprecher, „zum einen sind wir Telepathen wie ihr und zum anderen seid ihr noch in unserem Frequenzbereich. Das hört jedoch gleich auf." Genauso war es dann auch. Ein bekanntes Rauschen unterbrach die Verbindung. Danach breitete sich im Honus erneut eine angenehme Stille zwischen den Freunden aus. Jeder hing seinen Gedanken nach, ließ das Vergangene wirken und genoss sowohl die unendliche Weite, die

≈

auf dem Monitor zu sehen war als auch die Töne, die sie mitunter hörten.

„Ich kann, wenn ich nicht aufpasse", begann Urd nach einer Weile, „mich in dem Raum da draußen verlieren und jegliche Orientierung ist hinüber." Britta empfand dies ebenso.

„Was ich dabei wahrnehme, ist fast unheimlich", fuhr sie fort.

„Das kannst du laut sagen", bestätigte ihre Freundin. „Es sieht aus, als schweben riesige Gestalten hin und her und manche scheinen uns zu verfolgen."

Wieder ertönte Sahirs Stimme, doch dieses Mal auf mentalem Wege. Überrascht hörten die Freunde, dass diese Geschöpfe aus den Tiefen des Alls seien. „Sie sind auf der Suche nach ihren Schöpfungen und ihresgleichen. Und zumindest Urd und Rafael", fügte er verschmitzt hinzu, „haben ihren Ursprung bei ihnen." Die beiden Angesprochenen sahen sich verstehend an.

Urds Blick verlor sich plötzlich in dem engen Raum zwischen Britta und Florian. Wie aus weiter Ferne sprach sie fremde Worte, von denen sich die anderen auf sonderbare Weise berührt fühlten. Automatisch ergriff Florian die Hand seiner Liebsten und Britta nickte bewegt.

„So ist es", sagte sie fast feierlich, „wir gehören auch dazu." Wie lange die Freunde liebevoll verbunden und schweigend zusammen saßen, konnten sie im Nachhinein nicht sagen. Ein vibrierender Ton holte sie aus diesem wunderbaren Gefühl unsanft zurück.

„Wir fliegen bereits am Mars vorbei", stellte Florian überrascht nach einem Blick auf die Instrumente fest.

„Was war das gerade?" Brittas Frage hatte einen argwöhnischen Unterton.

≈

„Der Klang des Planeten Mars", beeilte sich Florian ihr zu antworten.

„Das meine ich nicht, sondern das davor. Ich hatte das Gefühl, frei im Weltraum herumzutreiben."

„Das hast du auch getan, liebste Freundin, jedenfalls mit einem Teil von dir. Unser Zustand nach der Entstehung des Alls." Ungläubig sah Britta Rafael an.

„Unseren Urzustand meinst du damit?"

„Nur so ist es zu erklären", führte Urd aus, „wie wir vor Jahren ohne alles nach Patma Patir kamen."

„Könnte etwas dran sein", bemerkte Florian. Sahirs Stimme, die plötzlich wieder von den Vieren mental zu hören war, bestätigte Urds Aussage. Er erläuterte, dass damals Asami, der Erhabene, mit Tulipawananda gewirkt hätte, dass dies für die Freunde vonstattengehen konnte. Schweigen breitet sich aus. Das war eine Dimension, die Zeit der Integration brauchte.

Britta brauchte Abstand, erhob sich und stellte ohne nachzufragen vier Essen in den Backofen. Mitten im Raum blieb sie stehen, sah einen nach dem anderen hilflos an und fragte nach dem warum.

„Warum wir?"

Die Freunde waren ratlos. Da meldete sich Aron unerwartet telepathisch bei ihnen. „Wir werden nicht die Einzigen bleiben", erklärte er der verdutzten Britta. „In absehbarer Zeit kommen noch mehr dazu. Zurzeit sind wir nur zu acht. Adrian, unsere kleinen Schwestern, ihr Vier und ich. Mama kommt bald dazu und bestimmt auch Adia Shalia und Dabir."

Verwundert, dass Aron zugegen war und doch wieder nicht, fragte Urd nach, ob diese acht diejenigen seien, die am offensten für diese Energien seien. Aron bejahte dies und wünschte noch einen guten Heimflug.

≈

„Beeilt euch bitte", fügte er hinzu, „langsam wir die Zeit knapp."

„Wofür?", setzte Urd nach, doch sie erhielt keine Antwort.

Das Läuten des Küchenweckers erinnert daran, dass das Essen fertig war. Da sie beschlossen hatten, dass immer einer im Kommandostand sein sollte, einigten sich die Freunde darauf, dort gemeinsam zu essen. Sie ließen sich Zeit damit, genossen danach noch einen Kaffee mit einem Keks und fühlten sich gut. Patma Patir lag bereits weit hinter ihnen, genau wie der Besuch auf dem Mars. Immer wieder ließen sie ihren Blick über die Bildschirme gleiten, die ihnen den dunklen Raum außerhalb ihres Raumgleiters zeigten. Fasziniert ließen sich die Freundinnen immer mehr auf die Bilder ein, die sich ihnen boten, bis Britta hochschreckte.

„Der Mond? Kann das sein?"

Florian sah auf seine Instrumente und bejahte überrascht. Augenblicklich wurde Britta hellwach. Urd dagegen fühlte sich von dem Erdtrabanten magisch angezogen. Sie erinnerte sich, dass sie bei ihrem Hinflug dort seltsames wahrgenommen hatte und nun genauer nachsehen wollte. Ein Teil von ihr spaltete sich ab und ging auf Entdeckungsreise.

Was sie entdeckte, erschreckte sie sehr. Unterschiedliche Spezies arbeiteten scheinbar friedlich miteinander. Selbst Menschen der Erde schienen dabei zu sein, ebenso Occulaner und Wesen vom Planeten Gongo. Ein großes Tor führte in das Innere des Mondes und sie folgte einem Weg, der hineinführte. Wie angewurzelt blieb sie stehen. Vor ihr entfaltete sich ein Gerüst, das wie Stahl wirkte und das containerartige Gebäude miteinander verband. Schon eine ganze Weile hatte sie vermutet, was sie nun bestätigt fand. Der Mond war hohl und bewohnt. Sie wollte weitergehen, um noch mehr zu sehen, doch etwas hielt sie zurück. Britta stand plötzlich neben ihr und nahm ihre Hand. Ihre Freundin deutet ihr an, dass sie zurückkehren müsse und nur Brittas ernster Blick veranlasste Urd, es auch zu tun.

Der Übergang in den normalen Zustand ging abrupt und ließ Urd verwirrt dreinschauen.

„Wir tauchen gleich in die Erdatmosphäre ein", hörte sie als erstes Florian. Danach vernahmen sie Rafaels gereizte Frage, ob sie wach und ganz da sei. Britta legte ihm eine Hand auf die Schulter.

„Ist doch alles gut gegangen", beruhigte sie ihn.

„Was geht hier vor? Warum werde ich so angefahren?" Jetzt war es Urd, die gereizt reagierte.

„Du warst stundenlang nicht ansprechbar", schaltete sich Florian ein. „Wir mussten eine Schleife fliegen, und können jetzt erst auf direktem Weg nach Hause." Er machte eine kleine Pause und ergänzte: „Die Erde hat uns wieder."

Urd sah fragend ihre Freundin an. Diese nickte nur. „So ist es", bestätigte diese. „Es dauerte eine Weile, ehe ich dich fand. Du wirktest dort wie festgeklebt."

„Genauso fühlte ich mich auch", begann Urd zu erzählen, wurde jedoch von Arons Stimme über den Lautsprecher unterbrochen, der sie willkommen hieß.

„Über den Mond unterhalten wir uns zu einem späteren Zeitpunkt", kam er jeglicher Frage zuvor. „Es wird Zeit, dass dort aufgeräumt wird. Mama hing dort auch einige Zeit fest. Also alles ganz normal. Ihr könnt in Uru Anna direkt landen, wir konnten eine Abschirmfrequenz einrichten. Ihr werdet also nicht gesehen."

≈

Verblüfft sahen sich die Freunde an, doch für weitere Überlegungen und Fragen hatten sie keine Zeit, denn Uru Anna kam in Sicht. Ergriffen hielten sich die Vier so weit dies ging bei den Händen, als sie Uru Anna überflogen. Etwas war anders als sonst. Was, konnten sie auf die Schnelle nicht ausmachen. Als Empfang stand Mona mit Yamira und Masha bereit und begrüßte die Freunde herzlich.

„Schön, dass ihr wieder da seid." Yamira drückte ihre Großmutter besonders innig. „Ohne euch hätte etwas Wichtiges gefehlt."

„Wobei?", fragte Rafael interessiert nach.

„Na bei der großen Hochzeit", tönte Masha und hakte sich bei ihm ein.

„Wie das, so schnell? Wir waren doch nur ein paar Tage weg", warf Urd ein.

„Ein paar Tage", wiederholte Mona und lachte. „Ganze drei Monate wart ihr unterwegs."

„Wie das denn?" Rafael war baff. „Es fühlte sich höchstens wie eine Woche an."

„Zeitanomalien", hörten alle Dabir sagen, der zu der kleinen Gruppe gestoßen war, um die Freunde herzlich zu begrüßen.

Nach der Begrüßung musste der kleine Honus leer geräumt und die Sachen in Monas Solarauto verfrachtet werden. Das Säubern der Innenräume würden die Vier die nächsten Tage vornehmen.

Bei der Fahrt mit Dabir durch Uru Anna fiel den Freunden sofort die vielen Menschen auf, die auf den Wegen und Straßen unterwegs waren. Sonst begegneten die Bewohner der Gemeinschaft fast nie einander.

„Wann ist denn das große Ereignis?" Urd war verwirrt.

„In vier Tagen", hörten alle Mona mental sagen. Britta, Flo und ihre Sachen wurden bei deren Haus abgesetzt und von ihren Töchtern und Enkelkindern stürmisch begrüßt. Die Freude war auf jeder Seite groß.

„Mona hat Adia Shalia und mich bei euch untergebracht", erzählte Dabir beim Weiterfahren. „Ich hoffe, es ist euch recht."

Rafael bejahte spontan, Urd zögerte etwas. Sie brauchte Zeit, um das Vergangene aufzuarbeiten, und nun waren Gäste im Haus und eine große Feier stand an. Doch schließlich stimmte auch sie zu.

»Vielleicht«, so überlegte sie, »hatten die beiden Antworten auf einige ihrer Fragen.« Im Haus wartete die nächste Überraschung. Der Tisch im Esszimmer war schön eingedeckt und es duftete nach frischem Kuchen und Kaffee. Mitten im Zimmer stand ein strahlender Marijan und eine ebensolche Vanadis. Ein leichter Bauchansatz verriet, dass Leben in ihr heranwuchs. Rafael und Urd wurden von beiden freudig begrüßt. In einem feierlichen Ton verkündete Marijan, dass in vier Tagen, am Freitag, die große Hochzeitsfeier der drei Enkelsöhne stattfinden würde. Er als Ältester hatte die Aufgabe übernommen, Urd und Rafael und danach auch Florian und Britta dazu einzuladen. Wesentlich lockerer brachte er die Wunschliste der Kuchen, welche die Drei zu ihrer Feier gerne hätten, vor.

„Ihr seid die Vorletzten, die davon erfahren", erklärte er lachend und verabschiedete sich schon wieder. „Wir gehen noch zu Flo und Britt", meinte Marijan, „und kommen dann wieder. Ich bin so aufgeregt", fügte er schelmisch hinzu.

≈

Endlich saßen alle bei Tisch und Adia Shalia erschien mit einer großen Platte voller frisch gebackenem Streuselkuchen, der sogar noch etwas warm war. Kaffee und Tee wurden verteilt und jeder nahm sich ein Stück Kuchen.

„Den hat Mama gebacken", erklärte Masha vor ihrem ersten Biss. „Extra für dich, Groma Urd, weil du ihn doch so gerne magst."

„Und für mich wird kein Kuchen extra gebacken", tat Rafael beleidigt. Für einen Moment war Masha erschrocken, stand jedoch sofort auf, lief in die Küche und kam mit einem großen Stück Schokoladenkuchen zurück.

„Extra für dich, Stiefgropa, den magst du doch so gerne", lachte das Mädchen und legte es ihm auf den Teller. „Den gab es gestern schon und wir hielten einige Stücke zurück, jetzt weiß ich auch warum." Es wurde eine fröhliche Kaffeerunde. Erst als Vanadis und Marijan zurückkamen, erfuhren Urd und Rafael einige Einzelheiten zu der Feier. Aus der ganzen Welt kamen Freunde und Verwandte der Brautleute und ganz Uru Anna wurde zu einem Hotel. Ein großes Zelt war bereits aufgebaut und wenn das Wetter hielt, was es versprach, sollte die Zeremonie und ein Teil des Festes im Freien abgehalten werden. Vanadis Gesicht glühte vor Freude.

„Keine der Bräute wird in Weiß erscheinen", verkündete Marijan „und kein Bräutigam im Anzug. Lasst euch überraschen", beugte er Fragen vor.

„Und wie sollen wir erscheinen?", fragte Rafael amüsiert, „in Freizeitlook?"

„Wir wünschen uns, dass alle angemessen festlich kommen." Vanadis lächelte entwaffnend. Kurz danach verabschiedete sich das junge Paar. Von Mona erfuhr

≈

Urd, dass niemand, außer den drei Paaren, einen kompletten Überblick hatte, alles jedoch perfekt laufen würde. Auch sie zog sich bald mit den beiden Mädchen zurück. Es gäbe noch einiges zu tun, meinte sie.

Endlich kehrte Ruhe ein. Dabir wollte mit Adia Shalia noch einen Spaziergang machen und so waren Rafael und Urd endlich allein. Ihre Sachen mussten aufgeräumt werden und manches in die Wäsche gebracht. Als letzten Gegenstand hielt Urd den Aragog, den ihr Mona schenkte, in der Hand. Versonnen betrachtete sie den Anhänger, der aus einem dunkelgrünen Stein geschnitten war und zwei glitzernde Steinchen als Augen hatte. »Der würde an einer langen Kette bestimmt gut zu dem grünen Kleid aus Gie-Nah passen«, dachte sie sich. Somit war die Kleiderfrage für das Fest schon geklärt. Rafael kam und nahm seine Urd wortlos in den Arm.

„Ganz schön viel auf einmal", meinte er versonnen und küsste seine Frau lange und innig. Zu mehr kam es nicht, denn wie so oft bei Telepathen, meldete sich einer mental. Dieses Mal war es Aron, der beide noch einmal willkommen hieß und darum bat, nur die gewünschten Kuchen zu backen und am Abend vor dem Fest zum Versammlungshaus zu bringen. Ansonsten sollten sich beide ausruhen und genießen und am Abend bei Tabea und Alex essen gehen. Dort gäbe es allerlei Leckeres aus der Natur rund um und aus Uru Anna. Rafael und Urd stimmten dem gerne zu.

Hand in Hand gingen sie endlich in ihren geliebten Garten. Der sah trotz ihrer langen Abwesenheit recht gepflegt aus. „Das waren wir!", meldete sich Amid mental „und gelegentlich auch Norman und Masha. Schön, dass ihr wieder da seid."

≈

Das war das Zeichen für beide, ihren Geist für alle anderen zu verschließen. Ganz automatisch suchten sie ihren Lieblingsplatz bei den Rosen auf und ließen sich auf der Bank dort nieder. So manche Liebesnacht hatten die Zwei hier verbracht und beide lächelten versonnen, als sie ihre Umgebung auf sich wirken ließen.

In stiller Zweisamkeit saßen beide eine ganze Weile da, lauschten den Stimmen der Natur und der eigenen inneren Stimme, die das Vergangene noch immer nicht einordnen konnte.

„Warum das alles und warum wir?", unterbrach Urd die Ruhe. Nach langem Überlegen äußerte Rafael, dass die Menschheit offensichtlich Leitfiguren bräuchte, die sie aus der Dunkelheit führten und jede Seite selbst kennen würde, die Helle wie die Dunkle. „Und", ergänzte er nach einer Pause, „weil wir das schon immer taten und können." Urd gab ihm einen Kuss auf die Wange.

„Die Antwort gefällt mir zwar nicht", sagte sie lachend, „doch du hast recht." Am Abend trafen beide fast zeitgleich mit ihren Freunden aus dem Kongo bei Tabeas Bistro ein. Es wurde ein ausgelassener, fröhlicher Abend mit einigen kulinarischen Genüssen aus Tabeas Küche. Wieder zu Hause gab es unter den Freunden einiges zu besprechen, was die Reise zum Mars und den Aufenthalt auf Patma Patir betraf. Erst spät in der Nacht zogen sich die Paare zurück.

≈≈≈

Startschuss
in eine neue Zeit

Die nächsten Tage waren ausgefüllt mit Kuchen backen und langen Gesprächen zwischen Freunden, zu denen sich immer wieder Florian und Britta einfanden. Uru Anna wurde zunehmend unruhiger, was jeden auf die eine oder andere Art erfasste. Der abgesperrte Platz vor dem Versammlungshaus und das große Zelt dicht davor sprachen von einem anstehenden großen Ereignis.

Endlich war es so weit. Schon am Morgen lagen Freude und Erwartung in ungewöhnlich hoher Konzentration in der Luft. Urd stand mit Adia Shalia im Garten und fühlte sich in die Energie ein. Die Kongolesin tat dasselbe, doch schon nach ganz kurzer Zeit brachen beide ab. Überrascht sahen sie sich an.

„Konntest du ausmachen, was sich an unguter Energie einschleicht?", fragte Urd.

Adia schüttelte den Kopf. „Es scheint noch weit weg zu sein", stellte sie fest, „dennoch sollten wir wachsam sein und das Fest genießen.

Auf Urds smaragdgrünem Kleid funkelten an einer langen Kette die Augen eines Aragogs in der Sonne Uru Annas. Die Kongolesin trug ein leuchtend gelbes halblanges Kleid, das mit großen zartgrünen Ranken an Saum und der rechten Seite versehen war. Durch ihre dunkle Haut kam es besonders gut zur Geltung. Als hätten sie sich abgesprochen, hatten die Männer das gleiche Outfit gewählt, eine hellgraue Hose mit passender Weste und ein zart grünes Hemd. Die passende Jacke trug jeder lässig über der Schulter. Das Festzelt war bereits gut gefüllt, als die Vier eintrafen. Sofort stachen Urd die Mütter der Brautpaare ins Auge. Mona trug ein leuchtend rotes Kleid mit einem ebensolchen Schal und Masha hatte sich, genau wie Yamira für ein roséfarbenes Outfit entschieden. Bei der einen funkelte der Stekudanos und bei der anderen der Vielaugenbaschketti wie kleine Sterne am Hals. Tabea hatte sich für ein royalblaues Kleid entschieden und strahlte über das ganze Gesicht, als sie ihre Mutter begrüßte.

„Ich bin so nervös", begrüßte sie Urd und drückte ihre Mutter herzlich.

„Eure Männer sehen in ihren dunklen Anzügen richtig gut aus", stellte Urd noch fest, schon war Britta bei ihr und flüsterte ihr etwas ins Ohr. Sie trug das nachtblaue Kleid, das sie vor Jahren in Gie-Nah gekauft, aber selten getragen hatte. Florian passte hervorragend zu Dabir und Rafael. Zu seinem hellgrauen Anzug mit Weste trug er ein dunkelblaues Hemd.

Eine Fanfare ließ alle verstummen und drei Paare hielten Einzug. Zuvorderst ging Marijan mit seiner Vanadis. Er in einer tannengrünen Hose mit passendem Hemd und Weste und sie in einem hellgrünen halblangen Kleid, das mit vielen Blumen geschmückt war. Im Haar trug sie einen Kranz aus frischen Blüten. Nur wenige konnten die feinen, elfenhaften Wesen erkennen, die beiden folgten.

Danach betraten Alsuna und Aron das Zelt. Seiner Neigung entsprechend trug er eine Kombination wie Marijan nur in Stahlgrau und sie ein stahlblaues Kleid mit vielen kleinen Sternen darauf. Ihren Kopf schmückte ein Kranz aus weißen Sternblüten. Wie nicht anders zu erwarten, waren auch Adrian und Marada genau wie Aron und Alsuna gekleidet.

Beim Anblick der drei strahlenden Paare blieb kein Auge trocken. Von der offiziellen Trauung durch einen Standesbeamten bekam Urd nichts mit. Ihr Geist ging auf die Suche nach der unguten Energie, die immer noch existierte. Auch Britta und Adia Shalia taten dies, jedoch ohne Erfolg, erst als es um sie unruhig wurde, richteten die drei Frauen ihre Aufmerksamkeit auf das Geschehen.

Zu ihrer Überraschung stand dort Michael mit Aiala auf einer kleinen Bühne, beide in mitternachtsblauen Gewändern. Ein Gong ertönte und die Anwesenden verstummten. Marijan trat mit Vanadis zu den beiden und wurde von ihnen gesegnet. Plötzlich stand ein Zwerg neben Michael und ein Raunen ging durch die Anwesenden. Er bestieg ein Podest, das bis dahin keine Beachtung fand. Urd erkannte Mabu, in seiner feierlichen Robe mit frisch gebürstetem Bart. Auch er

≈

segnete das junge Paar, dankte für die Zusammenarbeit und wünschte Glück auf allen Lebenswegen. Er versprach, den Menschen in Uru Anna beizustehen, wenn Hilfe gebraucht werden würde. Nach einer kleinen Pause, um das Podest wieder zur Seite zu schieben, traten Aron und Adrian mit ihren frisch angetrauten Frauen nach vorn und wieder ging ein Raunen durch die Menge. Ein Wesen ganz besonderer Art stellte sich neben Michael – Chrishnatuk, der Vorsitzende des Galaktischen Rates stand erhaben auf der Bühne. Er sprach ein paar Worte zu den beiden Paare, die nicht zu verstehen waren und hob seine schmalen Hände über die Vier. In reinem Deutsch wünschte er den Paaren eine gute Zusammenarbeit zwischen Erdlingen und den galaktischen Völkern und für ihr gemeinsames Leben Harmonie, Schönheit und sehr viel Liebe.

Urd und Rafael waren tief bewegt, Mona und Tabea hörte man schniefen und so manch anderer wischte sich eine Träne aus den Augen. Erneut schweifte Urds Geist ab und durchstreifte die nähere und weitere Umgebung, in der Hoffnung, etwas ausmachen zu können, das Ungutes verbreitete beziehungsweise vorausschickte. Wenn Chrishnatuk auf der Erde weilte, würde dies bestimmt nicht unbemerkt bleiben. Doch sie fand abermals nichts. Ihre Anspannung stieg indessen weiter an.

Was Michael den Paaren mit auf den Weg gab, hörte Urd nicht. Erst als Beifall geklatscht wurde, kam sie zu sich selbst zurück. Gerade sah sie noch, wie Rafael und Florian mit drei Körben voller verschiedener Dinge in den Händen zu den drei Paaren traten. Die drei Präsentkörbe waren versehen mit

≈

einem Gruß aus Patma Patir. Aron bedankte sich überschwänglich.

Plötzlich war über den Lautsprecher Yamiras Stimme zu hören. Sie hatte es übernommen, durch den Verlauf des weiteren Tages zu führen, damit die werdenden Mütter nicht zu sehr belastet würden und dennoch alle ihre Glückwünsche überbringen könnten. Masha gab auf ausdrücklichen Wunsch ihres Bruders, was sie besonders betonte, das Kuchenbuffet frei.

Nach Kaffee und Kuchen folgte eine Gratulationsrunde. Kleine Grüppchen bildeten und unterhielten sich über dies und das. Die frisch vermählten jungen Leute mischten sich immer wieder unter ihre zahlreichen Gäste und hatten für jeden ein freundliches Wort. Urd bemerkte irgendwann, dass Aron sich oft in ihrer Nähe aufhielt. Als er wieder einmal wie zufällig neben ihr war, hakte sie sich bei ihm ein und wollte ein, zwei Schritte mit ihm zur Seite gehen, um ungestört zu reden. Kaum hatte sie seinen Arm umfasst, als sich auf der anderen Seite eine Hand in die ihre schob, Adrian. Sie lachte herzlich auf.

„Euch gibt es anscheinend nur im Doppelpack."

„So ist es, liebe Groma", scherzte Adrian. „Du spürst es auch, nicht wahr?", fuhr er mental fort.

„Lass dir bitte nichts anmerken", bat Aron sie. „Solange das Fest dauert, haben wir nichts zu befürchten. Danach werden wir sehen, was kommt." Urd gab ihren Enkelsöhnen einen Kuss auf die Wange.

„Ihr seid schon zwei tolle Jungs", sagte sie laut.

„Da hast du etwas Richtiges gesagt." Tabea kam zu den Dreien und drückte ihren Sohn herzlich. Die jungen Männer entzogen sich den Frauen rasch wieder und mischten sich unter ihre Gäste.

≈

„Eine tolle Atmosphäre", erklang Monas Stimme hinter Mutter und Schwester. Sie trat zu den beiden und umarmte sie. „Ich bin so stolz auf Aron, das glaubt ihr nicht", begann sie und bekam zum x-ten Mal feuchte Augen. „Auch auf Marijan und Adrian bin ich mächtig stolz. Alle drei haben tolle Frauen, ein wirklich passender Familienzuwachs."

„Na ja", machte Tabea abschätzig, „mit Vanadis komme ich nicht klar und Marada sehe ich kaum."

„Liegt vielleicht an dir", konterte ihre Schwester. Zu mehr kam sie nicht, denn Alexander holte Tabea ab. Sie mussten dabei sein, wenn für das Abendbuffet die Sachen aus dem Kühlhaus geholt wurden.

Mona gab ihrer Mutter einen Kuss auf die Wange, dann ging auch sie davon. Für einige Minuten stand Urd alleine da und sah gedankenverloren in die Menge. Britta winkte ihr und lief mit Adia Shalia auf sie zu. Sie sollten nicht unter sich bleiben, denn Michael stand unvermittelt neben den Frauen und bei ihm war Chrishnatuk.

„Ihr habt ein Fest mit viel Würde", begann dieser sofort an Urd gerichtet. Diese nickte zustimmend.

„Darauf haben die Paare selbst viel Wert gelegt."

„Euer oberster Avatar wird der Erste sein, der direkt von Gaias Oberfläche stammt und bei uns ein und aus geht", fuhr Chrishnatuk fort und man konnte deutlich hören, dass ihm das Sprechen schwerfiel.

„Euer Avatar ist zwar noch sehr jung, besitzt jedoch eine große Weisheit und Reife. Unterstützt ihn!" Zu mehr war der Aines nicht fähig. »Unsere sauerstoffarme Luft macht ihm zu schaffen« erklärte Michael den Frauen mental. Danach eilten beide rasch davon.

„Schade", sagte Britta enttäuscht, „ich hätte mich gerne mit ihm unterhalten."

Das Fest war ein voller Erfolg. Bis spät in die Nacht hinein wurde gefeiert, getanzt und gelacht. Für das kleine Volk und der Sippe Mabus war ein separates Zelt aufgebaut und bisweilen konnte man Vanadis oder Marijan davor entdecken. Mitten in der Nacht, als sich bereits die ersten Gäste zurückgezogen hatten, flog mit einem seltsamen Geräusch etwas über Uru Anna hinweg. Nur wenige Anwesende nahmen dies wahr und reagierten irritiert darauf.

„Unser Schutz ist derzeit besonders stark", hörten die Freunde telepathisch von Adrian.

„Der hält auch noch etliche Tage", ergänzte Aron. Urd und Rafael waren indessen skeptisch und blieben außerordentlich wachsam.

Am späten Vormittag des nächsten Tages stand plötzlich Michael bei beiden auf der Terrasse. Sie saßen gerade beim Frühstück und unterhielten sich mit ihren Freunden aus dem Kongo über das gelungene Fest.

Die Überraschung war schnell verflogen, ein weiterer Stuhl hinzu gestellt und ein Gedeck für ihn aufgelegt, welches er dankend annahm. Er wirkte betrübt und müde, griff das erste Mal, seit sie Michael kannten, zu Brot und Aufstrich und nahm sogar eine Tasse Tee an. Er begann von dem Fest zu schwärmen, von der exzellenten Organisation, den üppigen Buffets und den vielen Gästen, schweifte dann zu Chrishnatuk und dass auch dieser beeindruckt war, jedoch mit der Luft hier auf dem Planeten nicht zurechtkam.

„Und was hast du auf dem Herzen?", unterbrach ihn Rafael. „Du kommst bestimmt nicht nur zum Kaffeeklatsch zu so früher Stunde vorbei."

„Erwischt", antwortete er müde lächelnd. „Ich brauche eure Unterstützung. Britta und Florian kommen auch gleich hier her, dann brauche ich alles nur einmal zu erklären."

Mit den beiden kamen auch Masha, Yasmina und Mona. Für einige Minuten wurde es unruhig auf der Terrasse, bis jeder einen Platz hatte und mit dem versorgt war, was er wollte.

„Uru Anna", begann Michael, nachdem Ruhe eingekehrte, „heißt so viel wie Licht des Himmels." Er sah von einem zum anderen. „Ihr werdet eure neue Fähigkeit zeitnah brauchen. Meine Kraft lässt stark nach und Adrian und Aron sollen erst in Ruhe ihre Flitterwochen genießen, ehe sie zum Einsatz kommen. Ich hoffe jedenfalls, dass sie nicht alles mitbekommen haben."

Rafael schaute ihn fragend an. „Und was wäre das?"

Michael atmete schwer. „Das Wetter wird stark manipuliert, um einzelne Staaten gefügig zu machen und nun beginnt es zu entgleisen. Die Erde selbst mischt seit einiger Zeit mit und wenn es nicht rechtzeitig eingedämmt wird, kann es fatal enden."

„Unsere Arbeit!", schmunzelte Britta und sah Urd verschmitzt an, die zustimmend nickte.

„Das ist jedoch nicht alles", fuhr Michael fort. „Die hochfrequenten Waffen, die zum Einsatz kommen, verändern nicht nur das Wetter, sondern auch im Sinne einer kleinen Elite, die ganze Menschheit."

„Die nicht von dieser Welt ist", unterbrach ihn Urd.

„So ist es", bestätigte er, „und diese Gruppe sucht nach der Keimzelle des Widerstands, also euch. Wenn mich nicht alles täuscht, haben sie heute Nacht Uru Anna gefunden."

„Yamira und ich haben heute in der Früh begonnen, unseren Schutzschild zu verändern", meldete sich Masha zu Wort. „Sarolf und Sunja halfen uns dabei."

≈

„Und wir haben nichts bemerkt!", stellte Rafael entgeistert fest.

„Ihr habt noch zu viel Energie von Patma Patir an euch. Dort kennt man solche negativen Eindrücke und Eingriffe nicht. Adia und Dabir wurden von eurer Energie durchdrungen. Eure Gäste", Michael sah Britta und Florian an, „sind für diese Art der Energie noch unempfänglich. Also macht euch keine Vorwürfe."

„Und was können oder sollen wir tun?", wollte nun Rafael wissen.

„Sehr wachsam sein", bekam er zur Antwort. „Gadreel wähnt euch Vier auf Patma Patir und denkt, dass er leichtes Spiel haben wird. Nakajo Ashira ist zwielichtig und nicht zu unterschätzen. Auch er glaubt, dass er hier in Uru Anna über dich, Mona, leichten Zugriff hat und eindringen oder zerstören kann."

„Ich denke", warf Dabir ein, „dass er damit einen gewaltigen Fehler macht. An Mona wird er sich die Zähne ausbeißen."

Michael besah sich Mona eingehend und schmunzelte müde. „Da könntest du recht behalten. Ihr Talent hat sie ja bei der Orchestrierung eures gelungenen Festes bereits gezeigt."

„Wie das?", unterbrach ihn Florian erstaunt.

„Indem wir, das waren Masha, Mona, Adrian, Aron und ich, ein gemeinsames Energiefeld erschaffen haben, in dem die Feier vorab stattfand und wir korrigieren konnten, was uns nicht gefiel", erklärte Yamira kurzerhand. Lob und Anerkennung gab es dafür von jeder Seite.

„Zurzeit", sprach Michael nach einer Weile weiter, „werden wieder ganz gezielt Waldbrände ausgelöst. Was durch dieses Feuer nicht zerstört wird, dem wird mit hochfrequenten Energiewaffen ein Ende gesetzt, pulverisiert oder nur via Lichtblitz in Brand gesetzt. Es ist schrecklich. Diese Elite schreckt vor nichts zurück, um ihre Ziele zu erreichen, die Reduzierung der Menschen und das Einverleiben von Land. Es ist schrecklich."

„Und was ist nun unser dazutun?", fragte Urd skeptisch.

„Zum einen wollte ich euch warnen und zum anderen", er sah von einem zum anderen, auch zu den Mädchen, „weiß ich im Moment offengestanden nicht mehr weiter. Die Regierungen sind meist in der Hand jener, die Gaia für sich haben wollen und für die die Menschen stören oder zumindest der allergrößte Teil von ihnen", führte Michael weiter aus.

„Kaum einer will auf uns hören. Tat es dennoch einer, verstarb dieser plötzlich, unerwartet oder eines seiner Familienmitglieder kam auf seltsame Weise ums Leben und er wurde rückfällig." Michael wirkte mit einem Mal noch älter und resigniert.

„Mikrowelle und Lasertechnik bringen aus der Ferne punktgenau Metall zum Schmelzen. Die Ionosphäre der Erde wird aufgeheizt, um das Klima zu verändern, das bringt überreichlich Geld in die Kassen einiger wenige." Er seufzte. „Geophysikalische Kriegsführung nennt man das. Zumal seit langer Zeit auch Erdbeben damit ausgelöst werden können, um ein Land zu bestrafen oder gefügig zu machen." Er musste erneut eine Pause einlegen und zuvor seinen Tee trinken. Als er weitersprach, hatte er feuchte Augen.

„All diese entsetzlichen Waffen und Geräte gibt es schon lange und sie werden reichlich eingesetzt. Es ist jedoch ein Punkt erreicht, an dem diese Dinge, die auf Schwingung und Frequenz basieren, eine Eigendynamik entwickeln. Gaia ist durch die Einwirkung der

≈

Sonne, die ebenfalls stimuliert wird, aufgewacht und wirkt auf ihre Art kräftig darauf ein. Wird sie zu aktiv, geschieht mit dem einen oder anderen Land dasselbe wie mit Atlantis. Es jagt sich selbst in die Luft. Was das für den ganzen Globus bedeutet, möchte ich mir nicht ausmalen." Betroffenes Schweigen breitete sich aus. Jeder nippte an seinem Getränk oder biss in den Rest seines Brotes und ließ dabei das Gehörte wirken.

„Heißt das, dass wir Gaia beruhigen sollen und Gadreel und Konsorten vom Planeten vertreiben?", fragte Britta nach einer Weile zusammenfassend.

„Das wäre das Optimale", lächelte Michael schwach. „Bislang gibt es die erwachten Alten Atlanter, die solches zuwege bringen konnten, nur hier in Uru Anna. Die anderen Atlanter, die sich erinnern, gehören meist der Generation der Zerstörer an, also genau das Gegenteil von den Bewahrern der alten Zeit."

„Sollen wir dann", begann Yamira zögernd, „ein Imperium der Liebe aufbauen, wie es schon einmal eines gab?"

Michael sah das Mädchen stumm an. „So ist es!", sagte er schließlich. „Eure Geschichtsforscher und Schreiber übersehen ganz viel oder deuten es falsch. Die heutigen Errungenschaften haben noch lange nicht das Niveau erreicht, das auf Gaia dereinst vorherrschte. Nur in manchen technischen Geräten nähert sich die Wissenschaft dem einstigen Stand an."

Wieder schweigen. Allen war klar, dass dies kein leichtes Unterfangen sein würde, die Liebe als Imperium zu etablieren. Gemeinsam philosophierten sie noch eine Weile, wie das vonstattengehen könnte und was es für jeden Einzelnen bedeuten würde.

Nach einiger Zeit verabschiedete sich Michael wieder. Mona folgte seinem Beispiel eine Weile später

≈

und ging mit den Mädchen nach Hause. Zuvor lud sie die sechs Freunde für den Nachmittag und Abend zum Restessen ein. Bis dahin beratschlagten diese noch ihr Vorgehen, um Uru Anna zu schützen. Sie beschlossen, in drei Tagen eine Versammlung des inneren und mittleren Kreises einzuberufen, da diese mental am stärksten waren und nahmen noch jene des äußeren Kreises dazu, welche die wichtigsten Eckpunkte energetisch stabil hielten. Es fehlten zwar Adrian, Aron und Marijan, doch dafür sprangen Masha, Yamira und die Kinder von Gina und Phil ein. Dabir und Adia Shalia hatten für ihre Gemeinschaft ähnliches vor, wenn sie wieder zu Hause sein würden.

Viele trafen am Nachmittag und Abend ein, um aufzuräumen und die Reste vom Kuchen und Abendbuffet zu verspeisen. Es wurde eine lustige Runde und nur am Rand nahmen die Freunde einen gewaltigen Knall wahr. Erst als Mabu neben Urd und Rafael auftauchte und sie bat, mit ihm nach draußen zu kommen, wurden beide hellwach. Was der Zwergenälteste zu berichten hatte, beunruhigte beide sehr. Ein fremdes Raumschiff war in einiger Entfernung explodiert, und es war bisher nicht bekannt, womit dieses Flugzeug angetrieben wurde. Im schlimmsten Fall mit Plutonium.

Eile war geboten, und so stürmten Urd und Rafael in den Versammlungsraum und verschafften sich lautstark Gehör. Ihre Botschaft löste Entsetzten aus. Schneller als gedacht waren die Speisen sicher verpackt und aufgeteilt. Kaum waren die letzten Schüsseln leer, als auch schon einige mit Eimer und Putztuch kamen, um sauberzumachen. In all der Hektik war nicht aufgefallen, dass Masha und Yasmina

≈

fehlten. Auch Dabir und Adia Shalia wurden plötzlich vermisst. Tabea geriet augenblicklich in Panik.

„Wenn dem Kind etwas passiert!", schrie sie ihre Mutter an, als hätte diese Yamira veranlasst zu verschwinden.

„Die kommt bestimmt bald wieder", beruhigte Alex seine Frau und nahm sie in den Arm. „Urd kann nichts dafür. Unsere Tochter ist sehr eigenwillig, das weißt du doch."

Urd ließ Tochter und Schwiegersohn stehen und wandte sich suchend um. Sie fand Britta, die half, Stühle auf die Tische zu stellen. Die meisten Anwesenden hatten sich bereits auf den Heimweg gemacht.

„Lass uns nach den Mädchen sehen", forderte Urd ihre Freundin, „vielleicht finden wir dabei auch Dabir und seine Adia."

„Die sind doch dort vorn bei der Tür", stellte Florian nüchtern fest. Die Vier wurden stürmisch begrüßt und mit Fragen überhäuft.

„Die Mütter kennen anscheinend ihre Töchter nicht." Dabir blickte Tabea an, die sehr grimmig ihrer Tochter gegenüberstand.

„Der Absturz und die Explosion ereignete sich etwa zwanzig Kilometer von hier, dicht bei einem Weiler. Plutonium war keines an Bord, die Luft ist derzeit dennoch nicht besonders gesund. Mund- und Nasenschutz im Freien wären daher gut und Fenster und Türen geschlossen halten." Alle atmeten erleichtert auf.

„Weißt du vielleicht, wer das war?", fragte Rafael.

„Ein Raumschiff der Draconier", antwortete Masha.

„Draconier?" Er schaute das Mädchen ungläubig an.

≈

„Ja", bestätigte Masha. „Er flog zu tief und hat dabei einen Sendeturm gestreift, der ihm einen großen Riss in die Außenhaut gemacht hat. Dadurch bekam er zu viel Sauerstoff in den Antrieb."

„Sendeturm?", wiederholte Florian ungläubig. „So schwach sind doch Raumgleiter nicht gebaut."

„Schon", gab Masha zu bedenken, „der Mast hatte eine sehr stabile Spitze aus besonders hartem Stahl. Die hat eine empfindliche Stelle am Rumpf getroffen und ein Stück aufgeschlitzt. Das war es dann!"

„Aber der steht doch keine fünf Kilometer von hier!", stellte Rafael entsetzt fest.

„Genau", pflichtete ihm Yamira bei. „Deshalb wäre es bestimmt besser, bereits heute an unserem energetischen Schutz zu arbeiten." Alle waren einverstanden. Kurzfristig wurde für den Abend ins Versammlungshaus gebeten, wer gerade konnte und ebenso für die beiden nachfolgenden Abende.

„Womit sind denn die Brautleute unterwegs?", fragte Urd plötzlich erschrocken.

„Mit dem innerirdischen Flugzeug." Yamira strahlte ihre Großmutter an.

Diese lächelte entspannt und nahm das Mädchen liebevoll in den Arm und auch Masha umfasste sie zärtlich. „Ihr seid zwei tolle junge Damen."

Am Abend trafen überraschenderweise fast alle Bewohner ein, um am energetischen Schutz Uru Annas mitzuwirken. Selbst einige Gäste, wie Dabir mit seiner Frau arbeiteten mit, ehe sie nach Hause flogen.

≈ ≈ ≈

Nach Tagen der Unruhe stellte sich in der Gemeinschaft allmählich wieder Normalität ein. Schon nach wenigen Tagen bemerkte Britta lachend, dass die drei Paare fehlten. „Wenn sie ständig zugegen sind, fällt das überhaupt nicht auf, was sie für die Gemeinschaft alles tun", meinte sie zu Urd.

Gartenarbeit stand an und Mithilfe im Gewächshaus. Urd genoss die Zeit mit Rafael dort, so wie sie auch die ganze Atmosphäre im Gewächshaus sehr mochte. Es lag schon eine Weile zurück, dass beide gemeinsam gegärtnert hatten. Urd erinnerte sich dabei spontan an eine intensive Auseinandersetzung, die sie mit Rafael in einem der Häuser hatte. Für einen Moment hielt sie inne und sah ihren Liebsten an. Dieser verspürte dies sofort, sah sie an und erkannte die Gedanken seiner Frau. Lächelnd schritt er auf sie zu und schloss sie in seine Arme.

„Danke", flüsterte er, „dass wir es schafften, unser Glück und unsere Liebe zu bewahren." Urd erwiderte seine Worte mit einem innigen Kuss. Lange hielten sie einander eng umschlungen. Ein entferntes Hüsteln ließ beide aufschauen. Yamira sah beide mit einem breiten Grinsen an.

„Mama lässt fragen, ob ihr auf einen Kaffee kommen möchtet?"

„Nur wenn du dich auch drücken lässt", scherzte Urd. Wie alle in der Gemeinschaft, so mochte auch Amira Yasmina eine herzliche Umarmung sehr gerne und hielt für einige Augenblicke still.

„Masha kommt auch. Mama hat einen neuen Kuchen ausprobiert." Alle lachten herzlich.

Sie waren mit ihrer Arbeit fast fertig, doch Rafael wollte zuerst noch einige Pflanzen wässern und dann nachkommen. So machte sich Urd zusammen mit ihrer Enkelin auf den Weg. Unterwegs bleib sie plötzlich

≈

stehen, betrachtete ihre Enkelin skeptisch und fragte, was diese sonst noch auf dem Herzen hätte.

„Ach", machte das Mädchen, „Mama stellt sich immer so an und wenn sie erfährt, dass ich mit Adrian für fünf, sechs Monate auf den Mars gehen werde, wird sie wieder sehr pampig. Da ist es besser –." Weiter sprach sie nicht.

„Du auf den Mars?" Urd bekam große Augen. „Wie kamst du denn auf diese Idee?"

„Das war nicht ich", erklärte Yamira, „Michael hatte am Fest mit Adrian darüber gesprochen, dass es gut für mich wäre, dorthin zu kommen. Marada hat sich riesig gefreut und ich auch. Nur Mama weiß es bislang nicht."

„Wann soll denn die Reise losgehen?", hakte ihre Großmutter nach.

„Wenn das Baby da ist. Masha soll auch mit, hat Michael gesagt und Mona ist einverstanden. Aber Mama –." Sie ließ den Satz unvollendet. Kurz vor dem Bistro ergänzte sie jedoch und klang dabei sehr betrübt: „Erst wollte sie mich nicht und nun führt sie sich auf, als sei ich ihr persönlicher Besitz."

Urd blickte erschrocken auf und nahm sie spontan in den Arm. „Dem ist nicht so", sagte sie versöhnlich, „sie hat nur Angst um dich."

„Du bist nicht immer bei uns", protestierte das Mädchen. „Wenn Papa nicht wäre, dann –." Auch diesen Satz beendete sie nicht. Urd wurde hellwach. Sie ahnte, dass sie nur deshalb eingeladen wurde. Tabea sollte erfahren, dass ihr Nesthäkchen flügge wurde. So war es denn auch.

Im Verlauf des Nachmittags lenkte Masha geschickt das Gespräch und erklärte ihrer erstaunten Tante, dass sie zusammen mit Adrian, Marada und Yamira einige

≈

Monate auf dem Mars verbringen würden. Tabea brauchte einige Minuten, bis sie realisiert hatte, was ihr ihre Nichte da offenbarte.

„Das war es also, was ihr bei der Hochzeit mit Michael besprochen habt", lachte Alexander. Er sah seine Tochter liebevoll an. „Ich beneide dich ein wenig und vermisse dich bereits jetzt. Wann soll es denn losgehen?"

„Wenn die Babys da sind", antwortete Mona und sah ihre Schwester offen an. In dieser arbeitete es mächtig.

„Werde ich auch noch gefragt?", bemerkte sie in ihrer schnippischen Art. Sie blickte von Yamira zu Masha. „Wenn deine Mutter dich gehen lässt, bitte. Yamira bleibt hier!" Sie wollte aufstehen und die Runde verlassen, doch Urd hielt sie zurück.

„Deine Tochter, liebe Tabea, ist wie Masha und dein Sohn Adrian ein Avatar. Wenn du ihr das verbietest, wirst du sie verlieren, und zwar ganz."

Tabea fühlte sich berührt. Dennoch fragte sie überheblich: „Woher willst du das wissen?"

„Mama hat recht", schaltete sich Mona ein. „Unsere Töchter sind anders, als wir es in ihrem Alter waren, liebe Schwester. Du wirst nicht nur sie verlieren, sondern deine Söhne mit, da sie es weder verstehen noch akzeptieren können. Überlege es dir gut. Sie kommen doch wieder." Sie legte ihre Hand auf Tabeas Arm und wie ein leichter elektrischer Strom lief durch ihren ganzen Körper. Tabea schrie kurz auf.

„Was machst du mit mir?" Hilfesuchend sah sie sich um. Als ihr Blick auf ihre Tochter fiel, sagte sie energisch: „Amira Yasmina bleibt hier!" Betroffen ließ das Mädchen den Kopf sinken. Tabea verschwand in der Küche und ihre Gäste beeilten sich, ihre Reste

≈

aufzuessen oder leerzutrinken. Das erste Mal seit langer Zeit, wollte Mona von ihrer Schwester nichts geschenkt haben und bestand darauf, zu bezahlen. Diese nahm es wie selbstverständlich an. Als jedoch auch Rafael bezahlen wollte und Tabea im Begriff war, das Geld zu nehmen, schaltete sich Alexander ein. Er griff nach ihre Hand und hielt sie energisch fest.

„Du gehst entschieden zu weit", sagte er angespannt, „ich schäme mich für dich!" Er gab Rafael das Geld zurück und wartete, bis er mit Urd gegangen war, nahm seine Tochter und ging mit ihr spazieren. Uru Anna bot dazu reichlich Platz. Yamira genoss es stets, mit ihrem Vater allein zu sein, doch sie konnte seine Gedanken lesen, was sie sehr betrübte. Er war im Begriff, sich von Tabea zu trennen und hätte seine Tochter gerne mitgenommen. Bislang traute er sich nicht, mit ihr darüber zu sprechen.

Zwei Tage später lag Yamira mit sehr hohem Fieber im Bett.

Ausnahmsweise wurde ein Arzt gerufen, da ihre Eltern sich nicht mehr zu helfen wussten, doch der konnte nichts ausrichten oder feststellen und verordnete nur ein fiebersenkendes Mittel. Es half nicht! Urd wurde gebeten zu kommen, um zu sehen, was sie tun könne. Masha kam mit ihr zur selben Zeit am Bistro an. Enkelin und Großmutter wählten den privaten Hauseingang.

„Du kannst nicht mit hereinkommen", fuhr Tabea schroff ihre Nichte an.

„Dann kann ich auch nicht rein." Urd drehte sich auf dem Absatz um.

„Kommt bitte beide!", hörten sie Alexander laut sagen. Urd blieb stehen, sah ihre Tochter an und fragte: „Was sagst du?"

≈

„Kommt beide!"

Alexander wirkte sehr angespannt und Tabea hatte verweinte Augen. Als Urd in Yamiras Zimmer trat, erschrak sie bis ins Mark. Mit hochrotem Kopf lag das Mädchen matt in ihrem Bett.

„Kannst du etwas tun?", fragte ihr Schwiegersohn leise.

„Urd erklärte euch doch, dass ihr sie verlieren werdet", beeilte sich Masha zu sagen und ergriff zärtlich eine Hand ihrer Cousine. Tabea schluchzte auf.

Plötzlich trat Alexander nach vorn ans Bett. „Ich nehme dich mit, mein Schatz", sagte er zu Yamira, „und wenn du wieder gesund bist, darfst du zum Mars fliegen." Er drehte sich zu seiner Frau. „Ich wollte es zwar nicht in dieser Art aussprechen, aber ich kann nicht mehr. Ich werde dich verlassen und nehme meine Tochter mit. Mir reicht deine Selbstgefälligkeit und dein Egoismus."

Wie angewurzelt stand Tabea da, unfähig etwas zu sagen. Das war zu viel auf einmal. Als sie wieder zur Besinnung kam, lag sie in ihrem Bett und Mona saß bei ihr. „Wo ist Yamira?", war ihre erste Frage.

„Die ist in ihrem Bett, Mama ist bei ihr."

„Und Alex?" Tabea schloss ihre Augen und Tränen bahnten sich ihren Weg.

„Der sucht seine Sachen zusammen und einiges für Yamira", erklärte ihr Mona. Ihre Schwester schluchzte laut auf. „Ich will das alles nicht!"

„Zu spät", sagte Mona ungerührt. „Du hattest viel Zeit, dich daran zu gewöhnen, dass du eine besondere Tochter hast. Bei Adrian wusstest du es lange Zeit nicht, aber bei Yamira war es von Anfang an klar." Sie sprach einfühlsam, aber auch sehr klar.

≈

„Nur weil sie nicht auf den Mars darf, dieses lebensbedrohliche Fieber?"

„Nein", antwortete ihre Schwester, „du behandelst sie als dein Eigentum, ohne Rechte und das, bei einem hochsensiblen und spirituellen Wesen. Sie zieht nur ihre Konsequenzen."

Mühsam versuchte sich Tabea aufzurichten. Ihr schwindelte sofort, doch sie blieb aufrecht sitzen. „Ich will zu meiner Tochter." Langsam schälte sie sich aus ihrem Bett. Mit Monas Unterstützung gelangte sie in Yamiras Zimmer. Eine ganze Weile stand sie am Bettende, Tränen rannen ihr unaufhörlich über das Gesicht und allmählich ging sie auf die Knie.

„Ich glaube", stieß sie gepresst hervor, „ich liebe dieses Kind so sehr, dass ich unendliche Angst habe, sie zu verlieren, egal auf welche Art." Sie robbte sich zu ihrer Tochter hoch.

„Lasst mich etwas mit ihr allein", bat sie. Urd erhob sich, hakte Mona unter und verließ das Zimmer. Unter der Tür stand Alexander, der das Geschehen wortlos beobachtet hatte. Auch ihn hakte Urd ein und ging mit ihm und ihrer jüngeren Tochter ins Wohnzimmer. Es sah recht neu aus, obschon es einige Jahre alt war. Urd sah ihren Schwiegersohn eingehend an.

„Wenn du es mit Tabea nicht mehr aushältst und gehen willst, kann ich dich gut verstehen. Sie ist eine schwierige Person. Wenn du euch jedoch eine Chance geben willst, dann macht ihr das Bistro für zwei, drei Wochen zu. Für das Gästehaus habt ihr Personal und Julia springt bestimmt beim Frühstück ein, wenn es erwünscht ist."

Alex nickte stumm. „Unser Privatleben kam in den letzten Monaten ziemlich zu kurz", sagte er monoton.

≈

„Wird Yamira es schaffen?" Flehend wechselte sein Blick von Mona zu Urd.

„Britta ist auf dem Weg hierher mit einer großen Flasche Medizin, das sollte beiden Frauen helfen", antwortete ihm seine Schwägerin. Kurz darauf läutete es an der Tür und die angekündigte stand mit Masha davor. Dass diese gegangen war, hatte niemand bemerkt.

„Die Menge sollte für euch drei reichen", meinte Britta und stellte Alex eine große Flasche Lavidaria auf den Tisch. Sie sah ihn eindringlich an und suchte nach einem Glas. Masha brachte ihr eines.

„Für dich zuerst", sagte das Mädchen fürsorglich und gab es ihm. Mit einem weiteren ging sie in Yamiras Zimmer und drückte es der weinenden Tabea, mit den Worten „Lass mir noch zwei, drei Tropfen übrig", in die Hand. Damit massierte sie die Lippen ihrer Cousine innen und außen ein. Schon nach wenigen Augenblicken schlug diese die Augen auf. Benommen sah sie sich um. Ihre Mutter verweint neben ihrem Bett auf dem Fußboden zu sehen, irritierte sie.

„Wenn du die Düse machen willst, liebe Amira Yasmina, gibt es Ärger mit mir", neckte Masha ihr Cousine. Yamira lächelte matt und schüttelte kaum merklich den Kopf. Alexander stand plötzlich mit Tränen in den Augen im Zimmer. Er brachte ein kleines Glas Medizin für seine Tochter, die es begierig mit seiner Hilfe Schluck um Schluck trank.

Unterdessen versuchte Tabea mühsam, sich zu erheben. Sie schwankte dabei sehr und ihr Kopf schmerzte entsetzlich.

„Danke Mama", hauchte Yamira und Tabea lächelte unter Schmerzen.

≈

„Ich komme gleich wieder."

„Ruhe dich erst ein wenig aus", meinte Alexander zu ihr, „ich bleibe eine Weile bei ihr."

Kopfschütteln ging nicht und reden wollte Tabea auch nicht mit ihm. Mit Mashas Hilfe gelangte sie in ihr Wohnzimmer zu einem weiteren Glas Medizin und danach zu einer Toilette. Urd unterstützte sie dabei. Mit einem großen Glas Wasser und Monas Unterstützung ging sie zurück zu ihrer Tochter. Zuerst wollte sie sich etwas abseits setzen, um nicht so dicht bei Alexander zu sein, doch Yamira winkte sie zu sich. Umständlich und widerwillig platzierte sie sich neben ihren Mann. Mona zog sich mit Masha leise zurück.

„Die Drei brauchen jetzt Ruhe und Zeit", meinte sie zu Britta und Urd und gemeinsam verließen alle das Haus.

„Warst du das?" Überrascht sah Urd erst Masha und dann das Schild an der Bistrotür an. ‚Wegen Krankheit geschlossen' stand da in bunten Buchstaben zu lesen.

„Eine schnelle Gemeinschaftsarbeit mit Britt", lachte das Mädchen.

Mona lud die Freundinnen noch auf einen Kaffee zu sich ein. Unterwegs meldete sich Florian telepathisch und bat um ein Treffen mit Amid und Rafael.

„Kommt doch alle zu uns", schaltete sich Mona ein. „Masha will zu Sunja und wir haben Zeit." Alle Angesprochenen stimmten zu. Norman war zwar über den spontanen Besuch überrascht, aber dennoch erfreut darüber, alte Freunde wieder im Haus zu haben. Mona hatte noch eingefrorene Reste vom Hochzeitsessen für alle zu Hause, die sie in den Backofen schob, um aufzutauen und heiß werden zu lassen für später.

≈

Florian eröffnete die Gesprächsrunde mit einer Hiobsbotschaft. „Der Weiler in der Nähe der Absturzstelle musste vorsorglich evakuiert werden, da die Wrackteile des abgestürzten Raumgleiters große Löcher in die Häuser gerissen haben und", er machte eine kleine Pause, um seine Worte zu unterstreichen, „es gibt zwei schwer verletzte Anwohner und zehn Leichtverletzte."

„Die schweren Verletzungen entstanden durch Draconier, denen die Bewohner helfen wollten."

„Wurden sie von Draconier angegriffen?" Mona war entsetzt.

„So kann man das auch sagen", flapste Florian. „Einer der zwei Dracos wurde von einem Bewohner erschossen, sonst wären die Menschen wohl nicht mehr am Leben."

„Der zweite Draco wurde angeschossen und verzog sich ins Wrack", ergänzte Amid. „Dort sitzt er nun und ob noch andere bei ihm sind, und wie viele ist nicht bekannt. Auch mental ist nichts auszurichten." Nachdenklich überlegte Urd, wieso Draconier auf der Erde weilten.

„Weil sie das schon seit Jahrtausenden tun", schaltete sich Norman ein. Fragende Augen sahen ihn an. Er erklärte ihnen, dass sie sich mit List und Tücke vor ewigen Zeiten auf der Erde eingeschlichen hätten, im Inneren der Erde leben würden und den Menschen seither einredeten, sie seien die wahren Herren Gaias und die Menschen hätten ihnen zu dienen.

„Zufällig oder nicht, habe ich vor etwa einem Jahr begonnen, mich mit dem Inneren der Erde und unserer Geschichte zu beschäftigen", klärte er die Freunde weiterhin auf.

≈

„Ja und ich durfte mir so manche blutrünstige Geschichte darüber anhören", lachte Mona.

Besorgt fragte Rafael, ob einer wisse, was mit dem Wrack gemacht werden würde.

„Militär ist vor Ort und kümmert sich darum." Auch Amids Stimme drückte Sorge aus.

„Bonabu war beim Galaktischen Rat anwesend", brachte Urd nachdenklich vor, „und ich dachte, wenn er mir auch nicht gefiel, dass diese Spezies dann in Ordnung wäre."

„Soweit mir in Erinnerung ist", warf Rafael ein, „hatte Gadreel mit dem Draco Kontakt."

„Oh!", stöhnte Urd auf, „das verspricht nichts Gutes."

Noch lange saßen alle beisammen und beratschlagten, was zu tun sei. Das Einzige, das ihnen einfiel, war, ständig darauf zu achten, dass der Schutz Uru Annas stabil blieb. Gina, die mental zugegen war, schlug einen festen Tag in der Woche vor, an dem sich der innere Kern um den Schutz kümmern solle. Vom mittleren und äußeren Ring sollten diejenigen hinzukommen, welche mental stark genug waren. Der Vorschlag wurde einstimmig angenommen.

Die nächsten Tage verliefen ruhig. Von dem Absturz hörte die Gemeinschaft nur nebenbei. Dagegen waren die Nachrichten voller Kriegspropaganda und die kriegerischen Handlungen kamen Deutschland und Uru Anna immer näher. Alles entwickelte sich erschreckend schnell, wie von langer Hand vorbereitet. Urd und ihre Freunde wurden darüber mit der Zeit sehr unruhig.

Yamira zog für zwei Wochen zu Mona und Norman. Ihre Eltern wollten in dieser Zeit nach Gie-

Nah, um mit Amira zu arbeiten und um gemeinsame Zeit zu haben. Auch um zu prüfen, ob ihre Ehe noch Bestand hatte und wie es für sie weitergehen sollte. Anschließend wollten sie zu dritt nach Neuseeland, in die Gemeinschaft Alamak. Das war Yamiras Wunsch. Bei der Hochzeit hatte sie sich mit den Enkelsöhnen von Britta und Florian angefreundet. Zusammen mit Masha waren sie zu viert die ganze Zeit über unzertrennlich.

Auf internationaler Ebene wurde ein großes Ratstreffen einberufen, um über die Lage zu beratschlagen, was getan werden konnte. Obwohl Urd und Britta ausgeschieden waren, wurden sie dennoch mit ihren Partnern dazu eingeladen. Treffpunkt war dieses Mal die Gemeinschaft Deneb im Dreiländereck Peru, Ecuador und Brasilien. Die Freude war groß, nach langer Zeit Kamata und Igasho wiederzusehen. Zur Überraschung aller fand die erste Versammlung mitten im Dschungel statt. Es war ein Platz ähnlich dem, den die Freunde in der Nähe von Aguas Calientes in Peru kennenlernten und den nur Einheimische kannten und fanden. Immer nur zwei oder drei Paare wurden gleichzeitig von Führern auf Mulis zu dem Platz im Urwald gebracht.

Nicht alle Teilnehmer genossen die friedliche, mystische Ausstrahlung dieses Ortes. Für die Freunde aus Uru Anna war es jedoch, als würden sie einen altvertrauten Ort besuchen. Ein großer Stein in der Mitte des Dorfplatzes zog die Freundinnen schon bei ihrem Eintreffen magisch an. Er erinnerte sie an das Dorf im peruanischen Urwald. Ein solcher großer Stein stand dort ebenfalls mitten auf dem Dorfplatz und stellte eine Verbindung zu den Ahnen und Paccha

Mama, Mutter Erde dar. Ob dieser hier genauso fungierte? Neugierig näherten sich die Zwei. Kamata hatte Urd und Britta beobachtet und kam ihnen zuvor.

„Alle Steine, die so platziert sind, funktionieren genauso wie jener, den ihr kennt", klärte sie beide auf. „Ich soll euch von Motega grüßen, er würde bei uns weilen, wenn wir hier tagen. Er sagte voraus, dass ihr direkt nach eurer Ankunft zu dem Stein gehen würdet." Die Freundinnen lachten.

„Wir möchten später zur Eröffnung hier eine Zeremonie abhalten und es könnte gut sein Urd, dass du abermals unsere Verbindung zwischen den Welten sein wirst", erläuterte Kamata weiter.

Zuerst ging es jedoch in den Versammlungsraum der Gemeinschaft unweit des Dschungeldorfs und als alle ihre Unterkunft bezogen hatten, wieder zurück in den Urwald. Ein kleiner Teil der einhundertundacht Teilnehmer war in kleinen Häusern im Dschungel untergebracht, die einfach aber behaglich waren. Der überwiegende Teil logierte jedoch bei Bewohnern der Gemeinschaft Deneb.

Das dichte Blätterdach ließ nur wenig Sonnenlicht hindurch, was ein geheimnisvolles, schummriges Licht auf den Dorfplatz zauberte. Fackeln brannten deshalb ringsum und große Feuerschalen wurden entzündet, die wilde Tiere fernhielten, wärmten und den Platz erhellten.

In traditionellen Gewändern eröffneten Kamata, Igasho und ihre Stellvertreter Lomasi und Yana die Zeremonie. Sie gingen mit großen Räuchergefäßen umher und reinigten jeden zeremoniell. In rhythmischen Anrufungen wurden die Ahnen, so wie die große Mutter, Paccha Mama gebeten, anwesend zu sein, um mit und durch einen aus der Gruppe oder

≈

auch mit mehreren zu sprechen. Eine eigenartige Stimmung breitete sich unmittelbar über dem Platz aus. Die Tiere der Umgebung verstummten allmählich und Wind kam auf. Yana schritt von Feuerschale zu Feuerschale und warf Kräuterbündel an den Rand, die sofort zu qualmen begannen und einen angenehmen Duft verströmten.

„Wir rufen dich, Paccha Mama, wir brauchen deinen Rat", rief Kamata mit lauter Stimme.

Ganz automatisch gingen Urd und Britta in die Mitte zu dem Findling. Adia Shalia folgte ihnen ebenso unaufgefordert, genau wie Kamata. An jede Seite des Steins setzte sich eine der Frauen und lehnte sich mit dem Rücken daran. Ein tiefes Grummeln ertönte, das einige aus dem äußeren Kreis heftig erschreckte.

„Ihr habt gerufen!" Eine mächtige Stimme, die von überall herzukommen schien, ertönte. „Euer Anliegen wurde bereits zigfach besprochen, warum also schon wieder?"

Britta ergriff sofort das Wort, denn eine solche Ansprache mochte sie nicht. „Wenn alles für alle so klar wäre", konterte sie, „würden wir das Gespräch mit dir nicht suchen. Zudem sitzen hier heute viele, die dich noch nie sprechen hörten."

„Tochter", die tiefe Stimme klang spöttisch, „ich spreche zu allen meinen Kindern in unterschiedlicher Weise. Sie hören mir selten zu. In direkter Art wie mit dir rede ich nur, wenn das Verständnis dafür vorhanden ist. Ihr habt zu viel Angst vor Gewalt und Macht. Dabei erkennt ihr nicht, dass Gedankenenergie eine Macht darstellt, nur auf einer anderen Ebene. Meine Kinder bekamen und bekommen das, was sie wollen, wohin sie die Energie ihrer Gedanken richten."

Eine kleine Pause trat ein. „Viel mehr gibt es nicht zu sagen", ertönte die Stimme Gaias wieder.

„Mutter Gaia", begann Adia Shalia sanft, „wir stehen als Menschen vor einer großen Aufgabe und wissen nicht, wie wir sie bewältigen sollen."

„Tochter, hast du nicht zugehört?" Gaias Stimme klang aufgebracht. „Vor Jahr und Tag sagte ich bereits, dass ihr Brücken bauen könnt im Nichts und Straßen anlegen, auf denen das geschehen kann, was ihr wollt."

„Ich verstehe!", rief Rafael plötzlich. Mutter Erde sprach ähnliche Worte vor einiger Zeit zu ihm, als Urd auf Occula gefangen gehalten wurde. Ihre Rückkehr gestaltete sich nahezu so, wie er es sich vorgestellt hatte.

„Gut, Sohn", antwortete ihm Gaia, „dann übernimm du endlich die Führung." Eine besondere Stille trat ein, wie immer, nach einem Gespräch mit Mutter Erde. Nun war Rafael an der Reihe zu erklären, was beim Bauen von Brücken und Straßen im Nichts zu tun war.

„Wir sollten lediglich darauf achten, dass wir ein einheitliches Bild verwenden", gab Florian zu bedenken.

„Und wenn möglich einen einheitlichen Text dafür", ergänzte Dabir. Alle stimmten dafür, am nächsten Tag sofort daran zu arbeiten.

Ganz unvermittelt traten aus dem dichten Gebüsch um den Platz einige Menschen mit großen Körben in der Hand. Blitzschnell bauten diese eine lange Tafel mit Sitzbänken auf und platzierten auf den Tischen duftende Schalen mit allerlei Köstlichkeiten der heimischen Küche. Aus den Häusern am Rande brachten einige Teller und Besteck und verteilten es schnell. Bei all dem Gewusel glaubte Urd zwei

≈

Personen zu erkennen und ging langsam auf sie zu. Kam sie in ihre Nähe, verschwanden sie wieder, um an einer anderen Stelle mit anzupacken. Sie wählte sich eine der zwei Personen aus und folgte ihr wie ein Schatten in eines der Häuser, beobachtet einige Augenblicke, was diese tat und als endlich ihre Hände leer waren, sprach Urd sie an.

„Wakanda, warum läufst du vor mir weg?" Abrupt drehte sich die so angesprochene um. Ungläubig musterte sie Urd.

„Urd?", kam es fragend zurück. Diese nickte. Zwei kräftige Arme flogen regelrecht um Urd herum, packten sie, um sie in der Stube herumzuwirbeln. Die Freude war groß, sich nach so langer Zeit wiederzusehen. „Dann habe ich Tadi doch richtig erkannt", stellte Urd nach einer Weile fest.

Wakanda verneinte und meinte, dass dieser erst später kommen würde. „Du musst jetzt gehen. Kamata und Igasho warten auf dich." Rasch eilte Urd hinaus, entschuldigte sich bei den beiden laut und nahm neben Rafael Platz. Die Gastgeber bedankten sich bei allen Gästen, Helfern und Mutter Erde für die Unterstützung.

Ein fröhliches Mahl mit viel Lob und Anerkennung für die dargereichten Speisen zog sich über den Abend hin. Die vier Freunde unterhielten sich lange mit Wakanda, erkundigten sich nach Motega und dem gespaltenen Baum und all den anderen, die sie im Urwald Perus kennengelernt hatten.

Irgendwann löste Urd sich aus der Unterhaltung und schlenderte zu dem großen Stein in der Mitte. Zeichen waren darauf eingraviert, die sie an Runen erinnerten und an die Glyphen in Peru. Sanft strich sie mit den Fingern entlang der Linien. Etwas Magisches ging augenblicklich von dem Stein aus, als würde er auf die Berührung reagieren. An viele seltsame Ereignisse gewohnt, ließ sich Urd darauf ein. Eine Melodie griff nach ihr und trug sie mit sich fort. Il Aki Runa setzte sie auf den Rücken des Riesenvogels Yagulla, der sie über Land und Meer trug. Diese Melodie vermochte es immer noch, sie zu fesseln und, wie vor Jahren, in geistige Gefilde zu entführen. Urd fühlte sich so wohl, wie lange nicht mehr und wäre liebend gerne lange so weitergeflogen. Doch die Töne wurden eindringlicher und forderten unmissverständlich zur Rückkehr auf. Aron lachte sie plötzlich an und Adrian schien sie zu mahnen aufmerksam zu sein. Doch worauf? Beim Ausklang der letzten Töne erkannte sie, worauf sie achten sollte. Gadreel grinste sie breit an.

Abrupt befand sie sich wieder ganz bei sich. Tadi stand ihr gegenüber und lächelte sie entwaffnend an. „Du hast gespielt!", rief Urd freudig aus und umarmte ihn herzlich.

„Nach wie vor ein erhebendes Gefühl, wie du auf die Melodie reagierst", kommentierte er.

Urd ließ ihn los und hielt sich am Stein fest. Ihr schwindelte plötzlich sehr. Igasho sah es, kam und führte ihre Hand vom Stein weg. „Halte dich lieber an mir fest", forderte er sie verstehend auf. „Du bist schon lange nicht mehr so unterwegs gewesen, da kann das passieren." Er sah Tadi intensiver an. „Diese Melodie vorerst nicht mehr!" Seine Stimme klang sehr eindringlich.

„Ich habe nicht gespielt", wehrte sich dieser. „Hier", er breitete seine Arme aus, „ich habe kein Instrument bei mir." Igasho war überrascht. „Der Stein und Paccha Mama bringen das selbst zustande", erklärte Tadi.

≈

„Dann kam die Melodie nur, damit ich Gadreel sehen sollte", überlegte Urd laut, „wozu wird sich mir noch offenbaren. Es ist bestimmt gut, wenn Il Aki Runa, solange wir hier sind, nicht mehr ertönt. Sonst erfährt er unbeabsichtigt, wo wir sind. Das wäre fatal!"

Gegen Mitternacht löste sich die Versammlung auf und erst am späten Vormittag des nächsten Tages trafen sie sich wieder. Einigkeit herrschte darüber, dass sie alle für mehr Offenheit und mentale Arbeit werben wollten und zudem Kurse in diesen Bereichen anbieten, damit die Menschen erwachen und ihr Bewusstsein erweitern konnten. Das bedeutete erneut Aufklärungsarbeit für alle Gemeinschaften. Die große Gruppe der Ratsmitglieder pendelte zwischen dem Versammlungshaus der Gemeinschaft Deneb und dem Platz im Urwald, den auch jene zu schätzen lernten, die zu Beginn eher skeptisch waren. Sie fühlten sich mit der Zeit, wie die übrigen, richtig wohl dort und genossen die Zeremonie zum Abschluss zu Ehren Paccha Mamas und die ganz besondere Energie, die dabei entstand.

≈≈≈

Zu Hause angekommen, begegneten die vier Freunde Aron und Adrian, die sich zum Abflug bereit machten. „Ihr habt gefehlt", begrüßte Britta sie herzlich, „und wo geht es schon wieder hin?", hakte sie nach.

„Zu einem Treffen mit verschiedenen Spezies und hohen Politikern", antwortete Adrian keck. „Die Damenwelt", er sah von Alsuna zu Marada und lächelte dabei verschmitzt, „geht unterdessen

≈

einkaufen und sich verwöhnen lassen." Aron drängelte, sie müssten los. Ein kurzes ‚Tschüss' und ‚gute Reise' und schon waren die jungen Paare auf und davon.

Die Freunde sollten nicht allzu viel Zeit bekommen, die Vorsätze der großen Versammlung umzusetzen. Urd bat gleich am nächsten Tag bei Norman nach seinen Studien zum Thema Dracos. Er übergab ihr fünf dicke Bücher mit geballter Information. Tagelang vergrub sie sich in dieser Lektüre und war für kaum einen zu sprechen. Mitunter lief sie wie neben sich durch ihren Tag und verrichtete ihre Arbeit mechanisch. Rafael beobachtet sie in solchen Phasen stets aufmerksam. Meist klärte ein Gespräch über Gelesenes und Erkanntes von Seiten Urds seine Besorgnis.

„Ich würde gerne mit Michael über das Gelesene reden", äußerte Urd eines Tages, als sich der innere Kern zur Besprechung traf. Zusammen mit Norman hatte sie kurz über ihre neuen Erkenntnisse gesprochen, die zum Teil ihr altes Wissen bestätigten.

„Das brauchst du doch nicht", warf Mona ein. „Du musst dir nur vertrauen und das, was ist und das, was du gelesen hast zusammenbringen." Sie sah dabei ihre Mutter geradewegs an.

In diesem Moment waren das die falschen Worte. Urd, seit Tagen innerlich aufgewühlt, fühlte sich plötzlich wie im freien Fall. Nichts war für sie vorhanden, an dem sie sich festhalten konnte und das ihr Orientierung gab.

„Warum immer ich?", stieß sie gepresst hervor, bemüht, ihre Fassung zu behalten. „Wenn du dich damit befasst hättest, wüsstest du, wie verlogen alles ist und dies nicht erst seit ein paar Jahren, sondern seit Jahrtausenden. Es ist so einfach zu sagen, tu du es, du kannst das. Ich bin am Ende meiner Kräfte." Sie stand auf und verließ ohne ein weiteres Wort das Treffen. Betroffen sahen sich die anderen Telepathen an. Nach einigen Augenblicken warf Britta nachdenklich ein, dass ihre Freundin wohl meist alleine da stehe und sie vielleicht zu viel aufgebürdet bekäme, da sie am leichtesten Zugang zu allem Mentalen besäße. Rafael erhob sich, um seiner Frau zu folgen.

„Lass mich gehen", bat Mona. „Ich war schließlich der Auslöser und zudem denke ich, dass ich mit Mama noch über einiges reden muss."

Ungern stimmte Rafael zu. Er fühlte, dass er sie zwar in den Arm nehmen konnte, aber ob er dort seine Urd erreichen würde, wo die Tochter sie finden konnte, wagte er zu bezweifeln.

≈≈≈

≈

Veränderungen
nehmen ihren Lauf

Vor der Tür musste Mona sich entscheiden, welchen Weg sie wählen sollte, um ihre Mutter zu finden. Ihre Wahl fiel auf den, der in die neue Siedlung zu den Baumhäusern führte. Ein kleineres davon war nur für Urd und Rafael reserviert oder wenn sonst einer aus der Familie mal einige Zeit dem Alltag entfliehen wollte.

Urd schien die Strecke gerannt zu sein, denn gerade als Mona die kleine Siedlung erreichte, hatte diese die letzte Stufe hinauf erklommen. Sie war sehr überrascht, als sie ihre Jüngste zu sich emporsteigen sah. Noch immer aufgewühlt fragte sie reserviert, was Monas Anliegen sei.

„Mit dir reden", lautete die kurze Antwort ihrer Tochter. Da sonst niemand ringsum anwesend war, holte Mona kurzerhand zwei Stühle aus dem Apartment. Zwei Gläser und eine Flasche Wasser entdeckte sie außerdem und nahm beides mit nach draußen. Urd hatte beim Bau der Baumhäuser darauf bestanden, dass überall Terrassen angelegt wurden, um draußen sitzen zu können. Aufmerksam beobachtete sie das Tun ihrer Tochter. Kaum saßen beide, als Mona zu reden anfing.

„Ich habe mich, animiert durch Norman, mit der Erdgeschichte und der, der Menschen auseinandergesetzt. Und, ja, es ist schrecklich, dies alles zu wissen. Insofern kann ich dich gut verstehen." Sie sah ihre Mutter direkt an. „Du hast noch ein paar Fähigkeiten mehr als ich. Ich betone, noch. Mein Gefühl sagt mir, dass ich dich bald eingeholt habe." Urd lächelte verstehend.

„Du kommst nicht umhin", führte Mona weiter aus, „zu akzeptieren, dass du dazu bestimmt bist, manches zu tun, weil andere es nicht können. Bisher nicht! Es entwickelt und entfaltet sich derzeit einiges, das noch Zeit der Reife braucht." Sie griff nach ihrem Glas und nahm einige Schlucke davon.

„Du hast mir beigebracht", sie sah ihre Mutter geradewegs an, „dass ich mir, und meiner Wahrnehmung vertrauen soll. Was tust du? Nur, weil es nicht in so manches Weltbild passt, zweifelst du." Urd wollte protestieren, doch Mona wehrte ab.

„Diese unsere Welt ist verlogen, gewalttätig und was sonst noch alles. Ja, so ist es und du weißt genau wie ich, dass wir Menschen so gemacht wurden und wir nun zu unserem Ursprung zurückmüssen. Sagst du denen außerhalb der Gemeinschaften, dass sie von Engeln abstammen, wirst du für bekloppt erklärt. Lässt du dich davon beeinflussen? Nein!" Sie hielt kurz inne,

≈

als würde sie nachdenken, griff ihr Glas, leerte es in einem Zug und forderte Urd auf, sofort mitzukommen.

Überrascht von der unverhofften Wende tat sie, wozu ihre Tochter sie aufforderte. Etwas hatte sich plötzlich verändert, das spürte sie. Warum und was es war, konnte sie auf die Schnelle nicht ergründen. Die Atmosphäre um den Hain schien plötzlich extrem angespannt zu sein, wie vor einem gewaltigen Gewitter. So schnell es ging, liefen beide die Stufen hinunter, aus dem Waldstück hinaus und blieben abrupt stehen. Auf der gegenüberliegenden Seite stand ein großer Raumgleiter im Feld, in der Art der beiden Honusse, die im Besitz der Gemeinschaften waren.

„Gadreel!", entfuhr es Urd. Langsam und achtsam gingen beide Frauen einige Schritte die Straße nach links entlang, ihren Geist für alle Telepathen weit geöffnet und immer dicht an den Bäumen entlang. Entdecken konnten sie nichts. Dennoch zogen sie sich rasch wieder in das kleine Waldstück zurück. Was nun? Beide beobachteten noch eine Weile die gegenüberliegende Seite und stellten dabei fest, dass ein zweiter Raumgleiter auf dem Feld stand. Er parkte hinter dem Ersten, war etwas kleiner und in der Form einer Pfeilspitze ähnlich.

„Nakajo Ashira!" Urd war überrascht und erschrocken zugleich. „Was macht der hier? Und wieso hast du gewusst, dass die hier sind?"

„Es war nur ein plötzlicher Impuls, dem ich gefolgt bin. Hab' ich von meiner Mutter gelernt", flüsterte Mona und lachte Urd keck an.

„Lass uns zurückgehen, hier tut sich nichts", meinte sie noch und schickte sich an zu gehen, als schwere Fahrzeuge zu hören waren, die sich näherten und dabei

≈

langsamer wurden. Zwischen den Bäumen hindurch und verdeckt von dichtem Unterholz, das sie extra vor einiger Zeit angepflanzt hatten, konnten Mutter und Tochter Militärfahrzeuge erkennen, die anhielten. Soldaten sprangen heraus, um sich auf beiden Seiten der Straße zu verteilen. Zeit für Mona und Urd, langsam weiterzugehen.

Unterwegs hakte sich Mona bei ihrer Mutter ein. „Wie lange ist es her, als du schon einmal am Feldrand gestanden hast, nur damals mit einigen mehr als heute?" Urd wusste es nicht genau zu sagen.

„Hattest du damals gezweifelt oder hast du gewusst, dass du diesen Ashira kanntest?"

„Ich habe es verstanden", sagte Urd lächelnd und streichelte Monas Hand. „Mein Zustand kam durchs Lesen und Reflektieren, denn dadurch kamen einige Erinnerungen wieder in mein Bewusstsein, die ich nicht mehr haben wollte und alles wurde mir urplötzlich zu viel. Dazu kommt, dass ich immer mehr Probleme mit der Ignoranz der Menschen außerhalb habe. Aber wehe, es läuft etwas schief oder nicht so wie sie es wollen, dann sollen wir es wieder richten."

Mona blieb stehen und sah ihre Mutter liebevoll an. „Du kannst sie nicht verändern, sondern nur nehmen, wie sie sind. Du kannst sie auch nicht alle retten. Eigentlich keinen."

„Ich weiß", unterbrach Urd sie, „ich kann nur denen, die wollen, einen Weg zeigen, gehen müssen sie ihn allein." Beide setzten ihren Weg fort und kamen bald wieder bei Monas Haus an. Telepathisch versicherten sie sich, ob alle mitbekommen hätten, was vor Uru Anna parkte. Da alle mental zugegen waren und noch zusammen saßen, gesellten sich auch Mutter und Tochter dazu. Das Einzige, das sie noch gemeinsam erledigten, war der Schutz um und über Uru Anna zu verstärken. Dann wollte man erst einmal abwarten, was geschehen würde. Doch schon kurze Zeit später hörten die Telepathen von Phil, dessen Schule am äußeren Ring lag und damit freie Sicht über die Felder hatte, dass die Raumschiffe abgezogen wären.

Die Begebenheit wiederholte sich in den nächsten Tagen nicht und die Anspannung innerhalb der Gemeinschaft ließ allmählich nach. Urd blieb indessen sehr unruhig. Etwas war im Gange, das sie nicht greifen und nicht benennen konnte. Auch Britt und Mona hatten keinen Anhaltspunkt, was sie noch mehr beunruhigte.

Überraschend kam eine Einladung von Ireen, die Urd und Britta mit Partner zu einem großen Fest der Gemeinschaft Alkyone in Schottland einlud. Zuerst zögerte Urd, doch als Rafael ihr eindringlich nahe legte, dass es für sie an der Zeit wäre, etwas anderes zu sehen, stimmte sie zu. Über die Erleichterung, die sich bei ihr einstellte, war sie sehr erstaunt. Amid flog die vier Freunde nach Alkyone und danach nach Gie-Nah, um seine Tochter, die dort weilte, abzuholen.

Das schottische Hochland empfing die Freunde nordisch-frisch. Der Empfang bei Ireen und Brain fiel dafür umso herzlicher aus. „Würdet ihr morgen unser Fest mit einer Regenbogenzeremonie eröffnen?", bat Ireen sie beim Abendessen, „ihr würdet uns damit eine große Freude machen."

„Wir haben uns auch eine Doppelpyramide, wie ihr eine besitzt, zugelegt", ergänzte Brain.

Erstaunt über dieses Anliegen, sagten die Freunde zu. Noch lange tauschten sie sich untereinander über

≈

die Wirkung einer solchen Zeremonie aus. Als sich die Vier endlich zurückzogen, war es bereits nach Mitternacht. Alkyone war auf ähnliche Art angelegt wie Uru Anna, nur die Luft wirkte frischer und rauer. Der mittlerweile obligatorische Blick der Freunde zum Himmel ließ die Vier kurze Zeit innehalten. Zwischen zwei Wolkenfronten zeigte sich ihnen kurzzeitig ein sternenübersäter Himmel.

„Vor nicht allzu langer Zeit weilten wir noch da draußen", stellte Florian melancholisch fest. Obwohl er schon häufig im Weltall unterwegs gewesen war, überkam ihn dennoch immer wieder eine Ehrfurcht vor der gigantischen Größe des Alls.

Kaum hatten sie ihre Unterkunft erreicht, als ein leichter Regen einsetzte. Dieser hielt sich die ganze Nacht hindurch bis zum nächsten Morgen. Skeptisch beobachteten die Freundinnen den Himmel und äußerten ihre Bedenken, was die Veranstaltung betraf. Brain hingegen war voller Optimismus. Ständig wiederholte er, dass es am Nachmittag trocken sein würde. Er behielt Recht. Etwa eine Stunde vor Beginn der Zeremonie hörte der feine Regen auf und die Sonne ließ sich sehen.

Zusammen mit ihren Gastgebern fanden sich die Freunde, staunend über die Menschenmenge, am Festplatz ein. Urd musste stehen bleiben und zunächst alles auf sich wirken lassen. „Fantastisch", sagte sie schließlich, fasste Britta bei der Hand und besprach mit ihr die Zeremonie.

„Wie viele Telepathen sind anwesend?", fragte sie Ireen. Diese überlegte kurz, zählte zweiundzwanzig inklusiv ihr und Brain. Britta und Urd waren sich einig. Vier Paare platzierten sie, wie schon einmal, direkt an der Pyramide. Vier weitere in einem zweiten Kreis, genau hinter denen in der Mitte und da so viele Menschen anwesend waren, die restlichen fünf Paare in einem dritten Kreis. Britta und Florian befanden sich mit drei Paaren in der Mitte und Rafael und Urd im dritten Kreis.

Mit einem lauten Gongschlag begann die Zeremonie, die von Britta geführt wurde. Dabei verbanden sich alle mental mit der Erde, dem Himmel und ihrem eigenen Herzen. Die Telepathen bekamen von Urd die Anweisung, die Liebe so intensiv zu steigern, wie es jedem möglich war, und sie im Kreis fließen zu lassen. Alle Energie wurde auf die Spitzen der Pyramide gelenkt. Die Telepathen im inneren Kreis projizierten sie auf die untere Spitze und der äußere und mittlere Kreis, auf die obere. Für einen Moment wirkte es, als wolle das Gebilde aus Messing abheben. Es begann heftig zu pendeln und sich zu drehen, beruhigte sich jedoch bald wieder.

„Erinnert euch an Patma Patir", erklang Rafaels Stimme in den anderen Drei. Augenblicklich verspürten die vier Freunde einen gewaltigen Energieschub. Sie ließen die Hände, der anderen los, um die entstandene Energie besser fließen lassen zu können. Die Luft begann zu flirren und schillerte in Regenbogenfarben. Immer mehr Menschen lösten ihre Hände, da der Energiefluss zu stark wurde. Vielen rannen vor Freude und Ergriffenheit dicke Tränen über das Gesicht. Selbst bei Britta, Florian und den anderen flossen Tränen. Zu stark und zu schön war die Energie, die sich um die Pyramide ausbreitete. Einige ließen sich auf den Boden sinken, um den Überschuss an Energie an die Erde abzugeben. Urd forderte lautstark auf, alle Energie in die Erde fließen zu lassen, durch sie hindurch und um den Globus herum und dann allmählich wieder zu sich zurückzukehren. Es dauerte lange, bis es alle gelang. Bei dem einen oder anderen mussten die Freunde assistieren.

„Wie habt ihr das gemacht?" Roxane, Ireens Freundin, die in der Mitte bei Britta und Florian stand, kam mit tränennassem Gesicht auf Britta und Urd zu und umarmte beide innig. „Ich habe das Gefühl", sagte sie aufgelöst, „wie aus einem tiefen Schlaf erwacht zu sein."

„Die Alten Atlanter erwachen", entfuhr es Urd. Erstaunt über ihre eigenen Worte ließ sie ihren Blick schweifen und erkannte unzählige leuchtende Auren. Tief bewegt, zog sie sich langsam zurück. Rafael holte sie jedoch bald ein. Er hatte zwar alle Hände voll zu tun, um Fragen zu beantworten, als er jedoch wahrnahm, dass seine Liebste sich entfernte, brach er ab und eilte zu ihr.

„Ich habe entsetzliche Angst", begann diese sofort. „Ich konnte die Energie sehen und bewusst lenken. Was, wenn ich es übertreibe oder Menschen verletze, wie Gadreel oder Tapiwa? Was –?" Rafael verschloss ihren Mund mit einem Kuss.

„Liebling", begann er, bevor sie weiter reden konnte, „das wird nur dann geschehen, wenn dein Gegenüber nicht hören will, wie Gadreel oder nicht in der Liebe ist. Das sagte dir doch schon Michael und ich vertraue darauf."

„Wir auch", ertönte es plötzlich neben ihnen. Florian und Britta kamen freudig auf beide zu.

„Was auch immer es bedeuten mag, dass die Alten Atlanter erwachen", sagte Flo überschwänglich, „es war heute großartig und hat vielen den letzten Anstoß gegeben, die bereits am Erwachen waren." Er drückte

≈

Urd einen Kuss auf die Wange und seiner Britta ebenfalls. Rafael wurde in den Arm genommen und herzlich gedrückt.

„Und nun lasst uns mitfeiern, deshalb sind wir doch da." Zögerlich folgte Urd ihren Freunden, die vergnügt davoneilten. Fast ängstlich hielt sie dabei Rafaels Hand. Die Energie in ihrem Innern war immer noch hoch. Sie konnte fühlen, wie jede Zelle in ihrem Körper vibrierte und das ließ sie unsicher sein. »Was«, so dachte sie bei sich, »wenn diese Energie immer bleibt? Es ist jetzt schon kaum auszuhalten.«

„Daran wirst du dich gewöhnen", erklang Brittas Stimme laut neben ihr, „genau wie wir anderen auch!" Britts Worte waren wenig tröstlich, sie war zu aufgewühlt über das Gesehene und Erlebte.

Eine ausgelassene Stimmung empfing die Freunde im großen Festsaal der Gemeinschaft. Zwanzig Jahre Alkyone wurde gefeiert und alle Bewohner nahmen daran teil. Wie in Uru Anna, so waren auch hier immer alle in irgendeiner Weise an der Gestaltung beteiligt. Mitten unter den vielen Menschen entdeckten sie eine Person, die allen Vieren gut bekannt war, Michael. Auch er hatte die Ankömmlinge erspäht und kam ihnen entgegen.

„Ihr habt es geschafft", begrüßte er sie freudig.

Urd sah ihn skeptisch an. „Was haben wir geschafft?"

Michael lachte laut auf. „Immer noch die große Zweiflerin! Na, ihr habt die Schwingung der Liebe nicht nur erhöht, sondern potenziert. Jetzt werden immer mehr Menschen erwachen können. Das ist das wahre Können der Alten Atlanter." Er sah von einem zum anderen, „genau wie das neu erschaffen", ergänzte er.

≈

„Ich bin zuversichtlich", erklang unerwartet Brains Stimme neben den Fünf, „dass wir das auch schaffen, mit dem Imput, den wir heute erhalten haben!" Alle lachten. Musik erklang und lenkte die Aufmerksamkeit auf die Bühne. Nur Urd zog sich in sich zurück.

»Wir haben das Liebespotenzial erhöht«, ging ihr durch den Sinn.

„Und potenziert, liebe Mama", hörte sie ihre Tochter sagen. „Selbst wir hier in Uru Anna bekamen das mit. Zweifel nicht so sehr an dir!"

Urd musste schmunzeln. Die Entwicklung ihrer jüngsten Tochter vollzog sich schnell.

„Du hast Angst vor Missbrauch", fuhr Mona unbeirrt fort. „Da Aron und Adrian bald Michaels Arbeit übernehmen, habe ich keine Bedenken. Masha und Yamira gehen denselben Weg und bestimmt bald noch mehr Kinder, nicht nur aus unserer Gemein-schaft."

„Ich liebe dich, mein Schatz", konnte Urd nur antworten und „danke für dich." Sie atmete tief durch. Mona hatte recht! Entspannt konnte sie sich nun auf das Geschehen um sie herum einlassen, auch wenn es ihr nicht gelang, locker zu bleiben. Trotz des fröhlichen Treibens und der vielen anregenden Gespräche blieb sie in sich zurückgezogen. Die intensive Zeremonie wirkte nach und ließ immer wieder unverhofft Bilder in ihr aufsteigen, die sie meist als Zukunftsvision deutete. Nur ganz wenige Bilder zeigten ihr Zerstörung und Leid. In ihren Gedanken schwang größtenteils das Wissen um das Draconierschiff mit, das in der Nähe Uru Annas abstürzte und die beiden Raumgleiter, die gegenüber der Gemeinschaft standen. Sie suchte immer wieder einen Anhaltspunkt, eine

≈

Gemeinsamkeit, um gewappnet zu sein, fand jedoch nichts.

Auf ihren Wunsch hin unternahmen die Freunde, unter der Führung Brains, am nächsten Tag noch eine Tour durch die schottischen Berge. Eine besondere Stille umfing die Fünf. Jeder Schritt war zu hören und dröhnte beinahe in den Ohren, bis sie über eine Wiese den Berg hinauf stiegen. Kaum waren sie auf dem Gipfel angekommen, setzte Nieselregen ein und Nebel begann aus dem Tal aufzusteigen.

„Das ist schottisches Wetter", lachte Brain herzerfrischend und zeigte ihnen in einiger Entfernung eine Burgruine. An Rafael angelehnt stand Urd eine Weile mit geschlossenen Augen da und lauschte in die Stille hinein. Ein leises, entferntes Flirren ließ sie die Augen abrupt aufreißen.

„Da kommt ein Raumgleiter auf uns zu", stellte sie überrascht fest.

„Dann lasst uns rasch zum Wagen zurückgehen", schlug Brain vor. „In der kargen Landschaft fallen wir garantiert auf." Die Türen des Fahrzeugs waren gerade geschlossen, als ein pfeilartiger Raumgleiter über sie hinweg schwebte.

„Uff", machte Brain als der Gleiter wieder außer Sichtweite war, „so offiziell und auch am Tag, habe ich noch nie welche gesehen. Gut, dass sie uns nicht registrierten."

„Ging auch nicht", bemerkte Florian. „Wenn wir wirklich erschaffen können, dachte ich mir, dann sehen die da oben kein Auto, sondern einen grünen Hügel. Es scheint gelungen zu sein!"

„Da hätten wir alle drauf kommen können", stöhnte Rafael. „Aber gut, dass du daran gedacht hast." Britta ging derweilen mental auf Erkundungstour, um zu erforschen, ob der Gleiter zurückkäme. Doch in keiner Richtung konnte sie ein solches Flugobjekt ausmachen. Dann ging es nach Alkyone zurück. Packen war angesagt und Abschied nehmen, da es am Abend wieder nach Hause gehen sollte.

≈≈≈

Immer wieder nahm Urd den seltsamen Stein in die Hand, hielt ihn eine Weile, um ihn dann erschaudernd zurückzulegen. Sie bat auch Rafael den Stein zu halten, doch der verspürte nichts dergleichen. Die Mädchen fanden ihn vor einiger Zeit nach einem eigenartigen Gewitter im Garten und meinten, dass er bei ihr am besten aufgehoben wäre. Bislang war er nur im Regal gelegen. Seit einigen Tagen ging jedoch eine merkwürdige Anziehung von ihm aus, der sie sich nicht entziehen konnte. Warum auch immer fiel ihr Mona ein, die ihr vor geraumer Zeit nahe legte, dass sie akzeptieren müsse, Dinge zu können, die anderen nicht möglich waren. Kurzerhand nahm sie zwei kleinere Kerzenständer, platzierte einen für Gadreel und einen für Nakajo Ashira, den Stein legte sie in Vertretung für sich selbst dazu. Eine kleine Vase stellte Uru Anna dar. Immer wieder veränderte sie die Positionen der einzelnen Gegenstände, um zu überprüfen, wie sie zueinander standen. Leider eröffnete sich für sie keine neue Perspektive, außer dass der Stein sehr viel weicher erschien als sonst. Als solle es so sein, klopfte es an der Terrassentür und Mona trat ein. Schon wollte Urd alles wieder abräumen, doch ihre Tochter hielt sie davon ab.

„Sind das die beiden Gleiter gegenüber von hier?", fragte sie und zeigte auf die Kerzenständer.

≈

„Fast", meinte Urd und erläuterte ihr kurz die einzelnen Positionen.

„Warum wollen die deiner habhaft werden?", fragte Mona weiter.

„Keine Ahnung." Urd hob resigniert die Schultern.

„Gadreel hielt dich für Inana und Ashira sprach von dir als Ramalhaja", überlegte ihre Tochter laut. „Das bedeutet dann doch, dass du eine Macht besitzt, die beide für sich wollen, weil diese oder du, ihnen gefährlich werden könntest. Beide Frauen waren zu ihrer Zeit sehr mächtig und begehrt", stellte sie fest.

„Was ist diese Macht heute?" Urd sah ihre Tochter verwundert an und antwortete nur schulterzuckend.

„Mama", ertönte plötzlich Tabeas mentale Stimme genervt. „Was war das in Alkyone? Was, als du diese Christine vor Jahren aus dem Verkehr gezogen hast oder das Reden mit der Erdmutter?"

„Schwesterchen, du bist gut, danke." Mona grinste ihre Mutter verschmitzt an. „Soll ich dich noch daran erinnern, was du mit Gadreel und seinen Leuten auf dem Mars gemacht hast oder vor einiger Zeit hier auf der Erde?" Immer noch sah Urd ihre Tochter groß an. Alles, was beide Töchter aufzählten, tat sie einfach so, ohne nachzudenken. Es war nichts besonders. Das war sie und so war sie.

„Genau das ist es", unterbrach Mona ihre Gedanken, „es ist selbstverständlich für *dich*, aber nicht jeder kann das. Das heißt", sie schob Kerzenständer und Vase zur Seite und ließ nur den Stein liegen, „du musst dich dir selbst stellen und zu dem stehen, was du bist, einer der Alten Atlanter!" Überrascht sah Urd sie an.

„Ich denke", fuhr Mona unbeeindruckt fort, „dass es seit dem Ereignis in Alkyone einige Alte Atlanter mehr gibt. Dazu war die vorherrschende Energie viel zu stark, als dass sich da nichts getan hätte."

„Sogar bei mir hat sich einiges geändert", meldete sich Tabea erneut mental zu Wort. „Mona hat recht mit dem, was sie sagt. Du weißt gar nicht, wie sehr dich alle dafür schätzen und lieben." Auf jeder Seite kullerten Tränen der Rührung die Wange hinunter.

„Was schlagt ihr also vor?", wollte Urd wissen.

„Oh Mama", machte Tabea und Mona ergänzte, da ihre Schwester abgelenkt wurde, „akzeptieren und laufen lassen. Die Herrschaften tauchen mit Sicherheit wieder auf."

Sie sollte Recht behalten, nur nicht so bald.

≈≈≈

Änderungen

Viele Wochen gingen ins Land und trotz des geschäftigen Treibens in Uru Anna lebten die Menschen dort wie auf einer Insel. Besonders der innere Kern, der auch die innersten Grundstücke des riesigen Areals bewohnte. Es fand sich die Zeit, verstärkt Kurse anzubieten, in denen die Teilnehmer geschult wurden, ihr Bewusstsein zu erweitern und ihre Medialität verstärkt zu leben. Feldarbeit stand ebenfalls auf dem Plan, denn eine gute Ernte musste eingebracht werden.

Nur am Rande erfuhren die Freunde von den Umwälzungen im Land, den Ängsten der Menschen und der Unfähigkeit mancher Politiker, die wirkten, als seien sie gekauft worden, um eine schlechte Agenda durchzusetzen. Als Britta bei einem ihrer Kurse das Gespräch zweier Teilnehmer über strategische Kriegsführung hörte und darüber, dass einige Geheimdienste die Herrschaft über das Wetter innehaben sollten, wurde sie unruhig. Unverzüglich lud sie ihre Freunde, Urd und Rafael zum Abendessen ein, um sich auszutauschen. Rafael machte den Vorschlag, alle Telepathen einzubeziehen, da ihm der Themenkomplex gewaltig erschien und es alle anging. Große Betroffenheit herrschte unter den Freunden über das Geschehen im Land und auf der ganzen Erde. Jeder hatte ein Teilwissen darüber, das nun zusammengefügt werden konnte und somit ein besseres Gesamtbild ergab.

Janek und Julia, die dem Dreizehnerrat von Uru Anna angehörten, schlugen vor, eine große Versammlung einzuberufen, an der alle Bewohner teilnehmen sollten, um gemeinsam zu beratschlagen, was getan werden konnte. Das Treffen wurde von einem nervös klingenden Aron unterbrochen. Er bat Amid, die drei hochschwangeren Frauen und die dazugehörigen Männer nach Regulus zu fliegen, da die Niederkunft scheinbar kurz bevorstand. Rafael wollte sofort mitfliegen, doch Aron wehrte ab, weil er, Rafael, bald in Uru Anna gebraucht werden würde.

„Na dann darfst du gespannt sein", flapste Florian und Aron verließ mit Amid das Treffen. In dem darauffolgenden Gespräch ging es nur noch um alltägliches und um die anstehende Geburt bei gleich drei Frauen.

Die Bewohner Uru Annas fühlten sich trotz all der Aggressivität und Negativität im Außen, sicher und gut behütet. Der Herbst zog allmählich über das Land und aus Kanada kam die Nachricht, dass dreimal Zwillinge das Licht der Erde erblickt hätten und die Familien in Kürze nach Hause kämen.

≈

Die Freude war groß, dreimal Zwillinge gleichzeitig, das gab es noch nie in den Familien. Die frisch gebackenen Großmütter waren aus dem Häuschen und die jungen Tanten Yamira und Masha ebenso. Erstaunt stellten Tabea und Mona fest, dass die Paare wussten, dass es Zwillinge geben würde, denn in jedem vorbereiteten Kinderzimmer gab es alles doppelt.

Urd zog sich aus dem ganzen Geschehen zurück. Sie wurde Urgroßmutter und hatte für das Ur vor der Großmutter so gar kein Gefühl. Dennoch freute sie sich darauf, die jungen Familien bald wieder in Uru Anna zu wissen.

»Uru Anna, Licht des Himmels«, warum ihr gerade jetzt die Definition in den Sinn kam? »Adrian«, so dachte sie weiter, »wird bald seine Stellung auf dem Mars antreten und Aron oft unterwegs sein. Nur Marijan mit seiner großen Liebe zur Natur würde konstant in der Gemeinschaft bleiben.«

Nicht nur die Familien holten die jungen Eltern mit ihren Kindern am unterirdischen Bahnhof ab. Halb Uru Anna war auf den Beinen und freute sich mit ihnen.

Später standen Urd und Rafael andächtig vor den sechs kleinen Menschenwesen. Aufgereiht standen diese in Tragetaschen liegend auf ihrem großen Esszimmertisch. Drei Mädchen und drei Jungs. War das Zufall? Urd sah Arons strahlendes Gesicht und Adrian zwinkerte ihr zu: „Mental nachgeholfen."

Plötzlich kam Mona mit dem Telefon und einem Ausdruck des Entsetzens ins Zimmer und reichte Rafael den Hörer. In die Freude mischte sich augenblicklich Anspannung. Ungläubig hörte Rafael Igasho am anderen Ende zu. „Ihr habt was?", hakte er nach und schaltete den Lautsprecher ein.

≈

„Ein Erdbeben der Stärke 7,5 hat Deneb fast völlig zerstört", hörten alle seine zittrige Stimme. „Wir haben einige Tote zu beklagen, darunter auch Motega, Tadi und Wakanda. Wenn ihr helfen könntet?" Zu mehr war Igasho nicht fähig. Seine Stimme versagte.

„Wir kommen so schnell es geht", antwortete Rafaels kurz, dann legte er erschüttert auf.

„Musst du weg?", fragte Alsuna vorsichtig ihren Aron. Dieser verneinte und erklärte, dass Michael dies übernehmen würde. Schneller als gedacht wurde Abschied genommen. Die jungen Familien bezogen ihr Heim und Rafael und Urd packten. Amid, Britta und Florian schlossen sich ihren Freunden an. Sophia übernahm wie so oft Rafaels Kurse und blieb gerne zu Hause. Fliegen, gleich wo, mit wem oder was, bereitete ihr stets großes Unbehagen.

Aron ließ es sich nicht nehmen und brachte einige Ausrüstungsgegenstände zusammen mit Adrian zum Gleiter. Janek und Norman kamen mit etlichen Kisten Lebensmittel, Getreide, Gemüse und zahlreichen Kanistern Wasser. Wie bereits einige Male zuvor, stand Urd dabei und wunderte sich, wie schnell alles reibungslos vonstattenging und dies ohne Planung. Alles hatte Hand und Fuß, wurde in Ruhe und mit viel Engagement ausgeführt.

Während des Flugs durch das Innere der Erde zogen sich Britta und Urd in sich zurück. Mental durchstreiften sie das Erdinnere, was sie bislang in diesem Umfang noch nie getan hatten. Immer wieder ertönte von der einen oder anderen ein erschrockenes „Oh", was die drei Männer mit der Zeit unruhig werden ließ. Endlich öffneten die Frauen wieder die Augen und berichteten, was sich ihnen zeigte. Während Urd ihr Gesichtetes beschrieb, starrte Britta gedankenverloren auf eine kleine Karte, auf der die innerirdischen Städte markiert waren. Noch immer gab es darauf Punkte, von denen niemand wusste, was das sein sollte.

„Das ist es!", schoss es plötzlich aus ihr heraus. „Sieh dir die Karte an Urd", unterbrach Britta sie „und dann überlege, wo wir die Basen dieser Reptos entdeckten." Urd verfolgte, wie ihre Freundin auf die einzelnen Punkte zeigte. Still nickte sie. In der Nähe der Gemeinschaft Deneb lag ein solcher Punkt. Aber auf ihrem mentalen Rundgang konnten sie dort nur Felsen entdecken, jedoch keine Station.

„Schnallt euch bitte an", forderte Amid sie unerwartet auf. „Wir müssen ein Stück an der Oberfläche fliegen, ein Stück vom Stollen ist verschüttet." Über diese unterirdische Anlage mit ihren Flugbahnen staunten die Freunde immer wieder. Sie war perfekt durchdacht, fast unzerstörbar und ermöglichte immer wieder, durch verschiedene Schleusen an die Oberfläche zu kommen.

„Hoffen wir mal", unterbrach Florian die entstandene Stille, „dass nicht zu viele Militärflugzeuge einsatzbereit sind." Mit enormer Geschwindigkeit ging es aus dem Wasser und in niedriger Höhe über Brasilien hinweg. Amid, der den Gleiter steuerte, war ein begnadeter Flieger und beherrschte das Fluggerät perfekt. Gerade rechtzeitig konnten die Freunde landen und ihren Gleiter unter einem dichten Blätterdach verstecken, ehe sich das Militär am Himmel zeigte. Beim Aussteigen stellten die Freunde fest, dass fast der ganze Große Rat anwesend war.

Zelte wurden in Windeseile aufgebaut, Verwundete versorgt und Trümmer weggeräumt. Für einen Moment blieb Urd stehen und besah sich das ganze

≈

Ausmaß. Inmitten der Trümmer erblickte sie Michael, der Kamata im Arm hielt. Igasho stand unweit von ihr entfernt, mit einem Kleinkind auf dem Arm und einem notdürftigen Verband um den Kopf. Langsam gingen beide aufeinander zu. Behutsam, nahm sie beide in den Arm. Vater und Tochter standen unter Schock und das Lavidaria, das sie einstecken hatte, tat einmal mehr Überragendes. Beiden ging es augenblicklich besser. Er zeigte den Freunden, wo sie ihre Zelte aufbauen konnten und wo Waschgelegenheiten und Toiletten zu finden waren. Yana kam und bat Igasho mitzukommen. Seine Tochter Yoki übergab er Urd, mit der Bitte, sie zum Kinderzelt zu bringen. Behutsam nahm sie das Mädchen in den Arm und hielt es fest. Die Kleine schmiegte sich sogleich an sie und schien einzuschlafen. Doch in der Nähe des Kinderzeltes wurde sie wieder lebendig. Lomasi kam, nahm das Kind entgegen und begrüßte Urd herzlich. Auch sie hatte einige Blessuren abbekommen und stand unter Schock. Urd vermochte nichts zu sagen. Zu bewegt war sie über den Zustand der Gemeinschaft und über die vielen Verletzten auch unter den Kindern.

„Die Schwerverletzten sind nach Regulus gebracht worden", hörte sie eine männliche Stimme neben sich sagen. Michael stand bei ihr und legte eine Hand auf ihre Schulter, die ihr zu verstehen gab, mitzukommen. Sie winkte Yoki und ging mit ihm, zu einem ruhigen Platz, etwas außerhalb des Geschehens.

„Macht für die Menschen hier so viel Lavidaria wie es geht", begann er sofort. „Der Schock sitzt tief und wird sich nur langsam auflösen." Er lächelte versonnen. „Es werden in Kürze hier auch längst verschollene Schätze der Ureinwohner auftauchen und für Verwirrung sorgen. Die Erde gibt alles frei." Er sah Urd aufmerksam an.

„Dass du gesucht wirst, weißt du", begann er erneut und seine Stimme wurde leiser. „Was du nicht weißt ist, dass jene jetzt ganz in deiner Nähe sind, sich aber zuerst um Ihresgleichen kümmern müssen. Von einer mir bisher nicht bekannten Seite wurde eines ihrer Nester im Inneren Gaias zerstört." Urd wusste sofort, wovon er sprach. Einer dieser Punkte, von denen sie bisher nicht wussten, was dahintersteckte.

„War das Nest voll?", fragte sie. Michael nickte.

„Ja leider oder zum Glück, denn nun wissen diese Herrschaften, dass wir es ernst meinen. Sie müssen die Erde verlassen und mit deiner, eurer Hilfe wird dies geschehen."

„Ist das nicht etwas viel von uns verlangt?", warf Urd ein.

„Nein", entgegnete ihr Michael, „du sollst wissen, dass Gadreel und die Seinen erkannt haben, dass die Alten Atlanter erwacht sind. Das heißt, dass sie auf jeden Fall versuchen werden, dich zu fangen. Du bist für sie durch deine Vergangenheit die Schlüsselfigur schlechthin." Er lächelte still vor sich hin. Urd dagegen wirkte plötzlich sehr ernst.

Er legte einen Arm um ihre Schultern, was er sonst kaum tat. „Beschleunige nichts", sagte er sanft, „es wird euch gelingen. Nur darfst du nichts forcieren, nur wachsam und bereit sein." Urd nickte stumm. Ihr Herzen blieb trotz der zuversichtlichen Worte schwer. Michael verabschiedete sich bald und Urd half, auch um sich abzulenken, beim Aufräumen.

Was allen, den Helfern wie Bewohnern sehr guttat, war das gemeinsame Essen. Trotz all des Chaos, fanden sich immer welche, die eine schmackhafte deftige Mahlzeit zubereiteten. Am Abend fielen die Freunde wie erschlagen in ihre Feldbetten. Aron hatte sie in den Gleiter gepackt, und nun waren sie sehr froh darüber, nicht direkt auf der Erde schlafen zu müssen. Trotz der Erschöpfung konnten sie nicht sofort einschlafen. Jetzt, wo keine Ablenkung mehr da war, konnte das Tagesgeschehen verarbeitet werden.

„Hat Michael auch mit euch gesprochen?", unterbrach Florian die Stille der Nacht. Die anderen bejahten. „Was haltet ihr davon?"

„Im Moment nichts", murmelte Urd, „habe etwas Angst." Dann war sie eingeschlafen.

Nach gut einer Woche war die Gemeinschaft Deneb so weit aufgeräumt, dass ein einigermaßen normaler Tagesablauf gewährleistet werden konnte. Britta hatte geholfen, Medizin herzustellen, die sich alle täglich abholten. Für Gespräche, um das Erlebte besser zu verarbeiten, fand sich meist abends am Lagerfeuer die Zeit. Immer wieder flossen reichlich Tränen, besonders dann, wenn es um die Toten ging, die beklagt wurden. Am letzten Tag bauten alle Helfer zusammen mit den Bewohnern der Gemeinschaft den energetischen Schutz Denebs wieder auf, verstärkten und verankerten ihn tief im Inneren der Erde. Der Abschied verlief auf jeder Seite tränenreich, herzlich und voller Dankbarkeit für die geleistete Unterstützung. Brain und Ireen nahmen die Freunde aus Uru Anna mit nach Alkyone. Aron wollte sie dort in zwei Tagen abholen.

Das raue Klima Schottlands stand im krassen Gegensatz zu den feuchtwarmen Temperaturen des Dreiländerecks, in dem sie sich über eine Woche aufgehalten hatten. Dennoch zog es Urd und Rafael immer wieder hinaus. Meist begleiteten sie Britta und

Florian dabei. Aron verschob seine Ankunft um einen Tag nach hinten, was die Freunde zwar freute, aber gleichzeitig auch unruhiger werden ließ. Michaels Worte waren immer wieder Gegenstand einer Unterhaltung, ohne nennenswertes Ergebnis. Sie mussten alles auf sich zukommen lassen, wie Michael es sagte. Urd und Britta gönnten sich am letzten Abend eine ausgiebige Massage, was nach der anstrengenden Arbeit einfach nur guttat.

Die Freunde hatten es sich in den letzten Tagen angewöhnt, ihren Geist weit offenzulassen, um rechtzeitig erkennen zu können, wenn Gefahr auf sie zukommen würde. Da beide Frauen nichts Unangenehmes wahrnahmen, teilten sie ihren Männern telepathisch mit, dass sie noch ein paar Schritte gehen wollten. Alkyone war ähnlich, wie Uru Anna ein Karree, an dem an einer Seite eine öffentliche Straße vorbeiführte. Dort spazierten beide Frauen bereits eine Weile, als sie hörten, wie sich ein Fahrzeug näherte. Bis sie erkannten, dass Gefahr drohte, war es zu spät. Ein großer Wagen hielt, zwei Männer sprangen heraus, hielten Urd und Britta etwas vor Mund und Nase, sodass sie sofort ohnmächtig wurden. Wie zwei Säcke wurden sie ins Innere des Wagens gepackt.

≈≈≈

≈

Das Ende ist nah

Seltsame Geräusche drangen allmählich zu Urd durch. Bevor sie jedoch ihre Augen öffnete, um zu sehen, wo sie war, fühlte sie zuerst in den Raum hinein. Einige der vorhandenen Energien kamen ihr vertraut vor. Neben sich konnte sie einen Arm spüren und der feine Veilchenduft sagte ihr, dass es sich um Britta handelte, die neben ihr lag. Ihre Unterlage erinnerte sie an die harten Betten Occulas und langsam konnte sie manche Worte einordnen, die sie nur gedämpft hörte. Sie versuchte ihren Kopf leicht zu drehen, doch Britta gab ihr mental zu verstehen, dass sie sich noch nicht bewegen solle. Sie würden auf ein Zeichen hin gemeinsam in die Höhe gehen, um den Überraschungsmoment auszunutzen.

»Warum schon wieder?«, ging es Urd durch den Sinn. Die Antwort ließ nicht lange auf sich warten.

„Jetzt!", gab Britta mental das Kommando und beide Frauen richteten sich gleichzeitig auf. Doch die Betäubung hatte Nebenwirkungen, sodass es beiden speiübel wurde. Brittas Hand ging automatisch in ihre Hosentasche und zu der kleinen Flasche. Ein Schluck für sie und einer für Urd dämpfte die Übelkeit. Sie sahen sich um und dabei in gelbgrüne Augen. Hatten die Occulaner noch etwas Menschliches an sich, so waren die Wesen vor ihnen mehr Tier als Mensch. Lange dünne Beine und ebensolche Arme, dazu ein Rumpf und Gesicht wie von einer großen Echse kamen federnd näher.

„Dracos!", entfuhr es Urd entsetzt. Krampfhaft überlegte sie, wie der Draco hieß, den sie auf dem Mars bei der Tagung gesehen hatte.

„Mechnem Bonabu", stieß sie gepresst hervor, ehe sie das Wesen erreichte.

„Du kannst unsere Sprache? Woher kennst du Bonabu?"

Urd atmete auf. Doch anstatt zu antworten, fragte sie: „Wo ist Gadreel?"

„Hier", ertönte die raue Stimme des Occulaners.

„Was willst du von uns?" Wie schon vor Jahren wunderte sich Urd über ihre Gelassenheit und den Mut, den sie aufbrachte.

„Euch unschädlich machen!" Spöttisch verzog er seinen breiten Mund, „und dich ganz besonders."

„Ob das Tulipawananda gefällt?" Brittas Frage ließ ihn zusammenzucken.

„Lass das meine Sorge sein", wehrt er ab. „Kommt freiwillig mit oder ihr werdet getragen", er wandte sich um und schritt langsam davon. Die Frauen konnten etwas wie Sabber bei dem Wesen, das dabei stand, erkennen und entschieden sich fürs Laufen. Durch dunkle, stickige Gänge wurden die Freundinnen geführt, wobei sich die Übelkeit erneut meldete. Plötzlich hörten die Frauen Arons mentale Stimme.

„Legt eine Hand auf euren Solarplexus", sagte er ihnen ruhig, „wir sind bei euch. Haltet sie so lange es geht auf. Wir sind bei euch", wiederholte er. Urd und Britta taten, was er gesagt hatte. Kurze Zeit später war die Übelkeit verschwunden und sie fühlten mehr Energie in sich.

Gadreel brachte die Frauen zu einem Fahrstuhl und stieg mit dem Dracowesen ein. Blitzschnell hielten sich die Frauen die freie Hand vor Mund und Nase. Der Geruch, der von beiden männlichen Wesen ausging, war für die Zwei bestialisch. Kaum öffnete sich die Lifttür wieder, stürmten beide heraus und rangen nach Luft.

„Immer diese zarten Menschen. Sie vertragen nichts." Diese Stimme kannte Urd nur zu gut. Nakajo Ashira stand vor ihr.

„Wolltest du uns nicht unterstützen?", entfuhr es Urd.

„Deshalb bin ich hier." Sein süffisantes Lächeln sorgte dafür, dass sich ihre besondere Energie zu entfalten begann.

„Ich helfe euch, damit ihr den anderen sagen könnt, dass die neuen Herrscher der Erde, die Besten sind."

„Und wer sind die neuen Herren?", fragte Britta nach. Auch in ihr begann sich eine Energie zu regen, die sie bisher in diesem Ausmaß nicht kannte, ihr jedoch ein großes Maß an Sicherheit gab.

„Wir", er zeigte auf Gadreel, sich und nebenbei auf das Echsenwesen.

„Wer's glaubt", grinste Britta lapidar.

≈

„Ihr werdet es glauben und mit euch die gesamte Erde", brüllte Gadreel aggressiv los. „Auf den Stuhl mit den Zweien."

Urds Energie war auf dem Höhepunkt und nur mit Mühe konnte sie diese unterdrücken. „Fass mich nicht an", sagte sie betont ruhig, „keiner!"

„Ha", machte der Occulaner großspurig, „deine Kraft nützt dir hier nichts." Der Helfer tat es dennoch und landete einige Meter entfernt auf dem Boden. Zeitgleich öffnete sich eine Tür, aus der einige Menschen strömten, die wie betrunken schwankten. Dahinter rief eine Stimme: „Die nächsten können kommen."

Beim Anblick der herauskommenden Menschen erschraken die Freundinnen sehr. „Das sind doch", stammelte sie.

„Ja", selbstgefällig klopfte Nakajo einem, der vorbeilief, auf die Schulter, „ja, das sind eure Politiker, die von uns verbessert werden, damit wir schneller ans Ziel kommen."

„Das verstößt gegen das galaktische Abkommen", überlegte Urd laut.

„Wen kümmert es? Ihr folgt ihnen doch freiwillig durch eure Wahl und somit brechen wir kein Gesetz. Rein mit euch!" Nakajo gab beiden einen Schubs und hielt danach seine schmerzenden Hände an eine kühle Wand.

Was tun? Britta und Urd liefen langsam, Schritt für Schritt in den Raum hinein, in dem nur ein schummriges Licht vorhanden war. Mehrere Stühle mit seltsamen Apparaturen darüber standen entlang einer Wand. Auf dreien davon saßen Menschen, die eine Haube aus Metall mit vielen Kabeln auf dem Kopf

≈

hatten und die wiederum mit einem größeren Apparat verbunden waren.

„Wie in einem schlechten Film", hörte Britta ihre Freundin sagen. Mitten im Raum blieben beide stehen.

„Los setzt euch!", herrschte sie eine Fistelstimme an, „wir haben noch mehr zu tun." Diese Anrede war die Falsche. Mit zwei Schritten war Urd bei dem Wesen, packte es am Hals und schüttelte es. Britta riss unterdessen mit Wucht die Kabel aus den Apparaten und suchte nach einem Lichtschalter.

„Nein, kein Licht", wimmerte das Wesen, das mittlerweile auf dem Boden lag. Urds Finger hatten an seinem Hals Brandspuren hinterlassen.

Licht, das war das Stichwort schlechthin. Sie brauchten Zeit, hatte Aron gesagt und diese Herrschaften mochten keine Helligkeit. Die drei auf den Stühlen nahmen benommen ihre Helme ab und Urd konnte einen kurzen Aufschrei nicht unterdrücken. Drei Präsidenten saßen dort. Doch die mussten warten. Wie in Trance standen diese Drei auf und liefen zur Tür, drückten einen Knopf an der Seite und gingen hinaus. Britta nickte Urd zu und beide reihten sich ein. Ohne aufgehalten zu werden, schaffte es die sonderbare Gruppe bis in eine Art Empfangshalle. Dort schaltete sich, ohne ersichtlichen Grund, die Alarmanlage ein. Dennoch liefen beide gleichmäßig bis zur Ausgangstür.

„So kommt ihr nicht davon", ertönte eine kräftige Stimme über einen Lautsprecher. Urd und Britta sahen sich an. Was nun?

„Erinnert euch, ihr seid erwachte Alte Atlanter", erklang Arons Stimme erneut. Die Freundinnen lächelten. „Wenn das so ist, dann hätten wir gerne Licht, strahlend hell, bis in die allerunterste Etage." Ein

Bild entstand in Windeseile vor ihrem geistigen Auge, wie alle Etagen hell erleuchtet aufblitzten. Schmerzverzerrte Schreie, von weit entfernt, drangen unvermittelt bis zu ihnen. Dann standen Gadreel und Nakajo Ashira vor ihnen. Doch sie kamen nicht dazu, die Frauen anzusprechen.

Eine Tür sprang auf und ein wütender Draconier stürmte herein. „Schaltet sofort das Licht schwächer, sofort!", brüllte er. Als er jedoch Urd erblickte, blieb er überrascht stehen. „Erdenfrau, du?", sagt er ungläubig.

„Sie ist dafür verantwortlich", beeilte sich Gadreel zu erklären.

„Willst du mich verärgern?", blaffte ihn Bonabu an, „die?" Urd drehte sich um, sah zur Tür, hob ihre Hände und wirbelte etwas Unsichtbares durch die Luft, schleuderte es Richtung Ausgang und alle Glasteile zerbarsten augenblicklich, selbst die wenigen Fenster.

„Können wir jetzt gehen?", fragte sie keck. Kurzerhand packte sie der Draconier am Arm und zog sie hinter sich her.

„Lass meine Frau sofort los", erklang plötzlich Rafaels Stimme.

„Pah", machte Bonabu nur und lief weiter. Wenige Schritte später strauchelte er und fiel der Länge nach hin. Urd konnte sich seinem Griff rechtzeitig entziehen und eilte zu Rafael, der durch die offene Tür trat.

Der Draconier rief etwas, das nur Gadreel verstand und ihn verschlagen grinsen ließ. Aus allen Ecken und Winkeln kamen Draconier und Occulaner mit Waffen in der Hand.

„Ist das alles, was ihr könnt?" Rafael stand souverän in der Mitte der Halle. Auf der einen Seite stand seine Frau und auf der anderen Britta.

≈

„Ihr dürft hier weder selbst Hand anlegen noch töten", sprach er in ruhigem Ton, „auch die Occulaner nicht. Denn das würde sie teuer zu stehen kommen."

„Was weißt du denn schon?", herrschte ihn Gadreel an.

„Genug!", antwortet ihm Rafael immer noch ruhig, was den Occulaner nervös werden ließ. „Es wird Zeit, dass ihr den Planeten Erde verlasst, und zwar alle und für immer."

„Auf meinen Befehl hin gibt es euch gleich nicht mehr", mischte sich Bonabu ein.

„Kann sein", antwortete ihm Rafael, „doch besiegt habt ihr uns damit noch lange nicht." Es wurde plötzlich laut hinter den drei Freunden. Die Soldaten, die in der Halle versammelt waren, wichen einige Schritte zurück. Nakajo Ashira wurde blass und Gadreel eher grün im Gesicht. Die Energie veränderte sich schlagartig. Urd drehte sich um, um nach dem Ursprung zu sehen. Durch die zerstörte Tür traten Adrian, Aron, Mona, sowie Ireen und Brain. Doch damit nicht genug. Fast die ganze Gemeinschaft Alkyone kam herein und mit ihnen eine Energie, die den Soldaten die Waffen aus den Händen nahm.

Zwei unterschiedliche Kräfte standen sich gegenüber. Die Neuankömmlinge verteilten sich im ganzen Raum und ließen somit ihre Energie nach allen Richtungen strahlen. Endlich fasste sich Gadreel wieder und trat einen Schritt auf Rafael zu.

„Ihr seid auf meinem Land", blökte er rau, „macht, dass ihr verschwindet."

„Da wir nicht auf Occula sind", entgegnete ihm Rafael bestimmt, „gehört dir auch dieses Land nicht."

„Das werden wir gleich sehen", lachte der Occulaner höhnisch auf. Von draußen hörte man schwere Motoren dröhnen. Militärfahrzeuge hielten direkt vor der Tür, Befehle wurden gerufen und schwere Stiefel liefen über Steine. Die Telepathen gewahrten, dass sich etliche Soldaten positionierten, mit dem Gewehr im Anschlag.

„Ich hatte vergessen, dass ihr hinterlistig und dumm seid. Ihr braucht immer Vasallen, die die schmutzige Arbeit für euch erledigen." Rafael sah seine Frau an und lächelte. „Gut, Liebling", sagte er sanft zu ihr, „du darfst ganz aufdrehen, sie wollen es nicht anders."

Langsam löste sich Urd von Rafael. Ihr Gesicht wurde uralt, wie schon einige Male zuvor. Gadreel und Nakajo Ashira ahnten, was nun kommen würde. Doch sie irrten sich. Je näher Urd den drei Außerirdischen kam, umso weicher wurde ihr Gesicht. Ihre Gestalt glich mehr und mehr einem lichtvollen Engel und sie schien aus allen Poren zu strahlen.

„Mona, Britta", sagte sie laut, „könnt ihr mir helfen?" Ihre Stimme jagte allen einen Schauer über den Rücken. Den einen vor Unbehagen und den anderen vor Freude. Dann erhob sie ihre Hände, als wolle sie Gadreel umarmen. Doch sie hielt sie ausgebreitet und sprach mit einer warmen, vollen Stimme: „Ich segne dich, Gadreel Suluwa Arakerum, mit der Liebe Urschöpfers." Er stöhnte unter der Intensität der Energiewelle, die ihn traf auf.

„Es reicht!", brüllte der Draconier und griff plötzlich nach Urd, „hör mit dem Getue auf!" Er hätte es besser nicht getan. Mit sichtlichen Schmerzen und großem Entsetzen in den Augen ließ er sie wieder los.

„Du willst es nicht anders", sagte sie laut, fasste den Hünen am Arm und zog ihn mit Leichtigkeit zu sich. Gadreel wollte ihm zu Hilfe eilen, doch Britta hielt ihn zurück. Auch ihre Energie zwang den Riesen in die

Knie. Mona kümmerte sich um Ashira. Dieser hatten den Versuch unternommen, auf Mona leise einzureden. Doch sie erinnerte sich nur allzu gut an ihr erstes Zusammentreffen und die Folgen. Lächelnd sah sie ihn an, griff beherzt nach einem Arm und er stöhnte unter Schmerzen auf.

„Da hast du dich wohl geirrt", meinte sie nur abschätzig zu ihm.

„Kraft meines Amtes, verbannen wir euch hiermit aus diesem Sektor des Weltalls", Aron war vorgetreten, „und mit sofortiger Wirkung von der Erde. Ihr habt fünf Stunden Zeit, Erdenzeit, um den Planeten zu verlassen. Danach wird der ganze Komplex hier zerstört und alle anderen Basen, die ihr eingerichtet habt, ebenfalls. Es ist uns dann egal, wer oder ob noch einer von euch darin ist." Er schaute von einem zum anderen. „Zuvor bringt ihr jedoch alle Erdbewohner, die ihr gefangen haltet, nach draußen." Keiner der Außerirdischen wagte aufzubegehren. Seine Ausstrahlung und Autorität war enorm.

„Das könnte dir so passen", stöhnte Bonabu auf, „das sind unsere Geiseln."

Aron überlegte einen Moment. „Wenn das so ist", sagte er ruhig, „dann nimm ihm seinen Gürtel ab, Urd. Du Britta, nimmst den von Gadreel und Mama." Mona stand sofort neben Nakajo Ashira und griff nach seiner Gürtelschnalle. „Wir gehen gemeinsam die Menschen befreien", ergänzte Aron.

Die drei großen Männer konnten gegen die Energie der Frauen nichts ausrichten, die ihnen ihre Gürtel abnahmen und sie Brain und Rafael überreichten. „Los gehen wir!", befahl Aron. „Ein großer Teil von euch bleibt bitte hier und nimmt die entgegen, die fliehen wollen", bat er die Mitgekommenen.

≈

„Michael hat in Aron einen ebenbürtigen Nachfolger gefunden." Urd sah in die lachenden Augen Dabirs. „Woher, wieso?" Sie war zu keinem ganzen Satz fähig.

„Später", antwortete er nur und folgte den anderen, die mit einem Lift nach unten fuhren. Widerwillig traten die drei Außerirdischen aus dem Fahrstuhl. Ein Höllenlärm empfing die Gruppe und ein bestialischer Gestank schlug ihnen entgegen.

„Gib deine Order Bonabu, oder ich tue es." Aron stand dicht neben dem Draconier der nun einige Befehle aussprach.

„Dreht das Licht heller", rief Adrian und augenblicklich schien es, als würde tief in der Erde die Sonne hell und klar scheinen. Lautes Geschrei erhob sich unmittelbar und auch einige deutliche Hilferufe waren zu vernehmen. Urd blieb mit Aron und Mona bei Bonabu, Gadreel und Ashira während die anderen zu den eingesperrten Menschen liefen. Britta wurde es übel und Ireen, die neben ihr stand, übergab sich auf der Stelle. Eingesperrt wie Hühner in einem Stall, fanden sie Kinder, Frauen und einige Männer, die ihre Retter umarmten, als sich ihre Gefängnistür öffnete. Behutsam gaben ihnen ihre Befreier zu verstehen, dass sie nach Hause gehen durften und den Ort des Grauens ein für alle Mal verlassen konnten. Auf dem Weg zum Fahrstuhl stellten sich ihnen einige Echsenwesen mit Gewehren in den Weg. „Urd wir brauchen Hilfe", rief Britta mental. Doch Dabir kam, um einzugreifen und der scharfe Ton Bonabus machte den Weg frei.

Über eintausend Menschen konnten die Freunde innerhalb kurzer Zeit befreien. Für etwa das Dreifache kam jede Hilfe zu spät.

≈

In den einzelnen Etagen wurde es laut. „Ihr habt Wissenschaftler hier", stellte Aron ruhig fest, „die sind nicht freiwillig da. Schickt sie alle, absolut alle, nach oben!" Zum Unterstreichen seiner Worte legte er eine Hand auf Bonabus Arm, was diesen sofort aufstöhnen und in die Knie gehen ließ. Urd tat dasselbe mit Gadreel wobei dieser vor Schmerzen aufschrie. Über Sprechfunk erteilte der Occulaner, wie auch der Draconier, Befehle, die nur Urd verstand und die Gadreel nachdrücklich aufforderte, *alle* freizulassen. Er gehorchte. Immer mehr bedrohlich wirkende, außerirdische Wesen versammelten sich in dem Raum vor dem Fahrstuhl. Es dauerte eine Weile, bis von Dabir die Nachricht kam, dass alle oben seien.

Aron wiederholte seine Worte: „Von jetzt an fünf Stunden, dann machen wir hier alles unbrauchbar. Wir gehen gemeinsam nach oben und lasst eure Tricks sein", er drückte seine Hand fest in die Nierengegend des Draconier. Dieser zischte etwas und ging mit den Erdlingen zum Lift. Eine Hand glitt dabei automatisch zum Gürtel, doch der war nicht mehr da. Blitzschnell drehte er sich um, um Urd zu fassen, die sich hinter ihm befand und hatte ihre Hand mitten im Gesicht. Ein Schrei entfuhr Bonabu, der durch Mark und Bein ging. Brandspuren zeichneten sein Gesicht, doch Aron befahl unbeirrt: „Weiter!", und schob ihn in den Lift. Entsetzen lag in den Gesichtern der versammelten Echsenwesen, als sich die Tür schloss.

Mühsam schoben sich die drei Geschundenen aus dem Fahrstuhl. Was sie sahen, dämpfte ihre Stimmung zusätzlich. Das irdische Militär, das ihnen sonst jeden Eindringling fern hielt, hatte sich mit den anderen verbündet.

≈

„Fünf Stunden", wiederholte Aron, „wir warten in einiger Entfernung."

Urd blieb noch einen Moment stehen und sah von Gadreel zu Nakajo Ashira. „Wir hätten Freunde sein können, trotz der Unterschiede. Aber so sind wir nicht einmal Feinde." Sie drehte sich um und ging mit den anderen nach draußen.

≈≈≈

Britta und Urd wurden von Ireen nach Alkyone gebracht, Florian fuhr die Frauen. Er hatte oben die Ankunft des Militärs erlebt und ihr Ansinnen umwandeln können, um dann das Erscheinen der Gefangenen zusammen mit dem Militär geordnet ablaufen zu lassen. Als er und die Soldaten jedoch die verwahrlosten Kinder und Erwachsenen sahen, liefen allen Tränen über das Gesicht, was sich sicher noch eine ganze Weile so halten würde. Alle, die mitgeholfen hatten, die Menschen unterzubringen, waren zutiefst erschüttert. Über einen langen Zeitraum benötigten sie immer wieder Gespräche, um das Gesehene und Erlebte zu verarbeiten.

Nach fünf Stunden trafen die anderen alle in Alkyone ein und die Freundinnen waren überrascht, wie viele Gemeinschaften anwesend waren. Aron wirkte zufrieden, als er kam. Bewegt nahm er seine Großmutter in den Arm.

„Sie sind weg", sagte er. „Hättest du vorhin deine alte, zerstörerische Kraft aktiviert, hätte ich dich darin sogar unterstützt. Aber so war es besser. Danke!"

„Dann hätten wir Gewalt angewandt, und so haben wir nur die Energie der Alten Atlanter fließen lassen;

≈

die Liebe in ihrem vollen Umfang", gab Rafael statt Urd zur Antwort.

Ein tiefes Grummeln machte sich bemerkbar, Gaia. „Es ist vollbracht", erklang ihre tiefe Stimme. „Nun bringt es noch ganz zu Ende, ich helfe euch dabei."

Nach einem Imbiss und der einen oder anderen Tasse Kaffee gingen die Freunde aus Uru Anna, Alkyone und einigen anderen Gemeinschaften noch einmal zu dem Gelände zurück. Von außen wirkte es harmlos. Ein großes Haus, eine große Halle dabei und ein ebenso großes Areal, das eingezäunt war. Nur die Warnschilder ließen darauf schließen, dass etwas nicht so harmlos sein könnte. Noch bevor die Freunde dort ankamen, spürten sie unter ihren Füßen, wie die Erde zu beben begann. Es waren andere Erdstöße als sonst, feine, kurze, fast rhythmische, die nach und nach stärker wurden und unter ihnen einiges einstürzen ließen. Später hieß es in den Nachrichten, dass ein starkes Erdbeben eine wichtige militärische Einrichtung zerstört hätte. Ob noch Lebewesen darin waren, war nicht bekannt.

≈≈≈

Mit der Zeit wurden alle Basen dem Erdboden gleich gemacht, zum Einsturz gebracht, die Zugänge unkenntlich gemacht und neu bepflanzt. Die Gemeinschaften gestalteten schrittweise jedes Gelände freundlich und liebevoll. Bäume und Büsche wuchsen in Windeseile, sodass keiner auch nur ahnen konnte, was dort über lange Zeit für Grausamkeiten begangen wurde.

Innerhalb weniger Wochen wurde von den Gemeinschaften zigtausende Menschen befreit. Leider

≈

konnten von den Geretteten nur wenige in ein normales Leben zurückgeführt werden. Selbst die ganz jungen Kinder hatten damit ihre Probleme. Die Menschen, die lebend aus den unterirdischen Anlagen befreit wurden, litten unter schweren Traumata und benötigten über lange Zeit therapeutische Hilfe. Etliche konnten mit ihrer neuen Freiheit nichts anfangen und mussten in Heimen untergebracht werden. Sehr viele verstarben an den Folgen von Folter und Qual, doch ausschließlich in einer hellen, freundlichen Umgebung.

≈≈≈

Zurück in Uru Anna wollte Urd endlich wissen, wieso alle so schnell zur Stelle waren. Aron erklärte ihr, dass er ahnte, was geschehen würde. Zudem waren sie und Britta fast zwanzig Stunden bewusstlos, Zeit genug für ihn und die anderen, vor Ort einzutreffen.

Michael besuchte die Gemeinschaft nach ein paar Tagen und beglückwünschte alle. „Jetzt sind die Alten Atlanter erwacht", stellte er ergriffen fest. „Zeit für die Meinen und mich abzureisen und euch den Planeten ganz zu übergeben. Alles wird gut, weil es gut ist."

Nach der Aufregung kümmerte sich eine Weile jeder nur um sich, ging dem Müßiggang nach oder verbrachte Zeit mit seinem Nachwuchs. Tabea und Alexander verkleinerten sich, indem sie das Gästehaus abgaben und Kellner und Köche fürs Bistro einstellten, um mehr Zeit für sich und ihre Familie zu haben. Masha und Yamira reisten mit Adrian und seiner kleinen Familie für einige Monate auf den Mars und freuten sich riesig, als sie wieder nach Uru Anna zurückkehrten.

Urd und Rafael überlegten sich derweil, ob sie nicht für einige Zeit ihren Wohnsitz verlegen sollten. Patma Patir schwang noch Monate nach ihrem Aufenthalt dort nach. Doch es gab auf der Erde noch viel zu tun, und ihre Baumhaussiedlung bot auch Erholung.

»Kechem na ma Parimká, nichts ist für immer verloren«, dachte sich Urd, legte ihren Stift mit Notizbuch zur Seite und ließ ihren Blick in die Ferne schweifen.

≈ ≈ ≈

ERKLÄRUNG
DER ZEITEINHEITEN

»ZEIT« und »Zeit«: In unserem herkömmlichen Weltbild wird als Zeit lediglich der lineare Ablauf dieser gesehen (Stunde um Stunde, Tag um Tag, ...). Die ureigene Vernetzung der einzelnen ZEIT-Abschnitte wird nicht berücksichtigt bzw. ist meist unbekannt. Die inhaltsbezogene »ZEIT«-Qualität ist der eigenständige energetische Informationsspeicher ZEIT.
Vertiefende Informationen hierzu finden Sie u.a. bei Johann Kössner, maya.at.

Im Roman verwendeten ZEITeinheiten des Tzolkin (Maya-Kalender)

Kin	1 Tag
Welle	13 Kin/ Tage
Mond	28 Kin/ Tage
Tun	364 Kin/ Tage = 1 Erdenjahr
Katun	7.200 Kin = 20 Tun/ Erdenjahre
Baktun	144.000 Kin = 400 Tun/ Erdenjahre
Ein großer Zyklus	1.872.000 Kin 5.200 Tun á 360 Kin 260 Katun á 7.200 Kin

Ferner gibt es im Tzolkin noch weitere ZEITzyklen.

≈

BEDEUTUNG
DER VERWENDETEN NAMEN

Die Namen, die in dem Roman verwendet wurden, entstanden beim Schreiben. Oft war ich verwundert, wenn es sie in der einen oder anderen Sprache gab. Wenn sich zu einem Namen eine passende Zuordnung fand, wurde sie hier aufgeführt. Alle anderen Namen dürfen als Fantasienamen bewertet werden.

Zuordnung der verwendeten Namen

Abimelech	Hebräisch	Mein Vater ist König
Adia-Shalia	Adia: Afrikanisch	Gabe, Geschenk
	Shalia: Afrikanisch	Die Gute, die Heile
Adrian	Latein	Aus der Stadt Adria
Aiala		Ohne Bedeutung
Akria		Ohne Bedeutung
Albin	Althochdeutsch	Freund der Elben
Alexander	Altgriechisch	Der Beschützer
Alsuna	Altgermanisch	Edelsonne
Ambar	Indisch	Himmel
Amid	Arabisch	Der Führer
Amira Yasmina/	Amira: Arabisch	Prinzessin
Yamira	Yasmina: Persisch	Sinnbild der Liebe
Arsenie		Ohne Bedeutung
Aron	Hebräisch	Der Erleuchtete
Asami		Ohne Bedeutung
Brain	Keltisch	Hügel oder Stärke, Tapferkeit
Britta	Altirisch	Die Kräftige
Burhan	Arabisch	Beweis
Bonabu		Eigene Erfindung
Chrishnatuk		Eigene Erfindung
Christian	Griechisch/ Hebräisch	Anhänger Christi
Cora	Griechisch	Das Mädchen
Dabir	Afrikanisch	Lehrer
Dendanoro		Eigene Erfindung

Diandra	Nicht ganz geklärt, evtl. Englisch	Zusammenfügung von Diana & Alexandra
Epelo		Ohne Bedeutung
Florian	Latein	Der Blühende
Frank	Altdeutsch	Der Franke, frei, ehrlich
Gadama	Biblisch	Ohne Bedeutung
Gadreel		Ohne Bedeutung
Gilana		Ohne Bedeutung
Gina	Japanisch	Silber
Gombe		Ohne Bedeutung
Igasho	Indianisch	Wanderer
Imre	Ungarisch: Emmerich	Königsgeschlecht reich, mächtig
Inana		Ohne Bedeutung
Ireen	Englisch	Die Friedfertige
Izhartala/ Iz		Ohne Bedeutung
Jacechua		Eigene Erfindung
Janek/ Johannes	Polnisch/ Tschechisch	Jahwe ist gnädig
Janek	Hebräisch Polnisch: Johannes	Gott ist gnädig
Jerred	Biblischer Name	
Jerry	Englisch, Französisch, Hebräisch	Jahwe gründet, Jahwe erhöht
Julia	Latein	Die aus dem Geschlecht der Julier
Kala	Indisch/ Pakistanisch	Die Schwarze
Kamata		Ohne Bedeutung
Lalamba		Ohne Bedeutung
Lata	Indisch	Rebe, schlanke Frau
Lida	Russische Kurzform von Lidia/ Lydia Griechisch	Kleinasien
Lomasi	Indianisch	Schöne Blume
Loris	Latein	Lorbeer geschmückter, der Gewinner
Lysander	Griechisch	Der Männer befreiende, der Freigelassene
Mabu		Eigene Erfindung
Madhukar	Hindi	Biene, Wettbewerb

Maja Shalia/ Masha	Maja: Hebräisch	Quelle
	Shalia:Afrikanisch	Die Gute, die Heile
Marada	Germanisch	Die durch ihren Rat
		berühmte
Mari	Nordisch	Nicht sicher geklärt/
		Verbitterung oder
		Geliebte
Marijan		Bedeutung ungeklärt
Marnaman		Ohne Bedeutung
Menander		Ohne Bedeutung
Michael	Hebräisch	Wer ist wie Gott
Miktranoloschischi		Eigene Erfindung
Mitunougah/ Mitun		Eigene Erfindung
Mona	Irisch	Die Edle
Motega	Indianisch	Neuer Pfeil
Nakajo Ashira/		Ohne Bedeutung
auch: Nakashira		
Narayna		Ohne Bedeutung
Naya	Altnordisch	Kleine Schwester
Nelio	Italienisch, Spanisch,	Schmetterling
	Portugiesisch	
Neru		Eigene Erfindung
Niaguaga/ Niag		Ohne Bedeutung
Nihal Lep		Ohne Bedeutung
Norman	Angloamerikanisch	Mann aus dem Norden
Phil/ Philipp	Griechisch	Pferdefreund
Rabnatur		Ohne Bedeutung
Rafael	Hebräisch	Gott heilt
Ragin	Germanisch	Hervorragender Ratgeber
Ramalhaja		Ohne Bedeutung
Rigmor	Dänisch	Reiches Mädchen
Rod	Englisch/	Ruhmreicher Herrscher/
	Althochdeutsch	Insel des Ruhms
Rokat		Ohne Bedeutung
Sahir	Indisch	Der liebende Dichter
Sahit	Albanisch	Männlich, der Starke
Santim		Ohne Bedeutung
Sanura	Afrikanisch	Die Katzengleiche
Sarai	Hebräisch	Die Fürstin
Sarolf	Germanisch	Der gutmütige Wolf
Shahun		Ohne Bedeutung
Silpa	Biblisch	Ohne Bedeutung
Sophia	Griechisch	Die Weisheit

Sunja	Germanisch	Die Kämpferin für das Licht
Tabea	Hebräisch	Das Reh, die Gazelle
Tadi	Indianisch	Wind
Tahia	Altpersisch	Lieb Grüßende
Talianami		Eigene Erfindung
Tampari		Eigene Erfindung
TaviviaTa		Eigene Erfindung
Tapiwa Suluwa		Eigene Erfindung
TamisuwaTa		Eigene Erfindung
TarairaTa		Eigene Erfindung
Tulipawananda		Eigene Erfindung
Urd/ Urda	Schwedisch	Schicksalsgöttin
Vanadis	Nordisch	Die Glänzende
Wakanda	Indianisch	Zaubermacht
Yana	Indianisch	Bär
Yoki	Indianisch	Blauvogel
York	Englisch/ Dänisch	Georg (Griechisch) der Bauer, Landmann
Zantu		Eigene Erfindung
Zora	Slawisch	Morgenröte
Zuban	Arabisch	Keine Bedeutung gefunden

LIEBE GELINGT!

ZEIT NEUE WEGE ZU GEHEN

Ursula W Ziegler und Jan-Christoph Ziegler greifen für ihre Workshops, Seminare und Kurse die Themen auf, die ihnen am Herzen liegen, die ihnen Spaß machen und wichtig erscheinen.

Sie vermitteln keine „heilbringende Botschaften".
Sie bieten Klarheit und Orientierung und vermitteln ein holistisches, allumfassendes, Bild des Lebens. Sie arbeiten auf der Grundlage „Hilfe zur Selbsthilfe".

Zusammenfassend kann man ihre Arbeit als *Anfassbare Spiritualität* bezeichnen. Schwerpunkt hierbei ist die Eigen-Arbeit und Selbst-Erkenntnis.

„Das was den Menschen, die diesen Weg gehen, begegnet sind Veränderungen und sich öffnende Türen, die zu einem glücklichen, erfüllten Leben führen. – Wenn Sie wollen, wenn Du willst." – so Ursula W Ziegler & Jan-Christoph Ziegler.

Weiterführende Informationen über Seminare und Workshops, Neuerscheinungen von Büchern sowie eine große Sammlung an bereitgestellten *Inspirationen* finden Sie im Internet unter

juZiegler.de
juZiegler.de/newsletter

Bücher leben auf beim Lesen …
und ganz besonders durch das
Weiterempfehlen.

Herzlichen Dank!

BIBLIOGRAPHIE

Alle Bücher von Ursula W Ziegler und Jan-Christoph Ziegler erhalten Sie bei Ihrem Buchhändler, im Onlinehandel und *autorenfreundlich* über die Webseite juZiegler.de.

Sie sind als **gedrucktes Buch** in folgenden Ländern erhältlich: Deutschland, Österreich, Schweiz, sowie deutschsprachig aktuell ebenfalls in Großbritannien, Kanada, USA, Australien, Brasilien, Indien, China, Südkorea, Japan, Vereinigte Arabische Emirate, Südafrika, Singapur – sowie **weltweit** als **E-Book**.

Ausführliche Leseproben finden Sie auf der **Webseite juZiegler.de** in der Rubrik *Bücher*.

ROMANREIHE
SPRECHENDE STEINE

Inspiration für eine wedische Lebensweise

2004 begannen Steine, die Ursula W Ziegler aus verschiedenen Ländern und Kontinenten mitgebracht wurden, mit ihr zu sprechen. Es hat seine Zeit gedauert, bis sie sich ganz auf diese Erfahrung einlassen konnte. Hieraus entstand diese Romanreihe.

REISE DURCH VERGANGENE ZUKUNFT
Buch 1

DIE AUFERSTEHUNG DER DREIZEHN
Buch 2

MARSIMPAKT
Buch 3

KECHEM NA MA PARIMKÁ - Nichts ist für immer verloren
Buch 4

KAMPF DER ENERGIEN – Rückkehr der Alten Atlanter
Buch 5

GESCHICHTEN, DIE DEIN HERZ BERÜHREN

Geschichten, die das Leben schreibt – tiefgründig, inspirierend.

MAYA – In Harmonie mit den Zwischenwelten

ZACHARIAS – Auf dem Rücken des Mannes

SURA – Bis an den Rand des Seins

AYASHA – Geschichten & Gedichte – Sammlung

LIEBE GELINGT!

So verschieden wie die Bücher sind die Gefühle, die angesprochen werden – ein Potpourri ganz unterschiedlicher Art: Gespräche mit Vertreten der geistigen Welt bringen vieles, was das Leben betrifft voller Liebe und Einfühlungsvermögen auf den Punkt. Die Auseinandersetzung mit dem eigenen Leben, den eigenen mentalen Fähigkeiten und den Töchtern ergänzen das Ganze. – Immer obsiegt die Liebe.

GOTTESBEWUSSTSEIN – DIE HOHE KUNST DER MAGIE
Gespräche mit Erique

KRIEGER DER LIEBE
Dein Leben, als Liebe gedacht

SOPHIA UND NAMID
Liebe gelingt!

MEDIAL BEGABT – VOLL NORMAL
Akzeptieren fällt nicht leicht

TREFFPUNKT ZWISCHEN DEN WELTEN
Weit weg, Warum, Wohin

STARKE WEICHE FRAU
Briefe an meine Töchter

P A R A B E L N

Witzige, tiefgründige Episoden zweier Rabenfreunde.

Ursula W und Jan-Christoph Ziegler lebten für einige Jahre im südhessischen Odenwald und in Schleswig-Holstein. Im sagenumwobenen „Odinswald", sowie im hohen Norden wurde Ursula regelmäßig von Raben begleitet. Während dieser Zeit entstanden die Abenteuer von Konrad und Albrecht.

KONRAD UND ALBRECHT
Tote Katze zum Mittag

KONRAD UND ALBRECHT
Fast frischer Fisch – Ab nach Hause!

7

7.

7.